U0063390

謹以本書記念

先父李若愚先生（1916-2000）
先母劉銀嬌女士（1918-1989）
以及他們所代表的客家人
堅忍不拔、敬天法祖的傳統精神

迌迌

李永平自選集 1968-2002

麥田出版

作者／李永平
編輯委員／陳芳明　王德威
責任編輯／胡金倫
封面設計／Wang Zhi Hong Studio

發行人／涂玉雲
出版／麥田出版
100 台北市中正區信義路二段 213 號 11 樓
電話：02-2351-7776
傳真：02-2351-9179・02-2351-6320

發行
城邦文化事業股份有限公司
100 台北市中正區愛國東路 100 號 1 樓
電話：02-2396-5698　傳真：02-2357-0954
網址：www.cite.com.tw
電子信箱：service@cite.com.tw
郵撥帳號：18966004

香港發行所
城邦（香港）出版集團有限公司
香港北角英皇道 310 號雲華大廈 4/F，504 室
電話：2508-6231　傳真：2578-9337

馬新發行所
城邦（馬新）出版集團有限公司
Cite (M) Sdn. Bhd.(458372 U)
11, Jalan 30D/146, Desa Tasik, Sungai Besi,
57000 Kuala Lumpur, Malaysia.
電話：603-90563833　傳真：603-90562833
電子信箱：citekl@cite.com.tw

印刷／凌晨企業有限公司
初版一刷　二〇〇三年八月一日

ISBN986-7691-39-3
售價：三八〇元
Printed in Taiwan

感謝台南紡織社會福利基金會贊助

目次

編輯前言
新感覺、新語言、新思維

陳芳明

想像力的勃發，創造了二十世紀台灣文學的盛況。作家想像力的自我挖掘過程，與台灣社會從封閉到開放的發展是同步前進的。在壓抑的年代，作家依賴想像尋找文學的出路。在多元的時代，作家透過想像追求更高的藝術。從五〇年代到世紀之交，台灣文學在壓縮的時間與空間裡，以各種變貌展現出來。既有懷鄉文學，也有鄉土文學；既有現代主義文學，也有後現代主義文學。縱然穿越過權力高度干涉的階段，並不能阻遏作家的文學生產力。在想像世界裡，作家就是一個政府，就是一個王國。在那樣的國度，所有道德規範與傳統力量都無法給予任何限制。

六〇年代現代主義的崛起，正是台灣作家想像力的一次開花結果。台灣文學發展，因現代文學的崛起而改道。作家展開前所未有的挑戰，放膽挖掘歷史無意識與政治無意識。現代主義運動第一次向台灣社會呈現裸裎的內心世界。卑賤的、頹廢的、官能的黑暗面，籠罩在現代文學作品的字裡行間。這種書寫策略，既偏離五四文學的傳統，也偏離台灣文學的軌跡。正是由於有如此龐大文學運動的衝擊，新感覺、新語言、新思維終於成爲日後文學所追求的指標。

「想像台灣」系列叢書的構想，在於展示新感覺、新語言、新思維崛起之後的台灣文學眞貌。在歷史轉型的時期，許多重要作家的作品日益散佚，或呈絕版狀態。在台灣文學研究漸臻高潮的今天，文本的整理與出版是無可忽視的輔助工作。這套叢書編輯的目的，在於承認台灣作家的藝術成就，也在於肯定現代文學的想像世界。重新探訪，重新閱讀，當可使已經產生的想像力再度產生想像力。

編輯前言

想像台灣，經典文學

王德威

現代台灣文學在光復以後，形成自覺的傳統。這一傳統涵納了中國大陸的歷史，文學，語言資源，日本殖民時期的文化手采，西方浪漫、寫實、現代及後現代主義的影響，還有無所不在的本土情懷，浩浩蕩蕩，早已發展出各色各樣的作品與論述。放眼世界文壇，台灣文學在數十年內所顯現的複雜議題與多變風格，也堪稱特殊。

現代台灣文學與歷史的相互印證，歷歷可見。三、四十年代的殖民及反殖民寫作，五十年代的反共懷鄉文學，六十及七十年代的鄉土與現代文學的爭議，還有八十年代以來種種眾聲喧嘩的現象，無不反射，也反省，我們所曾共同度過的經驗。但文學不必只是歷史。文學的重要性更在於藉文字力量，想像現實內外的各種可能與不可能。國族的，個人的，義憤的，笑虐的，悲情的，色情的，外來的，在地的，過去的，未來的，林林總總，絕不定於一尊。這正是台灣文化的活力所在。

想像台灣，經典文學：透過一個新的系列，我們期望介紹多年來台灣所累積的文學資產。郭松棻、施明正、李永平、施叔青……多少作家，因緣際會，曾爲我們留下可讚可嘆的傑作。這些作家有的生於斯，逝於斯，有的移往海外，有的自海外移來。無論背景如何，這座島嶼刺激了他們的靈感，成爲他們筆下永遠的原鄉。就算他們不寫台灣時，也還是爲台灣而寫。台灣文學之能成其大，成其久遠，應自此開始。在新世紀裡，重新認識台灣文學的傳統，珍惜它的現代意義，是我們開創台灣未來最重要的人文工程。

序

原鄉想像，浪子文學

王德威

在台灣現代小說的傳統裡，李永平其人其文都是相當特殊的例子。李永平生長於東馬婆羅洲，一九六七年負笈來台，就讀台大外文系。一九七二年，他憑短篇小說〈拉子婦〉贏得注意，從此創作不輟。一九八六年，他推出《吉陵春秋》，以精緻的文字操作，複雜的原鄉想像，引起極大回響。但李永平眞正成爲一種現象是在九十年代。一九九二年，他出版了長達五十萬字的《海東青》上部。這本小說描寫海東都會（台北？）的繁華墮落，幾乎沒有情節可言，而文字的詰屈晦澀，也令一般讀者望而卻步。更不可思議的是，李明白寫出他的中國情結，對照當時方興未艾的本土運動，無疑是犯了大不韙。

九十年代的台灣喧嘩躁動，在一片後殖民、後現代的論述風潮中，李永平大可以成爲正面或反面教材，好好被解讀一番。這位來自南洋的「僑生」，落籍台灣，卻一心嚮往中國。但他心目中的中國與其說是政治實體，不如說是文化圖騰，而這圖騰的終極表現就在方塊字上。李對中文的崇拜摩挲，讓他力求在紙上構築一個想像的原鄉，但在這個文字魅影的城國裡，那歷史的中國已經暗暗的被消解了。

與這一中國想像相對應的，是李永平對女性的深情召喚。這一女性最先以母親出現，到少婦，到少女，再到女孩，李永平一路回溯到她最原初、最純潔的身分，彷彿非如此不足以寫出他的憐惜愛慕之情。然而女性的成長、墮落、與死亡卻往往是他的作品必須一再面對的後果。換句話說，他的女性書寫總成爲不得已的後見之明，一種徒然的傷逝姿態。

李永平的中國原鄉、中國母親、中國文字形成了他的世界裡的三位一體。三者之間的互爲代換指涉，既坐實了李的文學意識形態，也生出無限空虛悵惘。原因無他，他的書寫位置本身——漂流的，邊緣的，「沒有母語的」——已經預設了種種的不可能。[1]環顧當代台灣文學，我們還看不出有多少作家顯現如此的龐大的野心與矛盾。所以當李自謂《海東青》是一個「巨大的失敗」時，[2]他的問題豈僅止於美學的挫折，也更指向一種歷史／欲望的全然潰退。

然而儘管到台灣都三十多年了，除了少數評論外，李永平多半被籠統歸爲馬華作家之列。這一現象當然反映了台灣文學研究的盲點——外省作家都退居第二線了，何況「華僑」？一個以海洋文化自居的傳統，居然如此閉關自守，毋寧也是怪事一樁。我認爲李永平當然是台灣作家。因爲台灣，他的文字事業得以開展；也因爲台灣，他的原鄉——不論是神州還是婆羅洲——才有意義可言。但他的台灣書寫不必只是一般人念茲在茲的本土寫實。恰恰相反，台灣的重要在於提供一個（政治的，欲望的，文本的）轉喻空間，輻輳折射，使作家得以啓動種種有情關照。[3]

原鄉想像

李永平來台之前，已經開始創作。但他文學事業的起步，應是在台大求學期間。如他的自序所言，英美文學的訓練，還有外文系師長如顏元叔、王文興的啓發，都曾使他大開眼界。他的〈圍城的母親〉、〈拉子婦〉等作一出手就顯得老練世故，並非偶然。值得注意的是，李永平初次下筆，就先得回歸到他生長的婆羅洲；顯然那裡有太多他所熟悉的人事風景，賦予他書寫的靈感。從這一角度來看，他呼應了傳統鄉土作家的路數：離鄉是鄉愁的開始，也是原鄉文學的起步。但李永平的例子要複雜得多。儘管生於斯，長於斯，婆羅洲只是他和他的家族的客居之地。跨過海洋，還有一處大陸——中國——聳立在地表彼端，那才是安身立命的所在。從一開始，李永平的原鄉就不能擺脫幽靈般的多重存在。這是移民或漂流者的宿命，而當李一心一意要「正本清源」時，自然得為此付出代價。

李永平的〈拉子婦〉已不自覺地顯露日後他所必須一再處理的問題。這個故事表面寫的是個「被侮辱與被損害者」的悲慘遭遇，幾乎像是五四以來人道寫實主義的翻版。但骨子裡的命題則要嚴峻得多：漂流海外的華族，要怎樣維護他們的文化傳統，血緣命脈？故事中的拉子婦是婆羅洲土著，她與漢人成婚，受盡歧視，終於萎頓而死。拉子婦的下場當然值得同情，但她所象徵的威脅——異族的，混血的，繁殖的威脅——隱隱指向漢人文化最終難免「被侮辱與被損害」的命運。隱身爲童稚的敘事者，李永平靜靜的鋪陳一則有關海外移民的預言：移民是否終將淪爲夷民？

另一方面，李對拉子婦的同情不以族裔設限，而更及於她的性別身分：她是個母親。這是李原鄉想像的癥結所在。**母親**——母國，故土，母語——是生命意義的源頭，但換了時空場景，她卻隨時有被異族化，甚至異類化，的危險。拉子婦曖昧的身分，還有她必然的死去，因此成爲李永平的原罪恐懼。如何救贖母親，免於異（族）化，甚至期望母親回歸到永遠不要長大，不要變老的孩提時代，成爲他未來三十年不斷嘗試的計畫。

李永平的孺慕之情在〈圍城的母親〉和〈黑鴉與太陽〉裡有更進一步的表現。尤其〈圍城的母親〉已有寓言意味。海峽殖民地裡的小城，華裔移民的社會，蠢蠢欲動的土著，誓守家園的母親，敏感多慮的兒子，串演出一齣詭異的母子情深的故事。小說中段，母親夜半棄家逃難，「船在水上航行，就彷彿在泥坑裡行走一般。從上游不斷漂下一堆堆樹幹樹枝樹葉，也不知道它們在什麼時候才漂到河口，進入浩瀚的大海。倘若它們不斷地向北方漂去，是不是會有一天漂到唐山？」然而母親最後還是決定調轉船頭，回到被圍的城裡去。他鄉已是己鄉，捨此難有退路。飄零域外的華族子弟只能與「圍城的母親」長相左右。

李永平早期小說主要收於《拉子婦》（一九七六）內。《拉子婦》出版後十年，他推出了《吉陵春秋》（一九八六）。這些年間李永平留學美國，攻讀博士學位，想來又是另一種異鄉經驗。《吉陵春秋》由十二則短篇組成，各篇自成格局，合而觀之，又相互呼應，儼然有長篇架構。全書以一樁姦殺案爲主線，寫一座小鎮裡的敗德行爲，以及隨之而來的恐怖後果。李永平的原鄉敘事在此有了大膽轉換。《拉子婦》時期的婆羅洲風土逐漸遠去，他筆下的吉陵鎮既有南洋情景，又透露北方特色；既充滿鄉土寫實符號，又處處令人難以捉摸。李顯然充分利用了他的原鄉靈感，營造出一個即眞即幻的敘事策略，向他的中國挺進。

論者對《吉陵春秋》多有好評，或謂之「一個中國小鎮塑像」，或謂之「山在虛無縹緲間」。[4]而書中精緻細密的文字意象，更能吸引有心人細作文本分析。[5]我卻認爲《吉陵春秋》不妨視爲一場精采的特技表演，藉此李永平把他的鄉愁一次出清。學過後現代理論的評者，很可以談吉陵所產生的虛擬情境，已經顚覆了傳統鄉土文學。但李永平走不了這麼遠。以他的路數而言，鄉愁最後的歸宿就是文字，而文字之爲用大矣，豈可兒戲？歸根究柢，李永平是以現代主義的信念與形式，重鑄寫實主義題材。但我們必須警覺，當李永平刻意建造他的紙上原鄉，用文字把它經營得密不通風時，他其實在建築自己的「圍城」。[6]而我們的下個問題是，圍城裡的母親何在？

《吉陵春秋》最重要的母題是女性——及母性——的淪落。在吉陵這座封閉的小鎮裡，欲望橫流，邪惡四下蔓延。不論是美麗貞靜的少婦，還是人盡可夫的妓女，都難有善終。生育與死亡成了冤孽的循環；早期李永平塑造的母親形象失去了救贖的能力，自己也不能被救贖。李記得小時候在家鄉不時撞見一個滿頭白髮的老婆婆，孑然一身，如幽靈般的遊蕩。「她從何處來？往哪裡去？她馱在背上的那個沉甸甸紅包袱裡頭裝什麼東西？隱藏什麼祕密？」[7]我們有理由相信，這個老婦人是《吉陵春秋》裡的劉老娘的原型，而劉老娘是個一切被剝奪殆盡的母親，一個絕望的母親。《吉陵春秋》由此洩漏李永平的心事。他最終要寫的鄉愁就是一種創痛：母親的創痛，人子無能爲力的創痛。

李永平花費大力氣構築一個完美的文字原鄉，但他訴說的故事卻是背道而馳。我認爲這不只是李永平給自己下的美學挑戰，也指向文本之下、之外的意識形態弔詭。他的敘事形式與敘事欲望相互糾纏，難以有「合情合理」的解決之道。他所沉浸的現代主義在形式和內容間的永不妥協，固然是原因之一，但更往裡看，我要說如果李永平寫作的目標在於呼喚那原已失去的中國／母親，付諸文字時，他只能記錄自己空洞的回聲。他的一無所獲，不是敘事成敗的問題，而是欲望（或信仰）的得失問題。

這一問題在《海東青》和《朱鴒漫遊仙境》裡完全攤開來。《海東青》擺明了是一則關於台灣的寓言，寫留美歸國學人靳五和七歲的小女孩朱鴒在海東市（台北？）街頭邂逅，竟日遊蕩的過程。書裡情節其實乏善可陳，但李永平在描寫這座城市的淫逸混亂上，卻呈現了一場又一場的文字奇觀。與此平行的是他對國民黨政權的殷勤照看，甚至將國府遷台比爲聖經的出埃及記。一邊是《洛麗泰》（*Lolita*）式的戀童故事，一邊是老掉牙的反攻預言，《海東青》所呈現的落差如此之大，難怪引人側目。

但只要比照李永平前此的作品，我們才能眞正體會他的野心。台灣——海東——終於浮上檯面，成爲他原鄉想像的交會點。台灣是華族文化具體而微的投影，也是回返故國的起點。台灣是李永平雖不滿意，但能接受的第二故鄉。然而台灣已經墮落，劫毀的倒數計時已經開始。在一片繁華靡麗的描寫中，一種歷史宿命的焦慮瀰漫字裡行間。李永平將他的焦慮盡行投注在朱鴒身上。這個女孩大概是中國現代小說裡最年輕的女主角吧。她的天眞爛漫，引來靳五無限癡迷。然而海東女孩多被迫催熟，及早步入婦人生涯，朱鴒也在劫難逃。是以《海東青》最後，靳五抛下一句話。「丫頭，不要那麼快長大！」但在《朱鴒漫遊仙境》裡，這個丫頭還是自顧自的走向時間陷阱，不得不長大。

從早期的受難母親到七歲的朱鴒，李永平爲女性造像的執著未嘗改變。改變的是李永平節節倒退，彷彿只有回到時間的原點，才能把握並保留當年母親所釋放的深情。在疲憊滄桑的母親和未經人事的朱鴒間，我們可以看出一條神祕的線索。如果母親象徵著「原初的激情」（primitive passions），[8]那麼朱鴒就是那「母親」的翻版——不，原版。一切的愛戀都由此開始。「丫頭，不要那麼快長大！」這一廂情願的姿態令我想起了羅蘭・巴特（Roland Barthes）在《明室》（*Camera Lucida*）中對他母親童年照片的迷戀與悲傷。在那裡，母親是那樣的清純天眞，但在相機停格的剎那，死亡已經潛藏映像之下。[9]同樣的，李永平的文字再栩栩如生，他的書寫不承諾前瞻性，而是重複演出悼亡傷逝。這是鄉愁敘事的根本。就算李永平倒撥時鐘，回到母親的前身，意義的墮落依然已經等在那裡。

《海東青》寫了五十萬字還寫不完，因此耐人尋味。李永平自承這是一場「巨大的失敗」，誠哉斯言。反諷的是，唯其失敗，他的原鄉敘述，他的「尋母」紀事，才有重新盤整，繼續努力的必要。這當然是他的近作《雨雪霏霏》的動機了。

浪子文學

在《拉子婦》出版三十年後，李永平回顧來時之路，選擇各個時期的代表作，結爲《迌迌》。這一書名頗有來歷。我們在《海東青》裡已見朱鴒和靳五一塊兒迌迌：他們逛蕩蹓躂，沒有目標的在海東行走。[10]到了《雨雪霏霏》，小丫頭朱鴒居然說文解字一番：「逍遙、遊逛、蹓達、迌迌……美不美？一個人孤零零在外面漂泊流浪，白天頂著大太陽，晚上踏著月光，多逍遙自在，可又那麼的淒涼。」而李永平也禁不住現身說法：

> 迌迌——瞧這兩個廝守在一起好似一雙姊妹的方塊字，她們的字形字義字音，既是那麼的中國，可又那麼的台灣，在老祖宗遺留給我們的幾萬個字中，也許最能代表浪子的身世、經歷和心境了。[11]

李永平自謂是「南洋浪子」，三十年的文學歷程，換來迢迢二字，說得輕鬆，感慨自在其中。迢迢——日以繼月的在路上，漂泊四方，沒有歸程。這是浪子的本命了。但浪子畢竟不是沒有寄託。觀察他這三十年的行腳，從東馬到台灣，從台灣到北美再回台灣；從台北，到北投，到南投，到花蓮……。他的夢土是中國，卻在台灣度過半生；他辜負過惦念他、摯愛他的人；他一度不再回顧南洋家鄉了，但繞了一大圈，家鄉的點點滴滴還是成爲他寫作再出發的開始（《雨雪霏霏》）。驀然回首，一切恍若隔世。這一切都像是爲「離散敘事」（diaspora narrative）量身打造的例子。

「離散」的定義在空間上打轉，而「浪子」則突出了離散主體的意識。我以爲當李永平以浪子自況時，他觸及了現代中國文學裡的一個傳統——浪子文學。這一傳統雖然不能算是主流，但卻有相當意義。相對於感時憂國，吶喊彷徨的「大敘事」，浪子文學的作者或人物多了層強烈的個人色彩。浪子遊走四方，各有抱負，但在歷盡世故風流之餘，不能沒有身世之感。憂國懷鄉，追情逐孽，聲色一場，無非平添他們滄桑的自覺。而最重要的，浪子書寫由此引發了一種抒情——或懺情——的意識，在一片寫實主義的大纛下，自然獨樹一幟。

在現代文學的彼端，蘇曼殊與郁達夫堪稱是浪子文學的典型。這兩人的生平都是高潮迭起，既有家國之痛，也不乏情色煎熬。發爲文章，跌宕風流，不是過來人不能如此。而蘇的混血背景，郁的跨國經驗，更爲他們的浪子形象增添異國情調。蘇曼殊由色悟空，以出家結束他的紅塵漂泊。郁達夫則更爲傳奇；抗戰前夕他遠走南洋，身份愈加複雜神秘，最後他爲日軍所殺，成爲一樁文學史公案。蘇曼殊和郁達夫都是以生命見證文學，前者的《斷鴻零雁紀》，後者的懺情小說、《毀家詩紀》，糅合傳記與想像，早已成爲經典。

浪子的生活及寫作風格在三十年代新感覺派作家如穆時英、劉吶鷗的手裡，也曾有精采詮釋。但兩人的創作生命太短，不能成其大。四十年代末期路翎的《財主底兒女們》，還有無名氏的《無名書》才又開出新局。路翎將左翼浪漫主義融入個人主體的追求，無名氏則從藝術及形上思考力圖超越歷史的僵局。他們小說中的男性主人翁飄蕩在中國的土地上，不論是頹廢荒唐，還是清堅砥礪，都是上下求索，無時或已。

就著這個傳統來看上個世紀末的浪子文學，我以爲李永平和高行健各具代表性。在極權主義的國度裡，高行健居然四下遊走，尋找他自己的「靈山」。而他的《一個人的聖經》力求以個人的，肉身的情色冒險，救贖一個意識形態狂飆的年代。相形之下，李永平打從頭起就不斷變換流寓僑居的地點，從南洋到北美，從台灣到（想像的）中國，最後一頭栽進文字迷宮中，不能也不願找到出路。高李兩人都有國族與身分認同的問題，應非巧合。八十年代末，高行健遠走法國，才能回過頭來檢視他前半生的起落與流浪。與此同時，常駐台灣的李永平開始擬想著他的迌迌計畫，而以《海東青》爲高潮。到了《雨雪霏霏》，李永平更一任他的想像足跡穿梭於婆羅洲與台灣間，形成頻繁的動線。那蒼莽的神州大陸反而越是可望而不可即了。

如前所述，浪子敘事因其豐富的抒情性有別於一般的寫實主義小說。天涯海角，客中旅次，本來就容易觸景生情，更何況浪子多情易感的本色。但在投射他的欲望對象時，李永平的問題要比前輩複雜。李永平的作品不乏女性角色，但她們卻不能爲浪子創造更多「浪漫」的機會，至少不像郁達夫到高行健所示範的那種情欲徵逐。擺盪在母親與女孩的兩極間，他的女性形象事實上凸顯了浪子欲望追求的缺陷。《吉陵春秋》裡的長笙原應該是李永平理想的青春女性化身，但她的出現帶來詛咒；她的美和死亡脫不開關係。

這引導我們思考李永平浪子書寫的奇特張力。浪子並不能因其落拓不羈的個性而解放他的欲望；相反的，浪子的欲望成了禁忌。可以一提的是，高行健的小說如《一個人的聖經》也暗示了強烈的戀母情結，但這反而促成他的第一人稱主角不斷從成熟女人身上尋求（替代／性的）慰藉。李永平逆向操作，一部《海東青》外加《朱鴒漫遊仙境》，寫的都是浪子面對海東排山倒海的情欲威脅，束手無策的困窘。女孩終將墮落爲女人；但母親，妳在何方？

前面已經提過，《海東青》以靳五的一句話「丫頭，不要那麼快長大！」做爲高潮。我倒認爲這句話有個潛台詞：不要長大的其實是我們的浪子。這本小說充滿了情色挑逗，卻最不具挑逗性。我曾經抱怨過靳五這個角色是個奇怪的旁觀者，除了對女孩子常常「看癡了」、「心中一酸」外，缺乏明確的動機。[12]如今看來，這反而成了李永平浪子敘述的特徵。

李永平所有的欲望最後化爲他與文字的糾纏，這才是他沉迷撫弄，欲仙欲死的愛戀對象。中國文字是神祕的圖像，「千姿百態，琳琅滿目」，從李永平幼年就「誘引」、「蠱惑」他。他甚至藉他人之口說明支那象形字是「撒旦親手繪製的一幅幅……東方祕戲圖，詭譎香豔蕩人心魂。」[13]這是一種業障，但李永平甘心陷溺其中，不能自拔。李永平經營他的文字迷宮，或文字春宮，以《海東青》達到頂點。這本小說以大量艱澀冷僻的詞彙，堆疊海東欲望橫流的場面，筆鋒所到之處，無不成爲奇觀；文字果然就是祕戲。而李永平如此耽溺，就算有心要爲小說作一了結，他也不能寫完，也完不了。只有從這角度來看，他的浪子情結才算發揮得淋漓盡致。

而李永平的浪子寫作必須與他的原鄉想像合而觀之，才有更豐富的涵義。漂流多年，是浪子回家的時候了。但是回到哪裡去，怎麼回去呢？在他的近作《雨雪霏霏》裡，李永平立足台灣，以文字重新召喚東馬家鄉。比起《吉陵春秋》與《海東青》的極端試驗，這本小說集代表一種「眼前無路想回頭」的轉圜。在書中，李永平以歷盡滄桑的角度，遙想當年成長過程的點點滴滴。他既是敘述者，也是被敘述的主題。華族移民生活的苦樂，青春啓蒙的經驗，還有揮之不去的種族政治陰影，於是一一來到眼前。類似題材張貴興的《賽蓮之歌》也處理過，但李永平的敘事仍有特殊之處。他延續了《海東青》裡浪子與女童的搭檔關係，只是這一回他更把「小丫頭」朱鴒提升成爲他永恆傾訴衷腸的對象。沒有朱鴒，家鄉的回憶就無從開始。如果張貴興以希臘神話的賽蓮女妖（Sirens）做爲南洋少年的欲望源頭，李永平簡直就像是要把他的朱鴒比成《浮士德》裡的葛蕾卿（Gretchen）；後者以她不幸的墮落和救贖成全了與魔鬼打交道的浮士德。但《雨雪霏霏》裡的浪子能叫停時間，不再漂泊麼？小女孩能不要長大，不要墮落麼？

耐人尋味的是，李永平選擇《詩經．小雅》的一句話「雨雪霏霏，四牡騑騑」爲新作點題。三千年前中國北方的冰天雪地與南洋的蕉風椰雨形成了奇詭的對應。識者對此或要不以爲然。但爲什麼不可以呢？在回憶與遐想的天地裡，文字排比堆疊，化不可能爲可能，其極致處，歷史稍息，一種**詩意**油然升起——這當然是李永平文字漂泊的終極歸宿了。

特別值得注意的是〈望鄉〉一篇。這篇小說描寫三個台籍慰安婦流落東馬的遭遇。年幼的敘事者李永平對這三個台灣女人發生好感，「被當兒子看待」。但人言可畏，他不忍親生母親傷心，終於背叛了女人們，告發她們通姦。做爲《雨雪霏霏》的壓卷之作，〈望鄉〉很能說明李永平現階段的情懷。透過三個望鄉的台灣女人，他回望他的東馬家鄉，又從東馬回望台灣。而他心中遙望的夢土，仍然影影綽綽的隱藏在三千年前的雨雪中。

而〈望鄉〉這樣的故事也讓我們回望李永平創作的所來之路。三十年前的〈拉子婦〉不也講了個類似的故事？他鄉來的女人，殖民地的環境，華族移民的情欲與恐懼，是怎樣的被挑逗，被壓抑著。〈望鄉〉裡的女人有家難歸，下場淒涼。透過她們，一個年輕的馬華男孩初次嘗到誘惑、背叛、與罪的滋味。多少年後，男孩已經變成浪子，他還在頻頻回首，向他的「母親們」——大馬的，中國的，台灣的母親們——懺悔致意。浪子歸鄉的路何其曲折，小說家望鄉的寫作還得繼續。

一九七〇年代我就讀於台大外文系。系中有一位助教膚色略黑，舉止率性，一副橫眉冷眼的氣勢，學生紛紛敬而遠之。但這位看來粗獷的助教卻寫出《拉子婦》那樣細膩敏感的作品。八十年代在海外讀到《吉陵春秋》，的確眼睛爲之一亮。但直到《海東青》出版，我才對李永平有了深深的敬意。先不論作品的野心，這年頭視文學爲聖寵，把鐵飯碗都能扔了的作者，可眞是不多見。爲了創作，九十年代的李永平是漂泊的。前兩年在東華大學終於初次「正式」見到他，也不過交談寥寥數語。當年那個桀驁不遜的「南洋浪子」如今看來倒是慈眉善目了。人生的緣分，可以如此，是爲記。

---

1 陳瓊如〈李永平——從一個島到另一個島〉，見本書，頁四〇二。

2 同上，頁四〇〇。

3 有關李永平作品的論述，見本書〈李永平小說評論／訪談索引（一九七六—二〇〇三）〉。尤其可參照黃錦樹及羅鵬（Carlos Rojas）的論文。本文論點受益此兩篇文章之處，不再個別徵引出處。

4 龍應台〈一個中國小鎮的塑像〉，《當代》第二期（一九八六年六月），頁一六六；劉紹銘〈山在虛無縹緲間——初讀李永平的小說〉，《聯合報・聯合副刊》，一九八四年一月十一—十二日。

5見如曹淑娟〈墮落的桃花源——視《吉陵春秋》的倫理秩序與神話意涵〉的分析。

6余光中先生在《吉陵春秋》的序裡稱李永平的作品爲〈十二瓣的觀音蓮〉，因此可以做反諷的解釋。

7見李的自序〈文字因緣〉，《迌迌：李永平自選集（一九六八—二〇〇二）》（台北：麥田，二〇〇三），頁三〇。

8這是周蕾（Rey Chow）的詞彙，指向第三世界的文藝創作者每每將自己的文化及存在困境，投射至一種原初想像的斷裂或損傷。以人物典型爲例，最常見的是女性，尤其是母親，的苦難造像。見周蕾著，孫紹誼譯《原初的激情：視覺、性慾、民族誌與中國當代電影》（*Primitive Passions: Visuality, Sexuality, Ethnography, and Contemporary Chinese Cinema*）（台北：遠流，二〇〇〇），第一章。

9羅蘭．巴特（Roland Barthes）著，許綺玲譯《明室．攝影札記》（*La Chambre Claire: Note sur la photographie*）（台北：台灣攝影工作室，一九九七）。見許的討論，《糖衣與木乃伊》（台北：台灣攝影工作室，二〇〇〇），頁一一一—一一二。

10王德威〈莎樂美迌迌——評李永平《海東青》〉，《眾聲喧嘩以後：點評當代中文小說》（台北：麥田，二〇〇一），頁九五—九九。

11見李的自序〈文字因緣〉，頁三八。

12同註10，頁九八。

13見李的自序〈文字因緣〉，頁四〇。

自序

文字因緣——《迢迢》

李永平

1. 南洋浪子

三十年前，曾經有個浪子。

浪子從南海的婆羅洲浪遊到東海的台灣，落腳於台大校園，當了外文系的學生。冬日蕭瑟，來自熱帶的浪子縮起脖子摟住書本，遊魂似地逡巡在新生大樓門前青草地小徑上，心中一片迷茫。最關心他的劉藹琳老師穿著她那襲素花旗袍，滿臉笑，纖巧地走過來伸手扯了扯他的衣袖：「眞的不想唸文學啊？到底想唸什麼呢？」他囁囁嚅嚅：「國貿。」（那時台灣的經濟發展正面臨起飛階段喔。）劉老師嘆息一聲，沉吟一會：「去聽聽小說家王文興的課吧！他剛從美國留學回來，帶回一些新觀念，說不定對你有所啓發。」於是浪子走進文學院第二十教室，在女生堆中找個空位悄悄坐下來。窗外一池蓮花，含笑沉睡冬陽下。年輕的小說家清癯的臉龐上架著一副銀邊眼鏡，目光炯炯，面對滿堂聳動的一篷篷黑嫩髮絲，舉起麥克風，正在講析安徒生的一則童話呢。兩個鐘頭下來，王文興教授就這麼高坐講壇上，手裡捏著一疊上課證，沉思著，逐字逐句吟吟哦哦反覆推敲，探尋字裡行間蘊藏的微言大義。偌大一間教室鴉雀無聲。浪子登時怔住了。童話，不是寫給小孩看的故事嗎？童話原也可以寫得那麼精緻入微、那麼耐人尋味——那麼令人「震憾」嗎？原來人世間竟也有「小說」這門「藝術」！這一發現對浪子而言不啻石破天驚，因爲，這之前，浪子以爲小說也者只不過是講一個精彩的故事而已。

春四月，台大校園的杜鵑花早已開得一片醉。浪子敞開襟口，迎向滿城薰風，遊魂似地徜徉在椰林大道上，傾聽著頭頂上那長長兩排嘩喇嘩喇風中招展的大王椰，走著想著，心頭驀一亮：我也要寫一篇小說！那年放暑假前他果然寫了一篇小說，名叫〈拉子婦〉。

2. 湖湘男兒

人說，命運像一條鎖鏈，環環相扣，其中總有一個環子比別的環子來得巨大，來得燦亮耀眼——若是少了或換了這顆環子，整條鎖鏈彷彿就會走樣變形似的。顏元叔教授就是這顆環子，浪子命中的「貴人」。

這個身材魁梧（那時的感覺）的湖南大漢，那年不過三十來歲，剃個小平頭，上身穿著一件美國花襯衫，下身繫著一條美國花短褲，訓誨起學生來，一字一鏗鏘，聲色俱厲，可神情卻又顯得那麼懇切、厚道，甚至那麼的「土」：中國的植根於黃土地的五千年的「土」，跟他那身美式裝扮和滿口英文多不相襯，可又說不出的貼切。那年顏博士剛從美國回來，意氣風發，準備投出一顆超大型信號彈，照亮台灣文壇的夜空，震醒那幫瑟縮在白色恐怖陰影下只敢談風說月的文人作家。偶然，他看到了〈拉子婦〉。據說他長嘆一聲：「這個僑生可教也！」於是他把這篇小說推薦給《大學雜誌》發表。於是他召見作者到研究室懇談——空盪盪只擺著一輛破舊腳踏車的斗室——背對一窗斜陽，撫摸著他那顆傲岸挺拔的小平頭，睥睨著，暢論小說家的時代責任和文學的社會意識。他伸出蒲扇一般大（那時的感覺）的手掌，叭、叭，在浪子細瘦的肩膀上猛拍兩下，接著又在浪子心窩上打一拳：「好好寫作吧！將來說不定會有一點小成就哦。」這一拳擂得浪子渾身戰慄，兩腿虛軟，有如醍醐灌頂，心中登時一片清涼。這次見面結下了一段奇妙的師生緣，奇妙得不知從何說起，不知怎樣訴說……從此踏上寫作這條坎坷的不歸路，一路跌跌撞撞踉踉蹌蹌走來，浪子心中不知是怨還是感激……浪子如今年過半百矣。

這些年來，浪子在外浪遊累了，有時會不自覺地走到羅斯福路四段，躲進東南亞戲院歇歇腳喘口氣，休憩一晌。每回經過台大門口，他總會駐足在校門對面鬧市「雙葉書廊」騎樓下，仰起臉龐，瞇覷起眼睛來，怔怔地眺望那花木蔥蘢紅樓掩映、當年曾收留他、讓他逍遙度過九年青春歲月（四年當學生，五年當助教）的台大校園。

午後，秋陽曖曖，顏元叔教授依舊昂揚著他那顆傲岸的小平頭，四下睥睨，從文學院大門口走出來。他手裡拎著臃腫的公事包，身上披著看不出什麼顏色的舊西裝，腆著個大肚膛，櫜韃，櫜韃，一步一腳印，踩著硬梆梆的柏油路面，迂迴穿梭過那成群捧著洋裝書、迎著滿園盪漾的銅鐘聲、流竄在花木間匆匆趕場上課的女學生們，撇撇嘴，目不斜視，自顧自邁著他那雙圓頭大皮鞋，獨個兒走下校園中央那條長長的椰林大道，櫜韃，櫜韃。

湖湘男兒老矣，踽踽獨行在三十年前他叱咤風雲、成群學生前呼後擁的台大校園，白茫茫滿頭華髮，一臉子的落寞。

浪子呆呆竚立在那座紅磚碉堡般的台大校門對面市街上，一時看得癡了。三十年，那是半個甲子呢。

3. 北美飄雪

下雪了。向晚，天色突然沉黯下來，紐約州中部平野上的奧伯尼城驀地飛起一天白絮，蹦亮蹦亮，萬千個小精靈似的，結夥遊蕩在空中，只顧互相追逐飄舞嬉戲，鬧了好一會兒才紛紛降落到城中户户人家煙囱上，凝起它們那一雙雙冷白眼眸子，一動不動了。沒多久，整座大學城就給覆上了一層瑞雪，白皎皎悄沒聲。浪子從台灣漂流到美洲，機緣巧合在紐約州立大學落腳，看到了生平第一場雪。雪！他呆了呆，抬頭眺望半天才把書包紮上肩膊，推開文學院兩重玻璃大門。迎面朔風吹來，他趕緊縮回脖子，踩著滿地雪泥跌跌撞撞走上街頭，撐開眼皮一看，只見西邊天際瘀血般塗抹著一灘殘霞，歸鴉呱噪，山巔滾滾彤雲湧起。今年大雪來得忒早！瓊安，妳看，城外深秋那一林子楓樹兀自燦爛著渾身紅妝，火燒火燎嘩喇嘩喇，招颻在漫山飛捲的雪花中，好不桀驁自在。

浪子揹著書囊跋涉在放學回家的路途，落葉窸窣，城郊住宅區四下闃無人聲，跫，跫，浪子邊行走邊傾聽自己的步履聲，天地迷茫，霎時間彷彿只剩得他一個人踉蹌獨行。整條柏油路空落落，偶爾，猛一燦亮，一輛汽車睜著兩盞晶瑩雪燈，悄駛出漫天風雪來，勃然濺潑起簇簇雪泥，車中依稀可見兩條人影繾綣廝摟，唧唧啄啄，黃髮披肩分不清是男是女，轉眼雙雙隱沒進了雨雪其霏的美國小鎮街頭。大雪中，滿鎮人家升起炊煙。傍晚石板人行道上綻亮起水銀街燈，盞盞頂著雪花，灑照著家家屋前草坪上三兩叢楓紅。呱，呱，樹梢忽然一陣騷動，黑黝黝枝椏上堆著的雪苞一毬毬迸開，紛紛墜落。雪花飛濺中，只聽得樹上棲停的一窩烏鴉驟然竄起，鼓著翅膀抖落羽毛上的雪，扯起粗礪的嗓門，嘎嘎呱噪著飛撲向天際山頭血漬斑斕一輪風雪落日。蹦蹬蹦蹬，一個小小男孩搖甩著滿頭黃髮絲，倏地從門廊上跑出來，手裡揸著彈弓，仰起臉，齜著兩枚乳黃小虎牙，笑嘻嘻眺望那幾十隻落荒而逃的黑鳥，呸呸呸，嘴裡只管詛咒著。布坎南街上熱騰騰瀰漫起果餡餅香。夕陽下，楓葉層層中，街道兩旁白皚皚草坪上蹲伏著一幢幢白木屋，覆著雪，炊煙繚繞，閣樓窗口透出兩框子鵝黃燈光，驀一看好似明信片上北歐鄉村冬日雪景。這會兒一家子團聚，圍坐在樓下起居室熊熊火爐前，觀看電視夜間新聞。滿屋子電光閃爍迸亮，霹靂靂人頭晃動。美國廣播公司法蘭克雷諾斯、國家廣播公司陳謝勒、哥倫比亞廣播系統克朗凱，三大電視網新聞主播高坐播報台，銀髮皤皤，大雪天依舊穿著燙貼的天藍西裝，端肅起臉容，睜著兩隻碧青眼眸子睨瞅著全國觀眾，琅琅讀稿：「暴風雪今夜襲擊全美。」浪子趕忙把肩膊上的書囊紮緊了，縮起脖子，咬咬牙，迎向奧伯尼城那漫天追逐飛舞嬉戲的皎白小精靈，踩著人行道上越積越厚的碎雪，一腳高一腳低，蹭蹬走過布坎南街長長兩排白木屋，穿梭過楓林中盞盞燈火，一路走，不知怎的一路只管回憶起熱帶叢林中的童年往事。鬼魅般，陰森森色彩絢爛的一個意象，倏地冒出來，幽然浮現在眼前：海天寥闊，南中國海煙波浩渺，婆羅洲蒼蒼莽莽地平線上一輪火紅太陽下，有個老婆婆身穿客家婦女黑布衫，聳著滿頭花髮，弓起背脊，馱著個紅布包袱，不聲不響獨自行走在海島雨林中那鬧烘烘人頭鑽動的巴剎市集上，從街頭走到街尾，從鎮裡走到鎮外，中午歇了一晌又順著原路趑趄走回來，日復一日，朝出晚歸……

她從何處來？往哪裡去？她馱在背上的那個沉甸甸紅包袱裡頭裝什麼東西？隱藏什麼祕密？她有沒有親人？

無可考。記憶中從不曾聽大人們談起，彷彿那是一樁罪孽，不可公開談論。只記得有一回父親說溜了嘴，提到「劉老娘」和她的兒子媳婦，光天化日下猛然打個冷哆嗦，轉頭望望身後就不再吭聲了。

小時候住在英屬北婆羅洲沙勞越邦古晉城，平日上學，或放學後在街上遊逛，三不五時總會跟這老婆婆迎面相逢，擦身而過：有時在市中心印度街，有時在豔陽下血腥瀰漫的中央市場，有時在市場旁那條黑魆魆、汗潸潸、一蓽一蓽紅燈下只見人影飄忽鬼眼瞳瞳的巷弄子，有時在香火鼎盛的大伯公廟（久違了，慈眉善目諄諄儒雅的大伯公，客家人的守護神，我的漢文啓蒙老師），有時在市郊那紙錢飛颺孤塚纍纍的華僑義山墳場……老婆婆一逕低垂著眼瞼，望著地，對周遭的事物不瞅不睬，只顧弓著背樑馱她的紅包袱，頂著赤道上的大日頭走她自己的路。她那乾枯的小身子佝僂著，無聲無息，一步一蹭蹬，晃漾在赤天中午漫城燦白得扎眼的陽光中。後來有一日——大約過了兩三年吧——她忽然沒再出現在城中街道上，整個人彷佛被婆羅洲的日頭蒸發掉了，竟不知所終。

長大後，老婆婆的紅包袱一直潛藏我心底，誰知今天黃昏，在萬里之外北美洲風雪夜一座寧謐的城鎮，它又悚然浮現眼前，炯炯瞪視我。待會兒見到瓊安，得跟她講講這件童年往事。瓊安，聰慧的法文系學生，研究福樓拜和巴爾扎克的小說，或許能夠從這條孤零零漂蕩在南中國海一座叢林島嶼上的細小身影，嗅出一些端倪，甚至看出一則精彩的故事……瓊安不是一直慫恿我繼續寫小說嗎？〈拉子婦〉譯成英文，收入齊邦媛教授主編、台北國立編譯館出版的《現代中國小說選》，瓊安讀後眼泛淚光，直說好，簡樸有力。後來她看了英譯〈日頭雨〉，笑笑說：「可以向左拉挑戰喔！」可我不喜歡左拉，不欣賞那陰暗杳冥的自然主義小說，爲此面紅耳赤跟瓊安辯了一場。這是後話……

雪下得大了。整個奧伯尼城籠罩在漫天炊煙飛絮中，轉眼隱沒，天地間渾白一片，只剩下布坎南街兩旁楓樹下雪屋中漾亮著幾窗鵝黃燈光。不知哪裡傳出三兩聲狗吠，嗓子拉得悠長長，嗚汪嗚汪好不淒涼。浪子弓下身來把球鞋上的積雪掃撥掉，喘口氣，揉揉凍紅的腳丫子，回頭一望，紐約州立大學奧伯尼分校那四座銀色塔樓兀自聳立在風雪中，塔頂閃爍著十來盞紅晶燈，眨啊眨，瞭望西天一丸子落日。校園一片涳濛。那雪下得更密了，只見毬毬雪花飛捲起滿山頭紅葉，嘩喇嘩喇。走著走著忽地萬籟俱寂，風停了雪止了，浪子只覺得偌大的北美洲剎那又回歸到荒古，原野上杳無人跡，跫跫跫，只有他這個來自南洋熱帶雨林的人在走動。他卸下肩上揹著的書囊，蹲在人行道上歇息一晌，撐起身，馱起書囊踩著雪泥繼續行走。霍桑街角悄沒聲閃出一條瘦小人影，渾身包紮著臃腫冬衣，痀瘻，垂頭，邁著腳上兩隻笨重大黃皮靴，啃啃喘著大氣朝向浪子跋涉過來，街燈下猛抬頭，只見他身上那件深灰夾克斗篷內，怯生生，窩藏著一張蒼黃臉孔，鼻洞中噴出嬝嬝霧氣，腮幫上滴瀝滴瀝流淌著兩條雪水。這個漢子看似異鄉客。韓國人？日本人？香港人台灣人大陸人？好像都是。反正在美國小鎮遇見的東方男子，不知什麼緣故臉上總是帶著一副倉皇神色。這會兒在奧伯尼城迎面相逢，街燈下擦身而過，兩下裡打個照面。那人挑起眼皮，兩粒幽黑瞳子血絲烱烱，透過厚重鏡片瞄望對方一眼，點點頭打個招呼，又沉下臉孔，拱起瘦削的肩膀，摟緊身上的夾克，顛蹬著大皮靴繼續趕路，喀喇喀喇踢躂起一團團雪泥。暮靄炊煙中一瘻子灰黯冬衣，頂著風雪漸漸遠去，彳亍獨行，沒多久就漂失在街尾長老會墳場那叢叢十字架中。浪子望著這人的背影，打個哆嗦，掉頭繼續往前走。三叉路口一輛老舊的天青雪佛蘭靜靜停下來。前座那老夫妻倆拱擁著冬裝，聳著滿頭銀絲鬃，笑吟吟揮手讓路。浪子探頭一瞧。原來是紐約州大副校長和夫人！他趕緊鞠躬答謝，拔起腳來兩三步躥過路心，走上那條聚居著州大教授和研究生的托克威爾街，朝落葉深處蹭過去。呦，呦，街中那户栽種滿園百合花的人家，前院哀哀響起狗吠聲。「黑皮不要叫！」閣樓窗子嘩喇一聲推開了，燈光裡一個小小女孩伸出她耳脖上兩毬金鬈子，柔聲召喚她的狗兒：「黑皮黑皮不要叫，乖，趕快回家哦！」浪子踩著雪泥一路走，不知怎的，一路兀自思念婆羅洲大日頭下那個馱著紅包袱獨自行走在古晉城中的老婦人。風緊了。奧伯尼城頭湧起漫天狂雪，楓林中群鴉呱噪，天際那灘殘霞早已凝結成一抹血。秋冬之交，北美洲的夕陽燃燒了一黃昏，終於沉落，谷中小鎮人家登時陰暗下來，剎那間，全都給捲進了那一漩渦一漩渦滿山遍野追逐喧嘩的火紅落葉中，白茫茫靜悄悄。鎮尾，托克威爾街盡頭一盞路燈迷濛。

閣樓窗口，瓊安點亮了燈。

4. 又見台灣燈火

「吉陵」是個象徵，「春秋」是一則寓言。

《吉陵春秋》講述報應的故事——那亙古永恆、原始赤裸的東方式因果報應，蠱祟一整個支那城鎮的人心。

這是妳給的提示，瓊安，那晚在北美楓林小鎮風雪閣樓中一盞檯燈旁。一言點醒迷惘的浪子。於是那年在紐約州立大學，浪子邊攻讀碩士學位，邊著手寫作吉陵系列小說第一篇〈萬福巷裡〉。一九八二年，在聖路易華盛頓大學唸完博士回台灣，到中山大學教書，寫完四卷十二篇關於紅包袱老婆婆（記得嗎？就是《吉陵春秋》書中那個在萬福巷開棺材店的劉老娘）跟她兒子劉老實和媳婦長笙的故事，交給洪範書店出版，履行了對妳的承諾，那年暑假便拎起背包浪遊台灣，將婆羅洲童年拋諸腦後，打算開學後好好收心回學校教書，暫時不再寫那惱人的小說了，可那次旅行，看到闊別六年的第二故鄉——唔，是第二故鄉嗎？台灣和婆羅洲在我心中的分量，放在手心掂一掂，實在無分軒輊啊，難怪在我作品中這兩座島嶼一在南海一在東海，卻總是糾結在一起，難分難解……可那次旅行，目睹台灣經濟起飛後一派物阜民豐繁燈似錦笙歌處處的景象，心中感動不能自己，有話直欲要說，而我這種人偏偏又只能透過小說，用講故事的方式陳訴心事，於是，無可無不可，就這樣一路尋幽探勝一路構思小說情節，旅程終了，《海東青》這部長篇小說也在心中孕育完成。那是民國七十五年，公元一九八六年。浪子年近不惑矣！

我曉得，瓊安，妳心裡好想問我……

可自從那年奥伯尼城別後妳我就斷了音訊，直到今天，妳也許壓根兒不知道，繼《吉陵春秋》之後我又寫了一部小說——反正，不知爲了什麼緣故，我就認定妳心裡好想問我：那次環島旅行，一路所見最令我印象深刻的是什麼東西，以致孕育出這樣一個與眾不同、被某些批評家視爲「怪胎」的作品《海東青》？

告訴妳，瓊安，那是燈火！向晚時分夕陽下，台灣中南部平原上一望無際綠汪汪水稻田中，乍然亮起的一簇簇七彩霓虹燈。

頂記得一天黃昏下著細雨，我搭乘彰化客運從台中市前往南投縣（後來，因緣巧合，在朋友盛大成兄引介下我住到南投山上寫《海東青》）。車子穿過田野進入草屯鎮，暮色沉沉，農家屋頂上升起三兩縷炊煙，驀地眼一燦，只見公路旁稻田中竄跳出一個水晶花燈女郎，高挑挑，兩腮緋紅，挺起碩大的胸脯竚立在低矮的農舍間，冒著雨，甩著髮上的水珠兒只顧兜轉旋舞，眨啊眨好不嬌媚桀驁。我趕緊揉揉眼皮定睛一看：原來是一家新開幕的KTV酒店，名字叫金絲貓，門口擺著長長兩排名流巨賈政要鄉紳致送的花環花圈。鞭炮花屑灑滿一地，紅灩灩淋漓霪雨中，乍看竟似一牀落紅。五六十位少小女郎穿著各色高衩旗袍，展露出一雙雙嫩白長腿子，笑盈盈，排成一列站在門洞口哈腰迎客，其中幾個調皮的妞兒，還伸手向我們這輛路過的巴士揮舞呢。車子濺著水花，闖開蒼茫雨霧一路駛進市郊。燈火愈來愈繁密，顏色越來越鮮明，轉眼，田野上彷彿飛灑起一陣七彩流星雨，瞧，瓊安，那千百盞霓虹花燈一盞追逐一盞，紛紛緋緋次第綻亮，飛越一畦畦稻田，火燒般沿著草屯鎮通衢大道中正路直流竄到鎮心，兩條花火龍也似，呼嘯著穿城而過，又沿著人影幢幢人頭晃蕩的鬧街中山路，劈劈啪啪一路延燒，追逐嬉戲交尾，好久好久才漸漸沉暗下來，最後消失在鎮外山腳下那炊煙繚繞闃無人聲的水田裡。

雨中，我坐在彰化客運巴士上，倚著車窗口，怔怔瞅望窗外那一城喧嘩燦爛的燈火，心中憂疑不定。小別六年，台灣的鄉野小鎮（人口不到五萬呢）怎也變得如此風情萬種，好像一群村婦突然給抹上資生堂胭紅，穿上香奈兒衣裳，扭扭捏捏，站在自家農莊前睨望著大馬路上過往的人車，咧開血漬漬兩片嘴唇，伸手招客。田野上飄漫起一股刺鼻的女人香。長長一條中正路，櫛比鱗次一棟棟簇新亭台樓榭崛起稻畦間，夜空下兩排霓虹招牌羅列路旁，眨啊眨，睞啊睞，閱兵似地次第閃爍過我眼簾：KTV豪華酒店MOTEL情侶賓館マサ—ジ觀光理容SAUNA三溫暖……滿街裙衩飛飀中，車子遊駛在燈火人頭堆裡緩緩穿城而出。回頭一看：暮靄四合煙雨蒼茫，鬱鬱蓊蓊台灣中部平原上幽然浮現一座用玻璃、壓克力和塑膠磚打造的水晶宮城，華燈高掛，笙歌響起，宛如一艘十萬噸級豪華郵輪，停泊在黃昏水田中雰霏細雨下，艟艟艨艨金碧輝煌，驀一看煞似海市蜃樓。玉女池、溫莎堡、媚登峰黛安娜夢十七、新東帝酒店凱撒三溫暖金紐約鋼琴酒吧白金漢理容院、敘心園、金絲貓。小小一座鎮甸霎時間燈火高燒，紅潑潑照亮了海東天空一隅。瓊安，妳看，那漫天霓虹光管交織著一個個妖嬈的方塊字——榊料理、要、滿濃賓館——像不像千百條花蛇交纏在一起遊嬉在田野上，喝醉了酒似的，癲癲狂狂劈劈啵啵，迎著天際一灘殘霞只顧兜轉追逐繾綣在綿綿霪雨中，撒下無數顆蛇卵子，孵出一窩又一窩小花蛇。濁水溪口，血球般一輪落日盪漾在煙波迷濛台灣海峽中，載浮載沉。蓬萊海市縹緲一瓢新月，水紅紅，悄然升上城頭，俯瞰滿城霓虹招牌上那一眸子一眸子媚眼兒似的顧盼生姿的方塊字：鑫鳳、狐猩屋、小鷗少女服飾、鄉嬛書坊、鯥夫人美容院……

從小就著迷於字。

字！漢字，有人說那是方塊字，有人說那是支那象形文字，可對我來說那只是字，就是字，舉世獨一無二、圖騰般隱藏著普天下只有支那人才能破解的神祕符碼。一字一圖，一圖一意象。一個意象就代表一個具體而微的小宇宙。從小不知怎的，這一個個千姿百態琳瑯滿目的字（老師說總共有五、六萬個字呢）組合成的大宇宙，就開始誘引我，魔魘似的蠱惑我那天真未鑿的幼小心靈。

最記得，小時提著一籃香燭供品，跟隨母親到鎮上大伯公廟燒香，進入山門，攫住我目光的，並不是大殿中那座香火繚繞、金漆雕花的龕子裡供奉的七尊煙燻燻、臉上帶著曖昧笑容的神佛，或兩旁羅列、青面獠牙的一群夜叉，更不是牆上描繪的一幅幅色彩瑰奇、講述生死輪迴的壁畫，而竟是（瓊安，莫忘了，那時我還是個初初識字的小學生哩）殿中的對聯：善惡不爽錙銖爾欲欺心神未許；吉凶豈饒分寸汝能昧己天難瞞。瞧，這二十六個字，字字森嚴，刀刻般深深鐫在大殿中央兩根花崗石柱上，金燦燦，亮閃閃，映照著廟門口灑進的一片煙火霞光，登時震懾住了我。於是，我站在柱前跂著腳尖仰起臉龐，呆呆地，瞅著柱上那二十六幅金漆描繪、四寸見方的文字圖象，恍恍惚惚，好半天一眨不眨，只顧捉摸它們背後隱藏的祕密。神佛透過這些符咒，究竟要向人間傳達什麼訊息呢……

出生於英屬婆羅洲，成長於ABCD字母橫行的世界，受西方殖民文化薰陶，耳濡目染，打記事起，我就對古晉城中那一蕾蕾綻現在白花花太陽下的神祕支那圖象，感到無比的好奇和些許畏懼，就像那成群穿梭遊走在鬧烘烘唐人街上，滿臉好奇，觀看支那人做買賣的白種男女。瞧，大日頭下，他們圓睜著碧藍翠綠的眼珠子，躡手躡腳探頭探腦，只顧瞄望店簷上張掛的一幅幅龍飛鳳舞金碧輝煌的支那招牌——合通發、要安堂、三江貿易公司、朱南記綢布莊——邊觀賞邊交頭接耳竊竊議論，臉上流露出又是迷惑，又是恐懼，又是輕蔑的神色，渾身抖簌簌，不時舉起胸前掛著的照相機，瞄準招牌上那些個在西方人看來特別神祕古怪、符咒一般的支那象形字，咔嚓！拍照存證。

小時候在南洋教會學校讀書，教英文的修女三不五時就端肅起臉容，柔聲告誡孩子們：支那的文字是撒旦的符號，跟支那男人的辮子是同樣的東西（其實中國人早就剪掉辮子啦。）有位羅神父講得更絕！支那象形字是撒旦親手繪製的一幅幅——總共有四五萬幅喔——東方祕戲圖，詭譎香豔蕩人心魂。瓊安，不怕妳生氣，此後每回我翻開中文版《聖經》，心神總會一陣搖蕩，透過那密密麻麻孑孓蜉蝣的千百個方塊字，恍惚間，看到的竟是一頁一頁男女耍嬲交歡圖呢。喲，支那字是撒旦符號，而撒旦就是墮落的天使，而墮落的天使就是魔鬼，而魔鬼就是鬼鬼祟祟鑽進伊甸園哄騙人類女祖先夏娃的那條蛇……

蛇！原來，我們在唐人街店鋪招牌和神廟對聯上看到的字，竟是一窩子交尾嬉戲的花蛇呢。瓊安，妳能理解嗎？在學校獲得這樣的訊息，我們這些華人子弟回家來，晚上在供奉祖宗牌位的堂屋裡睡覺，保准會做噩夢，香火繚繞中，看見我們的爺爺們和列祖列宗，身穿長袍馬褂，腦瓜子後面紮著一根長長的豬辮子，手裡高舉一幅幅圖咒，鬼魅般，浮現在我們面前，只管瞇起兩隻血絲丹鳳眼，打量我們這群流落在南洋婆羅洲的子孫，瞅著瞅著，忽然齜牙一笑，伸手抹抹臉孔，就像四川變臉戲那樣倏地甩頭一變，眨眼間，我們的祖宗竟幻化成一群龍蛇怪獸，浩浩蕩蕩朝向我們直撲過來，神龕紅燈下張開血盆大口，二話不說，便把我們小小的身子一口吞嚥進他們那黑鬱鬱的嘴洞，哇哈哈，哇哈哈……

瓊安，後來我寫《雨雪霏霏》一書，以小說筆法追憶婆羅洲童年往事，特別撥出一章，記錄這樁刻骨銘心、害我跟支那方塊字結下一世不解之緣的經驗，題目就叫做〈支那〉呢。這是後話。

在南洋好不容易唸完高中，一九六七年回國就讀台灣大學。搭乘輪船初抵寶島，在基隆港登岸，雇一輛出租汽車運載行李沿麥帥公路直奔台北。進城之際正值傍晚，秋夏之交西北雨欲來，只見黑雲壓城。偌大的城市黯沉沉悄沒聲，驀一亮，城心樓台深處忽地飛綻起一簇煙花，轉眼夜幕垂落，萬家燈火次第點燃，天女散花般沿著城中條條通衢大道中山南北路南京東西路……四面八方飛灑開來，染紅了淡水河口那一輪暗淡的落日。車潮大起。滿城汽車金光燦爛，夕陽下好似千百條花火蛇蜿蜒穿梭燈火中，中山北路上早已絃歌四起，九條通火燒火燎，各式霓虹爭奇鬪麗，滿坑滿谷兜舞旋轉，將巷弄中那一座座歌台酒館妝點得有如花塢洞房一般。燈下，紅門洞口，只見一雙雙紅男綠女摽結著膀子，忙忙鑽進鑽出。熠亮熠亮，兩道電光倏地竄出觀音山巔，刀也似割破城頭滾滾彤雲，一團初升的水月下，兩隻皎白大蜈蚣互相纏繞追逐，顫顫攣攣直爬上漆黑的天頂。滿天綻響起雷聲，空窿空窿。閃電飛迸中，一城水晶樓台燈火豁然湧現東海上。瓊安，當時我乘坐出租汽車進城，簡直看呆啦。我這個出生在婆羅洲蠻荒小城的華僑小夥子，長到二十歲了，幾時看過這樣繁華的燈火，那麼多個濃妝豔抹、爭相招展在電光下宛如一群舞孃向雷公頂禮膜拜的中國字：春神酒店、群馬賓館、吉本料理、湘珈琲、愛媛月子中心、華僑大舞廳太子城三溫暖豪爺觀光理髮廳……往後那些年，隨著台灣經濟起飛，島上的燈火愈來愈昌盛，那成群旋舞在霓虹招牌上的方塊字也越發癲狂妖嬌，曾幾何時，連草屯這樣的鄉野小鎮，咦，也搽脂抹粉，變得嫵媚多姿起來了。我喜歡讓自己迷失在台灣的燈火中，遊魂似地躑躅行走，獨自個，賞玩那一盞盞閃爍在夕照炊煙中的霓虹，滿心惶惑、喜悅，捉摸招牌上那一蕊蕊血花般綻放在蓬萊仙島的龍蛇圖騰，邊看，邊想，悄悄追憶我的婆羅洲童年，思考台灣的現實，探索支那的未來……

台灣蒼涼，卻也綺麗萬端。

瞧，落紅滿天，一對農家小姊妹身後拖著兩條細長的影子，手牽手，肩並肩，暮靄裡滿臉子蒼茫，好久好久只顧竚立在田野上那瘀血般一丸猩紅日頭下，隔著貓羅溪，伸長頸脖子，靜靜眺望對岸草屯鎮那一叢乍亮的七彩燈火。轟隆，轟隆，北上的莒光號金黃列車衝開淒迷月色，滿載少年兒女，穿越一畦一畦綠汪汪蛙聲呱噪的水稻田，鬼趕似地，投入台北市的紅塵燈火中，嗚——嗚——嗚——

《海東青》這部號稱爲「台北的一則寓言」的五十萬字長篇小說，就是在台灣的燈火叢中開始孕育，逐漸成形的，而傍晚時分那雙竚立堤岸遠眺燈火的小姊妹，經過藝術的轉化，就成爲小說中的兩位女主角，十五歲的亞星、七歲的朱鴒……

一九八六年寫完《吉陵春秋》，在一樁巧妙的機緣安排下，我接受《聯合文學》發行人張寶琴女士資助，衣食無憂，得以辭去中山大學教職，以四年時間專心寫作《海東青》。頭兩年蟄居北投山上，後兩年遷到南投鄉間。一部小說從北寫到南，可不管住在哪裡，推窗一望，總也會看到台灣的燈火撲面而來：北投溫泉鄉，樓台縹緲中，那漫山繚嬝的硫煙和一谷旖旎的燈火；南投貓羅溪畔，煙雨蒼茫水田中兀自旋轉閃爍的三色燈。咦？紅藍白三色燈，那不是我們挺熟悉的理髮店標誌嗎？如今，一盞盞搔首弄姿，出現在台灣田野，怎也變得如此燦爛冶豔起來？

面對一窗華燈寫小說，我攤開一疊稿紙，搜索枯腸，翻遍字書，試圖用手上那支沉重無比、自認負載著神聖使命的筆，捕捉台灣燈火叢中閃現的一幅幅詭譎的支那圖騰，設法透過各種文學途徑——諸如象徵、典故、文字意象、敘事結構——進入其中隱藏的神祕洞天，將訊息揹出來呈現給讀者，只是，不幸，卻因此一頭墜入了文字障，竟致不能自拔越陷越深，《海東青》這則寓言寫到後來，不知怎的竟建構出一座巨大的文字迷宮，而我這個「小說家」竟也像雅典名匠戴達魯士，在作品完成後，驀然驚覺，發現自己被囚禁在自己創造的迷宮中，必須付出慘痛代價才得以脫逃。

不堪回首。我的前妻景小佩——瓊安，妳不認識她，但她是妳的中國姊妹，妳們倆這輩子原本應該有緣結識的——當初她看了《海東青》手稿，曾婉言相勸：「這是一罈初釀成的葡萄酒，質地頗佳，只是味道稍稍有點辛辣嗆鼻，不如先擺在地窖儲藏個十年，等味道變甘醇些才端出來奉客，豈不更好呢？」狂妄自大、自以為剛完成一部曠世鉅著的我聽了這話，老羞成怒，遂一意孤行將書出版，沒聽小佩的勸。

刻意求工，弄巧反拙。卻不知藝術的至高境界就在「藏巧」，所以作品看起來無巧。無巧即大巧，見山又是山。

《海東青》倉促面世後，內心的沮喪與錯愕實不足為外人道。（這種心事，老實說，我只願告訴如今已遠走高飛的小佩和早就斷了音訊的瓊安，我生命中兩個極聰慧、極有個性的奇女子。）可那段日子難捱啊，幸好那時小佩還在我身邊，鼓勵我莫消沉莫喪志，《海東青》只不過是我一生寫作歷程中一個必經的試煉階段，否則又如何能脫胎換骨，邁入藝術的第三境界？小佩，這次我聽妳的勸告。歇息一年重新出發，試圖從困境中跨出第一步——哪怕是小小的半步也好——於是寫了《朱鴒漫遊仙境》，算是《海東青》的下卷或完結篇。（出版後有評者認為寫得太「白」，矯枉過正，也許吧，但這部小說卻是個人最鍾愛的一本書，因為小丫頭朱鴒是唯一主角。）緊接著又寫了《雨雪霏霏》，追憶婆羅洲童年往事，書中九個篇章在《聯合報》副刊陸續發表時就甚受讀者喜愛，出書後反應也好。（只因眞誠，所以作品有力量。）再接下來該寫什麼呢？也許承接《雨雪霏霏》繼續寫「李永平的婆羅洲三部曲」第二部和第三部，將一個喜歡飄流、際遇奇特的華僑子弟在南洋的成長經驗，以文學方式作一次眞摯的總整理。見山又是山。也許，之後寫一部俠情小說，展現一個南洋浪子對古典浪漫中國的憧憬和想像……其實，這些都是當初小佩家居聊天時提到的，而今她走了。

景小佩，這個俠氣十足、專愛打抱不平因而時常闖禍的山東大妞，如今人在天涯獨自飄泊，神啊，請賜予她平安和力量。

5. 迢迢

麥田出版社負責人突發奇想，要爲我出版一本「自選集」，從我前半生作品中挑出一些自認重要的、精彩有趣的或純屬個人偏愛的篇章，輯成一個冊子，回顧兼反省，將過去三十年的寫作經驗和心路歷程，尤其是文字風格的演變（畢竟，誠如作家東年所說的，李永平一生以文字爲志業嘛）好好梳理一番，然後完整地、一次地呈現在華文世界的讀者眼前。

因緣湊巧，來自南洋的浪子落腳台灣，一路走來雖然坎坷困頓，但每每在危難之際總會有貴人出現扶持一把，讓浪子得以繼續走下去：顏元叔教授、齊邦媛教授、劉藹琳教授、朱炎教授、劉紹銘教授、劉昌平社長、張寶琴發行人、吳心柳先生、隱地兄……當然還有詩人楊牧！他以文學院院長身分把浪子帶到東華大學創作研究所，讓他安心教書，專心寫作——就在貴人們提攜下，浪子混跡台灣文壇三十年，出過幾本書，得到一些好評和一些惡評，但從不敢以「小說家」自居，因爲熟讀東西方經典小說的浪子深知，在文學領域中成一家之言談何容易哪！既不敢自稱小說家，又怎敢妄自尊大，以名家身分大張旗鼓出版「自選集」

呢？浪子個性雖然有點桀驁，可總不至於跋扈到這個地步。因此，乍聽麥田的建議頗感驚愕，但浪子只愣了愣就點頭答應下來。糟粕也好，敝帚也罷，身爲寫作者早晚總得面對自己寫過的那些東西。於是，浪子利用二〇〇三年寒假找出舊作，從最早期的《拉子婦》（噢！這幾篇大學時代的習作如今重讀，感覺還眞樸拙可喜，宛如一顆未鑿的珠石，見山是山呢），到晚近出版的《雨雪霏霏》，一股腦兒攤在桌上，邊讀邊挑選，邊賞玩邊追憶當時寫這些小說時的心情。年過半百，回頭望望自己在文學創作上跌跌撞撞走過的路，肯定會有這些許感觸，有時甚至百感交集，因爲浪子不自覺想起了一些人——那些曾經對浪子好而浪子卻狠心辜負的人。所以，挑選完作品後，浪子特地爲這本自選集寫了一篇長序〈文字因緣〉，藉以表達浪子對她們的感念和深深的追悔。海角天涯，不管她們如今身在何處，希望她們有緣看到這篇眞誠的文章。

只是，這個集子該取什麼名字呢？

「迢迢」如何？一直很喜歡這兩個多次出現在我作品中的字眼（根據台語讀音，應該唸成「踢跎」吧？康熙字典收有這兩個古字，但意思不同，讀音似乎也不一樣）。迢迢——瞧這兩個廝守在一起好似一雙姊妹的方塊字，她們的字形字義字音，既是那麼的中國，可又那麼的台灣，在老祖宗遺留給我們的幾萬個字中，也許最能代表浪子的身世、經歷和心境了。正如《雨雪霏霏》一書裡，小丫頭朱鴒蹲在學校門口用粉筆在水泥地上寫字時所說的：「迢迢——你看這兩個字的邊旁都有『辶』。逍遙、遊逛、遛達、迢迢……美不美？一個人孤零零在外飄泊流浪，白天頂著大日頭，晚上踏著月光，多逍遙自在可又是那麼的淒涼……」對！ㄚ頭聰明，就是這種感覺。那麼咱們現在就決定以「迌迌」爲這本書的名字囉。我想，妳的瓊安姊姊和小佩姊姊都會贊同的。

人生海海，躑躅半生，身爲一個孤獨飄泊的寫作者，如今幸蒙台灣一家有名望的出版社青睞，可以出版自選集了，逼得浪子不得不鼓起勇氣，將以前發表過的作品找出來，逐一攤開在書桌上檢視。面對這些東西，這一篇篇沾過自己心血，負載著多少情愫和思念的文章，感覺既熟稔卻又無比陌生。花東縱谷一盞燈下，凝起眼瞳子，在萬千個活蹦亂跳的支那方塊字中，重遊故土，尋尋覓覓，追溯自己在文學國度迌迌三十年遺留下的一道微薄的足跡，心中雖然憂疑不定，但，對南洋浪子而言，這豈不也是人生挺有意思的一樁機緣？是爲序。

——二〇〇三年四月於台灣花蓮國立東華大學

第一輯　想我遠方的娘親

一九六九年攝於台北市陽明山

《拉子婦》

拉子婦

昨日接到二妹的信。她告訴我一個噩耗：拉子嬸已經死了。死了？拉子嬸是不該死的。二妹在信中激動地說：「二哥，我現在什麼都明白了。那晚家中得到拉子嬸的死訊，大家都保持緘默，只有媽說了一句話：『三嬸是個好人，不該死得那麼慘。』二哥，只有一句憐憫的話啊！大家爲什麼不開腔？爲什麼不說一些哀悼的話？我現在明白了。沒有什麼莊嚴偉大的原因，只因爲拉子嬸是一個拉子，一個微不足道的拉子！對一個死去的拉子婦表示過分的悲悼，有失高貴的中國人的身分啊！這些日子來，我一閉上眼睛，就彷彿看見她。二哥，你還記得她的血嗎？……」

拉子嬸是三叔娶的土婦。那時我還小，跟著哥哥姊姊們喊她「拉子嬸」。在沙勞越，我們都喚土人「拉子」。一直到懂事，我才體會到這兩個字所蘊含的一種輕蔑的意味，但是已經喊上口了，總是改不過來；並且，倘若我不喊拉子，而用另外一個好聽點、友善點的名詞代替它，中國人會感到很彆扭的。對於拉子嬸，我有時會因爲這樣喊她而感到一點歉意。長大後唯一的一次見面中，我竟然還當面這樣喊她，而她卻一點也沒有責怪我的意思。媽說得對，她是個好人。我猜她一生中大約不曾大聲說過一句話。二妹曾告訴我，拉子嬸是在無聲無息中活著。在昨天的信上，二妹提起她這句話，只不過把「活著」改成「挨著」罷了。想不到，她挨夠了，便無聲無息地離開了。

我只見過拉子嬸兩次面。第一次見到她是在八年前。那時學校正放暑假；六月底，祖父從家鄉出來，剛到沙勞越，聽說三叔娶了一個土女，赫然震怒，認爲三叔玷辱了我們李家門風。我還約略記得祖父坐在客廳拍桌子、瞪眼睛、大罵三叔是「畜牲」的情景。父親和幾個叔伯嬸娘站在一旁，垂著頭，不敢作聲，只有媽敢上前去勸祖父。她很委婉地說：「阿爸，您消消氣罷，您這些天來漂洋過海也夠累的了。其實，聽說三嬸人也滿好的，老老實實，不生是非，您就認這個媳婦罷。」

祖父拍著桌子，喘著氣說：「妳婦人家不懂得這個道理，李家沒有這個畜牲，我把他給『黜』了。」

父親聽說祖父要把三叔逐出家門，立刻跪在老人家跟前，哭著要祖父收回成命。我和二弟那時正躲在簾後，二弟先看見爸爸下跪，叫我擠過來看。我剛一探出頭，猛然聽得一個蒼老的聲音喝道：「小鬼頭作什麼？」是祖父的聲音！我和二弟嚇得跑出屋子。

後來的事情，媽告訴大姊的時候，我也偷聽了一些。祖父雖然口口聲聲不認拉子婦是他三兒媳，但到底沒把三叔趕出家門。媽說，聽說三嬸「長相」很好，並且也會講唐人話。過幾天，三叔就會從山裡出來，那時祖父見了三嬸的「人品」，想來也會消消火氣的。三叔長年在偏遠的拉子村做買賣，一年裡頭，難得出來到古晉城一兩回。這次祖父南來，父親本來很早就寫信通知三叔，可是祖父卻早到了。

我把拉子嬸要來古晉拜見家翁的消息傳揚開去，家中年輕的一輩便立刻起勁地哄鬧起來。六叔那時已經長出小鬍子了，卻像一個在池塘邊捕到一隻蛤蟆的孩子般興奮。他喊我們到園子裡的榕樹下，兩隻小眼睛在我們臉上溜了五六回，故作一番神祕之狀才壓低嗓門說：「嘿！小老哥，曉得拉子嬸生得怎麼樣的長相嗎？」

「曉得！曉得！拉子嬸是拉子婆，我看過拉子婆！」大夥搶著答應。

六叔撇了撇嘴巴，搖晃著腦袋，帶著警告的口吻說：「拉子嬸是大耳拉子喔！」大夥立刻被唬住了。那時華人社會中還流傳大耳拉子獵人頭的故事。我還聽二嬸說過，古晉市近郊那座吊橋興工時，橋墩下就埋了好多顆人頭，據說是用來鎮壓水鬼的。

「大耳拉子！曉得嗎？大耳拉子的耳朵好長喲。瞧，就這麼長！」六叔得意地拉著自己的耳朵，想把它拉到下巴那個位置。他咧著嘴哇的一聲哭起來：「嘿！小老哥，大耳拉子每天晚上要割人頭的呀！」

把我們唬得面面相覷了，他又安慰我們，說他有辦法「治」大耳拉子，要大夥一起「搞」她。大夥連忙答應。

我第一個見到拉子嬸。三叔領她進大門時，我正在院子裡逗蟋蟀玩。我叫了一聲三叔，三叔笑著說：「阿平，叫三嬸。」我記得我沒叫，只是愣愣地瞪著三叔身後的女人。那時年紀還小，不曉得什麼叫「靚」，只覺得這女人不難看，長得好白。她懷裡抱著一個小娃兒。

「阿平眞沒用，快來叫三嬸！」三叔還是微笑著。那女人也笑了，露出好幾顆金牙。我忽然想起六叔的叮囑，便冒冒失失地衝著那女人喊一聲：「拉子嬸！」

我不敢再瞧他們，一溜煙跑去找六叔。不一會，六叔率領十來個姪兒姪女聲勢浩大地闖進廳中。家中大人都聚集在堂屋裡，只不見祖父。大伯說：「孩兒們，快來見過三叔和三——三嬸。」

「三叔！拉——子——嬸！」

「拉子嬸」這三個字喊得好響亮，我感到很得意，忽然覺得有點不對勁，大家好像都呆住了。我偷偷瞧爸爸他們，不得了！大人好像都生氣啦。那女人垂著頭，臉好紅。我連忙溜到媽媽身後。

大伯和父親陪著三叔匆匆走出去。孩子們立刻圍成一個大圈子，遠遠地盯住拉子嬸，偶爾有一些低聲的批評和小小的爭論，後來大約覺得拉子嬸並不可怕，便漸漸圍攏上前，挨到她身邊。嬸嬸們遠遠地坐在一旁，聊著她們自己的天，有時還打幾個哈哈，完全沒把眼前這位貴客放在眼中。只有媽坐在拉子嬸身邊，和她說話。媽問道：「妳是從哪個長屋來的？」拉子嬸慌慌張張看了媽一眼，膽怯地笑一笑，才低聲答道：「我從魯馬都奪來的。」媽又問道：「店裡買賣可好？」拉子嬸又慌慌張張看了媽一眼才紅著臉回答：「好——不很好。」我感到很詫異，媽每問她一句話，她便像著了慌似的臉紅起來。我想如果我是媽，早就問得氣餒了，但媽還是興緻勃勃問下去。

二弟和二妹忽然在拉子嬸面前爭吵起來。先是很小聲，漸漸地嗓門大起來。

「我早就曉得她不是大耳拉子。」二弟指著拉子嬸的耳朵說。

「誰不是？瞧，她耳朵比你的還長。」二妹說。

「呸！比妳的還長！」

「呸呸！希望你長大時討個拉子婆！」

媽生氣了，把他們喝住。嬸嬸們那邊卻有一個聲音懶洋洋地說道：「阿烈啊，討個拉子婆有什麼不好呀？會生孩子喔！」大家都笑了，拉子嬸也跟著大家急促地笑著，但她的笑容難看極了，倒像是哭喪著臉一般。只有媽沒笑。

其實拉子嬸並不是大耳拉子。後來我從鄉土教育課本上得知，大耳拉子原本叫做海達雅人，集居在沙勞越第三省大河邊；小耳拉子是陸達雅人，住在第一省山林中。拉子嬸是第一省山中人，屬陸達雅族。

孩子們把拉子嬸瞧夠了，便對她懷中的娃兒發生興趣。他模樣長得好有趣，眼睛很大，鼻子卻扁扁的。大夥逗他笑。四弟做鬼臉逗他，把他逗哭了。拉子嬸著了慌，一面手忙腳亂地哄著孩子，一面偷眼瞧瞧我媽又瞧瞧嬸嬸們。嬸嬸停止聊天，瞪著拉子嬸（其實是瞪著她的孩子）。我媽說：「亞納想是要吃奶了。把奶瓶給我，我喚阿玲給妳泡一瓶牛奶。」拉子嬸紅著臉低著頭，囁嚅地說：「我給孩子吃我的奶。」她解開衣鈕，露出一隻豐滿的乳房，讓孩子吮吸她的奶頭。這時四嬸忽然叫起來：「我說呀，拉子本來就是吃母奶長大的。二嬸，妳何必費心呢！」

這時父親和三叔走進來。三叔的臉色很難看，好像很生氣，又像是哭喪著臉。我猜他們剛從祖父房裡出來。祖父沒出來吃中飯，我媽把飯菜送進他房間。

飯後，我媽把拉子嬸帶進她房裡。我想跟進去，被媽趕了出來，經過廚房時聽見二嬸在嘀咕：「吃呀就大口大口的扒著吃，塞飽了，抹抹嘴就走人，從沒見過這樣子當人家媳婦的，拉子婦擺什麼架勢……」

第二天早上，祖父出來了。他板著臉坐在大椅子裡悶聲不響。大人都坐在兩旁，半點聲息也沒有。拉子嬸站在我媽身邊，頭垂得很低，兩隻臂膀也垂在身側。媽用手肘輕觸她一下，她才略略把頭抬起來。這一瞬間，我看見她的臉色好蒼白。拉子嬸慢慢走向茶几，兩條腿隱隱顫抖。她舉起手——手也在顫抖著——倒了一杯茶，用盤子托著端送到祖父跟前，好像說了一句話（現在回想起來，那句話應該是：「阿爸請用茶。」）祖父臉色突然一變，一手將茶盤拍翻，把茶潑了拉子嬸一臉。祖父罵了幾句，站起來，大步走回房間。大家面面相覷，誰也不作聲，只有拉子嬸怔怔地站在大廳中央。

那天下午，三叔說要照料買賣，帶著拉子嬸回山坳裡。

多年後聽媽說，當時祖父發脾氣是因爲三嬸敬茶時沒有跪下去。

第一次見面，拉子嬸留給我們的印象一直不曾磨滅。可是一直到六年後，我才有機會再見到她。那時因爲家中產業的事，父親命我進山去見三叔。我央二妹同去。

這次進山，是我和二妹六年來夢寐以求的。這段日子關於拉子嬸的訊息，全都是從山中來客那兒得知。可是，家中大人從不主動向他們探問，就是母親，我那最關心拉子嬸的好母親，也只希望客人說溜了嘴的時候，會偶然無意的透露一點關於拉子嬸的消息，因此我們所知的也就非常少。家中只曉得三嬸又生了一個孩子，產後身體便一直很孱弱。後來有個冒失的客人酒醉飯飽之餘，揭發了一個驚人的消息：「你們三頭家不知幾世積的德，人家十八歲的大姑娘都看上他，哈哈！如今人家碰到他都問幾時吃他的喜酒哩。」這個消息在我們家自然引起一陣騷動，但是彷彿沒有人比嬸嬸們更來勁了。她們幾個人湊在一起逢人便說，她們老早就知道我們三叔不是糊塗人，怎麼會把那個拉子婦娶來作一世老婆？不會的，斷斷不會的。我們三叔原本就是個有眼光的商人哩！除她們之外，家中其他大人都不怎麼熱心；就是我媽，也只是暗地裡嘆息兩回罷了。此時祖父已經過世，六叔出國讀書，六年前圍繞在「那個拉子嬸」身邊瞪著她的孩子們，如今都已經長大了。自從拉子嬸第一次到家中之後，大夥便常常在一起談論她。隨著年齡的增長，大夥對小時候的胡鬧都感到一點歉意。尤其是二妹，常常說她對不起三嬸，要找機會去山裡看她。我和其他男孩子又何嘗不是有同樣的想法，只是身爲男人，不好說出口罷了。三叔進城時，大夥便纏住他，要他說三嬸的事。二妹警告他不可欺負我們三嬸。每回三叔都笑嘻嘻答應，誰想如今他竟要娶小老婆呢？

進了山，才能見到眞正的沙勞越，婆羅洲原始森林的一部分。三叔的舖子就在這座原始森林裡。這是一個孤獨的小天地：鋪子四周只有幾十家經營胡椒園的中國人，幾里外，疏落地散布著拉子的長屋。只有一條羊腸小徑通到山外的小鎮。這個小天地幾乎與世隔絕。

三叔當然變得多了，兩鬢已冒出些許白髮。我們談了幾句話，正要向他探問三嬸，外面進來一個老拉子婦。三叔簡單地說：「你三嬸。」我猛然一怔，她不正是我們進鋪子時看見的那個蹲在鋪前曬鹹魚的老拉子婦麼？怔忡間，二妹已喚了一聲三嬸；我只好慌忙喚一聲，喚過之後，我才發覺我竟然喊她拉子嬸。她驚異地笑一笑：「是哪一個姪子叫我呀？」並沒有責怪我的意思。她還是跟六年前一樣，卑微地看著人，卑微地跟人說話。只是她的面貌變化實在太大了，我不曉得應該怎麼講，我只能說她老了二十年，像個老拉子婦。

三叔剛問起家中景況，後房忽然傳出嬰孩的哭聲。三嬸向我們歉然一笑，便向後邊走去。她的步履輕飄飄，身體看來非常孱弱。

「三叔，三嬸又生了一個娃兒？」我問。

三叔簡短地「唔」一聲，眼睛只顧盯著茶杯。

「三叔，三嬸剛生下孩子，怎麼可以讓她在太陽底下曬鹹魚呢？」二妹低聲地責怪。

三叔沒有回答。

「三叔，雇個工人也不多幾個錢吧？」二妹說。

三叔猛然抬起頭來，把稀疏的眉毛一揚，粗聲說：「阿英，妳當山裡的錢容易掙麼？」

二妹默然，但我曉得她心裡不服氣。

三嬸抱著孩子出來。她解開了上衣，讓孩子吮吸她的奶頭。我忍不住瞪著那隻奶子：它就是六年前在我們家展露的那個大乳房？委實又瘦又小，擠不出幾滴奶水。娃兒緊緊抓住它，拚命吮著乾癟的乳頭。二妹剛開口，我就立刻瞪她一眼，搶先說：「娃娃好乖，叫什麼名字？」三嬸想回答，三叔卻粗聲粗氣地說：「叫狗仔。」三嬸默默瞧我們一眼，垂下頭。

誰也找不出話來說。不一會，外面跑進兩個孩子：一男一女都是同款的大眼睛、扁鼻子、褐色皮膚。三叔說：「快來叫哥哥姊姊。」兩個孩子呆呆瞧著陌生人。三叔眉頭一皺，大聲說：「聽見沒有？」孩子們彷彿受了驚嚇，愣在那裡沒出聲。

「蠢東西，爬開去！」三叔罵了幾句。兩個孩子便垂著頭，默默地、慢慢地走開去。三叔在後邊還不斷嘀咕：「半唐半拉的雜種子，人家看見就吐口水！」他坐在店舖櫃檯後面罵了半天，忽然大聲說：「死在這裡做什麼？把他抱開去，我要跟阿平談正經事。」三嬸抱著孩子走了。

我把父親的話告訴三叔。他靜靜聽著，似乎不很留心。

但我和二妹已經見到了夢寐以求一見的三嬸。我看看二妹，我明白她的心意。她恨不得立刻便去向三嬸說，我們對不起她，請求她寬恕我們小時的胡鬧；還要告訴她說，我們同情她，我們愛護她。可是我們兩個到頭來誰也沒開口。可憐的二妹，每一次她總是說：「這回我一定要說了，不然會慪死我的。」可是每一次她總是說不出口。三嬸和她在一起時，她便強裝笑臉，說些不相干的話，彷彿心安理得的樣子。終二妹一生，她再也不會有機會說了，這會成爲她畢生憾事的。但這又何嘗不是我的畢生憾事呢？我們何止不知怎樣開口，我們後來還怕見到三嬸的身影。那一個籠罩著我們兩兄妹心頭的陰影日漸擴大，迫使我們吶喊，把所有的事，毫不欺瞞的說出來讓三叔聽，讓三嬸聽，也讓龍仔、蝦仔和狗仔三個孩子聽，還有讓那些想吃三叔喜酒的人也聽聽；然後讓三叔把三嬸和孩子趕回長屋，再明媒正娶，娶他那個十八歲的大姑娘進門來，這樣，一切便結束了，大家都可以鬆一口大氣。或者就讓我和二妹跟三叔大大的吵一場罷，逼他發誓和三嬸相偕到老，作一世夫妻。我和二妹卻沒有這個勇氣，而且連吶喊的力氣也沒有。大家彷彿都知道一切都將要過去了：三叔知道，那些想吃喜酒的人知道，三嬸也知道。三嬸傴僂的身子在店鋪角落的陰影裡無聲無息走動著，像一個就要離去的靈魂，她會知道自己日後的命運嗎？她會知道的。但她不敢怨恨，她爲什麼要怨恨三叔呢？她是一個拉子婦。她也不會怨恨我和二妹。她對待我們非常好，但她不會說親暱的話。她管我叫「八姪」，管二妹叫「七姪女」，不像嬸娘們成天喊我「老八」，喊二妹「七妹子」，親熱得不得了。待在山裡第四天傍晚下起雨來，二妹站在屋簷下看雨。雨水打濕了她的頭髮，三嬸看見了便拿一頂草笠，靜靜走過來戴在二妹頭上，輕輕拍了拍她的肩膀。二妹後來告訴我，她那時流眼淚了，她把頭別開去不讓三嬸看見。二妹哭著說：「她那麼愛我，我卻一直沒有對她說我愛她。」「誰叫她是個拉子呢？」我衝口說出這句不該說的話，它傷了二妹的心。但是，這是一句最實在的話：誰叫她是個拉子呢？

可憐那三個孩子，他們也知道阿爸要討小老婆嗎？也許他們心裡知道的。年紀較大的兩個兄妹整天躲在屋後瓜棚下，悄悄玩他們的泥偶。他們不敢去看爸爸的臉，不敢去看那些想吃爸爸喜酒的支那人的臉，只敢看媽媽的，看小狗仔的。還是二妹有辦法，她把兩個孩子哄住了，我們之間建立了友誼。從兄妹口中我們問出了一些可怕的事：

「爸就是常喝酒，喝完了就抓媽來打。」小哥哥說。

「他還打我和龍仔。」小妹妹說。

「有一晚，爸又喝了酒，抱起小弟弟狗仔要摔死他，媽跪在地上哭喊，店裡的夥計阿春跑來把狗仔搶過去。」

「爸罵媽和阿春××。」

「爸常說，要把媽和我跟蝦仔、狗仔趕回長屋去。」

我該去勸三叔。我去了，但三叔只答我一句話：「拉子婦天生賤，怎好做一世老婆？」

第五天傍晚，我和二妹悶悶地在河邊散步。二妹遠遠看見三嬸蹲著搓洗衣服。我們悄悄走過去。三嬸看見我們，立刻顯露出驚惶失措的神色，想把一些東西藏起來，可是已經來不及了。我們看見那幾條褲子上沾著一大片暗紅色的血。我默默走開去。

晚上，二妹紅著臉告訴我，那血是從三嬸的下體流出來的。她告訴二妹，近來常流這樣的血。我立刻去找三叔。

「三叔，你要立刻送三嬸去醫院。」我顫抖著嗓門，一字一頓地說，盡量把字咬清楚。

「最近的醫院在二十六里外，阿平。」三叔平靜地說。他的兩隻手一邊飛快地在算盤上跳動著，一邊在帳本上記下數字。

「三叔，你不能把三嬸害死。」我大聲說，幾乎要迸出眼淚來了。

三叔立刻停下工作，抬起頭來，目光在我臉上盤旋著。他似乎很憤怒，又似乎很詫異。半晌，他霍地站起來，說：「叫你三嬸來。」

二妹攙扶著臉色蒼白的三嬸走進來。

「阿平說要送妳到醫院去。妳肯去不肯去？」三叔厲聲說。

三嬸搖搖頭。

「阿平，」三叔回過頭來對我說：「她自己都不肯去，要你費心麼？」

翌晨，我和二妹告辭回家，三嬸和她的三個孩子一直送到村外。分手時，她低聲哭泣。

八個月後，三叔從山裡出來。他告訴家人，他把「那拉子婆」和她的三個孩子送回長屋去了。又過了四個月，也就是我來台灣升學的前幾天，三叔得意地帶著他的新婚妻子來到家中。她是一個唐人。

沒想到八個月後，拉子嬸靜靜死去了。

（一九六八年）

原收入《拉子婦》（台北：華新，一九七六）

圍城的母親

天終於暗了下來。河面上籠起了一層高高的煙霧，對岸一帶那望不見邊際的沼地叢林，霎時間變得異常晦暗起來。那邊什麼也分辨不清楚，只有幾棵特別長瘦的椰子樹，孤零零地聳向天空。今晚沒有風，也沒有月光。河面上一點動靜也沒有。

這幾天，天彷彿黑得比平日慢。從早上起，我便盼著天黑；等到天快黑的時候，我的心頭又焦躁不安起來。這時天黑了，母親還在園子裡。但我知道她也和我一樣，一整天焦急地盼著天黑。她在園子裡工作的時候，總是不時抬起頭來，望著天空，望著河面，半晌一眨也不眨。天黑了，她心裡越發感到不安吧？

我從屋子前面的一塊大石頭上站起來，進入園子裡。母親蹲在地上，拔著菜畦上的野草。我來到她身邊站住，她沒抬起頭來，只問了一聲：

「洗澡了嗎？」

我含糊地答應了一聲，然後站在一旁看著她將一株一株剛冒出來的小草拔起，丟進身邊的筐子裡去。我忽然有一種奇怪的感覺，母親並不知道她正在拔草。好幾次，她將菜秧當作野草拔起來，但我沒有阻止她。

太陽已經下山了，但母親依舊將她那條終年戴著的黑布頭巾裹在頭上。它早已褪色，變成一種半褐半灰的顏色。頭巾的邊緣露出幾根灰白的頭髮；母親真的老了。她蹲在園子裡，身上穿著褪色的黑布衣服，使她那瘦瘠的身軀顯得傴僂起來。雖然這時母親的臉龐隱藏在暮色裡，但她那張被太陽曝曬成褐色的臉，在我心裡比什麼都鮮明。

園子外面泥土路上走來一個人，悠哉游哉。他來到竹籬旁站住，伸出一隻手搭在籬子上，大聲招呼道：

「史拉末！您好。」

母親抬起頭來看了他一眼，同樣地回答一聲：

「史拉末。」

他咧開嘴巴笑起來。這個人身材特別瘦長，讓人一眼便認出他是鎮上洋行的經理。這個英國人平日喜歡咧著嘴向人笑，衝著孩子們，將他那兩撇長長的黃鬍子高高地翹起來，好不開心；鎮上的人都覺得，他和那些冷頭冷臉的英國人不一樣。這時他頭上歪歪地戴著一頂灰色的帽子，身上穿著一件很不合身的赭黃色警官制服，腰間掛著一把手槍。這身裝扮，越發使他的身材顯得細長苗條起來。

他指著園子裡那一顆顆盤繞在棚子上的青瓜，用生硬的客家話問道：

「這是煮湯用的念瓜？」

母親點點頭，他又咧嘴笑起來。母親躊躇了一會，用馬來話問道：

「拉子今晚會進城？」

那英國人立刻收斂臉上的笑容，沉默了一會才聳聳肩，搖搖頭，作出一個無可奈何的表情。他抬起頭來看看天空，又回頭望了迷濛的河面一眼，用馬來話對母親說道：

「今晚天好黑，你們要走就趁這個時候。」

母親沒有回答他。

他又在竹籬旁站一會，然後招呼一聲「史拉末」，向我揮揮手，轉身順著泥土路朝向鎮中心走去。

母親呆呆地朝向迷濛的河面眺望半晌。她驟然低下頭，一聲不響拔起畦上的野草來。我心裡感到不安，忍不住要大聲對她說：「媽，我們今夜就走罷。」但我壓抑住了。母親何嘗不也想盡早逃離這個被拉子圍困起來的鎮子。好幾次她將貴重的東西收拾好，但最終又將它擱到一旁，我知道爲什麼，我也不能責怪母親。

拉子們已經將這個鎮子包圍了三天。

不久以前，這一帶綿亙百里的河谷和兩旁的山地，遇到了幾十年不曾見過的大旱，接連三十多天一滴雨都不下來。那些疏疏落落散布在河谷裡和山地上的拉子村落，像發生了瘟疫一般。那陣子，鎮裡整夜聽見遠遠傳來沉重的鼓聲，像半夜鬼哭，鎮上人都知道拉子們聚集在曠野祈雨。白天，全村的拉子揹著各式各樣的盛水器具，在猛熱的太陽下，像沙地上行軍的螞蟻，走到有水的地方，將水揹回來，灑在變成石塊的土地上。等到一個月後第一場雨落下時，拉子們的稻子都已經死光了。饑荒跟著來到。起初，拉子們都到中國人的店鋪賒糧食，但以後店家因爲短了本錢，都不肯再賒。十幾天前的半夜裡，餓得發瘋的拉子竄進河上游的一個小市集，將整條街上的十多間店鋪放一把火燒了，所有可吃的東西都搶走。傳到鎮上的消息說，有幾個中國店家被活活砍死，頭被割了去。以後接連幾天都聽說拉子們在上游燒店鋪，搶貨物。但在城中大家都互相告慰：拉子們說什麼也不敢搶到縣城裡來。可就在四天前的半夜，拉子們掄著長刀斧頭，呼喊著竄進鎮裡來。英國人的洋槍早就擺好，等著拉子來犯。他們雇用的馬來警察也抖擻起精神，在鎮裡鎮外戒備。整夜都聽見槍聲。隔天一早，膽子壯的人走出屋子，看見泥土路上躺著幾十具拉子的屍體；那群馬來警察在街上高視闊步，往來逡巡。大家都以爲拉子都被趕回村落，誰知他們都遁進了鎮子周圍那一片濃密得不見天日的叢林裡，將城圍了起來。鎮上人心裡都明白，拉子們只等一個夜黑風高的晚上，殺進城來。第二天夜裡城中便有人悄悄鑽出屋子，一家人搖著小船，逃到河下游的省城。到第三天夜裡，鎮上的屋子大半已經空了。

這時天更黑了。圍籬外面那十幾棵高大的漆樹像一面黑色大屏風，將天的半邊隔開來，因此從園子裡望出去，只能看見棧橋這一邊的河面，另一邊被大屏風遮住了。四周很靜，聽不見半點聲息。園子旁邊的屋子都沒有燈火，黑暗中看起來像已經多年沒人居住；只有較遠那邊有幾間屋子還透露出黯黃的燈光。

一隻狗從左邊巷子裡迤邐著走出來。牠垂著尾巴，不安地嗅著地面，鼻子發出濃濁的聲響。忽然牠仰起頭來，對著黑暗的天空發出一聲低沉的號叫，然後又絕望地垂下頭，一路嗅著地面走回那黑巷子裡去。這是一隻餓狗。我驀然覺悟：這個市鎮已經被拋棄了。

我回過頭來看母親。母親仍舊蹲在地面上，但她已經停止拔草；天太黑了，地面上什麼都看不清楚。母親的頭巾已經脫落，那幾綹灰白的頭髮在黑暗中顯得異常醒目。

河面上的煙霧變得更加濃密。天入黑以來，棧橋那邊一直沒有動靜。但這時棧橋上卻有幾個模糊的影子在移動，過了一會，一隻船慢慢地離開棧橋，向河心盪出去。不一會，它的影子便消失在那排大漆樹後面。

母親從地面上站起來，靜靜地看著那隻離開的船，但她的臉龐一點特殊的表情也沒有。母親從不曾張嘴笑過，也不多說話，被太陽曬成褐色的臉龐只帶著默默吃苦的表情。

背後響起雜沓的腳步聲。我和母親回過頭去，看見園子旁邊的黃土路上有幾個人匆促地走了過來。他們來到竹籬旁邊，看見母親和我，便停下腳步。帶頭的那個中年男子用急促的聲調向母親說道：

「六嬸，我們家要走啦。拉子今晚會進城來喔。六嬸，妳和寶哥要早點打算才好。」

他不斷地用手擦臉，顯出焦急不安的神色。他是貴叔，父親生前的夥伴。母親一直想將他的大女兒桂姊娶來做媳婦，但貴叔說女兒年紀還小，過幾年再說。這時桂姊站在她父親身後，模仿拉子婦的裝扮，肩後揹一個竹簍，簍子上繫著一條用布編成的帶子，套在額頭上。

貴叔肩膀上扛著一個大木箱，沉重得使他的身體傴僂起來。他的老伴手裡挽著兩個藤籃子，他兒子揹著全家的舖蓋。

但母親沒有回答貴叔的話；她靜靜地看著這一家人。貴叔抬起頭，望了望園子裡那幾十畦蒼翠欲滴的蔬菜，帶著惋惜的聲調勸母親：

「六嬸，妳得把這園子丟下啦。拉子一進城來，妳留在這裡也保不住它呀。」

他停了半晌，又急促地說道：

「六嬸，我們家先走啦。妳和寶哥早點打算啊。」

母親目送他們的背影到河邊棧橋上，又目送小船的影子消失在大漆樹後面，許久，才慢慢回過頭來。她彎下腰，拾起頭巾，重新紮在頭上，然後拿起盛草的筐子，轉身朝向屋子走去。她不時停下來，檢視那一顆顆攀延在棚子上的胡瓜和那一纍纍盤繞在竹竿上的四季豆，偶爾俯下身去拔幾根野草。

母親沒理睬我。我在菜畦旁邊的樹樁上坐下來，等她在屋子裡呼喚我。

但母親一直沒呼喚我。過了半頓飯時刻，我走回屋子去。屋裡沒有母親的影子；我等了好半天，母親沒回來，我便走到屋子外面大聲喊母親，也沒有回答。四周靜得像深山曠野裡的夜晚。

我忽然想到一件事，便向屋子後面走去。黑暗裡，果然看見母親蹲在寮子旁邊的地面上，兩隻手抱住膝頭，出神地望著寮裡的雞群。雞都已經閉上眼睛睡了，只有幾隻睡眠不安的母雞不斷發出煩躁的咯咯叫聲。

每日早晚母親都要到寮子裡走動五六回。我小的時候，雞寮只是一個用竹子茅草胡亂地搭成的小棚子。父親死後不久，母親叫人重新修建，便是今天的規模——整排木條子釘的牆和鋁片蓋的頂，這可是周圍幾十里最有氣派的養雞寮。

我走到母親身邊，低聲呼喚她。

母親抬起頭來，看著我。她疲倦地說：

「寶哥，我們也走罷。」

她吃力地站起來慢慢向屋子走去。我跟在後頭。

母親站在屋子中央，靜靜打量四周。我忽然發覺屋子裡並沒有什麼東西可以收拾。裡面只有一張舊木桌，旁邊擺兩個木凳子。四面木板牆上什麼都沒有，只有西邊牆上貼著兩幅顏色早已晦暗的月曆畫，畫裡的女人穿著旗袍，咧嘴露齒地笑著；東邊牆上懸掛著父親和母親當年合照的相片。相片裝在鏡框裡，但已經由原來的黑色變成了黑褐色。相片裡的父親穿著照相館的寬大舊西裝，瘦癟的臉龐帶著牽強的笑容。母親坐在他身邊，顯得很年輕。每次看這張照片，我就會猜想母親年輕時一定長得很好看。她張著嘴唇開心地笑著，露出兩顆鑲金的門牙，身上穿著一件光采的唐裝，使她顯得更加年輕好看。但在平日裡，母親從不曾穿過這樣的衣服，她終年穿在身上的總是那幾件早已褪色的黑布衣褲，可我知道母親在箱子裡藏著幾件光鮮的衣裳。

母親走到照片前，伸手將它取下，用衣襟拭淨鏡面的塵埃，小心地放在桌面上，然後走進後面房間裡，拎出一個大皮箱來。皮箱裡存放著家中的貴重物件，裡面有各種契約單據和母親的首飾。母親打開箱子，將照片放進去。接著她便收拾衣服，將一部分塞進皮箱，餘下的全放進一個籃子，這樣便都收拾完了。母親站在屋子中央，長長噓了一口氣。

我站在牆角書架旁邊，默默看著母親。母親走了過來。

架子上的書也是母親的寶物。母親不識字，但她知道讀書的好處。她供我讀完鎮上的公學，以後又不斷央人從外面大鎮上替她買書回來給我讀。只要她看見我手裡拿著一本書，便很高興。母親最感得意的事就是鎮上人們都說，除了公學裡的老師，鎮上識字最多的人便要算我。架子上有父親留下的《楊文廣平蠻十八洞》、《封神榜演義》和《施公案》這一類發了霉的舊書；有我在公學讀的課本；有母親央人從大鎮上帶回來的什麼《海上花列傳》、《玉梨魂》、《茶花女》遺事一類的小說。後來公學裡年輕的張老師回唐山，將他的許多書送給我，說是新派文學家作的，要我好好讀。這些書母親都整整齊齊擺在架子上。

母親瀏覽了好一會，便走進房間拿出一個木箱來，吩咐我：

「寶哥，把書放進箱子，藏到菜園棚子底下。」

做完這件事，一切便都停當。但母親又走到屋後寮子裡，過了半天才回來。於是我揹著皮箱，母親挽著籃子，熄燈，鎖門，母子倆一前一後走出屋子去。在竹籬口，母親想到一件事，又匆匆回到屋裡。走出來時，她手裡提著一竹籃子雞蛋。

鎮上的燈火彷彿又熄滅了好幾盞。整個鎮子一片黑壓壓，四下散布的屋子閃爍著零星的燈火，東一點，西一點，乍看像墳場上的鬼火。那隻餓狗還在巷子裡逡巡。

我和母親靜靜地向河邊走去。我走在前面，母親跟在後頭，她不時伸手幫我挪動扛在肩膀上的箱子，這樣我就不會感到太辛苦。

走過公學的時候，我不禁感到一陣得意。公學的地大半是母親捐獻的，禮堂上貼著的徵信錄，領頭的便是母親的名字。在這一帶地方，這個公學算是最堂皇的學校。鹽木瓦片黑得像剛從窯裡拿出來的木炭，木板牆壁白得像用教室裡的粉筆屑塗抹過。禮堂大門上懸掛著一塊大匾，上面寫著七個金色的大字：北老坡中華公學。據說，這幾個字是董事會特地請國內的什麼大官題的。

河邊的小碼頭變得異常空曠冷清。平日看起來很短的鹽木棧橋，今天夜裡變得很長，直向河心伸出去。棧橋兩邊孤零零地浮盪著十幾隻船，其中四五隻漆成白色的是縣政府和洋行的船；平日密密麻麻擠在一起的船，如今都不見了。

往日，從黃昏一直到半夜，棧橋上總是擠著納涼的人們，到處是喧鬧的聲音，但這時整個碼頭空盪盪的只有英國人雇用的兩個馬來警員。一個坐在棧房的黑影裡，幾乎看不見；他靠在牆上，垂著頭，抱著他的槍。另一個靠著棧房的柱子站立，右手握住槍口，茫然地望著河面。各種難聞的氣味從碼頭的各個角落裡不斷地散發出來。

直到我和母親踏上棧橋，那坐著的馬來人才驟然抬起頭來。他看了我和母親一眼，又垂下頭去。那站著的警察一直看著河面，彷彿一點也不曾受到驚動。

我心裡忽然有一種奇異的感覺。母親和我彷彿被丟棄在曠野裡，四面都是陰暗的森林，靜悄悄一個人影也沒有。我轉頭去看母親，母親的臉龐並沒顯露特別的神色。她默默走著，好像完全沒有留意周遭的事物。

上了自家的船，我將纜繩解開，站在船後，搖起船槳，船便向河心直盪出去。船盪開去，盪開去，一直盪到大河對岸叢林下的暗影裡，我才深深地吸了一口氣，將槳放慢下來。

我禁不住回過頭去，只見整個小鎮宛如浮在水面上一般。鎮上有八九百戶人家，平日我總以爲它是一個很大的城市，但現在從河的另一邊眺望，發現它原不比河邊那些尋常的拉子村落大多少。大河兩旁黑色的叢林向東、向西伸展開去，看不見盡頭的黑夜緊緊將它圍攏，只有幾盞黃色的燈光從鎮上的屋子照射出來，在河面上投下長長的倒影，不斷搖晃著。

我看見我們家菜園前面的一排大漆樹。它已不再是一面黑色的大屛風，將半邊天阻隔開來，而只是幾棵尋常的樹木，不過長得高一些而已。但這時在黑暗的河面上眺望它們直立的身影，我心裡有一種說不出的感覺。大漆樹的背後便是我和母親住了十多年的家園。

以前在唐山，我們家連一塊葉子大的土地都沒有，靠耕種別人的田過活。有一天，一支軍隊經過我們的村子，把剛收割的穀子搶去。家裡交不出租來，被地主逼得走頭無路，父親這才狠著心離開家鄉到這番地上來。打拚了幾年，父親站住了腳，便索性把母親和我也接了過來。那時我只有五歲，而今已是娶媳婦的年紀了。

我回過頭來，心中思念起船艙裡的母親，便俯下身去看她。母親端端正正地坐在艙裡的橫板上，一動也不動，那雙眼睛在黑暗的船艙中發出兩點晶亮的光。她忽然開口說道：

「寶哥，我忘了在後門上多加一個門子。」

我沒有回答她。

河面前方暗濛濛的一片，船就朝向不知盡頭的地方搖去。

我不停地搖槳，彷彿有股力量在後面催逼我。等到我再回過頭去時，整個鎮子幾乎已經完全被黑暗的叢林和黑暗的天空吞噬了，但還有兩點黃色的光芒，在暗黃的角落裡閃爍著，不肯停熄。當它消失時，整個鎮子也就被吞滅了。整個天地變成黑濛濛不可分辨的一團，彷彿是混沌未開的世界，四周聽不見人聲。我一逕搖著槳，聽槳撥水的聲音，聽船頭剪開水面的聲音，聽岸上叢林裡數不清的蟲鳴，有時還聽見野猴哭泣般的叫喚。

對面岸上，密密的叢林向東向西向北伸展開去，誰也不知道盡頭在什麼地方；這邊岸上，密密的叢林也向東向西向南伸展開去，也不知道盡頭在什麼地方。只有這條黃色的大河滔滔奔流，在無邊無際的叢林中間劃下一道水路。我站在船後，凝視著水面。即使在黑夜裡，也可以看見河水渾黃的顏色。船在水上航行，就彷彿在泥坑裡行走一般。從上游不斷漂下一堆堆樹幹樹枝樹葉，也不知道它們在什麼時候才漂到河口，進入浩瀚的大海。倘若它們不斷地向北方漂去，是不是會有一天漂到唐山？

河面上一點風也沒有。河水的味道和沼地的味道混成一種刺鼻的腥味，十分難聞。這時早已看不見鎮子了，連它的位置也分辨不出來。我忽然想起父親和鄉親們剛來的時候，只憑著一雙手、一把斧頭和一柄鋤頭，就在太陽底下開起荒來，後來建立了一個鎮甸——拉子和馬來人心目中的支那城。但現在我和母親卻要從城中逃出來。四周安靜得很，河畔樹林裡除了蟲聲和野猴的哭泣，便沒有其他聲響。拉子們眞的潛藏在裡面嗎？但我知道，母親是不會讓拉子們放一把火，將她的菜園和屋子燒掉的。

河面漸漸變得廣闊起來。

我猜母親這時已經閉上眼睛打盹了。當我彎下腰時，眼睛卻接觸到兩點明亮的光芒。母親並沒打盹，她一直挺直身子坐著，睜著眼睛，一動也不動。箱子擱在她身邊，兩個籃子擺在上面。母親一直守護著她的這副家當。

「寶哥，累不累？」

艙裡傳出母親十分平穩的聲音。母親平日不多說話，每次她開口，聲音總是這般平靜，沒有什麼特殊的聲調。我答道：

「不累。」

母親爬出艙門，坐在艙口，靜靜地看著船後渾黃的河水。她那黑色的頭巾已經鬆開，露出更多的髮絲。這幾年，母親的白髮漸漸增多，不出幾年便會滿頭白髮。母親的白髮雖然給她的臉龐增添了蒼老，但也更增添了莊重的神色。

母親忽然抬起頭來對我說：

「寶哥，把槳給我。」

我遲疑著沒答應。母親撐起身子，船搖晃了起來。我只得小心翼翼跟母親交換位置。我躺在艙裡，鋪著加央蓆的艙頂彎彎地遮蓋在我頭上。艙很小，在箱子旁邊只能勉強地躺著。母親那雙裹在黑布長褲裡的腳，擋住艙口，我只看見槳在擺動。

河面已經變得十分寬廣。從艙口望出去，對岸的叢林模糊得只剩下一道灰黑色的線。水面上漂浮的樹幹樹葉愈來愈密集。天更陰暗了，黑沉沉地直壓在緩緩流動的水面上，彷彿是大雨前的景象。

我想起父親死的時候，河上正下著連綿五六天的大雨。母親帶著我站在棧橋上等待父親，但父親沒有回家。雨停歇了，下游鎮上的鄉親雇一隻船載父親回來。父親躺在擔架上，身上蓋著一條毯子。他的身體在毯子底下顯得異常的粗壯，我不敢相信他就是我父親。母親哭著要掀開毯子看看父親，但鄉親們拚命將母親拉開。母親哭了整整三天，不肯吃飯，也不肯睡覺。後來我才知道父親在大風雨裡翻了船，直到雨停後，屍體才漂到下游市鎮。

船忽然搖晃起來。船頭撞著漂浮在水面的一截樹幹，發出撞擊的聲響。我驚醒過來。不覺間，母親已經將船搖快。船頭在漂浮的一堆堆樹莖樹葉中間急速地划過去，發出滑喇滑喇的聲響；船身兩旁不斷濺起水花。船尾傳來船槳尖銳的碰擦聲音。

我急忙翻身坐起來，爬出艙口，仰頭看母親。母親緊緊握住槳，急速地搖著。她傾俯上身，身體隨著手臂一前一後急速地擺動著，胸脯也急速地起伏。船急速行進中，她的衣襟和頭巾飄拂起來。母親彷彿沉醉在搖船裡。槳聲中，我聽見母親喘息的聲音。

母親忽然停下手中的槳，讓船順著水流滑喇滑喇直盪下去。她仰起臉龐凝望河面前方。那兒一片黑暗，一片迷濛，方向幾乎無法分辨。

母親低下頭來，看見了我。我和母親互相注視半晌；我心裡好像明白了什麼。母親終於開口說：

「寶哥，我把船搖回家去好不好？」

母親帶著哀求的口氣對我說。我絲毫不感到驚詫，彷彿這是一件很自然的事。我答應：

「好。」

在黑暗裡我看見母親的眼睛閃爍著兩點晶瑩的光。但她立刻抬起頭來，挺起腰桿，搖動左手的槳，船頭便在河面上慢慢地調轉過來。

船頭一轉過來，母親便立即搖動兩隻船槳。船逆著水流，向上游划去。

從艙口眺望出去，河岸十分遼闊。前面不遠的一處轉彎，兩邊河岸猝然交會在一起，形成暗濛濛的死角，分不出哪裡是天，哪裡是水。河面的水流漸漸停頓下來，但這條挾著從上游帶下來的殘枝斷木的水流，勢頭卻依舊十分強勁。越近下游，水越渾黃，濃濁得看不見樹木的倒影。船頭劃開凝聚成一團的水面，有如撕裂一張堅韌的帆布。

我抬起頭來看母親搖船。她微微地仰著頭，挺起堅實的肩膀，兩隻腳穩穩地踩在艙板上。她的手緊緊握住槳，一前一後推著搖著，搖著推著；胸脯隨著船槳的擺動，一起一伏。她那整個身子也在有節奏的擺動中。船在母親的操持下，穩健得像一隻踱著方步的水牛。

我鑽進艙裡，躺了下來，閉上眼睛，心裡忽然有一種愜意的感覺。醒來時，前面艙口已經出現兩點晦暗的黃光。我爬出艙口，發覺河面已經變得窄小，對面岸上的叢林也顯露出身影來。前方，兩點黃光微弱地亮著，彷彿黑雲滿天的夜裡忽然透射出兩點星光來。

母親靜靜搖著船。她的頭微微垂下來，頭巾已經完全鬆開，額頭上的髮絲凌亂地散開來，和汗水沾黏在一起。她微張著嘴，喘著氣。握住槳的兩隻手仍舊有節奏地搖動著，但每一次推拉，彷彿都得送出一個很大的力氣。母親身上幾處，她的黑布衣服緊緊地浸貼在汗水裡。我連忙說道：

「媽，讓我搖吧。」

母親終於停下槳來。她在艙口坐下，喘著氣，用衣襟擦拭臉上的汗水。

前方的黃光已經變成三點——其中最亮的一點，我一眼便認出是縣政府門前的大油燈。但四周靜得很，很久才聽見野猴的幾聲尖號。

母親的喘息聲已經停止。她閉上眼睛，倚靠著箱子打盹。但她並沒沉睡過去。我們那座小鎮完全顯露出來的時候，她爬出前艙口，在船頭上坐下來。

鎮上的燈火零零落落，在黑暗的天地中，映照出鎮甸的位置。母親凝視著燈光，她那張臉龐沉靜得就像神龕裡的觀音。

船向碼頭搖過去，我看到了棧橋黑魆魆的形影。我將槳停歇下來，疑惑地打量這座橋。它孤單地伸向河面，橋下彎彎曲曲的樹幹挨擠在一起支撐著它，宛如一隻大爬蟲的骨骸，高高地露出水面上。橋下空盪盪的只有四五隻漆成白色的縣政府和洋行的船。

船慢慢地搖進來時，從碼頭那邊黑暗的角落裡閃出兩條人影，停駐在棧橋上。

我小心翼翼將船停靠到棧橋下，跟母親爬上梯子。兩個端著槍的馬來警員愣愣地看著我和母親，半晌沒吭聲。母親蹲下身來，從籃子裡摸出兩包水手牌香菸，塞進那兩個發愣的馬來警員手裡。兩個馬來人黑臉上立刻眉開眼笑，一疊聲道謝，並且走過來，幫我將箱子揹在肩膀上。離開碼頭時，我回過頭來，看見兩個警員把玩著手裡的水手菸，好久只顧望著我和母親，一臉困惑。我不禁啞然失笑。母親隨身的籃子裡總是放著幾包水手菸，但母親自己從來不吸菸。

碼頭附近完全不見燈火，街弄裡沒有半點聲息。鎮上的屋子像幾百個木箱子堆在一起。倘若有人在這一頭的屋子點一把火，另一頭的屋子，不過一眨眼工夫，便會熊熊燃燒起來。學堂就像最大的木箱子，單獨放置在鎮心，小箱子在四周環繞它。它顯得很得意。

母親在前面急速地走著，手裡挽著兩個籃子。我看著她的背影，不覺發起呆來。母親的身材原比這鎮上一般中年婦女瘦長，並沒有她們那樣的臃腫胴體和豐壯臀部，但這時我卻發覺，母親的腰肢開始粗大起來，走路的時候顯得有些沉重。

走近屋子時，我彷彿第一次看清楚它的樣貌。屋裡沒點燈，木板牆壁變得十分晦暗，乍看，就像拉子們在山邊開荒種穀時蓋的草寮。

母親推開柵門。她忽然在柵門口停下，回過頭來。

我隨著母親的視線望去。泥土路對面是一幢沒有燈光的屋子，牆腳下有一個影子。它蹲伏在地面上，一動也不動，好像一隻狗；但仔細看時，我發現它是一個人。

母親走過去，停在它面前。她忽然轉過身來，匆匆走進柵門，一下子便消失在黑暗的園子裡。兩個籃子擱在柵門口，沒帶進屋裡去。

我放下肩膀上扛著的箱子，向它走過去。在它面前站住時，我便立刻認出這個老人。他傴僂著身子，坐在一張破蓆上，兩隻鳥爪般的手端端正正放在屈起來的膝蓋上。他的頭微微仰起來；那張幾乎看不見嘴唇的嘴巴，不停地顫動著，彷彿喃喃自語。在黑暗的角落裡，他的眼睛發出晦暗的光芒，像一隻被主人拋棄的老狗。鎮上誰都見過這年老的拉子。從我懂事起，我便知道有這個老人。他終日弓著身子，在街上走動，嘴裡喃喃地說著只有他自己才明白的話語。有時他替人家劈柴，有時幫人在棧橋上搬貨物，有時給學堂的老師做些雜事。晚上他便睡在學堂裡；晴天夜晚，他就鋪一張破蓆子，睡在街頭或棧橋上，誰也不知道這個老拉子的來歷，也沒有人問過，大家只知道他是一個拉子，一個沒有人看顧的老拉子。印象中，我小時候他便已經老得直不起腰來。

我忽然想起我和母親離開時看見公學大門已經上鎖，老師們都已經離開，逃命去了。

我回過頭去，看見屋裡已經亮起燈火。不久，母親從園子裡走出來，拎著一盞油燈。她悄悄來到老拉子身邊，將手裡端著的一碗白飯遞給他。

暗黃的燈光下，老拉子伸出兩隻不停地抖索著的手，接過母親手中的白飯，嘴裡喃喃地道謝。他低下頭，用鳥爪般的手攫起一片冷豬肉，塞進嘴洞。他臉上薄薄的肌肉早已鬆弛，當他用幾顆殘餘的老牙咀嚼時，面頰上的肌肉便有節奏地顫動起來。他身上只有一件分不清是青是黑的短袴，上身完全袒露，肩膀和胸脯暴露出一節節嶙峋的骨頭。太陽曬了他幾十年，他身上和臉上到處是風吹日曬的痕跡，現在他已經老得像一隻多活了十年的老狗。我忽然想到，人老的時候便都是這個樣子，分不出誰是拉子誰是支那人。

老拉子低著頭，一個勁將白飯塞進嘴巴。母親已經回到屋裡。我正要離開的時候，看見那隻餓狗垂著尾巴嗅著地面從巷子裡迤邐著走出來。牠看見人的影子便停下腳步，抬起頭疑惑地看著，伸出舌頭喘氣，然後慢慢走過來站在老拉子身邊，向他發出一聲低號。老拉子抬起頭來看牠一眼，便從碗裡揀出一根帶肉的骨頭丟給牠。牠撲上去咬住肉骨，發狠地咀嚼起來，喉嚨裡不時發出低沉的號叫。

我站在一旁，呆呆看著老拉子和餓狗依偎在一起咀嚼食物，一時竟分辨不出誰是人，誰是狗。

空氣中有了些許寒意。河面上的天空聚起一堆烏雲，停在那裡，不肯移動。

我轉過身來，揹起箱子，走進園子裡。

屋裡油燈亮著，但母親不在家裡，兩個籃子擺在地面上。我走進母親的房間，她也不在那兒。我知道母親三更半夜又到園子裡去了。

我在園子裡的茅棚下找到母親，她靜靜地坐在一塊石頭上。那隻滿裝著書的箱子就擱在她身旁。我不敢驚動她，自己回到屋子裡去。

我在桌旁坐下來，用手支著面頰。暗黃的油燈照著四周的牆壁，使斑駁的牆壁顯得更加晦黯。牆上月曆畫中那個穿著旗袍咧嘴露齒的女人，笑得更加放蕩；父親和母親的照片卻變得模糊起來。

園子裡，蟲兒爭著鳴叫。除了蟲聲，外面一點聲息也沒有。牆上的大掛鐘指向一點。這是一個安靜得使人心頭不安的夜晚。聽不見狗兒的號叫，聽不見半夜驚醒的孩子的哭聲。地面上一切彷彿都已經沉睡了。

世界沉睡了。

我好像想了一些事情，但也好像什麼事情都不曾想過；到後來，我什麼都不想了。我又看到了那個怪異的世界，那些怪異的人——認識的和不認識的，以及那些顛倒不清的事物。它們有時顯得很陌生，有時顯得很熟悉，彷彿是我經常在惡夢中看見的景象。

我確確實實聽見一陣槍聲，又聽見有人在呼喊。但聲音彷彿從很遠的地方傳來，穿透過黑夜裡濃重的空氣，來到我耳邊，變得不可捉摸。這些聲音後來全都消失了。我只看見那些顛倒不清的人和事物，再也聽不見那陣陣槍聲和呼喊了。但我發誓我眞的曾經聽見這些怪異的聲音。

醒來時，陽光已經從窗口照射進來。我爬下床，鑽出屋子，走進園子裡去。

園子明亮得像抹上了一層薄薄的奶油；蔬菜的葉子在陽光下閃爍著身上的露珠。地面有一點潮濕，踩在上面，腳底覺得清涼。太陽掛在大漆樹梢，陽光穿透過濃密的樹枝和葉子，灑照進園子裡來。夜裡看起來像一面黑屏風的大漆樹，這會兒身上閃發出耀眼的光芒。

母親站在圍籬旁。我走到她身邊，她沒回過頭來，只顧靜靜地看著泥土路的那一邊。隨著母親的視線，我看見那邊一幢屋子的牆腳下，有一個人躺在破蓆子上。他身上只穿一件分不清是青色還是黑色的短袴，像一隻死去的老狗，仰天睡在那裡。蓆子上淌著猩紅的血；血從袒露的胸膛流下來，已經凝結。明亮的陽光灑在他身上，使他的血發出晶瑩的光。他睜大眼睛，恐懼地瞪著燦爛的天空；他那張嘴巴像白癡一般嘻咧著，露出一顆污黑的犬牙。灰色的陶碗擱在他腳邊，碗裡很乾淨，什麼也沒有。

泥土路那邊走來一個人，腳步輕快。他來到圍籬邊，伸出一隻手搭在柵欄上。他那異常瘦長的身軀弓起來，彎成一個弧形。他的帽子斜斜地戴著，露出額頭上一叢褐色的髮絲；身上那件寬大的警官制服汗湫湫，沾著泥巴和血。我看見他腰間掛著的手槍。他瞅著我，咧嘴笑起來，被太陽曬成紅褐色的臉龐散發出光采。

「史拉末！您好。」

母親沒答理他；她靜靜地看著他。這個英國人又咧著嘴笑起來，用輕快的聲調說道：

「我們把拉子全都趕走啦。」

他看著母親，等待著，臉上帶著愉快的表情。但母親沒有開口。英國人等了一會，伸出手臂指著園中那一畦畦濃綠的蔬菜，問道：

「芥藍？」

母親點點頭。他咧開嘴巴，又說了一聲「史拉末」，然後朝我揚揚手，悠悠閒閒向鎮中心走去。

母親呆呆地站著。半晌，她在地面上蹲下來，摘掉那一片片被蟲嚙過的菜葉。

河面水光閃漾，耀眼的陽光下，明亮得宛如一面鏡子。

（一九七〇年）

原收入《拉子婦》（台北：華新，一九七六）

黑鴉與太陽

大清早的日頭原也會這般紅的：紅得就像要淌出血似的。學堂叫軍隊給封起來了，禮堂紅漆大門上塗著一個黑色的大×。告示上說學堂的老師是游擊隊，我瞧著不像，回家問媽媽。媽媽在給菜畦施肥，聽我問，頭也沒抬，只說：他們說老師是游擊隊就是游擊隊吧，不關咱家的事，小孩家莫問。我心裡老大不服氣，卻不敢跟媽媽回嘴，便撂下書囊去後山打黑鴉子，不一會就忘了學堂的事。八月時節，旱天來臨了，滿山都是黑鴉子的呱噪。一隻老黑鴉吃我一彈弓打破了膛，血潑得我一臉，眞好晦氣，叫人心頭說不出的煩躁。天一亮，我睜開眼睛，瞧見紅亮的日頭灑照著牆上烘乾的黑鴉子，想起教我烘標本的巴老師被軍隊抓到兵營裡，禁不住發了一回呆。媽媽一把揪我起來，叫我去河裡泡一會，把暑氣消消，今天要帶我進城去。出屋來我便看見那一團血紅的旱天日頭——好扎眼哪。

我泡在水裡，望著那紅潑潑的半邊天空，忽然想起好些日子以前，巴老師常帶我來河邊爆魚。有一趟不知怎的出了岔，巴老師右手被火藥炸斷半邊巴掌，鮮血灑在河邊曬得發白的老青石上，好大的一灘，把河水染得膩紅。出院後回學堂，巴老師便使用左手寫字。過些時日，我發現巴老師使左手寫字，比使右手寫還要靈秀。只是巴老師不再帶我來河邊爆魚了，河裡的魚養得又密又肥，那股逍遙自在勁兒，眞叫我恨煞。小河不愛吵鬧，靜靜的、悄悄的從山裡淌下來，流過一片松林子，一路叮咚價響，好似學堂裡的何老師操著她那十根青蔥般的手指頭，彈鋼琴，教我們唱歌。媽媽跟姊姊蹲在河邊青石上洗衣裳，棒子擣得混響。我獨個兒在河裡浸泡一回，便坐在橋墩上，不知不覺唱起何老師教我唱的歌來：

我家門前有小河
後面有山坡
山坡上面野花多
朵朵紅似火

我翻來滾去的唱著，也不知唱了幾遍，忽然聽見頂頭滿天空綻響起黑鴉子的呱噪，抬眼瞧時，只見一大群黑鴉子拍著翅膀飛來，乍看就像數不盡的黑點子撲向血紅的天際。我仰起臉龐呆呆瞅著，好久沒低下頭來。媽媽使棒子擣衣裳的聲響，一聲聲回應河水的叮咚，霎時好似在夢中一般。

橋上，鄰莊的唐老伯嘶啞著嗓門喳喝著趕牛車經過，向媽媽招呼道：

「劉大姑，這早啊？」

媽媽抬起頭來，應道：

「今朝得進城一趟。老爹這早趕送青草回去呀？」

牛車轂轆轂轆行過橋去；唐老伯的喳喝緩緩遠去了，留下那一車青草的嫩香在我鼻端上直打轉。

媽媽好些時日沒帶我進城，上一回進城是清明節，媽媽捎紙錢香燭，帶姊姊跟我去給爸爸掃墓。媽媽在爸爸墳前栽的兩棵梧桐，早已結子，墳上覆滿梧桐的落葉，媽媽靜靜掃著，沒說一句話。回家上路時，滿天颳起晌晚的涼風，我瞥見媽媽掏出一方白麻汗巾，悄悄拭著眼角的淚珠。回得家來，一家三口圍坐在堂屋中爸爸的神主牌下，燭光幽黃裡，媽媽說：「家鄉莊前栽著一排梧桐，六月時節，滿樹開著小黃花。」今天進城，爸爸墳前的梧桐也該吐滿清黃的小花了。

媽媽抬起臉，瞅著漫天呱噪的黑鴉子，攢起眉心不知想什麼，半晌才低下頭來，從桶裡抓起一件衣裳，搓兩把胰子，使勁擣起來。一隊穿著草綠野戰裝的番兵快步走過橋，日頭灑在那十來張黧褐的臉膛上，亮晶晶淌著豆大的汗珠。過了橋，一隊兵都到松蔭下歇涼去了。

那帶隊的軍官蓄著兩腮鬍渣子，也不去松蔭下歇涼，自己到河邊一塊青石上坐著，解下水壺，昂起黑臉膛，一口氣喝了大半壺水，又往河裡盛滿了，掛回腰桿上，捧兩把水洗臉，點起捲菸來。我瞅著他老半天，他卻不睬我，我覺得沒趣，索性耍一個背拋觔斗，鑽入水裡去。胰子泡沫漂浮在河面，映著日頭，化成千百條迷離的紅光，照得我眼睛好生紛亂。

一個十六七歲的小番兵折了一管蘆葦，獨個兒坐在水邊，吹起淒涼的番家小調。我回頭瞧了瞧媽媽，只見她依舊低著頭，一逕搓洗衣裳，對周遭的兵不瞅不睬。

歇了一晌，帶隊的軍官扯起嗓門猛一聲喳喝，兵士們四下聚攏，揹起槍火，整隊開拔，直投黑鴉山去了。

「龍哥兒，快上來幫我把衣裳擰乾。」

我一面幫媽媽擰衣裳，一面看姊姊拿一根篦子幫媽媽梳頭。媽媽最愛惜她那一把烏亮的頭髮，每日晌晚沐浴時，總是不忘搽幾滴花露油，把髮絲養得油光水亮的，平日做活時便拿一方藍布頭巾裹著，不給曬焦。梳完頭，姊姊替媽媽挽個團圓髻，媽媽伸手攏一攏，探頭朝向水面照一照，便拎起衣桶，帶姊姊跟我上路回家。

回到家，日頭已經爬上屋前老槐樹梢頭了。阿庚伯遠遠看見媽媽回來，便說：

「大姑啊，妳過來瞧。」

我搶在媽媽前面，看見爺爺當年親手栽種的老槐樹枯黑的枝椏上，靜靜停著七八隻黑鴉子。那一團血紅的日頭已經轉爲白赤了，照著老槐樹上的黑鴉子，鴉身上閃著幽亮的黑光。媽媽走過來，擱下桶子瞧了兩三眼，沒吭聲。

阿庚伯坐在門前一張籐椅裡，指點著老槐樹，慢慢說道：

「大姑，我瞧這事有點蹊蹺喔。我在你們劉家四十年，這種事情前後也只見過三回。頭一回四十年前我隨你家劉老太爺南來開荒，過十年，發生瘟疫，死了許多鄉親，沒能買棺入殮，就用草蓆裹著一把火燒化。疫發前兩日，這槐樹上便停著一窩老鴉，也是七八隻吧，不啾不啼。隔了二十年，日本鬼子兵來燒莊，抓重慶分子去活坑，前一日也看見一群老鴉靜靜停在這槐樹上。第三回十二、三年前吧，伊斯蘭教徒作亂，一股好幾百人頭纏白布手握新月刀闖進莊來，見支那人就殺，就連奶著孩子的婦人也沒饒過。那前一日也有好幾隻老鴉停在這樹上。大姑，妳莫怪我迷信，這事三番兩次都不是好兆頭，只盼這回平安無事便好。」

媽媽一面聽一面晾衣裳。待阿庚伯歇了口，才平心靜氣的說道：

「今天我得進城去，上回跟金四叔說好，給他送兩簍來亨雞，這些日子城裡兵多，店裡買賣比平日好。」

「大姑，要送城的東西我都給裝上了車：四簍來亨雞，兩筐蛋，兩擔紅蘿蔔，妳趕早上路吧。還差什麼嗎？」

「鳳丫頭，到園子裡去掐幾枝玫瑰送給瑪麗修女，要選吐蕊血紅的。龍哥兒，你跟我進屋來換衣裳進城。」

媽媽沒再瞧老槐樹，提著空桶子跨過門檻進屋去了。一會，媽媽妝扮停當出屋來——一身碎花唐裝衫褲，一方水藍頭巾——手裡握著一條雙銃子獵槍，在屋前曬場上立定，舉起槍來瞄準老槐樹，砰砰放了兩槍，一隻黑鴉子給轟開了膛，應聲墜落，餘下的六七隻呱地發一聲喊，鼓起翅膀朝向日頭飛走了。

我搶上前去，拾起那死黑鴉，發現牠被媽媽打碎了膛，不好烘製標本，便扔到槐樹下，鴉血沾得我一手。姊姊捧著玫瑰走出園來，瞧著登時愣住了，細細的肩胛打著顫。那一束玫瑰花吐著蕊，帶著昨宵的露水，映著日頭竟像鴉血一般紅豔。

「龍哥兒，快去把手洗淨。」

媽媽收了槍，跨過門檻進屋去把槍藏在灶頭下。前些時日，軍隊下來清鄉，繳了莊戶人家所有槍火，媽媽把她那桿雙銃子獵槍藏起來，只繳出一條不管用的老槍。

阿庚伯從籐椅裡撐起膝頭來，接過姊姊手裡的玫瑰花，拿一桶水養著，擱在我們家那輛老吉普上。

媽媽出屋來，戴著手套爬上吉普，掌著駕駛盤，發動油門。我急忙跳上車，在媽媽身邊坐穩，吉普便朝坡底一路奔騰下去，轉到紅土路上，迎著白花花的日頭，直投城裡去。

媽媽眼睛直瞧著前面的路，一逕鎖著嘴唇，不跟我說話解悶。日頭照在媽媽臉膛上，散發出一層赤銅的油光，鼻尖綴著密密的汗珠；那水藍頭巾被風吹起來，一把烏亮的瀏海悄悄滑落在媽媽寬闊的額頭上。我瞅著媽媽的側臉，不知不覺便歪到媽媽身上去了。

紅土路兩旁盡是黑林子，一路綿延到天邊。阿庚伯說，誰也不知道黑林子有多深，早年他跟我爺爺到婆羅洲開荒，只靠著一把斧一把鍬、一滴血一滴汗。熬了兩三年才把親眷從家鄉接出來。一場瘟疫，阿庚婿歿了，沒留下一男半女，阿庚伯從此就沒再討過老婆，打了大半輩子的光棍，一直耽在我們家過日子。

還沒到晌午呢，日頭當天照著，看不見半片雲。我直嚷著熱，敞開衣襟讓風吹，卻沒感到半點涼快。車子後面那四簍來亨雞兀自亂叫，叫得人心頭好生煩躁。

吉普倏地打了個溜，驚起路上大窩黑鴉子，呱噪著滿天亂飛。我探頭一瞧，看見兩條屍體橫躺在路心，都穿著農家衣裳。一條趴著，看不見臉孔；一條朝天，像個二十來歲的後生，瞠眉瞪眼的瞅著頂頭那碧落落的青天。屍體旁邊一灘血，被日頭曝曬，早就結成塊了。

「兩個游擊隊給打死了。」媽媽邊說邊掌著駕駛盤，把車子繞過死人。我回過頭去，看見那一窩黑鴉子又停落在兩條屍體上。

紅泥路盡頭出現一道關卡。媽媽把吉普停在橫槓前，一個衛兵敞著胸膛，從哨亭裡迤迤邐邐的走出來。媽媽把團部發給的通行證拿在手裡，底下捏著兩包英國海軍牌捲菸，遞出車窗外。那衛兵接過來，瞄一眼，伸出脖子朝車裡張一張，歸還通行證，拉起槓子，揮揮手，轉身回哨亭去。

一路進城只見大隊兵，卡車載著呼嘯而過。城裡因爲兵來，市面顯得比平日熱鬧。媽媽逕把吉普往城西兵營開去。兵營前堆著一排沙包，架著機槍，對準通往城外的大路。媽媽在營門前停下車子，一個穿草綠野戰裝的衛兵大步踏過來，媽媽拿出通行證，底下依舊捏著兩包海軍牌捲菸。那衛兵接過通行證，仔細查驗，又朝車裡張望老半天，這才揮手叫把車子開進兵營。

車子直開到兵營後面一排低矮的紅磚屋子前。屋頂上，煙囪吐著黑煙。一個挺胸凸肚、買辦模樣的印度人，一搖三晃走過來，就在車門外跟媽媽議價。媽媽靜靜聽他連珠炮般聒喇了半天，才打斷他的話頭，說：

「就這個數。」

那印度買辦嘿嘿乾笑兩聲，回頭叫來兩個支那火伕，從車上卸下兩簍來亨雞和一擔紅蘿蔔，一面忙著掏皮夾，點數鈔票跟媽媽結帳。我躭在車裡覺得氣悶，便跳下車來站在校閱場上吹風，正張望著，猛地被人從背後一把抱住。

「哇——這是什麼地方，小鬼頭你也敢來？」

聲音一聽就知道是我家舊長工阿海。上回過了端午節，阿海忽然向媽媽辭工，說近日鄉下不太平靜，想到大埠去尋頭路，當下結算了工錢，就捲舖蓋走人，沒想今天會在兵營裡廝見。我使勁一掙，擺脫他那兩條胳膊，轉身抱住他的腰桿。

「那不是劉大姑嗎？」阿海眼睛一亮。

「阿海，你這一向不在大埠嗎，怎麼又回來了？」媽媽說。

「大埠現下光景也不好，游擊隊鬧到埠裡，商家都不肯雇用生人，閒蕩了半年，只好老著臉皮回來囉，如今在這座兵營裡給番鬼兵燒飯煮菜。」阿海紅著臉說。

「莊上人手缺，阿海，你要願意就回來吧。」

「大姑，我咽了一肚子的瘟氣，說不得，把唾沫呸在飯鍋裡給番兵吃！今天就辭了工，明朝到莊上尋大姑。」

做完買賣，媽媽便發動油門。我連忙跳上車，揮著手嚷道：「海大哥，可別忘了明朝到莊上來啊！」吉普逕往營門開去了。回頭瞧時，我看見阿海挺直腰桿站在塵埃裡，一條黑鐵柱似的，渾身油亮。

車子剛駛出營門，一輛草綠色軍用吉普便從斜裡闖過來，媽媽煞住車子，讓在路旁。我眼尖，早瞥見前座載著一個上尉，蓄著兩撇小髫，好生神氣。直等那輛吉普從身旁擦過，進入營門，媽媽才把車子轉到路面上向城心開去。

縣政府四圍架起了鐵絲網，兩輛坦克擺在大門前，一個兵坐在坦克頂上吸菸。城心廣場邊沿一排電線桿上，又吊著幾個被打死的游擊隊，指頭般粗的電線上，靜靜停著幾隻黑鴉子。我歪在媽媽身上，瞅著那成群枯坐在尤加利樹下躲著毒日頭歇涼的老支那人。

瑪麗修女的小修道院坐落在縣政府後面一條小巷子裡，圍著高大的白牆——我猜有兩個媽媽那樣高呢。媽媽把吉普停在門口，輕輕揿兩下喇叭。等了老半天，大門才悄悄拉開一條縫來，探出一張四方白臉膛，我認得是修道院裡的傭人安嫂。安嫂瞅見媽媽，登時眉開眼笑，一面嘮叨說剛剛還跟瑪麗修女說起，這一向怎沒見劉大姑進城來，一面使勁推開鐵門。媽媽把車子靜靜開進院子裡。院子悄沒聲，瑪麗修女笑吟吟站在小教堂前石階上，一身白衣裳，好像白瓷燒的觀世音菩薩，只是觀音娘娘沒有瑪麗修女那般高大。

「主和大家同在！」

滿院子栽著玫瑰花，正開得熱鬧，大片大片的血紅。瑪麗修女說玫瑰花是耶穌的血，她嫌自己栽的沒眞血那般紅，媽媽便答應替她栽一圃，每回進城，就揀一把二十來枝吐得血紅的捎來給她。

瑪麗修女接過媽媽帶給她的玫瑰，瞧了又瞧，沒口子讚道：「萬得福，萬得福！」安嫂從車上拿下兩筐雞蛋，媽媽便輕輕發動油門。瑪麗修女探頭瞅著我，一臉的笑意。

「龍哥兒，你的學堂給兵關起來了，老師都被抓走了，你到我們學堂來，我教你認英文字，讀經書唱聖歌，好不好？」

我搖搖頭，我不離開媽媽，我靠在媽媽身上，聞到媽媽胳肢窩的汗香和花露油香。

吉普開到金四叔舖子，剛過晌午一點鐘。金四叔瘸著一條腿，一高一低的走出舖來，一面喚店夥卸下車上的貨，一面把媽媽讓進舖子裡。金四嬸站在天井瓦簷下迎著，挽住媽媽的胳膊到舖後堂屋中去。

「二嫂，妳寬坐吧，我出去瞧瞧。」金四叔說。

媽媽解下頭巾，攏了攏頭髮，將散落在額前的一把瀏海拂到兩邊。金四嬸喚雪蓮姊進來，吩咐雪蓮姊先沏一壺上好的鐵觀音，再去廚房整治飯菜。

「龍哥兒，學堂關了，你可有玩頭啦！」金四嬸抓一把果子糖，笑嘻嘻塞進我手心裡，又回身去拿一把蒲扇遞給媽媽，坐在媽媽身邊，親親熱熱的說起閒話來。

金四叔是爸爸生前的拜把兄弟，爸爸咯血臨去時，金四叔匆匆趕來送終，一口答應照拂媽媽跟我姊弟兩個，爸爸這才安心去的。那時我三歲，姊姊五歲，一晃就十年了。這都是後來阿庚伯偷偷跟我說的。

先時金四叔看見媽媽年輕守寡，帶著兩個孩子，便勸媽媽再尋個適當的男人，媽媽一口回絕了，金四叔從此不敢再提。

前頭鋪子嗆嗆喝喝，不斷傳到後面堂屋來，金四叔鑽進鑽出，忙得團團轉。等雪蓮姊把飯菜都端上桌，金四叔這才坐定下來。

「二嫂，莊上屋子後面不是有塊陂陀地嗎？放一把火，清乾淨，栽荷蘭薯！」金四叔把一顆鵪鶉蛋塞進嘴洞裡，壓低嗓門說：「游擊隊這當口四下搜購糧食，荷蘭薯這東西栽起來可省事，收成快，又經藏，游擊隊答應出好價錢喔。」

媽媽嘴角牽動一下，沒說什麼。

說起跟游擊隊做買賣，媽媽可是個老行家。大前天媽媽才跟阿庚伯商量，挑個大旱天放火燒後山陂陀地，栽一田荷蘭薯，年底便好收成。去年一天半夜裡，兩個游擊隊員來打門，說是向我們家購糧來的，把家裡能吃的東西都要了，還抬去兩口大公豬，照市價給了六成現錢，餘的四成就開張支票，說將來向人民銀行兌現。臨去時還借了我們家的吉普，裝得滿滿一車，趁著夜濃竄進山裡。隔天早晨，我在橋頭邊尋回車子。往後每隔十天半月，游擊隊便來一趟，總是三更半夜打門，有時借我們家吉普，有時沒借，兩個人使條扁擔扛著糧食回去。有一陣子游擊隊只給四成現錢，後來又給到七成，媽媽也沒跟他們怎麼議價。

「巴英銓是游擊隊支隊政委，今早給斃了，吊在縣政府前電線桿上示眾。二嫂，妳路過時見了麼？」金四叔說，嘴裡嚼著一把生韭菜。他端起酒盅，把半盅五加皮一口乾盡。

媽媽搖搖頭。我被金四叔一嚇，送到嘴邊的鵪鶉蛋登時滑滾下來，掉落在碗裡，險險讓菜汁濺得一臉。我悄悄抬起臉來，瞅著金四叔。

一個店夥穿過天井，走進堂屋來，喚道：

「四老闆，蘇來曼中尉來舖裡。」

「給他兩條菸打發了去，不就結了麼？」

金四叔站起身來，離了座，一瘸一拐的跟那店夥出去。

金四嬸笑瞇瞇跟媽媽說，金四叔最愛吃生韭菜配家鄉來的五加皮，有一回斷市，四處買不到家鄉五加皮，金四叔發了幾天酒瘋呢，鎮日摔盤扔碗，像誰跟他過不去似的。金四嬸說著，舀了兩調羹紅燒海參擱在我碗裡。

金四叔回到堂屋來，喚雪蓮姊給他再斟一盅酒。

「三嫂，妳認得左莊沙家嗎？」

「認得。」媽媽點點頭。「他們家三媳婦跟我是遠房姑表姊妹，平日不常走動。」

我跟媽媽去過沙家。他們家莊子大，光是胡椒園就占了大半個山坳，人丁多，在我們縣裡算是大戶人家，沙老太爺是學堂總董，閒時來學堂巡視，人挺和氣。沙家老九鐵林跟我同班，不大理會同學，只跟我玩耍。

「前天半夜，一支游擊隊闖進沙家，使機關槍把沙家一門二十五口掃得乾乾淨淨，只有一個老九鐵林藏在灶坑裡，撿回了命。游擊隊在牆上留下血書，指控沙家是軍隊的線民。下令開火掃射的是巴英銓，還有一個叫何家琴的女老師，教學生唱歌的。沙家老九是巴英銓的學生，認出巴英銓右手那隻斷掌。」金四叔說。

「巴英銓倒是個好老師。」媽媽擱下筷子，從胳肢窩下抽出一方手帕來，輕輕拭著鬢邊的汗漬。

我看看金四叔，回頭又瞧媽媽，怔怔的發了一回呆。金四嬸夾起一塊鮑魚擱在我碗裡，叫我多吃菜。

金四叔端起酒盅，乾了，站起身來。

「二嫂，今天要辦糧回去嗎？」

媽媽打開皮夾，撿出一張單子遞給金四叔。

蹭到堂屋口，金四叔回過頭來，說：

「方才有個番兵官來舖裡，說營裡要荷蘭薯，由他轉手，價錢好商量。」

我們娘兒倆上車時，金四叔送出舖來，站在騎樓下。

「二嫂，今天不用去了。前些天軍隊把地方圍起來練靶，不准閒人進入。」

媽媽呆了一呆，發動油門，逕往城北開去。剛出北門口就聽見槍聲。往城外行駛半里，便看見山腳下的墳場圍起了鐵絲網，兩個兵把守在路口。媽媽停下車，兩個兵上前來，揮手叫我們轉回去。媽媽將駕駛盤猛一兜，車子在路面上打個轉。她一句話也沒說，開車繞過城東，直朝城南駛去，一路捲起滾滾紅沙，漫天飛蕩，久久不肯停落。

日頭落山，半邊天空讓火燒著一般。媽媽掌著駕駛盤，凝神望著前路。我不敢再看媽媽一眼，悄悄把身子靠在媽媽身上，不知不覺闔起眼皮來。

「媽媽，巴老師爲什麼要殺鐵林全家呢？」

「游擊隊說，他們家是奸細，給軍隊通風報訊。」

「媽媽，沙老太爺眞的是軍隊的線民嗎？」

「游擊隊說他是線民就是線民，不關咱家的事，小孩家莫問。」

回到家，卸下車上的糧食，媽媽坐在門前籐椅裡，解下頭巾當扇子，往心口輕輕搧著。姊姊給媽媽端一盅茶來，媽媽接過喝了五六口。

「大姑，城裡有什麼新聞嗎？」阿庚伯問道。

「沒什麼新鮮的事。」媽媽搖搖頭。

一陣風悄沒聲貼地捲過來，老槐樹的枯葉飄落一地。阿庚伯覷起眼睛望望天色，說：

「看來今晚會有一場大風雨吶。」

媽媽站起身來。「龍哥兒，鳳丫頭，跟我洗澡去。」說著，跨過門檻走進屋子。出屋時，媽媽換下了進城穿的衣裳，只在身上圍著一條紗籠，領我跟姊姊往河邊走去。天色一點一點黑上來了，日頭沉落的地方像抹著一大片血。

媽媽帶著姊姊，揀個僻靜的角落脫下紗籠，打赤腳涉到河裡去。我獨個兒在橋下泡水，怔怔瞅望天空。一窩窩黑鴉子呱噪著從我頭頂上掠過，要趕在風雨前飛回老巢。天色越發濃黑了，沒多久，黑鴉山頭就只剩下一灘血。

我悄悄往上游泅去，撥開蘆葦叢，瞥見媽媽精白的身子浸泡在紅灩灩的河水裡。媽媽解開了髻兒，一把烏亮的頭髮披落在肩胛上，她歪著頭，沾水輕輕拭著髮上的沙塵。我怕媽媽瞧見，又悄悄泅回橋墩下，呢呢喃喃哼起何老師教我唱的歌來：

我家門前有小河
後面有山坡
山坡上面野花多
朵朵紅似火——

「龍哥兒，回家去，還泡得不夠嗎？」

媽媽頭髮上搽了花露油，鬆鬆的挽個髻，站在河邊喚我。

剛到家，園子裡就颳起大風，老槐樹的枯葉子夾著黑鴉子淒涼的呱噪，滿曬場飛蕩。再過一晌，雨便嘩喇喇落下來，打在瓦上，敲鑼擂鼓似的亂響。這場雨怕要落個通宵。

吃過晚飯，一家人圍坐在爸爸的神主牌前。我尋出《繡像包公案》，翻開〈狸貓換太子〉那一回，看了兩頁，覺得沒甚趣味，便闔上書，央阿庚伯講古。我一邊聽他老人家有一搭沒一搭的扯著，一邊瞧媽媽給婆婆打毛線衣。爺爺過世後，婆婆帶爺爺的骨灰回唐山，不再南來。媽媽說：每年冬天家鄉天寒地凍，婆婆年紀大，身體不好，叫人惦念。

「家鄉連著兩年鬧旱災，今年雨水卻又多了，不要鬧水災才好。」阿庚伯嘴裡咬著一根暹羅菸，慢吞吞說。

「金四叔說，這一陣子家鄉米都斷了市，只怕又是鬧饑荒。」媽媽拈著針，左挑右穿，頭也沒抬。

「咱們唐人靠天吃飯，老天不照應著些，日子怎麼過？」阿庚伯吸一口菸，搖搖頭。

「媽媽，游擊隊又來了。」姊姊說。

一群人冒雨穿過曬場，使槍托擂門，砰砰亂響。媽媽跟阿庚伯對瞄兩眼。老人家站起身應道：「來吶，來吶。」他蹭到門邊，拔下閂，正待開門，一隊兵早就踢開門闖進屋來。

「借你們屋子避雨。」帶隊的軍官操著番話跟媽媽說。

媽媽放下針線，慢慢站起身，點點頭。

兵們趕了整天的路，又遇大雨，渾身都帶著泥漿，進屋來就卸下槍火，解落背囊，就地坐下歇息。一個兵走進廚房抱出一捆柴，在堂屋中央生起一堆火。媽媽瞧著也不說什麼，自己坐回籐椅裡，拈起針線，低頭打毛衣。阿庚伯把門掩攏，沒上閂，又慢慢蹭回來。

帶隊的官甩掉鋼盔，脫下野戰服，右臂胳肢窩黏糊糊沾著大片血。他用左手解開背囊，拿出一個飯糰，剝去蕉葉，塞進嘴裡嚼起來。早上過橋的一隊兵，又在黑鴉山游擊隊老巢裡中了埋伏，回來只剩得六個人。那個吹蘆笛的小番兵沒回來。

屋外曬場上雨落得正急，一陣風捲過，把門掃開。一個兵站起來，大步踏上前，砰然閤上門，把門拉上了。

屋子裡一下子變得十分沉靜。媽媽一逕低頭做針線，姊姊挨在她身邊瞧著。阿庚伯不再跟我講古，悶聲不響吸著菸。我拿起《包公案》，攤開〈狸貓換太子〉那一回，捧在手裡，看包公裝神扮鬼抓壞人。一團黑影忽然落在我書上，我抬起頭，瞅見三個兵慢慢走上前來，在媽媽跟姊姊身旁倏地站住。一個兵咧開白磣磣的牙齒，笑道：

「支那女人！」

媽媽緩緩抬起頭，燈光下臉色一下子變得青白。一個兵伸出爪子，往媽媽髻上使勁一撩，一把油光水亮的頭髮登時散落下來，遮住媽媽半邊臉孔。那帶隊的軍官霍地聳起身，大步邁過來。一個兵拔出刺刀，抵住他的胸膛。阿庚伯不知什麼時候從後屋鑽出來，舉起家中那桿雙銃子獵槍，抖著嗓門用番話喝道：

「滾出屋去！」

一個兵咧開嘴巴，齜著兩枚猩紅檳榔牙一步一步欺上前，倏地飛起一條腿，砰的一聲響，火花迸開，砸碎了爸爸的神主牌。那個兵劈手奪過獵槍，用槍托敲阿庚伯臉門。我撲上前，拚命抱住那兵的腰桿。槍托直擂在我腦門上，血淌下來，灌滿我眼睛。昏天黑地裡，我瞅見一個兵扯開媽媽的衣裳，一隻黑爪子撈住媽媽精白的奶子。姊姊的哭泣聲好久好久只管在我耳邊旋轉。

我睜開眼睛，看見紅亮的日頭照射進我房裡，潑在牆上那幾十隻烘乾的黑鴉子身上，紅的是那般紅，黑的是那般黑，映得我眼睛好生紛亂。我爬下床，踉踉蹌蹌走出房間。

堂屋裡空盪盪沒半點聲息，只留著一堆灰燼。我跨過門檻，迎面一團紅紅的旱天日頭，直向我眼睛扎過來。媽媽獨自坐在門前籐椅裡，蓬頭散髮，迷失神魂一般，好似沒看見我走出來，只顧凝神瞅著通到坡底的紅泥路，兩隻手緊緊攫住雙銃子獵槍。我不敢喚媽媽，慢慢弓下身來，蹲坐在門檻上。姊姊從園子裡走出來，手裡捧著一束帶著昨宵的雨露綻放得血一般猩紅的玫瑰花，在曬場中央站住了，癡癡瞅著媽媽。

一輛破摩托車吵鬧著闖上坡來，媽媽舉起槍，瞄得精準，砰的放了一槍。那摩托車猛然打了個溜，連人帶車一路滾下坡底。

「媽媽，是海大哥哪——」姊姊尖聲叫起來。

我蹦地跳起身，沒命往坡下跑。又一聲槍響，我登時覺得天旋地轉，一跤摔倒在紅泥路上。一窩黑鴉子呱噪著從我頭頂掠過，拍著翅膀撲向朝霞滿山的天邊，像數不盡的黑點子哪。

（一九七三年）

原收入《拉子婦》（台北：華新，一九七六）

第二輯　長笙之死

一九七七年攝於美國紐約州立大學奧伯尼分校

《吉陵春秋》

萬福巷裡

見過的人都說她長得好，可是，那個時候，沒有人知道那樣清純的美終會變成一種詛咒。長笙嫁人時才十六歲，好像也沒有人知道她爲什麼會嫁給那劉老實，開棺材店的，多年後才聽說長笙小時候吉陵鎮發生一場霍亂，她一家人，沒逃過這一劫。好心的鄰里慌忙拿來幾張草蓆，把她爹娘和兩個兄弟的屍身給包紮了，掇出後門，就要抬到鎮外去埋。劉老實的母親，劉老娘，趕了過來，看見長笙小小一個人坐在門檻上望著大街哭，便捨了兩口大棺、兩口小棺，把長笙帶回萬福巷的棺材店裡養了六七年，便做了她的媳婦。

萬福巷，原不叫這個名字。縣倉才蓋起來時，東邊牆下那條泥巷還叫做田雞弄，另一邊十來間一排店舖，各行各業都很齊整，居中的一家，便是劉家開的棺材號。劉家老店先前原是一間尋常的木匠舖子，附帶做幾口棺材。縣倉落成了，幾年間吉陵鎮熱鬧起來，劉老實的父親才歇下傢俬生意，專門賣棺材，舖子裡，平時總是停著五六口高頭紅漆大棺。他們這一家的先代傳下一個規矩，既然做了這一行，閻王腳下討半碗飯吃，平日少不得積些陰德，太平年裡，一年總要捨上四五口好棺。後來有個軍頭的小跟班駐進了縣倉，田雞弄旁邊那一排棧房便做了偵緝隊部。弄裡的人家，常常看見紫黑帶血的污水流進牆外臭水溝裡，招來一群又一群青頭蒼蠅。後來軍頭走了，好幾年一條巷子到處嚶嚶嗡嗡，正當生意人買賣都做不下去了，一家跟著一家靜靜搬走，不久就傳說縣倉鬧鬼。兩年下來，守在弄裡不肯搬家的，只有那個飄零一身的中年算命先生。劉老實的母親問遍了鎮上，沒有一個商家願意跟棺材舖子爲鄰，只好帶著兒子媳婦倆守住老店，平日下午六點鐘，便緊緊閂上了舖門。後來有個羅四媽媽不知從哪裡帶來了幾個娼婦，悄悄的就在弄子裡租下一個舖面。那幾年，公路通了，山中的土產大批外銷，紅椒行情一日三漲，山坳裡的男人有了幾個餘錢，一個個瞞著家中妻小上鎮來快樂，才多久，一條田雞弄就開起十家娼館來。鎮上首戶曹家堂是這條巷子的業主，曹老太爺嫌田雞弄名字難聽，便陳情縣政府改成了萬福巷，討個口采。

這劉老實天天佝僂在黯沉沉的店堂裡，低著頭，一刨一刨只顧打造棺材。巷裡走動的人，他也不睬。傍晚吃過了飯蹓躂到萬福巷來睃望的閒人漸漸多了，整條巷子的娼門，簷口下點亮起了十盞紅燈籠。娼婦們搽脂抹粉的笑出屋來，站到門檻上，一面剔著牙一面勾起眼眸，瞅著她們家門口來來回回睃睃望望的男人。劉老實不聲不響收了工，叼著菸，慢吞吞把一塊塊門板給嵌回了門上。雞啼大五更，巷裡人聲靜了，三兩個過夜的客人紅腫著眼睛鐵青著面皮，鑽出了娼戶，躲開那一團扎眼的水紅大日頭，沿著牆根急急走出萬福巷口。劉老實這才拔下門插子，一塊一塊卸下門板，泡杯熱茶，點根菸，唰唰唰地又刨起了棺材板來。

滿鎮人家，炊煙四起。

六月十九！這一天算命先生一早開了館，端起一盅茶，慢慢踱到棺材舖門前，瞅著劉老娘把兩張紅招紙貼在簷柱上，笑嘻嘻，說：「妳老人家今年又大發善心啦。」店裡劉老實早已叼上一根菸，頭也沒抬，一腳踩上棺材板，拔出鉋子自顧自就刨了起來。算命的端詳著他，咳了兩聲走到巷心上，一口濃痰呸地吐進縣倉牆下那條臭水溝裡。他嗽了一口茶，慢慢又蹭回自家店門前，抬頭看了看白市招上他親筆寫的八個黑字：

我是山人
批算流年

他搖了搖頭，呆了半天才一腳跨進門檻裡，在門口那張枱子後端坐下來，戴上老花眼鏡，隨手翻開桌上擺著的那一部脫了線的《西遊記》。

雪月梅花三白夜
酒燈人面一紅時

棺材店左鄰，滿庭芳，兩扇紅漆小板門咿啊開了。一個婦人頂著雞窩似的一堆頭髮，抱著個搪瓷盆蹎跨出門來。嘩喇喇一聲響，半盆血水給潑出了巷心上。她攢起眉心，咬著牙望了望瓦簷上的一團水紅日頭，慢慢走到牆蔭下，往那臭水溝裡乾嘔了起來。兩隻奶子，揝在手裡。她呆呆蹲了一會，才掙紅著臉龐撐起膝頭。「要命的喲！」滿庭芳那兩扇板門洞又是一聲咿啊，一個坳裡人模樣的中年男人低著頭，走出門來。堂屋裡，小小的一座觀音神龕映著朝霞，紅幽幽地閃亮著兩盞長明佛燈。婦人端起水盆，搶上兩步，沉著臉，把肉顫顫的一胴身子堵在他面前。

「怎麼！就走了？」

「春紅姊，下回進鎮我再來刨妳吧。」

春紅挑起眼角，勾住他，愛笑不笑的齜開一口亮金牙。坳子佬訕訕的就笑了起來，四下裡望了望，把手一掏，不聲不響在她那條肥白的膀子上狠狠擰摎了兩把。「害了饞癆的坳子佬！找死啊？」春紅瞅住了他，一咬牙笑罵起來。

那男的便低下了頭，覷個空，從婦人膀子底下一頭鑽出門來，穿過巷心，沿著牆根子慌急急的朝巷口走出去。春紅看看她那膀子，瘀了好一塊，呆了呆，往掌心上呸的吐了泡口水，沾到膀子上只管揉撫起來。她抱起水盆子，前腳才跨進門檻，隔壁那劉老實喝了杯茶，刮刮地又刨起棺材板。春紅眉頭一皺，心頭煩躁上來，翻白起眼瞳子乜了他一眼：

「黑無常，觸霉頭，一天到晚刨棺材！」

天還沒交正午，十一點鐘，那團日頭白燦燦地早已潑進巷心。溝裡的血污蒸熱了，招來一窩窩青頭蒼蠅，繞著巷子兜啊兜嚶嚶嗡嗡亂叫起來。從巷口到巷尾那十家娼門子，咿啊，開了，各戶的龜公佝僂著背脊，掇出一桶桶垃圾，往簷下一丟，隨口把嘴裡的兩團菸痰吐到巷心上，一回身就鑽進各自的門戶裡。一輛騾車慢吞吞踢躂進了巷口。收破爛的漢子趕著蒼蠅，攀爬下車來，抱起簷下一只只黑油油的竹桶子，一聲不吭，朝車上攛了過去。車上那個趕騾子的，一面接一面吃吃笑道：「好兄弟！手腳放輕點不好嗎？阿姨用過的草紙你都撥到我頭臉上來啦。」春紅打著哈欠，端個漱口杯刷著一嘴金牙，蹬蹬蹬，跨出了門檻。聽見了這話，她咬咬牙在簷口日影裡俏生生站住了，勾起眼睛，睨了趕車的一眼，笑吟吟說：「昨天晚上你姊姊我身上不方便啊，血娘子來了，不想做生意，偏那個害了色癆的坳子佬，口口聲聲只要你姊姊！他不嫌，你這個垃圾佬卻嫌起你親姊姊來了。好兄弟！我想你啊，過來嚐嚐阿姊的親口水。」一杯漱口水潑喇喇照頭涮了過去。劉老實的母親，劉老娘，聽到了騾車踢躂聲才慢吞吞弓著腰掇出一桶垃圾，走出門來。春紅看見了她老人家，眼皮一翻，望著天，顛起一身白油油肉堆子扭走回自己門裡。那趕車的哈哈大笑甩起皮鞭子，叭噠一聲，躥出了巷口。

春紅又倒過一杯溫水，站出門來。整條巷子十來家都開了市，娼婦們盤著一窩子亂蓬蓬的頭髮，打起連天響的哈欠，走出堂屋，一扭腰，把身子倚靠到門框上。日頭下只見一張張嘴皮子紅灩灩齜咧開來，娼婦們一邊刷牙，一邊隔著門戶兜搭上了閒話。長笙挽著菜籃子，穿著一身素底碎花的衫褲，迎著中午的日頭走出棺材店來。娼門上的女人，一時間都停了粗話。店裡劉老實一鉋子又一鉋子刨著棺材板，眼睛一睜，洞亮亮，兩撮鬼火兒似的。簷下十幾雙眸子，靜靜瞅著長笙一路走出了萬福巷口。滿庭芳一個小娼婦十六歲，名叫秋棠的，一時看得癡了，把含在嘴裡的牙刷狠狠一咬，嘆出兩口氣來：

「那一身細白！」

「日頭也曬不黑的。」

青羅院門口那個中年娼婦漱了好幾口水，朝巷心一噴，接口說。她身旁的孿生姊妹吃吃地笑了起來：

「劉老娘年年六月十九，施捨棺材——」

「積了德。」

「給兒子討來——」

「好媳婦！」

「算命先生說了——」

「她那個相，長得好。」

「只可惜——」

「身子單薄了些。」

「不像個——」

「會生孩子的女人喲。」

劉老實跨在棺材板上聽見了，一聲不吭，把檜木板上一堆香噴噴的鉋花，颼地往胯下一撥，點起一根菸來。門外，春紅冷笑兩聲：「一條黑炭頭，夜夜趴在媳婦子身上窮刨！」青羅院門檻上那兩個姊妹刷過了三遍牙，把一口水含在嘴裡，咕嚕了老半天，一口一聲說：

「春紅姊！我說。」

「妳身上的肉也算白膩。」

「可是不能跟小媳婦兒相比。」

「人家身上的肉——」

「新鮮。」

「男人眞賤！」

「就喜歡揉捏春紅姊身上那兩團發餿的白膘。」

「昨晚上那個坳子佬——」

春紅牙齒一咬，手一甩，半杯漱口水白花花潑到了隔壁兩個娼婦臉上。劉老實眼睛一睜就跨上棺材板，把手裡半截菸扔掉了，拿起鉋子，又騎在木頭上一前一後刋刋剳剳的推刨了起來。娼婦長笙挽著菜籃子，日頭下走回家來，衣裳上那一朵朵水綠水綠的小花，眨亮眨亮。店堂裡劉老實抬起了頭，遠遠地守望著他的小女人走進巷心。滿庭芳門口紅燈籠下，春紅坐在一張籐椅裡，和老鴇們早已吃過了中飯站在門檻上，手裡拈一根牙籤，眼勾勾的剔著牙。手上捧著一杯熱茶，一小口一小口只管啜著，眼皮也沒抬，冷冷說：「你老是跟著她做什麼？」孫四房在春紅跟前站住了，扠著腰，瞅著劉家的媳婦跨進棺材店門檻，笑嘻嘻涎起臉皮來：「剛吃過了飯，一個人悶喝了半瓶五加皮，滿身火燒火燎，燥得怪難受。」這孫四房眼一柔，笑吟吟從口袋中掏出一塊花絹小手帕，抹了抹額頭上的油汗。春紅一咬牙，也不吭聲，手裡那大半杯熱騰騰的香片就往巷心潑了出去：「吃了酒，你不會去挺屍？」孫四房愣住了，笑了笑，兩隻血絲眼睛只管睨睇著門裡那個十六歲的小娼婦，半晌才說：「一個人有什麼睡頭！」春紅把臉一抬：「棺材店那媳婦子，等著你呢。」孫四房笑了，一張鐵青面皮慢慢綳起來，手一翻，拶住娼婦的膀子，硬生生把她整個人拖扯出了籐椅。「欠刨的婊子！我三天沒來刨妳，妳嘴洞裡就生了蛆。」春紅站穩身子眼睜睜瞅著他，把手一摔，揉了揉膀子，笑道：「你這個人臉翻得快。」孫四房笑訕訕的就鬆了手。春紅皺起眉頭，吃吃笑著嘻開了一口金牙來，朝隔壁棺材店裡頭呶了個嘴。「當心！這黑面無常會把你的魂兒拘了去。」孫四房登時沉下他那張笑臉，挨近身，伸出爪子往娼婦兩隻奶子上狠狠擰了五六把：「這會兒我只想爬在妳身上，好好刨上一刨啊。」春紅聽了，臉飛紅，呸的一聲把叼在嘴角的牙籤啐吐到簷口下。「死人！你把我比作什麼喲？」一扭頭，顛起她那滿身白膘，闖進門裡。

過了半枝香工夫，春紅一身汗潸潸，蹙起眉心，捧著個搪瓷水盆把孫四房送出了門來。晌午三點多鐘，那劉老實就從棺材板上爬下來，收起鉋子，把滿地的檜木鉋花屑掃了掃，叼上一根菸。孫四房低著頭鑽出了門，在簷口紅燈籠下呆呆站住了，覷起眼睛來，望了望巷子面對縣倉屋頂上那荒落落好一片灰瓦。春紅看了看那日頭，白烱烱地，分不清到底是一個還是兩個，滴溜溜，只管在天頂上兜轉個不停。心神一晃，她齜著牙從喉嚨裡咒出一聲：「這天公！毒啊。」眉一皺，她把手上那盆紅灩灩的污水，嘩喇嘩喇，直潑出巷心上，回過頭來打眼角裡睨了孫四房兩眼：「大熱天中午少吃酒喲，你自己看看你那張臉啊青得就像死人一樣。」孫四房臉一紅，訕訕笑了，掏出花絹小手帕，抹掉額頭上十幾顆冷汗珠，一面看著隔壁劉老實把一塊塊門板嵌回棺材店門上。「這棺材佬，大白天就收了市。」青羅院門口那個中年娼婦抱起瘦伶伶兩條胳臂，汗漓漓倚在門框上，接口說：「今天什麼日子？六月十九！坳子裡的男人們都上鎮來了，劉老實怕人家看見他老婆，會看壞的。」孫四房聽了，呆了呆慢吞吞走到對面牆根下，蹲在日影裡，一口趕著一口，好半天咳嘔出了一肚子五加皮來。「春紅這婊子！刨起來要人命。」他抖索索點根菸深深吸兩口，這才撐起身來，低著頭走到日頭底下，轉眼消失在巷口。

滿庭芳門子裡靜靜走出一個白白嫩嫩的胖媽媽，四十多歲的人了，這大熱天穿上好一身紅綢衣裳。只見她，熱騰騰地端出一碗加料豬油桂花湯圓，笑吟吟塞到春紅手裡。「四媽媽！今天大喜啊？」春紅接過了碗來，把身子倚靠在門上，睨了她兩眼。那四媽媽一雙吊梢眼睛水汪汪的，好半天卻只顧瞅著春紅脖子上那抓一塊，咬一塊，紅紅紫紫的五六條血痕。

「這個老孫！吸血的喲。」

四媽媽一扭頭，吃吃吃地笑了起來，罵出一聲。

門口一個後生小子，二十出頭，來來回回一路從巷口走到巷尾，前後逡巡過兩遍了。「小兄弟！找你姊姊啊。」那後生回頭望去，身子一顫在巷心上呆呆站住了，點根菸叼在嘴裡，慢吞吞一步一步踅到滿庭芳燈籠下來。春紅端起那碗豬油桂花湯圓，咬住碗口，啄啄，喝了兩口熱湯，乜起兩隻幽黑眸子睞啊睞，笑嘻嘻只管勾著他。後生抬起了頭癡癡望著她，一張黑臉膛慢慢漲紅上來，牙關一鬆，長長的一截菸灰就抖落在衣襟上。他那身衣裳粉漿得挺直，今天大好日子進城亮相來了。春紅瞅在眼裡，吃吃一笑，齜開滿口金牙，把嘴裡含著的兩顆雪白湯圓，突地，吐到巷心上。「好兄弟！姊姊疼死你喲。」腰兒一擺扭，兩三步搶到簷口下，一伸手，撮下後生嘴裡那根香菸，插入自己的嘴洞啄吸兩口，把煙噴到他臉上。後生搖搖頭，腳下一軟打個踉蹌，逃到了滿庭芳隔壁青羅院門口。

「原來是個還沒見過世面的小坳子佬！」

春紅一跺腳，咒兩聲，把那半截香菸彈到地上，抬起腳跟，狠狠地踩磨了兩下。隔壁那個瘦挑挑的中年娼婦仰天打了個響哈欠，早已搶出門口，不由分說，一把撓住後生的膀子，把他推進門裡。剛跨過門檻她又探出頭來，眼白白撩了春紅一眼，笑嘻嘻說：

「這個小兄弟啊年紀輕，不知事！春紅姊，妳就饒了他這條小命吧。」

「娘賣皮的！胳肢騷，熏死人。」

春紅啐了兩口，咬咬牙一屁股坐進了籐椅裡，一口一口怔怔地啜喝著那碗熱油油的桂花湯。滿庭芳門子裡那個老爹爹，七十歲了，抱著一箱炮竹，佝著腰桿子走出門口。「這鬼天時！熱啊。」老爹瞇起眼睛望望縣倉屋頂上那顆大日頭，嘆口氣，把長長的一條紅鞭炮用竹竿挑起來，插在門上。春紅眉心一皺，日頭下翻了個白眼：「老不死的烏龜！一天到晚只想放鞭炮。」老爹歪著頭，一字一字聽進了耳朵裡，也不作聲，慢吞吞走回門口，悄悄探出他那骨稜稜雞爪般的兩隻手，倏地，在春紅脖子上抓出了四條血印子：

「我刨死妳，婊子！吃飽了嘴裡漏風啊。」

棺材店兩扇板門悄悄打開了，劉老實穿得好一身喜氣跨出門檻。春紅眼角裡瞥見了，猛一回身，把手裡的碗摔到地上，翻起眼睛，望著縣倉牆根。那兒正巧有個坳子佬解開褲襠，背對著一巷的婊子，噓噓噓。春紅罵道：「哪裡來的野人！棺材店門口放尿。」劉老實聽了眼睛一睜，冷冷看她兩眼，把手裡挽著的黃澄澄一籃桔子摜到地上，一聲不吭，關上店門。那算命先生捧著一壺熱茶蹭了過來，眼上眼下只管打量他。

「今天好日子！老實哥，吃酒去？」

劉老實看了算命先生一眼，提起籃子，低著頭自管走出巷口。春紅呆了呆，伸手往自己頭上拔下一根銀髮夾來，剔了剔牙，呸的一聲把肉屑啐出巷心：「黑臉無常！一天到晚蹲在棺材店裡刨棺材板，剁剁剁，刨得老娘我心裡直發毛！」

「春紅姊，噤聲！不要招惹他。」算命先生端詳春紅那張淌著冷汗的圓白臉膛。

「棺材佬嚇不死人。」

「春紅姊，早晚閻王會出票叫他拘了你去。」

「去幹什麼！在地府開窯子？」

「春紅姊。」

「嗯？」

「妳今年貴庚了？」

「你問我龜公？」

「我說，春紅姊，妳今年幾歲了？」

「你老看一看。」

「二八。」

「唉！沒那個命。」

「看不出來。」

「三十三囉！」

「三十三？」

「老啦。」

「春紅姊！」

「說啊。」

「三十三，亂刀斬喲。」

隔壁青羅院那個瘦娼婦這時才送出後生，把一盆污水白花花地潑出巷心，聽見算命先生的話，回頭笑嘻嘻說：「你老別嚇人！這條巷子鬧了幾年鬼，昨天，黑天半夜，我陪著客人睡，那挨刀的坳子佬口口聲聲說，他聽見有一個人在縣倉裡放開喉嚨，大唱古城會中認弟弟的關公！」一扭頭，她看到了春紅家隔壁門口簷柱上貼著的兩張紅招紙。「請問你老，這上面寫的兩個字是什麼？」

「施棺！」算命先生背起手來踱到巷心上，出了神，瞅著那兩張紅紙黑字的招貼。「算起來四十多年了！這是他們劉家的老規矩，年年今天得施捨幾口棺材，一直施到七月十九，整整一個月哪。」

「偏巧就有人貪便宜，挑在這個月裡伸腳死了。」春紅冷笑一聲。她家那個老爹掛起了兩條長鞭炮，弓著背脊抱出一把胡琴，坐到門上咿咿呀呀拉起來，頭一歪，聽見了春紅這個話，一泡口水呸的啐到她頭臉上：「今天什麼日子？」

「好日子。」

「妳咒我死啊。」

「早呢，長命龜。」

「惡人刨的貨！客人上門來了，臭婊子，張開屄子快去賣啊。」

春紅那張臉刷地漲紅上來！牙齒一咬，她抖索索站起身，一把撈住簷口下那個探頭探腦的坳子佬，摽著他的膀子，不聲不響，蹬蹬蹬把他揪進門洞裡去了。

鬧了一個下午，天入黑了。巷子對面灰落落一堆瓦房子漸漸沉黯下來。日頭早已燒成了一團紅，待沉不沉的懸掛在天際。滿鎮人家，炊煙四起。整條萬福巷四下氤氤氳氳蒸發出一窩窩尿騷。巷頭巷尾，來來回回走動的閒人熱活了起來。成群坳子佬挨擠著鎮裡人，睃睃望望，一張張黧黑臉膛泛起紅光，看來剛吃過酒。青羅院門口那個瘦伶伶的娼婦站到門檻上，把一面小圓鏡揑在手心，翻起眼皮，出了神似的只顧一筆一筆描著眉。鏡子裡，她瞥見那個給春紅揪進門去的坳子佬，撞見鬼一般，三腳兩步躥出春紅家門口。她回頭笑道：「我那弟弟！忙忙的趕什麼？家裡弟婦等著你回去放炮啊？」一句話，說得滿巷子的閒人嘻嘻哈哈笑成一團。那坳子佬慌忙一扭頭，狠狠啐吐出兩泡口水：「血虎！血虎！」煞青了臉皮，鑽進人堆裡去了。「死人！」春紅咬著牙一身大汗蹭蹬走出門口，臉上補過了妝，紫油油的搽著兩團臙脂。隔壁門口描著眉的娼婦睇了她一眼，笑嘻嘻道：

「春紅姊，妳也該歇個兩天了吧！瞧，妳把人家坳子佬嚇出尿來了。」

「妳只管描妳的眉，說我什麼！」

春紅絞起眉心，臉一沉，把手裡一盆水往門口那一干閒人們身上，潑喇喇照頭灑了過去，腰身一扭，蹎回了屋裡。隔壁一個娼婦送出了客，敞開胸口抹著奶子上的汗珠，扣上衣鈕吃吃地笑了起來。

「春紅那個肚皮，也眞爭氣哪！」

「去年年底，剛刮過一次。」

「今年年頭又有了。」

「又有了嗎？」

「刮掉啦。」

「喲。」

「她家那個羅四媽媽不知哪裡討來了一碗藥湯，掐著她脖子硬生生的灌下去，流了兩天的血啊，就這樣刮下來了！她家那個老爹爹鬼迷了心竅，拿一根鐵鉗子往馬桶裡撥了半天，看見血淋淋一個男胎子，已經成形啦。」

「命喲！」

「可不是命！妳看劉家那個小媳婦，這兩年給她婆婆帶著到處求神問佛，吃了多少斤香灰！不是命嗎？屁也沒放響一個。」

「那個長笙容貌生得好，就是身子單薄了些。」

「誰知道呢。」

「嗯？」

「誰知道到底是誰不會生？」

「妳說——」

「妳看那個劉老實他一天到晚騎在棺材板上，刨啊，刨的，誰知道他搞什麼名堂！」

一條巷子的娼門，家家簷口下兩根青竹竿挑起了長長的一條紅鞭炮，各戶的老爹和媽媽忙忙急急，鑽進鑽出。才一轉眼，家家門前就擺出了一張香案來，齊齊整整的供上兩盤清果、兩盅清酒。巷西那片天，紅潑潑亮了亮，這當口一點一點沉黯了下來。整條萬福巷水簷下點亮起了幾十盞水紅的油紙燈籠，晌晚吹起的燥風裡，有一晃沒一晃只管兜盪著。「雷光閃閃，要下雨了啦。」青羅院門口那個中年瘦娼婦送出了客，把一根滷雞脖子咬啃在嘴裡，嘆口氣，伸手往嘴上一擦，抹下了一手背油膩膩的口紅。她乜起眼睛瞅著門外一個小夥子，格格笑兩笑。滿巷子人挨擠著人。

羅四媽媽捧出了一束長香，福福泰泰地穿一身紅綢，跪到她家門口那張小香案前，沉沉靜靜的拜了三拜，磕下頭去。她拍了拍腰身，撐起膝頭把手裡那束香插進香爐裡，一抬頭看見了孫四房，颼地沉下臉來：「四哥你又吃酒了？」

孫四房一臉酒氣，笑盈盈，背著手，身後一字排開站著四個花衫小潑皮，一窩狼似的。「四媽媽，虔誠啊。」一個漂亮的小潑皮，十七八歲，笑嘻嘻從孫四房身後踅轉出來，拎起一籃子六瓶五加皮，放在手心上掂了兩三下，瞅著四媽媽把酒輕輕地擱到香案上來。滿庭芳那個老爹早就唸起佛來，一骨轆把六瓶酒摟進懷裡，頭一鑽，跑進了堂屋，一面走一面喃喃唸唸的說：「又來鬧酒了！又來鬧酒了！」孫四房笑了笑，搖搖頭，從懷裡掏摸出一塊花絹帕子使勁抹抹手，眼睛一亮，慢吞吞蹭到隔壁棺材店門前，覷著眼往門縫裡張望。棺材店右鄰，一點紅，門檻上冷冷清清坐著一個老娼婦。她瞅著孫四房笑了起來。

「劉老實他出門吃酒去啦。」

「嗯？眞的？」

「難得啊。」

「這棺材佬也會出門！」

「他一天到晚摟著一口棺材刨啊刨，那兩隻眼睛好似鬼火，勾勾的，只管在他老婆身上轉過來，轉過去，生怕我們巷裡姊妹們的胳肢騷會燻壞了她的寶哦！」

「四哥！你又吃酒了？臉青得跟死人一樣，還流冷汗！」春紅吃過晚飯，打著飽嗝，臉上紅紅的像喝了酒。她笑吟吟跨出門檻來，手裡握著一把蒲扇子只管拂著心口。孫四房回頭一看，呆了呆，鐵青的臉孔颼地漲紅上來，咧嘴笑了，一伸手就撈住春紅那一筒汗湫湫的肥白膀子，湊過臉去，哼一聲，啄啄親了兩個嘴：「吃了酒啊就想刨妳這一身白油。」

「死人！」

「嗯？」

「人家看著呢。」

春紅嘴裡嚶唔一聲，甩甩手轉身就走。跨進了門，她又回過頭來，勾起兩隻水汪汪的黑眸子撩他一眼。瞅一瞅，笑兩笑。潑皮們哈哈大笑簇擁住春紅，五六個人糾結成一團，跌跌撞撞闖進了滿庭芳門子裡。

整條巷子從巷口到巷尾，家家門前香案上氤氤氳氳燒起了滿爐子長香來。各家的老爹和媽媽一臉虔誠，早已拈起香枝雙雙跪到簷口下，靜靜地守望著巷口。天落黑了，滿巷子繚繞著檀煙，悄沒聲息。家家門口娼婦們送出了客人，呆了呆，把手裡一盆水嘩喇喇潑灑到巷心上，抹抹手，從香爐裡拈出一枝香，撩起裙腳來就往媽媽身後拜跪下去。整條巷子滴水簷下黑壓壓一片跪滿了一家家八九口子，人人手拈一枝長香，高高捧舉到眉心。巷口南菜市街上遠遠地傳來了鞭炮聲。看熱鬧的閒人們，這當口，挨挨擦擦的早已糾聚到了娼家門前，個個伸長脖子，歪著頭，朝巷口那邊睃望。只聽得劈劈啪啪，大街上彷彿放起了一把大火，漫天鞭炮一路點燃起來，越傳越近，愈響愈密。轉眼間，那滿鎮鞭炮一蓬蓬一簇簇飛燒到了萬福巷口。滿庭芳門前那個十六歲的小娼婦，名叫秋棠的，一聲不吭，從四媽媽身後倏地躥了出來，兩三步跑到巷心上。只見她高高舉起香枝，膝頭一軟，整個人在青石板路上趴伏下來。「我刨了妳！小阿婊。」她家那個老爹齜著牙罵出一聲，佝僂起背脊來，追出水簷下，伸出爪子一把絞住秋棠的頭髮，左右開弓，氣咻咻摑了她兩個嘴巴子。滿巷的坳子佬和鎮裡人都看呆了。「我刨死妳媽。」老爹一咬牙，抬起腳來，往秋棠腰身上狠狠踹了兩腳，拖屍一般把她揪回滿庭芳門下。一窩子幾十個十二三歲的小光棍打起赤腳，鼓噪著，滿街放起花炮，闖進萬福巷口。

「迎觀音娘娘！迎觀音娘娘！」

剎那間，整條巷子綻響起了劈劈啪啪的鞭炮聲，漫天飛迸的血點子裡，只見六座八抬大轎，黑魆魆金光燦爛，倏地閃進巷口。四十八個抬轎的男子喝醉了酒般，打起赤膊，一頭走一頭蹎著跳著，哼著嘿著。滿巷鞭炮一串一串四面八方灑潑過來，飛落在那四十八條骨嶙嶙黑油油的肩膊上，綻開一朵朵一毬毬紅灩灩的炮花！頂頭，好一片星天。看熱鬧的男人們，老的少的密密層層地早已站到了娼家水簷下，探聳出脖子愣瞪著，一片聲吆喝起來。那郁老道士，六十開外的老人家了，這會兒搽起一張白臉，披上一件血漓漓的黑緞子道袍，蹎蹎跌跌踉踉蹌蹌，環繞著神轎滿場子只管兜轉個不停，忽然一個翻身，躥上第一座神轎門口的踏板。只聽得他長長嘆息出兩聲，星空下，當街剝開胸前的衣襟，反手一銼，把冷森森的一柄七星劍直攮進自己心口。看客們歪起脖子，張開嘴巴，怔怔瞅著那一蓬蓬鮮血從他心窩噴冒出來，好久，才鬨然喝出一聲：

「好！」

四十八個轎夫不瞅不睬，只顧低著頭踩著炮花，跳得越發癲狂了。汗淋淋的肩膊上，六座神轎頭尾相連，一條黑花大蛇似的只管抽搐著，晃盪著，渾身上下打起冷哆嗦，朝著巷心一路衝撞過來。滿巷子煙煙茫茫，炮花中，水簷下，那一排娼家的圓燈籠紅幽幽地抖盪起來，只見六座神轎頂上三十盞琉璃燈火忽前忽後，倏上倏下，竄動著。

棺材店門口，咿呀一聲，長笙穿著一身白底水綠碎花的衣裳，低著頭走出門來。這長笙她手裡拈起三枝長香，俏生生走到簷口下，跟隨她婆婆，朝著巷心上那送子觀音娘娘的神轎跪拜下去。鬧烘烘的一條萬福巷，霎時間彷彿沉靜了下來，星光滿天。這夜晚時分只聽得北菜市街上那間磨坊的五六座水車，喀喇喇喀喇喇，轉個不停。看迎神的男人見到劉家媳婦，呆了呆，一個傳告一個，沒多久，滿巷子的男人全都挨擠到了劉家棺材店門口。劉老娘嘴裡喃喃唸起了佛，渾身顫抖起來，只等那六座神轎給抬到門前，婆媳倆拜一拜送子觀音菩薩，許完了心願就回到自家屋裡，鎖上門。家家娼館門口青竹竿上又挑起了長長一條紅鞭炮，驀地，漫天炮花一蓬蓬劈劈啪啪重新綻放開來。棺材店左右兩鄰，滿庭芳，一點紅，門口水簷下娼婦們端肅起臉容，沉沉靜靜跪到媽媽身後，舉起香枝。四十八個轎夫哼唷一聲，縮起了肩窩，把烏鰍鰍的身子佝僂成一張弓，高高頂起六座神轎，蹦一蹦，跳一跳，蹎蹎跌跌踉踉蹌蹌一陣衝闖，把觀音菩薩給抬到了巷心。那郁老道士竚立在轎門踏板上，早已自戕得性起了，這會兒索性剝光身子，猛回頭，把紅漬漬的一件黑道袍抖索得一片鬼影子似的。看客們鬨然吆喝出一聲采來，劍光一閃，只見老道士反手一劍，朝向神轎裡的白衣觀音，直插進自己的身體。那血濟濟的劍尖，噗的一聲，隱沒入他的肚臍眼。好半晌他才翻起白眼來，機伶伶打了兩個哆嗦，整個人癱倒在轎門前。六座神轎只顧顛顛跳不停，漫天花雨，簷口紅燈籠下那一身水綠衣裳驀地一亮，長笙早已站起身，一回頭。孫四房笑吟吟，站在棺材店門口。

春紅捧出了一盆水來，滿臉酒紅，汗湫湫往門上一靠，喘著氣，一條水紅睡袍黏黏涎涎裹住了她那一胴身子。

「死人！」

喘回了一口氣，春紅抱起水盆子搖搖晃晃走到簷口燈籠下，把滿盆子污水濺濺潑潑灑出巷心。看熱鬧的男人們閃著，躲著，一口一聲笑罵起來。

「肥老阿姨！」

「欠刨啊？」

「今晚迎過了觀音——」

「我就來刨妳身上的肥肉！」

春紅不睬不睬，把水盆反手摺進了門洞裡，伸手只一撥，拂開腦門下那濕搭搭的一篷瀏海，拈起一枝香，挨著她家羅四媽媽的屁股拜跪下去，不知怎的忽然心頭一酸，撲簌簌流下兩行淚水來。四個花衫小潑皮扣上褲頭，抹著汗，笑嘻嘻跨出了滿庭芳門檻，站到水簷下。那個十七八歲的漂亮潑皮撣了撣衣裳，勾過眼睛來睨了孫四房一眼。

「四哥！」

「哼！」

「謝謝啦。」

「你們都刨過春紅了？」

「刨過了。」

「好不好刨啊？」

「好刨！」

「好什麼？」

「刨了塊好板。」

「春紅這婊子淫！要吃男人的命根子。」

「四哥，你喝多了。」

孫四房吃了一天酒了，這會兒臉上泛起青來，汗濟濟，膝頭一軟猛然打個踉蹌，整個身子砰地挨靠到棺材店門上。巷裡迎了大半個鐘頭的菩薩，夜也深了，鎮心吹起了風，嘘溜溜空窿窿一陣響過去，簷口那一長排娼家的水紅燈籠，懨懨地，有一下沒一下好半天只管晃盪著。整條萬福巷早已燒成一片，劈劈啪啪四下蒸騰起硝煙。頂頭，滿天星翳翳。家家門口用青竹竿挑起的長長一條鞭炮，早已燒了大半了。孫四房回過頭來眨一眨眼：「劉家小媳婦！我好想妳啊。」

長笙那張臉煞白了。

簷下劉老娘一步躥了上來，嘴裡罵著，一抬手，三枝長香對準孫四房的眉心直戳了過去。孫四房登時發起酒瘋。「棺材婆！惹我上了火，我就在妳面前刨了妳媳婦。」腳一抬，孫四房把那劉老娘硬生生蹬回了簷口，伸手抱住長笙，扳起她的臉龐，燈下看得癡了：「好妹子！妳的男人不會生兒子，妳就向我借種吧，求觀音菩薩作什麼呢？」劉老娘趴在地上又躥了上來，孫四房一腳把她老人家踹翻了，雙手抱起長笙。

棺材店兩扇板門砰然闔上了。四個潑皮笑嘻嘻一字排開，堵住了門口。

「四哥他——」

「豔福不淺，前世修來的喔！」

「今天好日子。」

「刨上了一塊上好的板。」

巷心上那四十八個轎夫低著頭，闔起了眼皮，喝醉酒般只顧蹎著跳著，哼著嘿著。觀音娘娘穿著一襲雪白衣裳，懷裡抱著個小娃娃，微笑著，只管低垂著眼瞼，端端正正坐在那一蹎一跳的神轎裡。劉老娘一步一步匍匐到了棺材店門口，抬起了頭，星天裡，紛紛緋緋一片炮花，煙霧中只見簷下幾百張臉孔愣愣睜睜瞅住她。老人家抹抹眼睛，從滿巷子一張張臉孔望過去：滿坑滿谷閒人、十門子的娼婦、一位算命先生。

那郁老道士猛一聲吆喝，拔出了嵌在肚臍眼裡的七星劍，一標血噴濺出來，紅潑潑灑到了身前兩個轎夫汗潸潸的肩膊上。只見他那個枯老的小身子抖簌簌，起了陣陣痙攣，回身一趴，整個人俯伏到轎門口，不住打著寒噤。滿庭芳門前那個小娼婦秋棠倏地又躥出簷口來，一甩手，掙脫了她家那個老爹的胳臂，發狂似地打起赤腳蹦跳到巷心。春紅愣了愣，抹抹臉上的淚痕，撂下手裡一枝燒紅了的長線香，不聲不響，撩起裙腳追跟上去。一轉眼，五六個巷裡的姊妹淘紛紛脫掉鞋子一齊奔跑到巷心，往石板路上一趴。帶頭的八個轎夫沉沉呻吟出一聲「唉——唷——」弓起腰桿，抬著白衣觀音，一腳一腳從娼婦們身上輪番踩踏過去。水簷下看迎神的人早就睜紅了眼，嗄啞著嗓子喝出連聲采。一串串鞭炮點燃起來，火花四迸，四下裡飛炸到巷心。第二座神轎黑魆魆金漆雕花，只管衝撞著，踉蹦著，哼喲嘿唷，踹過那靜靜趴伏在巷道上的一窩娼婦。等到六座八抬大轎都踩過去了，整條萬福巷早已鬧翻天。看熱鬧的人嗆著，咒著，滿巷炮煙中只見神轎頂上那三十盞琉璃燈，鬼火般飄飄忽忽，朝巷尾那一頭隱沒了。

北菜市大街上早已綻響起了劈劈啪啪的鞭炮聲。

第二天，六月二十。

下午兩點多鐘了，兩輛破騾車才踢躂踢躂慢吞吞拐進了萬福巷口。縣倉牆腳那條臭水溝，日頭下曝曬了整個上午，這會兒蒸蒸騰騰孵出一窩窩青頭蒼蠅來。滿巷子嚶嚶嗡嗡。蒼蠅們吸嗅到了血氣，一窩趕著一窩，發了狂，四下裡兜轉個不停。那個收破爛的漢子扛著掃把，抱著簸箕從騾車上跳下來，揉揉眼皮，望著滿地鞭炮花屑，好半天發起了愣。從巷口到巷尾十家娼門，東一咿呀西一咿呀，這晌午時分才打開門來。娼婦們披上一條黏黏膩膩的水紅睡袍，打著響哈欠鑽出堂屋，把身子靠到門上，刷著牙，有一句沒一句閒扯起來。

「挨刀的坳子佬！」

「看了迎神——」

「就發騷。」

「一頭頭豬哥趕著女人叫起春來了。」

「刨得人——」

「整個晚上都沒睡覺。」

「那一身汗臭喲。」

「叫人嘔。」

算命先生手裡捧著他那部脫了線的《西遊記》，邊看邊踱起方步來，慢吞吞踅到隔壁一點紅門口，抬抬眼皮，悄悄朝棺材店睃望兩眼，搖搖頭。收破爛的漢子掃起一簸箕鞭炮花屑，隨手一撂，紛紛揚揚的一片直潑到車上來。趕車那個漢子撥了撥臉上的紙屑，罵道：

「我刨了你媽！」

「嗯?你幹嘛刨我娘?」

「你又把阿姨用過的草紙掃撥到我頭臉上來啦。」

車下那個漢子愣了愣，支起掃帚，夾在胳肢窩下，呆呆守望棺材店門口。「怪事!下午兩點多了，劉老實還不開店門。」趕車的吐出兩泡口水，沒好氣，說：「他老婆長笙今天大清早上吊死了。」車下那個漢子猛一回頭，瞅住了他：「大吉利市！」趕車的臉一紅，噘起嘴巴吃吃吃笑起來，好半天才開腔：「我說了吧!昨天晚上看完迎神，一身火，熬不住啦，跑到滿庭芳刨了秋棠那小阿姨，大清早走出門來，看見劉老娘呼天搶地跑到巷口叫人救她的媳婦。」車下那個聽了，呆呆出起神來。

第三天，六月二十一。

中午時分，騾車踢躂進了巷口。那收破爛的抱著兩刀金紙攀下了車，抖索索蹲到棺材店門口，水簷下拿起一張張紙錢，點火燒化起來。紅洶洶的火舌映照著白花花的日頭。「大熱天燒什麼紙！」趕車的呸了兩口，跳下車來，摸著臉趑趑趄趄走到滿庭芳門前，燈籠下探探頭：「春紅這老阿姨！兩天了，沒出屋來站在門口。」

「想你姊姊啊？」青羅院門前那個瘦伶伶的娼婦送出了客人，把手上一盆水潑出巷心，眼角裡睇睨他一眼，接口說。

趕車的眨了眨眼：「兩天啦。」

「怎麼?」

「春紅又給客人刨壞了?」

「刨!胡說。」

「嗯?」

「當心!劉老實聽見。」

「對不起。春紅她——給睡壞了?」

「春紅喲,這下給踩壞啦!」

「嗯?」

「迎神那晚,春紅不是發了酒瘋嗎?一把鼻涕一把淚!想不開,跑到巷心上,叫那四五十個抬轎佬扛著六座大轎,一腳一腳,輪番在她背上踩了過去!鐵打的人啊?這兩天她不是躺在屋裡嗎?滿身起了成百顆火泡。」

「什麼事!想不開。」

「命喲。」

「春紅那一身白膘!」

「給踩爛了。」

「可惜。」

到了第四天，六月二十二。

兩個垃圾佬甩起了皮鞭趕起了騾車，潑喇喇，一陣風似的躥進萬福巷口，聽見滿巷子哄哄傳傳，孫四房落網了。

趕車的漢子一泡口水呸地啐到了巷心上，搖搖頭。

「沒什麼大事！強姦良家婦女麼？坐個三五年牢也就出來了。」

「說得準？」

「等著吧。」

「嗯？等什麼？」

「明年今日，在鎮口等孫四房回來。」

這一天劉老實終於打開店門了，大早起來就跟往常那樣兩腳跨到棺材板上，一前一後，刳——刳——刳——刨起了木頭。他嘴裡叼一根菸，低著頭不聲不響。那劉老娘大清早跑出了巷口，聳起滿頭花髮，佝著腰，覷著眼，站在三叉路口上指住過路的男人一口一聲罵道：

「天雷打！」

「天雷打死全鎮的人！」

晌晚時分，萬福巷裡來來回回睃望的閒人們漸漸熱鬧了起來，劉老實兀自把店門敞開著。一鎮人家飄起炊煙。

劉老實從木頭上爬下來，收起鉋子，把板子上那一片香噴噴的檜木鉋花屑掃撥掉，支起腳來，呆呆蹲坐在一副新鮮棺材板上，抱著膝頭又點起了菸。兩個坳子佬逡巡在門外，笑嘻嘻探進臉來張望。劉老實抽了兩根菸，忽然睜開眼睛，跳下了地，走出店門口叫住那兩個坳子佬，請進門裡，央求他們把新上漆的兩口紅灩灩高頭大棺，哼哼嘿嘿抬出簷下。一轉眼，只見他操出明晃晃一把菜刀，叼著菸，閃進隔壁滿庭芳門裡。燈籠底下遊逛的閒人們中了蠱般，僵住了。整條巷子悄沒聲息。不知誰「唉——咦」呼喚了一聲，柔柔，慘慘，夢魘裡沉沉的一聲嘆息似的。滿巷人潮黑壓壓，登時起了一陣波濤，喧喧騰騰洶湧過來，堵住滿庭芳前門。那兩個坳子佬臉膛曬得黧黑黧黑，這會兒卻煞白了，好久只顧扒著門，伸長脖子往門洞裡窺望。血光一閃，幽魂般，水紅燈籠下一條身影蹦出了春紅家門口。夕陽下只見劉老實叼著菸，揮舞著菜刀，一雙血絲眼睛愣睜著。青羅院那個中年瘦娼婦扣著衣鈕送出客來，手裡一盆污水才要潑到巷心上，猛一回頭。兩張臉孔，簷下打了個照面。

「殺人喲——」瘦娼婦尖叫起來。

劉老實呆了呆，拎起血刀，頭也不回，穿過了那一層層一疊疊的閒人，往巷口直直走出去。他那個七十歲老娘這會兒還站在巷口三叉路上，指指點點詛咒路人，看見兒子一身帶血從巷裡竄出，啊的一聲哭出來。老人家膝頭一軟，當街就跪下了，伸手抱住兒子的腿，口口聲聲只說：「莫殺人！莫殺人！」劉老實聽了嘆口氣，睜了睜眼睛，抬起腳後跟輕輕一挑，把他老娘給蹬翻在路上。劉老娘老眼昏花抬起了頭，淚光中，看到兒子身後那一張張閒人的臉孔只顧張開嘴巴，愣瞪著。

「莫讓他殺人！莫讓他殺人！」

劉老實早已跑上了鬧烘烘的南菜市大街，十來刀，砍破了門，灶頭下揪出孫四嫂，一刀搠進她心窩，隨即拔出血刀，拎在手裡，一聲不吭穿越過大街，拐進宮保巷口。這條後街小巷，窮門小戶四五十家，傍晚時分黯沉沉，只見三兩家人蹲在門口吃晚飯。劉老實提著菜刀穿過了巷子。他早已殺紅了眼睛，踉踉蹌蹌轉上北菜市大街。滿街看熱鬧的人，亂鬨鬨一路追跟上來，看見這兇神一頭栽倒在鎮公所門口，愣了愣，一哄四散。

劉老實，發了瘋。

劉老娘把棺材店鎖上了，簷柱上貼著的兩張紅招紙，也揭下了。她老人家找來一截六七尺長的大紅洋布，把衣服細軟打成一個小包袱，揹在身上，一天清早走出了萬福巷口，順著南菜市街，出了鎮。孫四房被押送到省裡坐了一年牢，買通出來，兩條腿早給打壞了。四個花衫小潑皮，不見了蹤影。南菜市街上，孫家那間祖傳四代的綢布莊變成了凶店，門開了兩天，沒有客人上門來。孫四房一把鎖關了店門，在鎮口河壩下買一幢老宅安身。每天晌午，他慢吞吞蹭蹭到綢布莊隔壁祝家茶店，在門旁一張枱子旁坐下來，不聲不響，望著對面縣倉門口大日頭下，那株孤伶伶瘦楞楞的楝子樹。有一天，半杯茶還沒喝完，一抬頭，他猛然瞅見樹下坐著一個人，打著赤膊，把懷裡一件破衣裳翻過來又翻過去，不知尋撥什麼。孫四房呆了呆，正要起身，忽然天頂打起了大雷，一陣日頭雨，滴滴答答潑灑下來。那人一睜眼，從胳肢窩下捏出一隻跳蚤，拿在手裡入神地端詳半天，一腳踩死在地上。孫四房慢慢喝完了最後一口茶，撐起腰身，向祝家婦人借一頂斗笠往頭上一罩，走出茶店。他低下頭來，縮起肩窩，迎向天際那一團水濛濛的日頭，一步一蹭蹬，朝向鎮口河壩下的老屋，走下了長長的一條南菜市街。

孫四房出了牢，回到吉陵鎮的那天下午，祝家婦人看見他瘸著腿走進店門來，笑嘻嘻端上一杯熱茶。「四哥回來啦！這一向您可發福了。」孫四房落了座，只聽得砰的一聲，一杯茶就濺濺潑潑地推送到他鼻頭下來。「萬福巷裡又鬧了鬼喲——」祝家婦人勾起眼睛，冷冷地端詳著他眉心上，迎神那晚，劉老娘手裡一把香火戳下的紅熒熒三顆香火印兒，半天說：「聽巷裡的那個羅四媽媽說，天曚曚亮，長笙穿著一身白底碎綠花的衫褲，挽個菜籃子，獨個兒走出了棺材店，從巷頭到巷尾來來回回的走動！那些過夜的男人，天亮出來，也都看見過她呢。」孫四房呆了呆，啜口茶，慢慢回頭看了祝家婦人兩眼，又轉過臉去凝望大街。街上好一片天光，白花花人來人往。祝家婦人又搖搖頭，一張圓白臉膛笑開了。

「等人喲。」

「嗯？誰在等人？」

「長笙！」

「劉家那個小媳婦？」

「每天大早挽著菜籃子站在萬福巷口等人喲。」

（一九七七年）

原收入《吉陵春秋》（台北：洪範，一九八六）

日頭雨

小樂敞著瘦嶙嶙的一副胸膛，大日頭底下走回家來，嘴裡不停的詛咒天熱。他娘低著頭一個人坐在門檻上，出了神，只管揀著米裡的穀，聽見他一腳踹開了籬笆上的板門，眼皮也沒抬，說：「隔壁小順嫂才過來報訊，劉老實今天又在鎮上露了面。」小樂聽了，在門口日影裡站住，瞅了他娘一眼，臉一轉，望著屋前那片白花花的水塘。「娘，妳上衣的兩個扣子脫落了。」他娘放下膝頭上的米盆，把衣襟一攏，遮起兩隻老乳，從頭上拔出一根髮夾扣住心口，嘴裡說：「這兩天你就死心在家裡好好的挺著，躲躲那個兇神吧，你要再造出孽來，我就一頭撞死在這門上叫你看！」小樂挨在他娘身邊蹲下來。「鬼天時！熱得人直冒涼汗，一個月沒下雨了。」他娘回過臉來，不聲不響，好半天只管端詳她兒子的臉龐。「你莫詛咒天公，早晚要給雷劈的！」老人家探過一隻手，悄悄摸了摸兒子的心窩。「大熱天滿身冒出冷汗，自己去熬一碗薑湯灌了吧。」

小樂走進廚房，舀了水，照自己頭上澆了五六瓢。他娘抱著米盆跟進來，看見兒子把兩隻手撐在水缸上望著那半缸渾水，癡癡的可不知想著什麼。「看你自己那張臉！青青的，死人樣。」她罵了一聲，把米盆砰的往灶頭上一撂，從櫥櫃裡摸出兩塊生薑。小樂抬起了頭，從肩膊上扯下汗衫來抹臉，隨即走到天井下，腳一抬，就往那條趴在地上打盹的母狗心窩上踹了兩腳。「娘，我心裡惡泛泛的，聞到生薑就想嘔！晚上再熬給我喝吧。」他娘瞧著直搖頭：「又造孽了！」

隔壁，小順的年輕女人捧起一隻奶子哺著懷裡的孩子，笑嘻嘻走進廚房來，望著小樂的娘說：「我走過你們家門前，進來望望妳老人家，聽見你們家裡狗兒叫得好可憐。」那條給拴在天井下的小母狗窩蜷在日影裡，哼哼唧唧，伸長一根舌頭舔著自己的心窩，不時翻起眸子來睃小樂。老人家搖搖頭，把一塊蹄膀骨頭扔進天井，嘴裡唸著：「誰知道他這回又是從哪裡偷雞摸狗弄來的！」小樂掇過一口熬豬食的鐵鍋，一使勁，把鍋子搬上大灶，往裡頭灌了十幾瓢水，一聲不吭，就在灶膛裡生起好大一堆柴火。小順的女人瞅見他從櫥櫃夾層裡抽出一把冷森森的尖刀，便抱起兒子走到天井下，笑嘻嘻對小樂的娘說：「好俊的一條母狗！渾身黑毛賊亮賊亮，還小喲，從沒生養過狗仔的。」老人家聽了一句話也沒有，自管抱起那口小小的石磨坐出門外，低著頭磨起了米漿。

小順的女人抬起頭來望望天色。「一個月不下雨了！這幾天，頂頭一片天空毒藍藍的，今天可好，天頂總算冒出了一團暗灰灰的雲頭。」她抬高嗓門，朝門外喊道：「老大娘，要變天嘍！」小樂的娘只顧推著磨上的石盤子，頭也沒回，像對自己說：「早該變天了！天公不開眼，叫日頭把一鎮的人都熬死了吧。」

小樂聽了，咬咬牙往磨刀石上澆了兩瓢水，揝起尖刀，蹲下身去。小順的女人站在日影裡，看見他在石頭上磨起刀來。她兒子吃奶正吃到興頭上，笑嘻嘻齜著牙把他娘的乳頭狠狠咬兩下。「小祖宗！才一歲大就長了牙，將來又是個坑娘的！」他娘瞪了個眼，輕輕打了他兩個嘴巴子。門外小樂的娘聽了就說：「妳還沒見識過我家這個偷雞摸狗的！懷他的時候，在我肚皮裡又蹬又踢，月子裡餵他吃母奶，那張嘴巴咬啊啃啊，好不容易養到兩歲大，就長出一口尖尖的牙，找他前世的仇人報冤來了。」小樂把刀磨快了，往腰帶上一插，抬起頭來瞅住他娘說：「我生下來就是個歪種，腦殼子裡長了一隻咬腦蛆，早晚一天把我咬出了失心瘋，娘，妳就趁心了吧。」他娘低著頭轉著磨子，半天才回頭對小順的女人說：「妳看，我養的什麼好兒子！牙齒利了，胳臂粗了，連我這個親生老娘也降他不住了。就知道一天到晚趕著孫四房那個大流氓頭叫親哥哥、乾阿爸，跟進跟出，幫嫖幫賭。那晚萬福巷裡迎觀音娘娘，孫四房他造了孽，眼下劉老實回來了，就讓那兇神自己去收拾他們吧。」

大灶上的一鍋水蒸蒸騰騰滾動起來，灶膛裡，柴火燒得劈啪響。小樂打起赤膊，烏鰍鰍的一條身子冒出晶瑩的汗珠。他拿件汗衫抹著額頭，弓著腰往灶膛裡一根一根送進柴枝。小順的女人用手搧著心窩，一張臉漲紅了。她抱起兒子懶洋洋走到廚房門口，瞅著老人家說：「妳說奇不奇！那天劉老實逃回吉陵鎮，晌晚下過一場日頭雨，後來可就一直不下雨，都一個月了。」小樂的娘抱著石磨子走進堂屋，把手抹乾淨了，在神龕上點了三枝香，才說：「那晚整個吉陵鎮多少男人跑到萬福巷看迎神！孫四房當著觀音老母的面，造出那種孽，也沒見有個人上前過問一聲，大夥兒全都變成呆頭鵝，只會張著嘴巴白站在一邊看熱鬧！天公不報應這些人，報應誰？」

小樂不吭聲，咬咬牙，找來一根麻繩扣在腰帶上，一扭頭避開了他娘睃過來的眼神，拎起一隻麻袋，慢吞吞走到天井下來。四點鐘的日頭照進了屋裡，把小樂那條細細長長的影子拖過天井，脖子上的那一截，正好落到對面土牆上，歪吊著，驀一看，就像迎神賽會上踩著高蹻、伸著舌頭、抖簌著一把大蒲扇招搖過市的無常鬼。灶頭上那鍋水早已燒開了，冒出一廚房熱汽。小順的女人渾身汗漓漓，把乳頭從她兒子嘴巴裡摳出來，哄他轉過臉去看小樂逗弄狗兒。小樂一瞪眼，颼地抖了抖手裡那隻麻袋，齜開牙來。那小母狗在天井牆根下窩蜷成一團，兩隻眸子賊亮賊亮只管瞅住小樂。孩子好開心，依偎在他娘胸口看了一回，沒來由的就扯開喉嚨哇喇喇大哭起來，張著一雙小爪子，直向他娘心窩掐了過去。小順的女人一面哼哼唱唱哄著兒子，一面對小樂說：「莫逗她了吧，叫人看著心裡惡刺刺的。」小樂上前三步，把麻袋使勁抖了抖，腳下猛一跺。小母狗給撩得性起，慢吞吞撐起腳來，望著小樂也齜開了牙。小樂嘻嘻一笑，兩三步躥上前，不聲不響把麻袋當頭罩了過去，手上一抽一提，收攏起袋口，反手往腰帶上拔出麻繩，繞著袋口一連打了五六個結，勒緊了。他老娘站在廚房門口直探著頭，一眼看見兒子幹這個勾當，罵出一聲：「菩薩有眼喲！」孩子不哭了，一雙白嫩嫩小手攀住他娘的脖子，笑嘻嘻瞅著小樂，只見他把沉甸甸一隻麻袋摜到了地上，順腳又蹚上一腳。

「一棍打死了吧！你看這小母狗在麻袋裡蹬蹬踢踢的，要悶到什麼時候才悶得死她？」小順的女人把兒子抱到天井下，抬起腳來，往麻袋上輕輕撩了兩腳。

小樂笑了笑，從耳朵上拿下半截菸，伸進灶膛裡點了火，往天井邊一蹲，望著日頭下那又蹦又躥的麻袋自顧自吸起菸來。小順的女人攢起了眉心，端詳著他，半晌冷冷說：「你少再造孽吧！你娘跟你說了沒？小順剛回來說，今天中午鎮上來了個外鄉人，一張黑臉都是鬍鬚，活像一個從深山裡走出的大野人，進入鎮口就走到縣倉前那株樹下，摟著包袱坐下來，一坐就坐了一整個下午，好長氣的！鎮上那些心裡鬧鬼的男人們聽說劉老實這兇神又逃回來了，全都窩在家裡不敢出門，疑神疑鬼的，家裡可又坐不住，這當口，一個個都挨擠到縣倉對面祝家女人開的茶店裡。小順叫你這兩天不要出門，誰知道，這個瘋漢子包袱裡頭藏著的不是那把菜刀喲！」

「我造孽，早晚我給雷劈！我怕菜刀啊？」小樂摔掉香菸頭，站起身來，拿過一條扁擔走進天井裡。他娘在堂屋裡接口說：「天上有雷公，地下有閻羅，妳莫替他操心。」

小順的女人不吭聲了，伸出一隻手掌把兒子的小臉蛋蒙在她心窩裡，自己站到天井旁觀看。小樂探手在麻袋上摸了摸，掄起扁擔來，往下結結實實打了一棍。那小母狗悶哼一聲，兩條後腿頂著麻袋只蹬了兩蹬。小樂不聲不響照頭又一扁擔。小順的女人這才拿開摀住兒子臉龐的手，嘆口氣：「這兩扁擔打得又狠又準！上回，小順沒頭沒腦打了十來棍，那條狗兒還一個勁的悶在麻袋裡又蹬又踢。」

天井裡，那隻麻袋早已癱軟成一團，沒聲沒息。小樂上前撩撥了兩腳，一灘血滲冒出來。他蹲下身子，三兩下就解開了袋口的麻繩，血濟濟掇出那條小黑母狗，看見她的腦殼子紅蕊蕊開了花。他娘站在廚房門口又探過頭來，喊道：「妳好不省事！光天化日下抱著妳兒子看這孽業！」小順的女人緊緊摟住孩子，正好看到小樂從腰帶上抽出一把尖刀，她頭也沒轉，喊回道：「早打死了啦，我兒子沒看見。」小樂呆了呆，一手揸起刀柄一手揪住狗脖子，刀尖冷颼颼在母狗喉嚨上撥了兩撥，只一刀就捅穿了血管。他退後兩步，瞅著一溜血汨汨流出刀窟窿，好半晌才回身走到灶頭下，一連舀了七八瓢滾燙的熱水，一瓢一瓢往死狗身上澆潑起來。那小母狗挺起四條腿，瞪著天空，躺在那紅亮紅亮大日頭底下，兩隻眸子愣愣睜睜只顧翻起白眼。小樂把刀往褲腳上一抹，隨手在石頭上磨兩下，一刀從母狗喉嚨往下直剖到心窩，順著肚腩直溜溜劃出一道口子。他撂下刀子，伸出四根指頭嵌進刀縫，上下一刨，兩邊一掰，翻開了肚腩，心肝腸子一股腦兒乜乜剝剝全掏了出來。

小順的女人摀住她兒子的臉走上前，蹲下身子，把一根指頭伸到死狗心窩上，撩了撩，回頭瞅著小樂吃吃地笑了起來：「好傢伙，奶子也長出來了，再等半年，串上一條公狗，這小母狗可以做姆媽啦。」

小樂沉著臉，舀來半盆熱水，一面淘洗血糊糊的肚膛一面說：「晚上把狗肉燉了，妳拿一碗去吃吧。」小順的女人笑嘻嘻站起身，把嘴巴噘起來，湊到兒子腮幫上狠狠地啄了兩下：「我才不敢吃。」說著，她捏起乳頭往孩子嘴裡一塞就走出了廚房，忽然又回過頭來：

「上回，小順那死人逼著我吃了大半碗，好幾天心裡惡剌剌的，出一趟門，就老疑心街上的狗全都瞪著我瞧呢！」她勾過一隻眼瞅著小樂，吃吃笑起來：「這狗肉可眞作怪，吃下去，叫人滿身火燒火燎的，整晚燥得怪難受。」

小樂把死狗整治了，往大灶上那半鍋滾水裡一丟，整個人登時給淘空了一般，只覺得腳下有些不穩，心神猛一陣恍惚。他趕緊扶住鍋台，抖簌簌在矮板凳上坐下來，叼根菸，望著天井日頭下那灘血，倏地打個寒噤，心頭浮現起劉老實手裡那血淋淋的一把菜刀。

那天晌晚劉老實發了狂，操起菜刀，竄出萬福巷口，滿街尋找仇人。他躲在縣倉對面祝家茶店後院那個茅坑裡，趴著牆頭，一眼就看到那個兇神，只見他，悄沒聲息，閃進了隔壁孫家綢布莊的廚房，揪住孫四房的老婆，不由分說，連著兩刀，把她兩顆乳頭給剮了。祝家婦人關起店門，從茅坑裡扭出小樂，連推帶扯，趕進店堂中，叫他自己往門板縫裡瞧上一瞧。街上一片鬧烘烘，孫四房家門口挨挨擠擠，圍上了一堆吃過晚飯上街蹓躂的閒人。大夥兒張著嘴巴，癡癡地瞅著劉老實拎起血刀從屋裡竄出來，一聲不吭走上南菜市大街。看熱鬧的人一哄全都跟上了，一個推擠著一個，生怕走失了兇神似的，好半天茶店外面人聲才慢慢靜下來，只剩下劉老實的母親孤伶伶一個老婦人，趴跪在大街上，望著大夥兒的背影，放聲大哭：「莫讓他殺人！莫讓他殺人！」小樂逃出茶店，回到家中，趴在被窩裡乾嘔了一夜。他娘熬來兩碗薑湯，全都叫他一口嘔到她那張老臉上。

「你天井也不收拾收拾，隔壁人家看見血水流出來，還以爲我們家開黑店，殺人喲。」

他娘打發小順的女人出了門，走進廚房來，看見兒子流一身虛汗，望著天井愣愣出神。老人家走上前摸摸兒子心口。「涼涼的，大熱天流冷汗呢！叫你自己去熬一碗薑湯灌了吧，有要沒緊的，只顧坐在那裡發呆。這天時中了暑氣，晚上你可不要叫給我聽。」她從櫥櫃裡摸出一塊生薑，望著兒子又說：「這幾天，你呢就死心躲在家裡，省得出去讓那兇神撞上了，一菜刀，把你也剁了。」

「娘，莫再叨唸我。」小樂一咬牙，從肩膊上扯下那條濕搭搭的汗衫，往頭上一套，回過臉來瞅住他娘：「冤有頭債有主，我這就出去瞧他一瞧，不信他就把我剁成六截！」他背著他娘把殺狗刀悄悄揣在身上，順手將灶膛裡兩枝柴火撥熄了，拿過鍋蓋罩在大鍋上。「娘，等我回來燉狗肉給妳老人家進補。」

小樂走出門來，一抬頭，望見西天那顆大日頭，紅潑潑地早已燒成了一個火團子，待沉不沉，懸吊在鎮口河隄上。一陣燥風驀地捲出，小樂機伶伶打個寒噤，身上那條濕臭汗衫黏黏涎涎，吃風一吹，透出一股涼氣來，索落落直竄上他的背脊骨。隔壁，小順的女人攤開心窩，坐在門口哺餵她兒子吃奶，看見小樂背著日頭呆呆走過她家門前，眼一眨，笑兩笑。小樂心頭惡泛泛一陣湧了上來，顧不得街邊屋簷下七八雙眼睛瞅著他，趕緊把手摀住心口，往水溝旁一蹲，登時嘔出兩口胃酸。一條巷子靜悄悄，婦人家穿著單薄的白竹布小緊衣，鑽出屋來坐到門檻上，年少的奶著孩子，年老的揀著米穀，手裡一把大蒲扇只管搖過來又搖過去，時不時仰起臉龐，懨懨地望著天頂上那一堆愈聚愈厚的雲頭。街上的狗全都沒了聲息，三兩隻趴伏在日影裡，伸長一根紅舌頭抽抽搐搐喘著氣。

小樂走過去了，婦人和狗一動不動，眼睛愣愣，瞅著他。

那天六月十九觀音娘娘過生日，天時也是這般苦熱，中午酒吃得兇了，捂住心窩死撐了一會，小樂索性把手鬆開，讓滿肚子酒餿葷腥嘔得一街都是。大街兩旁的店家，這赤天中午有的早已在門前擺好了香案，婦人家捧出香爐，頂著日頭，誠誠敬敬拈起三枝香膜拜，盼望今年菩薩繞境出巡看著心裡喜歡，保佑吉陵鎮上家家平安，戶戶有餘。長長的一條南菜市大街，從鎮口到鎮尾，水簷下一口一口黑鐵鍋紅洶洶燒起紙錢。小樂呆呆眺望半天，從祝家茶店挪出一條長板凳來，拿把扇子搧著心窩，坐在水簷下看街景，只見那成群進城看熱鬧的坳子佬，睃睃探探只顧在萬福巷口鑽進鑽出。「害了色癆的坳子佬！今天什麼日子，進城來就往萬福巷裡鑽！」孫四房拎著一瓶五加皮蹭蹭過來，嘴裡詛咒天熱，腳下一個踉蹌，整個人撞到祝家婦人心窩上。「吃了酒，不回家去挺，吐得我門口臭烘烘！」婦人抱著香爐出來，才罵出兩聲，一回頭望到萬福巷口，笑嘻嘻說：「今天好大日子！劉老實終於放他老婆出門了。」孫四房呆了呆，手一抖，渾身打出兩個哆嗦來：「那一身細皮白肉！送給棺材佬刨了。」祝家婦人捧起香爐往案上輕輕一放，回頭凝起眼睛瞅住了他：「四哥，你莫惹這個刨棺材的，人家說，一聲不吭，一吭聲打破了甑！」小樂只覺得心頭又一陣翻騰上來，兩三步搶到水溝旁，嘔淨了，酒便登時醒了大半，一抬頭，看見長笙挽個菜籃子，覷著眼，獨自個行走在南菜市街白花花大日頭底下。一身白底碎綠花的衣裳，水亮水亮。滿街坳子佬側過了頭，眼上眼下，愣愣睜睜只顧睇睨著劉家這個小媳婦。萬福巷口，倏地閃出了四個十二三歲的小小光棍，涎著臉皮，躡手躡腳跟定長笙，直來到縣倉前那株楝子樹下。哥兒們忽然一聲唿哨，前後左右包抄，把長笙簇擁在中間，模仿觀音菩薩的抬轎佬一路蹎著跳著，哼著嘿著。四個么頭擁住長笙遊街，正在興頭上，回頭卻看見小樂像兇神般追打上來，登時一哄都散了。小樂站在街心呆了半晌，從腰袋裡摸出一張縐成一團的鈔票，弓下腰身，躥到了長笙身邊笑嘻嘻說：「劉家嫂子，妳掉了錢啦。」長笙那張臉孔颼地漲紅了，低著頭只顧往前走。小樂愣愣地跟了一段路，看見兩旁店家門口婦人們日頭下燒起了香，臉一紅，把鈔票塞回腰袋裡，慢慢挨近長笙：「今天大日子，虔誠啊！老實哥他啊還蹲在棺材店裡刨棺材呀？」長笙回過了頭。小樂心裡打了個突，酒，又醒了兩分。他慢吞吞往後退了兩步，瞅住長笙，眼一柔，笑了笑：「劉家小嫂子，青天白日大街上，妳莫怕，妳莫怕。」店簷下颼地撂出了一串紅鞭炮，不偏不斜飛落到長笙腳跟前，劈劈啪啪一陣綻響開來。小樂猛抬頭，看見一個小光棍躲在簷柱後，探頭舒腦的望著長笙只顧笑，手裡一枝香燒得亮紅。「陰魂不散的小么頭，我把你們胯下那幾根鉋子毛兒，全都拔了！」小樂嘴裡咒罵著，提起拳頭五六步追到店簷下。又一串鞭炮颼了出來，長笙挽著菜籃子獨個兒靜靜站在大街上，一時沒了主意了。小樂追著咒著，殘留的三分酒意登時湧上來，一使性，他剝去汗衫，敞開瘦稜稜的一副胸膛，愣瞪著眼眸，把四個小光棍追得滿街亂跑起來。家家店裡的小潑皮聽見街上鬧成一片，成群結夥帶著炮竹香枝，興沖沖跑出店門。十來個小子跳躥上了大街，一面把燒得火光四迸的炮竹到處亂扔，一面逗弄小樂，簇擁住長笙滿街鼓噪：

「迎觀音娘娘！迎觀音娘娘！」

「小樂！」小順滿身大汗馱著一袋米糧迎面走過來，當胸揪住了他，狠狠地撼了兩下。「魂兒給無常攝去了？」

小樂抬起頭來，瞅著他。

「一個人走在大街上！看你這張臉鐵青得像死人一樣！」小順鬆開了手，抬頭望望天：「變天了，再不下雨，全鎮的人都會熱死。」

小樂忽然癡癡地笑起來。

「劉老實回來了？」

「那人這會兒還坐在縣倉前楝樹下打盹呢。」小順往家門前走了兩步，又回過頭，曖昧的端詳著他，半晌說：「那晚你跟孫四房吃醉了酒，回家去挺個覺，不成嗎？何苦一定要跑進萬福巷鬧事！」

六月十九。

那天孫四房喝多了五加皮了，一張酒糟臉孔早先是紅的，喝到晌晚忽然泛起了青。他嘴裡不住詛咒著天公。大小五個潑皮走一步蹶一步，咒一句嗆一聲：「世道變了，如今龜兒老鴇帶著婊子也拜起觀音菩薩來了，燒得整條巷子煙煙燻燻的！」小樂刨過了春紅，出屋來，把背樑頂在滿庭芳門上，滿肚子的五加皮就作起了怪，他只覺得他那兩隻血絲眼睛水汪汪的，又有些發直，耳邊聽見鞭炮劈劈啪啪炸響開來，萬福巷火燒著了一般。「迎觀音娘娘！迎觀音娘娘！」又是那四個陰魂不散的小光棍，一路鼓噪，打起赤腳闖進了巷口。「我把你們這些小么頭給刨了——」小樂才罵出半句，一股酒意湧了上來，腳下滴溜溜滴溜溜打了兩個旋圈，整個人趴倒在巷心上，惹得簷下那群看熱鬧的坳子佬嘻嘻哈哈笑成一團。呼颼呼颼，一枚沖天炮竄上黑澄澄的星天，小樂仰起臉龐，伸直脖子，看見空中紅灩灩綻放出了一簇羅傘花團，亮麗亮麗地，才一眨眼，就像流星一般失落在無邊無盡的永夜。小樂掙扎著爬起身來，膝頭一軟，朝向觀音娘娘當街又跪拜了下去。他那雙眸子愣睜著，彷彿看見長笙悄悄闔起了眼皮，笑吟吟坐在那黑魆魆一顛一跳的大轎裡。四個小么頭悄沒聲息追打了上來，撈起小樂，拖屍一般扭揪到簷口下。「醉死鬼，灌了兩瓶貓尿，當街撒起野來了，好大膽子竟敢攔住觀音菩薩的神駕，沒的叫我們狠狠刨了你！」長笙穿著一身白底碎綠花的衣裳，俏生生跟隨她婆婆跪到了棺材店水簷下，手裡三枝長香高舉在眉心。菩薩一身衣裳春雪似的白，手上抱著一個紅撲撲小娃娃，滿臉的慈悲。棺材店門口孫四房汗湫湫往門上一靠，嘴裡詛咒不停，他那張臉鐵青得就像死人。「觀音菩薩顯靈了！」小樂一聲吆喝，剝掉身上衣衫，當街敞開他那瘦嶙嶙一副胸膛。那個老乩童一身帶血，把手緊緊揝住了劍柄，闔著眼，入定似的，身上那條黑道袍早已染成了一張綵幔，血漬漬抖索在菩薩眼前。「觀音菩薩，顯靈！」小樂長長地呻吟出了一聲，趺趺蹎蹎，躥到巷心，伸手在老乩童肚腩上蘸了一灘血，癡癡地笑著，往自己臉上塗抹過去。看熱鬧的閒人們一片聲鼓噪起來：「觀音菩薩顯靈了！」小樂扠著腰在巷心上一站，兩隻醉眼勾乜起來，從水簷下那一張張臉孔望過去，一股血腥驀地竄上他心頭，整個人登時一陣恍惚，淘空了似的摔倒在觀音娘娘跟前，癱作一團。四個小光棍悄沒聲息又蹦了上來揪住小樂，邊拖邊啐：「醉死鬼，又來沖犯菩薩神駕了，等我們把褲頭解開了，輪流在你身上撒一泡好尿！」天旋了地轉了，小樂只覺得他腦殼子裡那隻咬腦蛆，滴溜溜滴溜溜也跟著旋轉。一條巷子的人聲鞭炮聲，忽然沉寂下來。小樂抽搐著眼皮，半天一睜眼，看見劉老娘趴到了春紅家門口，手裡三枝長香紅熒熒指向天空。水簷底下那幾百張愣瞪的臉孔發酵了，不停的在小樂眼前膨脹旋轉，吃人一般向他直撲了過來。「觀音菩薩，顯靈！」小樂心中一亮，跳起身來把頭撞開了滿庭芳兩扇紅漆板門，就地一滾，闖進門。堂屋裡觀音娘娘低垂著眼瞼，不聲不響，獨個兒端端正正坐在小小一座神龕中，兩盞佛燈照亮她那張慈悲的圓臉，笑盈盈紅幽幽，無比的曖昧，無比的祥和。春紅那間睡房敞開著，房中一床繡花紅綢大被黏黏膩膩。孫四房，烏鰍鰍，刨上了長笙雪白的身子，發了狂般一口一口只顧啃嚙著長笙的乳頭。小樂心頭終於翻翻騰騰一陣逼上來，整個人佝僂到神龕底下，雙手掐住心窩，望著觀音娘娘呼天搶地嘔吐起來。滿庭芳門外，人聲鞭炮聲又響成一片。整條萬福巷彷彿迷失了心神，煙硝瀰漫中，劉老娘那一聲又一聲「天打雷劈五雷轟」，宛如半夜深山中斑鳩母一聲聲淒厲的啼血。

四五個小么頭，鬧哄烘，街上亂跑，看見小樂一個人愣愣睜睜的走了過來，遠遠地把腳煞住了，一個推著一個慢呑呑挨蹭到臨街一家小絨線舖門口，賊嘻嘻瞅住了他，只顧笑著。店裡走出了魯家婆婆，把么頭們氣狠狠瞪了兩眼，罵道：「冤有頭債有主，劉老實回來了，要你們滿街跳躥報訊麼！」老人家抬起了頭，望望天，嘆一聲「菩薩有眼喲」，抱起店簷下曬乾了的一簍橘皮就走回店裡。那群小么頭躡手躡腳悄悄跟住小樂，走了一會看到了縣倉前那株苦楝子。一個八九歲的小蘿蔔頭挨近了他，伸手扯了扯他褲腰，悄聲說：

「哥，你莫前去吧，劉老實那兇神等著你呢。」

小樂回過頭來，卻看見南菜市街長長的一條青石板路盡頭，鎮口，河隄上，沉沉的懸吊著一顆大日頭。夕照下，一條大街早已潑染得通紅了，縣倉門口卻不見有人走動，四下裡靜悄悄，只見一大窩黑鴉子亂噪著在樹梢上盤繞。那株苦楝子在日頭下熬曝了一個月，瘦瘠瘠孤伶伶，這當口滿身蒙上了一層金粉，弓起了腰，愣瞪著鎮口的落日。樹下那個人把紅布包袱摟在懷裡，雙手抱住膝頭，打著盹。

彤雲滿天。

祝家婦人捧著水盆子一身大汗走出了茶店，喊著熱，在水簷下站住了，伸出脖子望了望街口那輪紅日頭。

「快變天了，再不下雨，索性放一把火將這個鎮給燒了。」手裡一盆水才往簷外潑去，祝家婦人一抬眼早已看見小樂獨個兒站在街心，迷失了心神似的，兩隻眸子汗濛濛只顧瞅著樹下那人。「你也知道報應了！」她咬著牙罵出聲來，一回頭，看見她店裡那一干男人捧著茶杯瑟瑟縮縮向外睃望。

「男子漢大丈夫，造了孽，心裡鬧鬼，叫我們婦人家看不過。」

萬福巷裡開了十年命館的中年先生端起一杯茶，慢慢踱到街邊，眼上眼下把對面樹下那個人端詳一番：「這人，看來也不像發了瘋的。」

「是那兇神也好，不是也好，你老人家只要心裡平安，怕什麼？」祝家婦人打量著他，忽然冷笑一聲：「那晚，你老人家莫不也在萬福巷裡看迎神？」

算命先生登時收斂起了臉色，回頭瞅住祝家婦人，一本正經說：「那晚我在自家屋簷下看迎觀音菩薩，滴血不沾，一身清白，心裡平平安安！」他把手裡半杯茶往街心潑了出去，指住小樂：「這小潑皮吃了酒，亂了性，跟孫四房一夥人鬧進萬福巷，造了孽，闖了禍，惹出那個瘟神來，連累一鎮的人平白替他擔驚受怕！」

店堂裡兩個茶客聽見了這話，慢吞吞踅出了門檻，探著頭，瞅瞅小樂，又望望縣倉門口那株楝樹。

鎮口的日頭越沉越紅，從茶店門口望出去，縣倉前那一段空落落的石板大街早已鋪上了一層金沙，那人的影子，疊著樹的影子，蜿蜒穿過街心，投落到街這邊水簷下來。茶店兩鄰各家舖子的婦人搬出了板凳，手裡一把大蒲扇只管搖過來，搖過去。年輕的婦人敞開半邊乳房，哺著孩子，一雙雙眼睛病懨懨地凝瞅著對街。一陣燥風驀地竄出。苦楝子樹呻吟一聲，抖索起了一條峭楞楞的影子，揉搓著吉陵鎮的心窩。婦人們抬起眼皮，看見天頂聚起了黯沉沉好一堆雲頭，炊煙嬝嬝，晚風中，只聽見縣倉屋頂上那一大窩黑鴉子不住呱噪。

一個茶客端著自家帶來的瓷盅，坐在門檻後張望半天，忽然說：「冤有頭債有主，劉老實那把菜刀絕不會剁到毫無干係的人身上！」另一個茶客搖搖頭：「那晚，六月二十二，劉老實發了狂上街殺人，跟去看熱鬧的人，誰不巴望親眼看見他把那五個潑皮，一個一菜刀給剮了！誰知道，春紅那婊子跟孫四房的老婆，這兩個倒做了替死鬼。」

祝家婦人聽了，嘿的冷笑出來。

「你們倒巴望著劉老實那兇神回來尋仇！那晚，萬福巷裡看迎神，你們兩位可不也有一份？」她拎起搪瓷盆走回店堂，隨即又端出一盆水來，濺濺潑潑直灑出店簷外，抬頭看見小樂那條細瘦的影子孤伶伶拖在街心，便上前一把揪住他的膀子，啐道：「一個人站在街心，招眼呀？看你這副失魂落魄的德性！他要眞是劉老實啊，早把你一菜刀剁成兩截。」

小樂不吭聲，跟著她走進茶店，挨在靠門一張檯子後面坐下來。算命先生喝著茶閒閒地踱出水簷外，覷著眼睛望望對面樹下那個人，半晌又回過頭來，板著臉孔端詳小樂。祝家婦人泡來一杯茶，熱騰騰地往小樂鼻頭下一推，瞅著他說：「你好好的怎不在家裡挺覺！跑出來讓人家看熱鬧作什麼？」

小樂咬了咬牙，一睜眼，從懷裡摸出那把殺狗刀放在桌上，低著頭，只顧瞅著刀身上的一抹血。

店堂後面坐著的一個坳子佬，幽幽嘆口氣：「這天時！再不下雨，明天我把老婆孩子都拴到大廟，一個一刀剁了，叫觀音老母開開眼。」另一個接口說：「觀音老母不開眼，你就是放一把火燒了北菜市街那座大廟，老母還是不開眼！」

祝家婦人提來一把大銅壺，給兩個坳子佬的茶杯添熱水。

「你們兩位別一心想殺老婆孩子燒大廟吧，只要心裡平平安安，長笙死了，她的冤魂也不會找到坳子裡的。」

忽然天頂打起了雷。祝家婦人站在店堂中央，豎起耳朵靜靜聽著。那一串雷聲起自九重天外，滾動著哽噎著，好半天只管咕嚕個不停，像給扠住了喉頭一般。整個吉陵鎮的心窩霎時間彷彿窒住了。縣倉門前那條大街一片凝靜，一片空落，四下裡沒了人聲。苦楝子樹梢，剮啊剮啊剮，那窩亂飛鴉呱噪得越發峭急了。茶店裡頭還沒上燈，從街上篩進一片落照，金溶溶，寂沉沉，灑在男人們一張張陰黯的臉孔上。那些坳子佬和鎮裡人都放下茶杯，望著店外好一片越沉越紅愈落愈黯的暮色，紛紛豎起耳朵，捉摸著天頂傳來的聲音。只見天的北邊彤雲滾滾，倏地，白蛇般索落落竄出一道電光，只歇了半晌，又一陣悶雷咕嚕著滾動過去。剎那間，縣倉屋頂上閃電交迸，終於掙破了那一重重的天際，雷聲一陣趕著一陣，翻翻騰騰地在吉陵鎮天心綻響了開來。

「變天了！」

祝家婦人撂下手裡那把大銅壺，兩三步走出水簷下。一條大街，從東到西不見一個人影，鎮口那輪落日苦燒了一天，這會兒醉紅醉紅的貼著地，吊掛在蒼茫一片的大河壩上，只顧凝瞪著鎮心那株苦楝子。街上颳起一陣燥風，悄沒聲息直捲過來，嘩喇嘩喇，掃起縣倉前零落一地的黃葉。祝家婦人打了兩個寒噤，猛回頭，看見小樂抬起了臉，愣睜著一雙空空茫茫的眼睛。天上一刀電光閃亮。茶客們一個跟著一個慢吞吞踅蹬到水簷下，端著茶，瞇覷著眼睛，眺望那漫天白蛇交纏電光閃爍的落霞。又一陣風貼著街心捲過去，驀地，豆大的雨點滴滴答答灑了下來。

茶店兩鄰婦人們推開了板凳，站起身來走到水簷下，年少的奶著孩子，年老的摟抱著米盆，幾十雙眼眸子靜靜地瞅著這一片蒼茫的雨。

小樂摸起殺狗刀，一轉眼，整個人就像一隻斷了線的破紙鳶，悄沒聲息，從茶店門口直撲到大街上。

兩個人在街心站住了，那人慢慢抬起了臉，瞅住小樂。一陣風呼嚎著打橫裡掃過縣倉門口，苦楝子樹弓起了腰。滿樹老鴉竄起，一把撒開了的黑點子似的，風聲雨聲中，呱噪著飛撲向西邊天際那一片肅殺的落紅。那人把沉甸甸的包袱挑上肩膊，低下頭來，縮起脖子，順著長長一條南菜市街，冒著大雨自顧自走了下去。小樂獨個兒站在街心，愣愣地凝望著那人的背影，一回頭，看見祝家婦人掌著一盞燈站在茶店門口，隔著一片越下越響的雨，曖昧地睨瞅著他。縣倉對面那一排嘩喇嘩喇水花迸濺的屋簷下，男人，婦人，靜靜站著，中了蠱般只顧出神望著這好一場大雨！小樂心中一片茫然，整個人給淘空了。好半晌，他才把殺狗刀揣回懷裡，迎著鎮口那一團水濛濛紅灩灩的落日，低著頭，縮起脖子一步一蹭蹬走回家去。一條石板大街空盪盪滿地水花落霞，兩條人影，瘦嶙嶙，孤伶伶。

（一九七八年）

原收入《吉陵春秋》（台北：洪範，一九八六）

第三輯　見山非山

一九八七年攝於高雄市國立中山大學研究室

《海東青：臺北的一則寓言》

一爐春火

一　望春風

傍晚乍暖忽寒，靳五走出校門，冒著車潮中飄灑起的一場春雨趕到蓬壺海鮮店時，圓桌上早就燒起了一口火鍋。十位教授正襟高坐十張白鐵皮圓凳上，春寒料峭，紛紛捲起長袖襯衫袖子來，春筍也似，剝露出他們那兩株半年不見天光的手臂。靳五向大夥哈個腰：「對不住！臨時帶了這位鄰家小妹來。」一片聲寒暄，教授們紛紛抬起屁股來，繞著圓桌團團一陣挪動，騰出了個空位。靳五從鄰桌搬過一張鐵凳，塡上缺口，叫張浵坐下。闔座教授一時默然，怔怔守望著桌心鍋子下一蓬瓦斯爐火。丁旭輪教授捧著個小酒罈，挺起腰桿笑吟吟端坐主位上只顧瞅著張浵，眼一柔，抓過一隻小酒盅，斟了半盅酒遞給靳五，回頭聳昂出脖子吆喝兩聲，招呼老闆娘給送來兩把熱毛巾和一瓶黑松汽水。靳五舉起酒盅團團一敬，乾了。滿桌子十株春筍捏住酒盅，送到嘴唇上，啄吸一口。丁教授摟住酒罈，朝靳五豎起拇指：

「讚！」張浵皺皺眉頭，卸下肩上掛著的小黑皮包，擱到膝蓋上，隨手拂拂她那身黑皮夾克黑皮窄裙，燈下，揚起她那張水白臉兒，冷凝起瞳子掃了滿桌教授兩眼，接過毛巾，甩甩她那一頭齊耳的髮梢，端坐圓凳上自管抹拭起腮幫上的雨珠來。

靳五拿起毛巾匆匆抹了把臉。

「各位，剛才在談什麼？」

外文系何嘉魚教授眼神一黯：「靳兄，你也嗅嗅看。」他捏著酒盅指了指店門外。

靳五伸出鼻子嗅兩下。雨中，西伯利亞寒流挾著一股西北風，呼嘯而來，掃過蓬壺海鮮火鍋店門口那一攤鋪滿碎冰的各色魚蝦，蕭蕭瑟瑟捲進店堂裡。靳五聳出鼻尖，迎著冷風又吸嗅五六下：「海鮮嘛。」

「是血腥氣哪！靳兄鼻子有毛病。」十株春筍尖尖，一齊指住靳五的鼻頭。

丁教授幽幽一嘆：「對岸想來又開殺戒了。這回不知要死多少同胞！」

教授們紛紛評論起來：

「人怒——」

「天怨。」

「失道妄行逆天暴物——」

「災異數至妖孽並見。」

「此，天地之所以先戒者也，靳兄。」

「共黨終不改寤——」

「則上天不復譴告，更命有德。」

「改朝換代，咱們就可以打回對岸老家去囉！」丁教授拍拍懷裡的酒罈，嗅嗅店門口颭進的腥風，滿座巡視兩眼，舉起酒盅。歷史系謝香鏡教授清清喉嚨，抓起毛巾摘下眼鏡揉搓眼窩：「唐朝文宗皇帝太和九年，甘露之變，事後算帳，朝廷一口氣在長安城中獨柳之下斬殺男女老小數千人，那年冬天特別寒冷，於是，宰相李石向皇帝報告說——」

「比日寒冽特甚，蓋刑殺太過所致。」陳步樂教授接口說。

霍嬗教授嘆道：「不嗜殺人，然後能一統天下——」

「孟子之言豈欺我哉！」滿子亭教授搖頭。

十位教授瞅望著滿堂朔風中的一口火鍋，不吭聲了，若有所思，自管摩挲著他們那隻支撐在桌沿上的裸白手肘。呵呵一笑，丁教授揭開鍋蓋，聳起眼鏡，往鍋中那一蓬喧騷而起的湯霧覷探了過去，瞧了好一會才弓下腰，伸手往桌底下摸索半天，把火頭給轉小了，笑煦煦宣布開動。舉盅。酒過三巡。圍爐。丁教授捧起酒罈，日光燈下端詳半天才把罈子穩穩安頓到膝頭上，垂拱主位，綻開兩渦子笑靨瞅了瞅張浵，拿起筷子往火鍋裡撥撿出三片羊肉，夾送到張浵碗裡。

張浵端坐凳上挺起腰肢，把兩隻手兒往膝蓋上一疊，哈個腰：「篤阿里加篤！」

「嗯？浵小姐，妳說啥啊？」

「謝謝老師請喝春酒呀。」

「呵呵！」丁教授長笑兩聲，一扭頭瞅住鄰座歷史系霍嫿教授：「這位涁小姐，說起來，約莫三四個月之前同我在文學院有緣一會，可兒，可兒——」

一桌停筯，側耳以待。

丁旭輪教授撮起筷子敲著酒罈口，只管擊節沉吟起來，赧然久之，一笑，撂掉筷子，撐起腰身捧起酒罈，繞著圓桌一盅盅斟酒：「諸位品品，品品看。」教授們紛紛拈起酒盅送到唇上，啜嘬。日光燈下，走馬燈樣登時綻開了十朵小酒酡。靳五從丁教授懷裡接過酒罈，捧到燈下端詳起來。丁教授咯咯笑：「五兒，莫看這罈子土裡怪氣的，這罈窨藏四十年的極品紹興元紅可是國寶喔！元——紅——哪！四十年哪！五兒，小弟可是費盡了唇舌，才託得人從對岸矇混進來的呢，五兒可要省著點兒喝。」

「嘖嘖！」靳五高高擎起酒罈，滿桌子展示一番才捧送回丁教授心窩裡。

舉座嗟嘆：

「旭公神通不小。」

「我們託福，得品嘗元紅。」

「眾位可聽說過？春為花博士，酒是色媒人哪！」中文系王無故教授搖頭一哂：「這罈元紅喝了可就渾身火燒火燎——」

「無故公專愛講葷話。」

「罰酒罰酒。」

圖管系張君房教授繃住他那兩隻鐵青的腮幫，自管啜著元紅，悶了半天忽然昂起脖子，一眼瞪住張淼：「小妮子，無稽之言勿聽！」

「書云。」中文系滿子亭教授回頭向張淼解釋：「這是《尚書》的一句話。」

張淼挑起眉梢，啜了兩口汽水：

「竹本口木子！」

「小姑娘嘀咕什麼？」

闔座一愣。

丁教授摟住酒罎嗤嗤笑。

一桌紛紛舉筯，伸進火鍋中。

忽然，外文系何嘉魚教授眼神沉黯下來：「靳兄，有沒有聽說傑淮劉過世了？」

「是嗎？哦？」

「香鏡兄傍晚接到越洋電話。」

「英年早逝，美國漢學界又折損了一員大將！」謝香鏡教授拈著湯匙往火鍋裡打撈半天，終於舀出一顆新竹貢丸，燈下端詳兩眼才送進嘴裡：「我六點接到惡耗，六點半就給時報陳宜中陳老總掛了一通電話，託他發條訃聞。傑淮劉名滿天下，國內的中文讀者知道其人的似乎沒幾個，寂寞啊。在英美學界此人可是譯作等身的詹姆士・傑・淮・劉教授，筆鋒凌厲，得理不饒人，圈內洋人都奔相走告劉是個招惹不得的角色。成名作《中國詩學》面世二十年，至今仍無可取代。傑淮劉避秦泰西，一介英國文學碩士，從夏威夷、匹茲堡、芝加哥一路教書教到史丹福大學，憑的就是自己七本英文書。可惜，可悲，身後沒能留下一部中文著作，讓國人一窺他的治學業績。傑淮自己，倒有個解釋：我根本沒有時間用中文把在英文裡說過的話再說一遍。」

「劉的七本書——」哲學系陳步樂教授清清喉嚨，笑了笑忽然停住，直等到謝香鏡教授端詳著湯匙上那顆鵪鶉蛋，慢吞吞送進了嘴裡，這才又開腔：「劉的七本書，既然是爲二毛子而寫，今後也只有在英美大學撰寫中國文學論文的研究生，到圖書館影印一兩段參考。若能看開點，傑．淮．劉教授就不須折腰，去做西方人價値系統的家奴！對嗎？」目光睒睒，陳教授逡巡了滿桌同仁兩眼，一眼瞟住小妮子張澌：「二毛子就是洋人。」

張澌挑起眉峰，睜圓眼瞳子回瞪陳老師。

「陳老師說得對極！」靳五悄悄瞪了張澌兩眼，回頭問謝教授：「傑淮避秦，在美國待了三十年嗎？悲哀啊。」

考古系宋充宗教授望著張澌，待笑不笑：「這位劉先生做了美國的過河卒子，不管悲哀不悲哀，要在西方學術界存活也只有不斷寫那些個英文書，哄哄二毛子。」

「做了羅馬人就得謹守羅馬風俗！」中文系王無故教授愀然點頭。

「極是極是。」

「咱們不也是避秦鯤島。」

「妳多吃！」丁旭輪教授端坐主位，抬起臂子替張淜夾了三顆肉丸，放在她碗裡，扭過頭去，把筷尖直直指向歷史系謝香鏡教授：「談起劉教授，我卻想起年前美共建交，他隨美國學術訪問團回到闊別三十年的河北老家省親，返美後，傑·淮·劉寫了幾首歸國即事詩，圈內流傳甚廣，其中四句我還有印象。」

十位教授一齊放下筷子，洗耳恭聽。

半天，丁教授只管拈著筷子，嘴裡唸唸有詞，略一頷首，敲著懷裡的酒罎吟哦了起來：

海角難來千里客
劫餘幸有二毛人
卅年世事如春夢
攜手猶疑未必眞

一座嘿然。

謝香鏡教授板起臉孔端起酒盅，啄了兩口元紅。

丁教授滿桌勸起酒來：

「來！品品元紅。」

「喝春酒。」

十位教授輪流敬主人。

兩盅元紅落肚，心中一蕩，靳五向張浵借來手絹抹掉腮上冒出的汗珠，抬頭望望店門外，只見朔風淒迷，海東三月春雨只管滴瀝不停。滿街水霓虹，譎譎睞眨不停。歸州街人行道上花傘底下，一對對男女大學生抱住書本只顧來回穿梭，狩望。人堆中，西裝革履一個花髮老頭子，摟住一個搽脂抹粉長裙搖曳的小舞女，依偎在小紅傘下，穿過店簷口那片滴水簾，鑽進蓬壺海鮮火鍋店，找了個鴛鴦座，雙雙坐下來。小舞姐紮著根麻花辮子，一逕綳住腮幫兒，把兩隻手腕子交疊在膝蓋上，揚起臉龐望向頂頭那盞日光燈，冷冷勾乜著兩隻吊梢鳳眼，不吭聲。一蕾子小嘴唇血紅辣辣，抿得死緊。老頭子呆了半天，嘆口氣，昂聳起他那顆花斑大頭顱四下望了望，抬起屁股挪動椅子，悄悄挨靠過去，怯生生，攬住小舞姐那捻子水蛇樣的細腰。小舞姐只是不吭氣，端坐著一動不動，半天，禁不住老郎客把嘴巴噘湊到她耳朵上，低聲下氣使盡水磨功夫，噗哧，終於扭動腰肢咧嘴一笑。挺陰沉沙啞的嗓子！血漬漬，嘴唇上的口紅把她那兩顆雪白門牙給玷污了。靳五怔怔望著這對情侶。老頭子沉沉噓口氣，挪開椅子，脫下身上那件靛青色雙排釦法式西裝外套，伸出五根煙黃手爪，招來跑堂小妹，要一口麻辣火鍋。他低下頭來，看看手腕上那隻星光燦爛的勞力士鑲鑽金錶，回頭一把摟住小舞姐的腰肢，捏兩下，搔搔她胳肢窩，又把嘴巴噘送到她耳朵上講起悄悄話兒。小舞姐縮住鼻子扭開頭去，吃吃笑，諦聽半天，只管勾乜著她那兩隻陰藍藍精心描畫的小鳳眼。

靳五看呆了。

陳步樂教授拍拍他肩膀：

「五兄，你瞧，這陣子鳳眼又流行起來了。」

「經濟起飛——」

「民族自尊跟著恢復嘛。」

謝香鏡教授和宋充宗教授互敬一盅酒。

王無故教授嘆息：「國家將亡必有妖女——」

「王老師言重了！」靳五連連搖頭。

似笑非笑，張渺睇住靳五，打開膝頭上擱著的小黑皮包撿出兩張化妝紙，敷敷臉頰，隨即又掏出小紅梳子，歪著頭，挺直起腰肢，冷冷翻白起眼瞳來，滿桌子睥睨兩眼，捋起她身上那件黑皮夾克袖口，剝露出兩隻皎白的手腕子，一梳一梳，瞅著教授們只管梳起耳脖上黑湫湫一篷髮絲。日光燈下，她那張臉子水白白，鼻梁上狡黠地漾亮著七八顆小小雀斑兒。

爐火熊熊。

十位教授喝了兩輪酒，腮幫上燦然綻放出朵朵紅酡。

王教授笑瞇瞇，睨瞟了張渺兩眼，拈起酒盅朝靳五敬了敬。靳五舉盅回敬，啄口酒。闔座教授紛紛打起酒嗝來，燈下二十隻眼眸子酒意迷濛，只管端詳著張渺耳垂上那眨亮眨亮兩枚白金小耳環，半天無語。呵呵兩笑，丁教授摟住酒罈弓下腰伸手探索到圓桌底下，把瓦斯爐火轉小，滿桌勸起菜來，眼一柔，抬起臂子拿起筷子，覷個空兒伸進火鍋中撈夾出三片豬肉，送到張浵碗裡，又端坐回主位上來。鄰桌，雙人座上那個老頭子看看他腕上那隻滿天星鑲碎鑽金錶，一胳臂攬過小舞姐的肩膀，夾進自己腋窩裡，揉著逗著，勸酒佈菜，紅顏白髮兩個兒嘴啣嘴，旁若無人早已廝磨成一團。簷外，春雨瀟瀟。一個小婦人撐著黑洋傘，用一條小被褥包裹住娃娃，抱在懷裡，獨個兒站在對街「彌馨坐月子中心」門口公車站牌下，不時瞄向騎樓下擱著的行囊，像在等車，卻又不像等車，半天靜靜望著街口車潮中那叢夜雨紅霓，一臉子的安素。樓上窗口一龕佛燈幽紅，排排站肩並肩，倚著窗子站著十來個坐月子的大小媽媽，抱著娃娃，呆呆啃著滷雞翅膀和滷鴨脖頭，木然瀏覽街景。傘花雰霏，滿街大學生晃盪春雨中。靳五點支菸。歷史系霍嬗教授絞起眉心，抬抬臂子挪挪凳腳，別開了臉去，掏出白手絹悄悄捏住鼻尖。靳五笑了笑把菸捻熄了。圖管系張君房教授猛抬頭，擱下酒盅，汗矇矇瞪住霍教授，咕嚕咕嚕清理掉喉嚨裡那團菸痰，從襯衫口袋裡掏出半包登喜路，抖兩抖，嘴一啣，咬住了一支菸，綳起臉孔望向天花板，點上火自顧自噴起煙來。莞爾一笑，丁教授捧起懷裡的罎子，滿桌添起酒來。

十株春筍拈起酒盅。

一輪互敬。

張浵揚著臉，不瞅不睬，自管摩挲著她那雙皎白的手腕子。她又掏出梳子來，梳理她那頭齊耳的髮絲，兩雙幽黑眸子瞅住天花板上那盞日光燈，好半天出了神，不知想著什麼心事。耳垂上，兩個新穿的耳洞綴著一雙白金小環，燈下血樣瀲灩，映照著桌上十盅元紅。酒過三巡，教授們紛紛操起筷子夾肉。張浵梳完了頭髮，回眸看看靳五，倏地躥下鐵凳，咬住小紅梳，拂拂身上那件小腰身黑皮夾克和黑皮窄裙，站到他身後，跂起高跟鞋，一把揪住他頭頂上那叢濕漉漉的亂髮，不聲不響，一梳一梳狠狠刮了起來。丁教授摟住元紅酒罈，笑呵呵。瞇笑笑，闔座教授腮幫上春花樣綻開兩蕊子酒酡。張浵替靳五梳好了頭髮，坐回凳上，把小紅梳拿到鼻尖上嗅了嗅，攢起眉心：「臭哦。」

「對不住！兩個禮拜沒洗頭了。」靳五嘻嘻一笑，冷不防伸手揪住了張浵耳脖後那一束濕髮梢，絞兩下，滴瀝滴瀝擰出一把雨水來。

張浵縮起肩窩，嘴一咧，齜開了滿口好牙兒。

舉桌莞薾。

丁教授姢姢笑：

「多吃菜，浵小姐多吃菜。」

王無故教授歪著頭，望住張浵忽然嘆口氣：「妖嬈，一團兒銜是嬌！偶有感觸便想起了《西廂記》裡這句詞兒，見笑見笑，罰小弟一啄吧。」說著，抬起臂子朝張浵深深哈個腰，拈起酒盅啄了一口元紅。

「高一仁班蘇婉玲，她在學校嗎？」老闆娘滿頭大汗又趴到櫃台上打電話。靳五心中一動，豎起耳朵傾聽。顫巍巍，丁旭輪教授捧起懷裡的酒罈，擱到桌面上，幽幽噓出兩口氣，挺起肚腩，把腰上那條勒住兩圈脂肪的鱷魚皮帶狠狠扯兩下，鬆開兩格，回頭招招手：「老闆娘，麻煩妳給我們再添三盤豬肉一盤羊肉兩盤牛肉，白菜豆腐蛋餃貢丸各三份。」

老闆娘擱下電話筒，趕過來哈腰：「嗨！」

「老闆娘，又打電話到學校去找妳的女兒啊？」靳五問道。

「唉，我這個女孩子！她今年讀金陵女中一年級啦，本來是讀信班，老師看她程度不錯就叫她讀仁班——忠孝仁愛，信義和平，她們學校每個年級都是按照學生的程度分八班——仁班競爭比信班激烈，要參加補習，蘇婉玲她今天晚上第一次去補習。」老闆娘伸出手來掠著眉眼上那蓬汗濕的瀏海，滿臉堆笑，朝滿桌十位教授團團哈腰致歉，一把撈起腰上繫著的圍裙抹了抹手，眼圈一紅，望住了靳五：「六點，她去學校補習，到現在九點多了，人都還沒有到學校，我打過四次電話，老師告訴我，蘇婉玲她前面兩堂補習都沒有去上哦。」

十位教授拈著盅兒，品著元紅，呆呆瞅住老闆娘。

「不會有事的！」靳五望著老闆娘笑了笑使勁點個頭。「路上遇到朋友，耽擱了。」

「唉，我這個女孩子不交朋友！老師要的肉和菜，我馬上去給老師送過來，對不起哦丁老師。」老闆娘陪著笑臉，朝向那摟住鐳子垂拱主位只管綻漾著腮渦上兩糰紅酡的丁教授，深深哈個腰，回頭望望櫃台上的電話，趑趄了一會，蹙起眉心撈起圍裙，絞著手匆匆走進廚房，張羅牛羊豬肉去了。一座愀然。考古系宋充宗教授端起酒盅，滿桌團團一敬，燈下，噏著那盅血滴般醇紅的元紅酒，忽然幽幽嘆息出兩聲來：「這年頭的社會，亂酷一把的。」

「嗯嗯？充宗公似有感觸？」滿桌教授紛紛動問。

「一吐何如？」丁教授說。

宋教授一笑，擎起盅兒，湊上鼻尖嗅兩下，好一會只管把玩著那盅埋藏四十年終於得見天日的紹興極品元紅，沉吟半晌，慢條斯理說出一件事情來：「怪怪！內人是本省人，她有一家表親是中部霧峰鄉地方人，有個小女兒，今年十四歲了，跟靳五兒帶來的這位張浰小姑娘差不多個年紀，文文靜靜，去年暑假從霧峰國中畢業，考上省立高中。七月中旬有一天，這個女孩子跟她阿母說，她們國中同班女同學一共十三人要開惜別會，約定在霧峰街上兒童交通公園會合。她阿母給她兩百塊錢，叫她早去早回。可她這一去就沒回來。家裡去報案，十三家的人分頭出動全省各地找了兩個月，十三個女兒全沒找著，怪怪。九月十七日那天，我內人表親家這個女兒，忽然提著一隻小皮箱獨個兒回家來過中秋節。問她去了哪兒，打死她都不肯說，只是笑。以前挺文靜靦腆的女孩子彷彿變了個人似的，變得愛笑，怪怪，沒緣沒故衝著人瞇嘻嘻的笑。做母親的觀察了三天，感覺到小女兒好像什麼地方變了樣，好像一轉眼長大了，胳肢窩裡的毛兒也長密了，抽長了。她娘裡裡外外檢查她的身體，看見女兒的臀部坑坑洞洞有好多針孔，嚇著了，就帶她上醫院看婦產科，這一看，檢查出了滿身惡疾！好好的一個十四歲半的女孩子，這兩個月，哪裡弄來這一身殘破？醫生說，這女孩子接連被注射一種叫雌什麼酮的女性荷爾蒙針劑，作用好像是促進女子發育——」

「催熟。」

滿子亭教授笑了笑。

王無故教授猛然打個哆嗦：

「少女含苞，藥劑催花。」

「是，是催熟。」宋充宗教授品嘗著手裡那盅元紅，慢吞吞搖起頭來：「怪怪，這個乖巧的女孩子還被打過一種叫狄波的針劑呢，月信半年不來，身上滿布稀奇古怪的針孔，連醫生也說不出個名堂。國中才畢業呢，剛考上高中，在霧峰鄉下那種小城鎮，青天白日出門到兒童交通公園，參加同學會，好好的，帶一屁股針孔回來！我自己也有兩個小女孩兒，在座諸位同仁家中有小女兒的——唉，我們這個三民主義模範省，怪怪，亂酷一把的。」

「充宗公！」丁旭輪教授捧起鑞子顫顫巍巍往宋教授盅裡斟滿酒：「這種事兒，堯舜時代早已有之，人性嘛。」

「是眞禍避不了——」王無故教授端起酒盅，笑瞇瞇往丁教授手裡承滿了元紅：「避得了的，不是眞禍。」

「喂！」張浵眉頭一皺瞅住王無故教授：「你這位老師肯定吃了燈草灰。」

「嗯呃？」王教授猛一愣。

「放輕巧屁！」張浵格格笑起來。

「放輕巧屁就是講風涼話嘛。」滿子亭教授解釋。

「呵，物傷其類！五兄揹來的這位小浵小姐，勃勃然動起了肝火嘍。」丁教授摟住酒罎，拊掌大笑：「無故公，這嘴皮上的鬭巧，你可是難得栽個老大的筋斗的哦，呵呵，自請再罰一啄。」

王教授撅起臀子撐起膝頭，朝向張浵哈個腰：「對不起。啄，啄！」昂首吸啜了兩口酒。

「充宗，充公——」外文系何嘉魚教授頓了頓，瞅著宋允宗教授清了清喉嚨，半晌開言道：「宋老師方才提到的女性荷爾蒙針劑，有個學名叫奇樹桐，英文原文是艾斯特朗。」

「嗯？嘉魚兄你說什麼桐樹？」

「嘉魚公，港人也，國語不甚標準！請寫下供充宗公一觀如何？」丁教授笑道。

嘴一抿，何嘉魚教授沉下了他那張瘦長白皮臉兒，伸手扶扶銀絲邊眼鏡，從襯衫口袋裡颼地掏出小本子，拔出鋼筆，略不思索，端端正正寫出了三個國字和一行英文字母，撕下來投遞到宋教授手裡，不吭聲。闔座教授抿住嘴巴待笑不笑，拈著盅兒品著元紅，圍繞著桌心一爐火，把鼻頭湊到紙上觀看：

「哦哦，雌素酮！」

「伊斯特隆！」

「增進女性性慾的荷爾蒙嘛。」

「唉，讓老師們久等了！」滿臉堆笑，老闆娘領著跑堂小妹，送來三盤豬肉一盤羊肉兩盤牛肉，白菜豆腐蛋餃貢丸各三份，鋪滿一桌，嘆口氣，弓下身來往膝蓋上疊起雙手，朝教授們團團哈個腰，回身撈起圍裙，擦擦眼角的淚痕。靳五望著她那汗流浹背踩著碎步穿梭過店堂的背影，心中一動，回頭看看宋充宗教授：「宋老師，那個女孩子現在怎麼了？」

「你說哪個？」宋教授拈根牙籤，側過臉遮住嘴只顧剔著門牙縫：「哦，內人表親家那個挺乖巧文靜的小女兒！現在？她在讀高中嘛，一年級——去年暑假失蹤了兩個月後，不是回家過中秋節嗎？調養好了身子，正趕上開學，由她阿母護送到學校註冊了嘛。」

「她那十二個女同學呢？」

「這可不知道哇！我沒問過。」

靳五呆了呆。

咳咳，何嘉魚教授又清了清喉嚨。

舉座注目。

「沒事！失禮對不起。」何教授望著同仁們靦腆一笑，拿起毛巾摀住嘴巴乾咳了半天，腮幫上冒出了幾十粒水紅癬子：「春雨綿綿，城裡空氣污濁，喉嚨不舒服。」

「鯤島無雪春瘴生。」王教授吟哦道。

藹然一笑，滿子亭教授點點頭：「蘇軾詩，套得好。」

圖管系張君房教授抽完菸，把手裡的菸蒂彈到地上，伸出大皮鞋一腳踩熄：「嘉魚兄臉上生的是春癬，又名桃花癬，《紅樓夢》裡說：『兩腮作癢恐又犯了桃花癬呢，得用薔薇硝來擦。』」說著，張教授托起眼鏡，把他那兩隻蒲扇般大的手掌撐到桌面上，笑嘻嘻，勾過一眼來，只管端詳起何教授那醭紅醭紅一張桃花臉兒。

哲學系田終術教授喝著悶酒，老半天沒吭聲，只管怔怔瞅望著老闆娘的身影，驀地打個酒嗝，咬住牙根，昂起脖子，嘶嚕嚕一聲往喉嚨裡吸呑下兩口唾沫：「雌素酮，又名卵巢濾胞激素，嘶嚕嚕嘶——」

「哦！此藥有助於促進女性生殖器官發育。」闔座教授一笑：「終術公又鬧牙疼了？」

「唔唔。」田終術教授咬緊牙關，噘住嘴唇，狠狠點了兩個頭，眉頭一皺嘶嚕嘶嚕又吸起牙洞，兩瞳子精光烱烱，只管盤桓在張洢那身緊繃繃的黑皮夾克和黑皮窄裙上：「開春以來，吁噓！連著給朋友請吃三個晚上的麻辣火鍋，嘴巴有點兒上火。」

「先生咿！」張洢柔聲一喚，捋起袖口，露出她那兩隻姣白手腕子，掠掠鬢上的髮梢，甩甩耳垂子綴著的白金小環，端坐凳上，睜圓瞳子，只管瀏覽滿桌教授臉龐上那十朵春花樣的醉靨，忽然，眼神沉黯下來，把一雙手兒交疊到膝蓋上，朝田終術教授深深哈個腰，嘆息道：「唉噫，老師喝春酒吃火鍋多多保重跌死嚁！」

猛一怔，田教授搗住腮幫支吾兩聲，伸手抄起筷子抬起臀子涮了兩片羊肉，夾進張洢碗裡，回眸冷冷睨住靳五：「五兄，哪兒弄來這位滿嘴日本怪腔調的小妹子？」

「她叫張洢，三點水彤雲滿天的洢！終術公，多開導她。」靳五拈起酒盅抬起臀子，笑嘻嘻朝田教授敬了敬。

「原來是洢小姐！芳齡幾何？」田教授拍了拍自己的腮幫。

張浵哈哈腰：「十四歲半伊媽死。」

「還在上學？」

「嗨！逸仙國民中學初三跌死。」

「怎麼這身裝扮？小姑娘穿一身黑皮夾克黑皮短裙！」

「逃學囁——」

「嘶——淘氣淘氣。」

田終術教授扠開五根手爪，揑住兩隻肥膂，齜著牙，嘶吸了兩口唾沫。

「浵小姐，一個女孩家在外遊蕩得小心些——」王無故教授端整起臉容，眼上眼下打量那濕湫湫頂著一篷子短髮、細腰小肢、穿著黑皮夾克黑皮窄裙端坐在對面的張浵，半天才推推眼鏡，似笑非笑，朝霍嬗教授舉起酒盅啄啜兩口：「乾爸爸怪老子滿街走啊，這年頭。」

霍嬗教授讓丁旭輪教授半逗半哄，早已喝下兩盅元紅，水樣白淨一張臉皮，燈下泛出兩朵桃花，冷不防，被王教授兩瞳子精光一掃，登時滿面漲紅起來：「沒什麼啦！說來好玩，前不久很偶然結識了個剛上國中的小女生，帶她去小紅町看電影，順便到美國走走——吃麥當勞漢堡嘛——一大一小玩得還滿投契。女孩兒叫路明。小路明，天眞爛漫的她一時興起，纏著我口口聲聲要認我做義父。好玩，我便答應啦，胡亂讓她在人背後喊聲乾爹，私底下無傷大雅。無故兄怎也曉得？怪啦。小路明她說她在中山路六條通一家叫第七天國的西餐廳打工，當服務生，寒假父母出國觀光，她跟兩個姊姊看家，無聊！同學介紹，趁便打工賺些零用錢，買自個喜歡的衣裳。小女孩有志氣，懂得自食其力。怪啦，路明一定要請乾爹去店裡看望看望她。我想，反正寒假閒得慌，好玩，就找到那家叫第七天國的西餐廳，探望乾女兒去啦，一進門，嚇不死我！氣氛好曖昧哦，門裡頭窗明几淨挺氣派，兩排椅子上，端端正正不聲不響坐著三四十個尚未開發的小國家——」

「小女生。」滿子亭教授望著滿桌愕瞪的同仁，解釋道。

「是啊，小小女生喔。」闔座同仁注目之下，霍嬗教授那張白淨臉皮剎那間漲紅到了耳根。他望著大夥兒只管癡癡笑道：「我問路明，妳們這家第七天國西餐廳三四十個工讀生，到底工讀什麼呢？她說，服務內容是在餐廳內陪客人聊天。負責人對她們管教嚴厲，喏，工讀生不許化妝，穿著要簡樸，最好是穿學校制服，白上衣小藍裙子配雙白襪和白帆布鞋，上班不許遲到，坐在餐廳等客人時不許喧嘩，不許抽菸，打哈欠記得要用手遮住嘴巴，至於坐姿，按照店規必須兩隻腿兒密密閤攏，像個好人家的女兒，學生樣，客人才看得上哦，最要緊的是絕對不許沾染上老幹家的習氣——」

「老幹家？」何嘉魚教授一臉迷惑。

滿子亭教授解釋：「風塵中打滾了多年的女子，俗稱老幹家。」

「本地話把她們叫做粗肉！」陳步樂教授插個嘴。

謝香鏡教授拈著牙籤剔著門牙縫，補充道：「粗肉，有別於行家口中所謂的幼齒。」

「也就是港人所說的撈女嘛！」田終術教授嘶嚕嚕吸起牙洞。

格格一笑，丁旭輪教授拍拍懷裡的酒罎：「粵語，條女是也。」

「廣東話的條女有別的意思，不可混爲一談！」何嘉魚教授扶起眼鏡掃視了闔座同仁兩眼，轉頭瞅住霍嬗教授，清清喉嚨：「對不起，這些工讀生僅僅是在餐廳內陪客人聊天，而負責人對這些女孩子，據霍老師所言，管教頗嚴，不准旗下的女學生沾染不良的習氣——」

「嘉魚公乃香港讀書人也，悄悄造訪第七天國餐廳，爲的是找那初學英文的小女生討論莎翁悲劇！」宋教授和丁教授目光一觸，兩下裡互遞個眼色，隔著桌心一爐悶燒的瓦斯火，呵呵相對一笑：「唉，嘉魚公啊，在咱們這座寶島，手上有幾個閒錢的土財主們上那第七天國西餐廳，爲的是——」

「認個乾女兒！」

「交歡小女生！」

「開拓小國家！」

「亂酷一把的！」

宋丁兩位教授睨起眼瞳子瞅乜住霍嬗教授，一口一聲，拊掌笑道。

王無故教授舉盅嘆息：「唉，嫩蕊商量細細開。」

「杜甫詩。」滿子亭教授笑笑。

「霍兄，類似第七天國這樣的西餐廳——」何嘉魚教授清清喉嚨：「全省有幾家？」

「不知道嘢！」面紅耳赤，霍嬗教授只管瞟著張洴：「我只知道第七天國在本市就有六家分店，喏，建業國小對面，新亭派出所隔壁就有一家，聽說他們董事長許有土，許桑，準備把業務擴展到海峽對岸，以便配合那一窩蜂到對岸投資設廠的商人做生理的需要——」

丁旭輪教授一笑，摟住酒罎滿面春風撐起腰身來，拿起筷子涮了兩片羊肉，蘸蘸蒜泥，夾送進張澎碗裡：「我看你們幾位教授就饒了我們小霍，不談第七天國了吧，瞧，他那張臉皮白嫩得賽過冰糖豆腐花兒！諸位多吃菜。」

一座應聲舉筋，伸進火鍋中。

「嬗公！」悶聲不響只顧喝酒的張君房教授忽然擱下酒盅，猛抬頭，一眼瞅住霍教授：「你結了婚莫有？」

「還沒呢，請君房公做媒。」

「旭輪兄結婚了吧？」

「呵呵，暫且抱個枕頭，權充媳婦兒。」

「你！終術公。」

「唔唔，我？同旭公——」田終術教授噘嘟住嘴唇，猛搖頭，慌忙舀起一瓢熱湯，送進嘴裡嗽了嗽口腔：「我同旭公一樣摟個枕頭睡覺！莫見笑，這牙疼要人命，嘶——嘶——」

格格笑，張澎甩起她耳脖上那篷子短髮絲。

張君房教授怔了怔，日光燈下紅酡酡綻開腮幫上兩渦笑靨，睜圓眼瞳子打量張澎。

「這年頭啊——」春雨潸潸，王無故教授端起酒盅，幽幽嘆出兩口氣來，抬頭眺望火鍋店門外，好久好久，只顧瞅著對街月子中心樓上那十來個哺著娃娃、一排站到窗口看街景的大小媽媽：「唉，生爲上柱國死作閻羅王，斯亦足矣。」

「隋書所載伐陳名將韓擒虎之言。」中文系滿子亭教授解釋。

一座停筯以待，洗耳恭聽。

「嗯？」王教授愣了愣：「喝酒喝酒！剛才只是發發牢騷，無甚深意。」

張教授猛抬頭：

「怪怪。」

「怪什麼怪，房公？」

「這元紅酒喝了兩盅叫人心中一蕩！」

「房公，房公，你可是酒不迷人人自迷了！」丁教授捧起懷裡的酒罎，吃吃笑，撐起膝頭，穩住腳根，顫巍巍滿桌子斟過了一巡酒，摟著酒罎，垂拱回主位上來：「今兒個陰曆二月十二日，傳說是百花誕辰，花朝月夕，小弟特邀集文學院幾位談得來的同仁，在校門口這家蓬壺海鮮火鍋店聚聚——」

「喝春酒！」

「品嘗紹興極品元紅。」

「元紅就是俗稱的女兒紅嘛。」

「噯！咱們敬——」

「百花之神。」

「還有這位浵小姐。」

十位教授鬨然舉起了酒盅。

日光燈下，腮幫上，環繞著圓桌團團綻放出了二十朵迎春花。

二　思想起

桌子中央那口火鍋早已燒得滾燙了，日光燈下，一漩渦一漩渦囂囂騷騷蒸騰起牛、豬、羊肉香，瀰漫整個店堂。丁旭輪教授高坐主位，摟住元紅酒罈，把白襯衫長袖子捲到腋窩下，刮剳刮，只管搔著胳膀上那豌豆大一顆黑痣。眼一亮，他抬起臀子探出脖子，托起眼鏡往鍋中覷了覷，騰出一隻手來摸索到桌面下把瓦斯爐開關給轉小，好半天卻不見動靜，那火燒得越發旺盛了。張浵乜起眼睛，冷冷瞅著。丁教授呆了呆，把一隻膀子攬住酒罈，整個人趴伏到桌沿上只顧調弄桌面下的開關，他那張圓白臉膛綻漾著兩渦笑靨，慢慢掙紅上來。闔座教授放下筷子等待。謝香鏡教授身長六呎有餘，伸手一探，摸到了桌底下笑吟吟撥弄起開關來，額頭上兩道劍眉一蹙一蹙，臉色愈來愈凝重。宋充宗教授搖搖頭推推眼鏡，插進一手。三位教授伸出手，桌底下窸窣摸索。桌上那鍋肉湯噗凸噗凸蒸騰得越發噪鬧起來。滿堂客人回眸觀看。格格一笑，丁教授撐起腰身，睨了張浵兩眼，索性把懷裡的酒罈擱到桌面上，抹掉滿額頭冒出的汗珠，往地上一蹲。同仁們紛紛跟進。燈下只見四位教授聚首桌下，齗齗研究起瓦斯爐的開關。張浵歪著頭瞅著，猛一甩耳垂上那兩隻白金小環，打開膝蓋上擱著的小黑皮包，掏出小紅梳，挺直起腰肢，噘起嘴唇，笑，不笑，反手撈起耳脖後那束濕湫湫的髮梢，自管梳理起來，眼角眉梢，冷冷睨望著桌下癱起的四隻屁股。滿堂春暖，爐火飈燎。老闆娘滿頭大汗一逕哈腰，兩手搓絞著圍裙，穿梭在滿店堂十來桌火鍋和櫃台那隻電話之間，忙得團團轉。霍嬗教授聳昂起脖子東張西望，眼一睜，招招手：

「老闆娘啊，我們的開關壞了嘢。」

老闆娘趴在櫃台上剛拿起電話撥號，猛然聽見霍教授的招呼，怔了怔，趑趄半晌才擱下話筒，撈起圍裙悄悄拭了拭眼角的淚痕，走出櫃台，三腳兩步趕過來，伸手往桌下只一撥，那簇熊熊燎燒起的瓦斯火，登時縮小了。汗潸潸笑嘻嘻，四位教授拍著腰背，托著眼鏡從桌子底下鑽出來。

「怪怪。」

「呵呵呵。」

「時衰鬼弄人！唉。」

王無故教授端坐凳上，文風不動，幽幽嘆口氣。

一座噗哧笑。

丁教授睥了張浵兩眼，摟著酒罈坐回主位：

「嘿！老闆娘麻煩給再添湯。」

「馬上送來哦。」

靳五心一動，喚住老闆娘：

「女兒找到了沒？」

「還沒。」

滿桌教授爭相搭訕：

「老闆娘生意好好哦。」

「一個晚上，賺他個兩三萬塊哦。」

「唉，馬馬虎虎，多謝教授老師們捧場！」臉神一黯，老闆娘撈起圍裙絞絞手，匆匆朝向丁教授哈個腰，轉身走進櫃台裡，又拿起電話筒。十位教授睜起眼睛望著她的背影：「生意還馬虎呢，花園別墅都買了兩棟了。」

靳五舉起酒盅，同本系何嘉魚教授對啜一口元紅，回頭望向水簷外，春雨中等車的那對母子不知什麼時候上車了。站牌下空落落，蕩漾著一灘水霓虹。張浵只管呆呆掠著髮梢，端坐凳上，望著對街樓上一龕佛燈中那十來個哺著娃娃倚窗看街的媽媽，忽然伸手攫住靳五的腕子，挺起腰肢，挨過身來把嘴唇湊到他耳朵上：「你知道坐月子中心供奉什麼佛？不知？告訴你吧，送子觀音娘娘！」「妳怎知道？」臉一紅張浵鬆開靳五的手，仰起臉龐瞅望他，眼瞳子狡黠一亮，笑而不答。日光燈下只見她那張臉兒雪樣皎白，鼻梁上燦亮著七八顆小雀斑。妡妡一笑，丁旭輪教授猛然清了清喉嚨，勾起食指敲敲酒罎。闔座停筯。丁教授睄了張浵兩眼，往她碗裡夾進兩片豬肉，回頭招喚老闆娘送兩罐可樂來給浵小姐。老闆娘趴到櫃台上，又撥電話到學校找她女兒。鄰桌鴛鴦座裡，那對男女一老一小，祖孫樣依偎著面對一爐火，手勾手，鶼鶼鰈鰈咬著耳朵只顧講悄悄話，吃吃笑個不停。

「淫啼浪笑哪！」王無故教授回眸一望，渾身打個哆嗦。

「故公，老舞客帶小舞女出場消夜，有什麼好看嘛！」陳步樂教授背過身子獨自個偷偷吸菸，回頭伸出脖子打量霍嬗教授：「嬗公，你說是不是啊？」

霍教授臉皮一臊紅，伸手撥開陳教授嘴洞中飄嬝而出的香煙：「咦？我怎知道？」

「陳老師，您怎麼又知道這個女的是小舞女？焉知不是人家的魚太太？」何嘉魚教授清了清喉嚨，一本正經問道。

「嘉魚兄乃港人也！魚姨不分。」謝香鏡教授聳起他那六呎之軀，拍手笑喚道：「老闆娘，來！麻煩送壺熱茶給何嘉魚博士清清嗓子，解解酒。」

「老師，我馬上就來哦。」老闆娘擱下電話筒，淒然答應。

何教授赧然一笑：「姨太太姨太太！」

「賤妾在！老爺子您可要安歇了？」

王無故教授坐在凳上挑起眉梢流目送盼，羞答答，伸出雙手朝向何教授斂衽一拜。

一座粲然。

滿堂哄笑中，幽靈般忽然響起一個尖細的聲音：

「我說，諸位。」

如見鬼魅，張澍機伶伶打個寒噤。

「咦？伯鳳兄請說！」丁教授忍住笑。

「我說呢，方才何嘉魚老師將姨太太稱爲魚太太，未必是口誤，這裡頭是有個根據的！」藝研所宗伯鳳教授縮起肩膀，夾坐於身材高大的謝香鏡宋充宗兩教授之間，三十幾歲，小不點兒，無聲無息喝了這半天酒，忽然開了腔。「我在香港中大教過書，知道他們港人喜以魚比喻姨太太——」

「宗老師，是嗎？」何教授板起臉孔質問。

「嘉魚公讀書人不食人間煙火！」身爲主人的丁教授趕忙擺擺手，敲敲懷中的酒罈：「鳳兄，自管說。」

「好的！」猛一掙扎，宗伯鳳教授從謝宋兩位教授胳膊下鑽出頭來，望望張澍：「他們廣東有一種魚，叫⿰魚邊魚，魚字旁加個旁邊的邊，這個怪字是一般字書所不收的，咱們姑且跟他們港人叫邊魚吧。這邊魚有個特色是別魚所無的：體薄，身扁，可吃起來肉色甘滑鮮甜，很有一種異味之美。諸位都沒嘗過此魚？也沒見過？此魚體形獨具一格，躺下來比別魚都闊大，起身之時又比別魚都薄小，這一大一小之間，廣東人就想出以⿰魚邊魚比擬姨太太的妙喻！諸位想想，妾侍身分在家庭無甚地位，但於床笫之間則愛寵有加，喻之爲⿰魚邊魚，諸位想想可不是妙喻天成嗎？」

「睡時大！」謝教授拈根牙籤剔著門牙縫：「起身則小。」

王教授幽幽一嘆：「鳳公！床笫之言不踰閾啊。」

「左傳之言。」滿教授補充道。

宗伯鳳教授呆了呆，連連點頭，悄沒聲又退隱回了謝宋兩位教授膀子底下。張浵隔著桌心一蓬爐火，格格笑瞅住宗教授：「這位老師剛才談論邊魚，好像在課堂講書！」十位教授聽了，霍地擱下筷子，望著宗教授噗哧噗哧紛紛掩口笑。丁教授垂拱主位，兩腮子紅豔豔綻開兩朵酒渦，早已笑得咧開了上齶兩枚小齙牙。他顫巍巍抱著酒罎撐起腰身，伸出筷子涮了兩片五花豬肉，夾送到張浵碗裡。

何教授一清嗓子：「宗老師方才介紹所謂鯿魚，我倒也知道，在香港一般主婦管它叫扁魚，扁鵲的扁，也有老饕叫它皇帝魚的。」

「嘉魚公您品過扁魚囉？俺丁某人算是虛度卅六了！」丁旭輪教授喟然一嘆，拿起瓢子舀了兩瓢滾燙的火鍋肉湯，承到張浵碗裡，眼一柔：「慢慢兒吹著喝哦，莫給燙著了。」

「旭輪最挑嘴！」宋教授敲敲桌沿，端起碗子也往丁教授手裡承了兩瓢肉湯，慢吞吞吸啜兩口，望著滿桌文學院同仁笑道：「我同他是總髮之交，一路瞧著他，打高中開始便尋尋覓覓眾裡尋他的芸娘，至今猶保童子之身。老丁啊，你上了沈三白的當啦，天下哪有芸娘這種好女人！瞧你，如今落得摟個酒罎子當老婆——」

丁教授低頭瞅瞅懷中的酒罎，一怔，咯咯笑起來：「這罎兒摟在懷裡還比細姨暖和！」

闔座轟然舉盅：「敬主人旭輪公。」

「祝福他：驀然回首——」

「細人卻在燈火闌珊處！乾杯，乾杯。」

雨後春筍般，圍繞著一爐瓦斯火，滿桌子倏地竄伸出了十條裸白白的胳臂，高舉酒盅，一飲而盡。

燈下的元紅酒，血樣晶瑩。

何嘉魚教授瞄瞄王無故教授：「細人是什麼東西？」

「有部小說書叫《清平山堂話本》，上面說，討箇細人要生得好的。」滿子亭教授瞄瞄他中文研究所同班同學王無故教授，微微一笑，端起酒盅向他敬了敬：「這細人就是——」

「妾。」歷史系謝香鏡教授拿起牙籤，剔剔門牙。

四下望了望，哲學系陳步樂教授悄悄掏出香菸，點上火：「本省人稱細姨。」

幽幽一嘆，張浵舉起腕子看看錶，皺起眉頭望出店門。春雨中，只見蓬壺海鮮火鍋店水簷外滿街霓虹淋漓，公車站牌下一灘雨水，空盪盪。成群大學生抱著書本四處漂逐，朵朵傘花盪漾車潮中。店中一座無言，紛紛操動起筷子。歷史系霍嫿教授拈著盅兒，端坐圓凳上發起呆來，好半天只管勾起小指尖，搔著腮幫上桃花樣兩隻小酒渦，忽然，眼一亮，隔著爐火端詳起外文系何嘉魚教授臉上蕊蕊綻開的春癬，噗哧一笑，掉頭望向店門，絞起眉心聳出鼻尖嗅了嗅，猛哆嗦，打出兩個觔嚏：「哈啾哈啾！今晚這股西北風怎麼愈吹愈腥，越來越嗆？喲，你們看這些婦女哪像坐月子！打開窗子吹風看街呢。」「怪怪，現在的產婦都不怕吹風。」考古系宋充宗教授往鍋中撈起兩瓢粉絲，回眸瞪了瞪門外。朔風中，只見對街彌馨月子中心樓上，一龕佛燈裡，成排大小媽媽抱著娃娃啃著滷雞翅膀和滷鴨脖頭，呆呆倚窗看街。滿店堂十爐火，舕舕蒸漫起一漩渦一漩渦肉香，大學師生圍爐清談。鴛鴦座裡，那個花髮老舞客吃得滿頭大汗，早已脫下他身上那件歐式雙排釦西裝，捲起襯衫袖子，露出兩條樹根般粗的胳臂，將身旁那個辮子小舞女一把挾持到腋窩下，吆吆喝喝行酒猜拳，正在熱頭上。「熱！」張浵那張臉子紅暈暈冒出了十來顆晶瑩的汗珠。她噘起小嘴唇，長長噓出兩口氣來，眉梢一挑，望著滿桌教授，索性脫下身上的黑皮小夾克，捋起白衫袖子，燈下剝露出兩筒皎白膀子。一座默然。顫巍巍，丁旭輪教授撐起膝頭，往張浵碗裡放入兩瓢豆腐粉絲。靳五點根菸。猛抬頭，圖管系張君房教授擱下酒盅，繃住臉皮，滿桌一睥睨，把一隻手肘撐到桌面上，掏出他那包登喜路，抽出一根點上火，望著頂頭日光燈，不吭聲只管吞吐起來。霍嬗教授伸手撥開撲面而來的嬝嬝煙霧，瞪著張教授哀哀呻吟出兩聲。何嘉魚教授接過老闆娘送來的熱茶，啜了兩口，清了清喉嚨：「方才，宗伯鳳老師提到我們廣東人以扁魚比喻姨太太的事，我不知道，不過，說起姨太太呢我倒是想起一件童年往事。小時候我們家住在旺角，有個叔公七十多歲，一生做糧油買賣，沒什麼癖嗜，就只有這一樁：娶如夫人。我記得他屋裡有九房姨太太，最小的九房進門才十三歲。我這位叔公，仙遊多年了。方才經宗老師一提，現在仔細回想起來我倒感到奇怪：老叔公當時顯然已經無能爲力了，偏偏要娶這麼多位少妾，一把年紀，還要繼續出醜，讓家裡那些個老媽子三更半夜趴在窗口偷窺取笑。事實上，嚴格說，叔公他那幾位年輕的姨太也稱不得美人，這有個緣故：老叔公選妾首要條件是骨盤要闊大——對！滿子亭老師說得對，宜男之相。媒婆們安排的宜男之相，往往和絕色佳人大相逕庭，所以這就難怪了，被老叔公摸骨盤捏屁股選中的姨太，看來看去，只能說是容貌平平整整，臉上沒有麻子的那種女人。當然，年輕無醜樣，相貌平整，經過適當的妝扮，那位十三四歲的九姨太，乍看之下也頗有引人入勝之處，怪不得老叔公——」

「拚著出醜也要落力推車！」宋充宗教授接口說。

何教授呆了呆：「嗯？是，是的。」

「嗚呼，鐵打的男人也能讓九個女人磨得化成一灘膿血！」王無故教授仰天太息：「嘉魚公，令叔公仙遊之時享壽幾何？」

「嗯？好像是八十有九哦。」

「人痾，人痾。」王教授愣了愣，伸出舌頭舔舔嘴皮，咨嗟良久。

「我說呢，鳳公——」霍嬗教授漲紅起他那張瘦長白皮臉兒，絞起眉心，伸手往鼻尖上拂兩下，撥開煙霧，望著那身材細小、給緊緊挾持在謝宋兩位教授胳膀之間的宗伯鳳教授：「鳳公，廣東人拿鯿魚比喻姨太太，妙則妙，可我們從沒見過鯿魚，莫說品嘗過鯿魚了，鳳公啊，你形容得再精細我們也只能在腦子裡琢磨，想著想著，流口水罷咧！還不如我們上海人用來比喻姨太太的魚，來得親切、生活化。包管這種魚大家平日都見過，吃過。」

「伊拉娘格小娘魚！」張淠格格笑。

霍嬗教授不理她，逕自向同仁們宣布答案：「鯧魚。」

大夥兒紛紛鼓掌叫好：

「妙喻妙喻。」

「鯧魚滑嫩甘甜白鮮，且具異味之美。」

「蒸煎兩宜。」

「可弄翻了比誰都大！」宗伯鳳教授猛一掙扎，從謝宋兩位教授肩膊底下探出頭來說。

王無故教授獨坐一旁打量著座中同仁，愴然一笑：「其自亡奈何，魚爛而亡也。」

一座側目。

滿子亭教授補充：「公羊傳僖十九年有之。」

「毒！無故公罵人不帶髒字。」謝香鏡教授扔掉牙籤，哈哈大笑，猛一拍膝頭。

汗湫湫，宋充宗教授摘下眼鏡來，叼在嘴角，撿起毛巾抖兩下，望著滿桌同仁一邊抹臉一邊說：「以魚喻女人，最妥貼的依我看莫過於用鹹魚比喻太太，家常便飯獨占一味，雖無異味之美，總解決得了那日常之需。妻子嘛，窮困時的伴侶，沒錢買佳餚便只有以鹹魚佐膳了，等於糟糠之意。從前的人設席請客，講究八小八大，八小，四冷葷四熱葷，八大，八道大菜山珍海味紛陳，最後上到四飯菜總少不了鹹魚一味。所以在大陸家鄉，母親教導女兒，婆婆教導媳婦，說來說去總不離『鹹魚青菜飯長久』這句話，即是淡泊日子夫妻可以長久相處的意思——小姑娘妳說是不是啊？」臉一沉，宋教授停住慢條斯理一席話，睜著眼睛瞅住張浵，隨即把抹過臉皮的毛巾抖兩抖，折疊成豆腐乾大小，擱到桌沿上，拿下嘴角叼著的眼鏡，戴上了。

「我媽忙打牌，沒工夫教我嘢！」張浵笑道。

「不急嘛！」丁旭輪教授拿起筷子夾了一顆卵子般大的豬肉丸，送進張浵碗裡，勸她趁熱吃了，回眸掃掃宋教授：「充宗公，人家浵小姐還小嘿。」

「敢問張小姐芳齡幾何？」

「十四歲半伊媽死，剛才不是向老師們報告過了嗎？」

「於戲！細姨好比白鯧魚，老妻恰似黃鹹魚。」王無故教授雙手握著酒盅，自管仰望天花板上那盞昏黃的日光燈，淒然嘆息兩聲，口占一聯。闔座怔了怔，紛紛擱下筷子掩住嘴巴忍住笑。霍嬗教授抿住嘴唇，瞅瞅王教授又望望同仁們，猛一扭頭，那一瓢剛入口的粉絲在他嘴中巇了巇，啵的一聲早已噴濺得滿地都是：「無故公喲，你老愛放炮！」

「煙花女子，諸位可有一比啊？」田終術教授揑住腮幫嘶嚕嘶嚕吸著牙洞，嘆口氣，忽然開腔。闔座嘿然良久。張君房教授蹙起眉心，拉長鐵青臉皮，老半天只顧低頭喝著悶酒，這會兒霍地放下酒盅，睜圓瞳子板起臉孔瞪住田教授：「終術兄可曾吃過河豚？」

「又鮮美又有劇毒。」

「對啊！這不正是煙花女子最佳寫照嗎？」

一座會心頷首。

滿子亭教授噝噝口水，打個哆嗦：「河豚肉會吃的頗鮮，不會吃的中毒。」

「各位給猜猜，快給猜猜嘛！」眼珠子一轉，霍嬗教授把一隻手支住下巴，瞟瞟張淞又望望靳五，半天忍住笑，拈起酒盅啄了兩口元紅：「金魚可比喻哪種女人？」

「朋友之妻？」

「自家兒媳婦？」

「對！諸公都猜對了。」眼一亮，霍教授腮幫上紅灩灩泛漾起兩朵小酒酡：「只可遠觀而不可狎玩——」

「吃不得！」滿子亭教授笑道：「千萬吃不得。」

「我說，同自家媳婦有異曲同工之妙的，是家裡使喚的下女。」宗伯鳳教授撐起腰身，咬咬牙猛一掙扎，又從謝宋兩位教授胳膊間舒伸出頸脖來，抬頭望了望何嘉魚教授說：「你們港人家裡有俏女傭的，呼之爲土鯪魚，味美而價廉，畢竟是大陸妹嘛！不過此魚多刺，享用時得提防給鯁著了喉嚨，麻煩可就多多。」

「大陸妹是便宜，不過——」何嘉魚教授端肅起臉容，推推眼鏡清清喉嚨。

「喂，伯鳳公老師！」張淞早已翻起了臉，隔著爐火一指頭直直指住了宗伯鳳教授：「大陸妹是你叫的嗎？告訴你，我爸安徽人我媽遼寧人，我也是大陸妹！味美而價廉不過此魚多刺？憑你也配！這位伯鳳公老師瞧您長相和口音也不像港人，幹麼跟著他們香港人亂叫大陸妹呢？您府上哪裡？咦？怎麼縮回脖子不講？旭輪公老師您府上哪裡啊？山西省文水縣！香鏡公老師呢？淝水之戰那個謝安的家鄉河南省太康縣嗎？喲，看不出來嘢。終術公老師府上是？台灣台南！充宗公老師湖南桃源！哈哈，這位無故公老師抬頭眼望天花板，搖腿喝酒，好像沒事人兒似的！你說。」

「我嗎？湖北秭歸。」王無故教授慌忙回答。

「這位伯鳳公老師還是不肯講哦！怎麼，只會縮脖子？」張淛眼睜睜瞅著宗伯鳳教授。

一座教授愕然，紛紛打起圓場：

「伯鳳公嚇呆了！」

「張小姐！」

「淛小妹！」

「莫動氣莫動氣。」

「坐下！大庭廣眾間，莫站起來指指點點的。」

「唉，咱們窩在這座小島上，吃了二三十年好飯——」

「有點兒呵呵忘掉自己是誰了。」

「淛小姐，妳大人大量，莫跟伯鳳計較哦？」

噗哧，張淛憋住嘴巴忍住笑。她揚起眉梢望著一座教授，咻咻喘著氣，臉一沉，狠狠瞪了瞪那夾坐在謝宋兩位教授肩膊底下呆呆瞪著酒盅的宗伯鳳教授，冷笑兩聲，坐回凳上。

「不知不罪！」呵呵兩笑，丁旭輪教授撐起膝頭伸過手來拍了拍宗伯鳳教授的肩膀，向他使個眼色，然後拿起筷子夾兩片羊肉，送給張澥，回頭笑吟吟瞅住王教授：「哦？無故兄是秭歸人！屈原同鄉嘛。」

「王昭君的家也在秭歸嘢！」紅酡酡，霍嬗教授腮上赧然綻開兩朵桃花。

王教授拈起一根筷子，敲著桌沿吟哦起來：

群山萬壑赴荊門
生長明妃尚有村——

教授們紛紛拿起牙籤剔起牙縫，好一會，出了神似地，靜靜眺望蓬壺海鮮火鍋店水簷外歸州街上的車潮春雨霓虹。

丁旭輪教授摟著酒罈，坐在主位瀏覽著座上同仁，猛昂首，仰天打了個酒嗝：「呵呵，今晚這席春酒可謂論魚之會了！諸公再喝一盅。」他捧起酒罈笑勸著，拉扯半天，一盅盅滿桌斟滿元紅酒。

謝香鏡教授撿起一根筷子，往鍋口一敲。

雙手一拍，滿子亭教授應和。

——交際花舞小姐是泥鰍！

——溜溜的她。

——女明星女歌星是墨魚！

——一碰一身黑。

——大陸妹是土鯪魚！

——暫且按下不表。

——嫂夫人是金魚！

——不可戲。

——老處女是八爪魚！

——死纏活賴。

——寥姐兒是河豚魚！

——會吃頗鮮，不會吃中毒。

——細姨是鯧魚！

——在那燈火闌珊處。

——拙荊是鹹魚！

——噫嘻！放在家裡不會生蛆，偶爾吃吃還滿有味。

熊熊爐火中，兩位教授放下筷子仰天呵呵一笑，相對舉盅。

「子亭公，請。」

「請，香鏡公。」

謝香鏡教授啄了兩口元紅，抿抿嘴，又朝丁教授一舉盅：「今宵承旭公破鈔請吃春酒，無以爲謝，魚箋請詩賦，即席同子亭兄作了這首『八魚歌』報答主人，兼博浵小姐一粲！小妹子，妳開心了吧？不再生宗伯鳳老師的氣了吧？」笑酡酡，謝教授勾過一眼來睨住張浵，燈下只顧端詳她那張汗瀅瀅皎白臉子。

「張小姐！」何嘉魚教授眼角眉梢瞟了張浵半天，覷個空兒，悄聲一喚，伸出手來指著桌子對面那一瘦子細小身影，說：「張小姐，宗伯鳳老師是浙江省義烏縣人。」

「抗金名將宗澤的後人！」謝教授拈著牙籤刮著門牙。

「管他！」張浵沉下了臉來：「德性。」

闔座教授粲然一笑，紛紛操起筷子夾肉送進張浵碗裡。

肉香瀰漫一店堂。

水簷外滿街燈影流紅，一條人影踽踽行來，只見他咬著一根小菸斗，打著黑洋傘，蹦蹬跳過店門口那窪雨水，進得店門，把傘收了，勾起食指撣了撣肩上的雨珠。一座起立迎接。廖森郎教授披著蘇格蘭呢大衣，頭上罩著紅呢鴨舌帽，站在店門下游目四顧，微微一笑，哈起菸斗，把雨傘掛在肘彎上，踢躂著皮鞋一路頷首答禮穿梭過店堂來。丁教授擦擦眼，仰天打個呵呵，伸出手爪子捉住張浵的腕子看看她的手錶，隨即端起酒盅撐起膝頭：

「咦？森郎公森郎公！先罰你一啄。」

「出了點事兒，來遲了。」

滿面春風，廖教授摘下嘴裡的菸斗，苦笑一聲，接過酒盅啄了兩口。

十位教授抬起屁股一陣挪移，騰出了個空位。槖躂槖，廖教授踱到牆邊，拿下肘彎上掛著的雨傘，抖兩下擱到牆根上，踱回來，向鄰桌那群大學生借一張圓鐵凳，緊挨著本系何嘉魚教授落了座，哈起小菸斗，揭下紅舌帽：「抱歉！今天下午兩點應邀在南部高雄市基督教女青年會寫作班，作了場英語講演，七點飛回來，赴旭公春酒之約，過十字路口同一輛摩托車發生擦撞，掛了點彩，到醫院塗了藥水。」廖教授笑吟吟解開領口，日光燈下，展示他耳脖間那紅瑩瑩兩條蚯蚓樣的血痕。

舉座咄唶。

「嘖嘖！禍福無門。」

「喝盅元紅酒。」

「來，大夥兒給森郎公壓驚！」

環繞圓桌倏地伸出十條春筍胳臂，鬨然，擎起酒盅。

「老闆娘，妳在哪兒？」丁旭輪教授摟住酒罎，人窩裡聳起腰身四下狩望，眼一亮，打了個酒嗝，朝櫃台那邊揚揚手縱聲召喚：「麻煩老闆娘，給再添豬肉羊肉各三盤牛肉兩盤，白菜豆腐粉絲貢丸——各先來雙份。拜託盡快送來哦！咦？老闆娘，妳還在找女兒啊？」

「就來！」滿頭大汗，老闆娘佝僂在小櫃台裡摀住耳朵聽電話，渾身一顫，兩眼茫然，回頭望著丁教授匆匆哈個腰：「老師，對不起哦，請再等半分鐘，讓我聽完電話好不好？」

廖森郎教授噓口氣，拈起酒盅朝老同學靳五敬了敬，咧咧嘴，笑兩笑，勾過眸子瞟瞟靳五身旁坐著的小女生，摘下菸斗，啄啄元紅，伸出舌頭舔了舔他那黑癍蒼蒼兩瓣厚嘴唇，回頭望著丁教授笑道：「旭公，只來一盤羊肉吧，小弟海東鄉下人受不了羊騷氣！各位對不住，來盤墨魚丸下酒如何？」

丁教授一怔：「成！老闆娘啊——」

「就來。」

「麻煩給改改。」

「好。」老闆娘嘆口氣擱下了電話筒。

「老闆娘，生意好好哦！」瞇笑笑丁教授打個飽嗝，拍拍懷中的酒罈：「瞧妳團團轉，還都忙不過來呢！羊肉一盤豬肉牛肉各三盤，豆腐白菜粉絲墨魚丸——老闆娘，不是肉丸是魚丸哦——各先來雙份！廖森郎老師本省人就愛吃魚！另外給澎小姐這兒再添瓶汽水。」

「老師稍等。」老闆娘哈個腰，回身撈起圍裙拭拭眼角的淚痕。

猛抬頭，張君房教授放下酒盅，睜開血絲醺醺的眼睛，睨了睨身畔挨坐著的廖教授：「廖博士，您請寬衣吧。」廖教授怔了怔連聲稱是，一笑，咬住菸斗，挨擠著何嘉魚教授，抖擻起膀子，把身上那件厚重的蘇格蘭呢大衣給脫了，裡外拂兩回，安頓在自己膝頭上。張教授只管鎖住眉頭，滿臉狐疑，眼上眼下端詳著廖教授耳脖間那兩條鮮紅蚯蚓：「高雄好不好玩兒啊，森郎兄？」

廖教授摘下菸斗，微微一笑，若有所思往桌沿上磕磕菸渣：「高雄嗎？交通挺亂！我下午應邀去基督教女青年會講演，下了飛機叫部計程車。這名司機，頂怪，一路開車進城滿開心的叭叭叭猛按喇叭，我問他幹嘛，他說今天心情特別爽。我問他心情不爽按不按喇叭，他說，也有按啦，習慣了無法度。更怪的是一路遭遇幾次紅燈，他都給它猛按喇叭直衝過去！忽然間他停下來了。我問他怎麼了？他說綠燈亮了。我問他綠燈亮了怎麼反而停車了呢？他笑笑說，教授老師，你沒看見人家那邊的車子猛按喇叭，準備闖紅燈呀？」說完，四下流目一望，廖教授啥上菸斗。

「人不人、車不車的世界！」紅暈滿面，霍嫿教授遮住嘴吃吃笑：「他們高雄亂妙的！我不是應聘在那邊國立師範大學兼門課嗎？每個月南下兩趟，校方安排我住附近飯店，奇怪啊，每次中午回飯店休息，內將總是叫我等一會兒再進房間——嘉魚兄香港人不知道內將是啥？內將是日本話，旅館女服務生呀——每回我總得等上二十分鐘，內將才到樓下大廳叫我回房間。起初我還以爲房間在收拾，也沒起疑。後來有位也在高雄師大兼課的老先生悄悄告訴我，我才恍然大悟。原來呀，中午時間上飯店去求客的上班族特別多——嘉魚兄不食人間煙火啊？求客也是日本話，意思就是休息嘛，那個那個，唉，我不會解釋——反正中午求客的人太多，內將把我的房間讓給那些公司職員和老闆求客去了。住到這種飯店，眞背！我又不求客。可是人家告訴我高雄的飯店十家有九家做中午求客生意，工商都會，上班的男女多啊。」噗哧，霍嬗教授抿住了嘴，兩瞳秋波宛如剪子，穿透過桌心那一漩渦蒸騰的肉湯霧，柔柔勾住何嘉魚教授：「我不敢亂求客，因爲我不想生芒果！嘉魚兄。」

「芒果？」滿臉迷惑，何教授回頭望望滿教授。

滿子亭教授笑道：「魚口之症，香港的華人也會生的。」

「就是腺根腫大嘛！」謝香鏡教授剔剔門牙縫。

一座忍俊。

「哦，這麼說我懂了！」何嘉魚教授沉下臉來瀏覽滿桌同仁，伸手推推銀絲眼鏡，清了清喉嚨：「高雄多娼，以致性病流行，我們這個首善之區又如何呢？我今天在報上讀到中華民國婦女救援基金會的報告，根據統計，本市私娼有十萬名。適娼年齡通常是十二歲到四十五歲——香港？應該也不例外——按照本市二百五十萬人口來計算，請問，這個年齡層的婦女十個裡頭有幾個從娼？這還只算全職的從娼婦女，兼職的未計。此外，婦女救援基金會的報告也提到，隨著所得提高，男人口味轉變，本市從娼婦女的年齡有急速下降的趨勢，現今最吃香的娼妓，莫過於初中一二年級乃至小學五六年級的女生，本地人稱之幼齒——」

「貴寶地香港又如何呢？」猛一吆喝，張君房教授瞪住何嘉魚教授。

何教授呆了呆。

噗哧，霍嬗教授摀住嘴巴吃吃笑：「頭上生瘡的譏笑腳底流膿的！」

「肉來了，老師。」老闆娘領著跑堂的小妹，端來七盤血水淋漓的切片豬牛羊肉，外加各色火鍋菜。丁教授摟住罎子端坐主位，笑吟吟瞅著老闆娘一盤盤把菜擺滿一桌，道聲謝，拍拍手，撿起筷子往鍋裡打撈半天，夾住了一顆卵子大的新竹貢丸，送到廖教授鼻頭下：「嘗嘗春味！森郎公。」

「博士廖！喝口春湯吧。」王無故教授笑嘻嘻往廖教授碗裡熱騰騰舀了兩瓢肉湯，回頭瞄向鄰桌鴛鴦座，摸摸鼻子，朝謝香鏡教授扮個鬼臉兒：「咱們的小細姨，香公，不知生受什麼委屈，這會兒又瞪起她那老郎客來啦。瞧！她那對眼睛水汪汪，可不像一籠秋霧？」

謝教授扔掉牙籤，聳起他那六英尺之軀，人窩中，回眸窺望那依偎在鴛鴦座裡的一老一小兩個男女：「這個女的小小年紀，眼睛生得白多黑少，乃是性淫之相。」

小舞姐回頭冷冷勾過一眼來，掃了掃滿桌教授。

「婦人水性！根據相法，水太多的眼睛乃是頂厲害的三白眼，男的心術不正，女的人盡可夫。」宋充宗教授拈著牙籤，遮住嘴，一小籤一小籤慢條斯理剔起牙來：「春氣發而百草生！今日陰曆二月十二，花朝月夕，我們這起教書匠聚會火鍋店，酒後談論暴發戶土老頭兒的小女伴，張小姐聽在耳中，咯咯咯笑在心裡。」

「我嗎？」張浵溫婉一笑：「我不會笑話老師們啦，可我們上初中三年級國文課，陳清順老師有教過，孔子說，詩經三百篇攏總一句話：不要想歪了！充宗公老師，您說是不是啊？」

「嗯？」宋充宗教授愣了愣。

「子曰，思無邪嘛。」滿子亭教授莞薾解釋。

猛一拍酒罎，丁旭輪教授呵呵大笑：「浵小姐可兒可兒！」眼一柔，丁教授瞅住張浵，俯下腰身伸手探到桌面下摸索半天，終於把瓦斯爐火給轉小了。

靳五伸手一把抓起張浵的手腕子。

丁教授勃然變色：「五兄想幹啥？」

「看錶！」靳五齜齜牙。

廖森郎教授獨自個操著筷子，托著碗，望著一桌同仁，只管細呑慢嚼吃了十來片涮豬肉，然後拈起小調羹，嘬了半碗湯，掏出手絹敷敷嘴唇，撿起菸斗往桌角使勁磕兩下，添上菸絲，叼到嘴上，伸手摸摸耳脖上那兩條鮮紅的蚯蚓：「旭公，在座諸公神情如此之亢奮，方才想是聊得有味，小弟錯過了。」

「品酒論魚！香鏡和子亭作了一首八魚之頌，博張小姐一粲。」霍嬗教授遮住嘴，笑道。日光燈下他那張狹長白臉兒火辣辣臊紅上來。眼瞳子轉兩轉，他招招手，叫森郎兄探過頭來，隔著夾坐中間的何嘉魚教授，忍住笑附耳說了一番話。

「怪道！才喝了半罎酒——」廖森郎教授一拍膝頭哈哈大笑：「原來殺了八條魚。」

「愛之則殺之。」王無故教授擎起酒盅團團一敬：「諸公，這個殺字絕無刀光血影，保證百分之百的體貼和十足的溫柔，如同最近這陣子女歌星們最愛唱的那句歌詞：『請用您的溫柔殺我。』」

「心乎愛矣。」滿子亭教授微微一笑。

「各位，論到這個殺字，我倒想起——」脖子猛一昂，宗伯鳳教授瞄瞄張澎，奮然從謝宋兩位教授胳膀之間掙出頭來，露了露臉孔：「我倒想起報上看到的一則故事！有夫婦某，結縭十年仍恩愛得直似蜜裡調上油，可最近妻子生了場大病，醫生再三叮嚀務需靜養半年，嚴禁行房。妻子於是搬到閣樓，做丈夫的獨自個睡在二樓臥房。好不容易挨過三個月禁慾的生活，這晚丈夫忍無可忍，嘆口氣，正待躡著腳摸上閣樓，萬料不到妻子早已經躡著腳摸下閣樓來敲臥室的門，一見丈夫，淚流滿面：『我不管我不管，我還是下來死掉算了！』丈夫就安慰她說：『莫哭莫哭，我正要上樓殺妳呢。』」說完，脖子一縮，宗伯鳳教授面紅耳赤，退隱回謝宋兩位教授肩膀底下，拈起酒盅，啄了三口元紅。

「叫那殺胚出來！」王教授扯起嗓門喝道。

一座戰慄，四顧茫然。

「殺胚，求求你行行好——」王教授瞅住霍嫱教授，磔磔一咬牙：「殺了老娘吧。」

「美國人的俚語把花花公子叫『殺手』。」何教授端起湯碗啜了兩口，清清喉嚨，咬著英國腔吐出一個英文單字。宋教授伸手遮掩住嘴，睐著張澎一籤一籤剔著他那滿嘴金銀牙：「我們這兒流行叫『殺漢』，意思同樣！同仁們閒聊，常聽說，某某殺漢級的財主最近又殺了幾個小妞，昨天晚上，在喜來登飯店殺通宵，把某某名媛殺得死去活來。」

「對不起！嗜殺成性的日本人更厲害。」陳教授拍拍身畔霍教授的肩膀，抬起臀子，挪動凳腳，退後半步點了一根香菸悄悄吸起來：「日本尋芳客組團專程來我們寶島買春，沿著中山高速公路，從北一直殺到南，三百八十公里，桃園中壢新竹苗栗豐原台中彰化斗六嘉義新營台南高雄，殺得性起，還搞個『千人斬俱樂部』，此生誓殺一千個支那女人才封刀！有篇小說就講這個故事。」

廖教授啣住小菸斗，若有所思：「刀下芳魂知多少。」

「好個刀下芳魂，既淒絕也美極。」謝教授挺拔起他那六呎之軀，滿桌睥睨，搗住嘴巴打了兩個連天響的酒嗝，手一撥，拂開陳教授嘴中飄嬝出的煙圈：「可找遍了各種字書，殺字都不作此解釋。殺字的本義，據說文，是戮也，使人或生物失去生命的意思。」

「這跟周禮的解釋差不多。」中文系滿子亭教授微微一笑：「殺是刑的一種，致罪者於死地。」

「殺人不過頭點地。」王教授嘆息道。

噗哧，霍嬙教授遮住嘴巴打個寒噤：「芳魂一縷盤繞東瀛三島！」

「南京大屠殺是幾年幾月幾號？」猛抬頭，張君房教授砰地擱下酒盅，喝問同仁們。

「小妹子！」謝教授朝張教授擺擺手，回頭眼一柔瞅住了張湘：「妳念逸仙國中三年級？初中三？今年七月就要考高中囉！我們在座幾位大學老師，考考妳中國現代史上幾個頂頂重要的日子，好不好啊？今天幾月幾號？」

「三月十八號啊！」張渺睜圓瞳子。

「唔。」謝香鏡教授點點頭，朝靳五笑了笑，伸出手來捉住張渺的手兒，捋起她的衣袖，湊上眼睛，覷了覷她腕子上戴著的白金小女錶：「三月十八號！小妹子，這一天在咱們中國現代史上發生什麼大事啊？老師有沒有講過？」

「南京大屠殺。」

「胡猜！」謝教授伸出兩隻手指，擰擰張渺的小指尖，瞪了她兩眼：「民國十五年這天發生三一八慘案！那五月三號呢？」

「嘻！南京大屠殺。」

「小妹子愛瞎掰！正確的答案是民國十四年的五三濟南慘案。」

「對不起，謝老師，我記錯了。」

「唔，十二月十三號發生什麼事啊？」

「南京大屠殺。」

「這回，小妹子總算猜著了。」

「民國二十六年十二月十三號，南京大屠殺，對不對？謝老師。」

「對！隆冬天，日軍第六師團進城展開六個星期的屠殺，一口氣殺了三十萬人。」

猛一哆嗦，張渺聳出鼻尖，嗅了嗅春雨中火鍋店門口颼漩進的一城腥風，縮起肩膀子機伶伶打個寒噤。

三　星條歌

「哈哈哈我聽到這邊桌上殺聲震天，心裡覺得奇怪，原來是一群年輕的土耳其人在喝春酒，殺做一處，哈哈！」外文系柯三鎭教授豎起兩根蒼黃手指頭，抖簌簌夾著香菸，早已喝得兩腮漲紅，這會兒領著白髮皤皤的柯師母搖搖晃晃走過來，仰天大笑向同仁們打個招呼。滿桌起立，笑臉相迎。柯老師端整起臉容向張浵鞠個躬，回頭噴口煙，瞄瞄柯師母：「喂，過來見見文學院少壯派菁英結夥喝春酒，後生可畏哈哈哈殺氣騰騰。素珠啊，妳知否？咱們這所國立大學再過兩年就是這群殺手的天下囉。」仰天格格兩笑，叭，叭，五根手爪子扠開來，往丁旭輪教授腰背上拍了兩巴掌：「你不簡單，老弟，你很不簡單！昨天校長召見，欽點丁旭輪教授接訓導處生活輔導組主任？任命下周發表？嗯？請問丁老弟您今年貴庚嗯？你不簡單——」

「慚愧慚愧！學生虛度卅六了呢，老師。」丁教授摟著酒罈，恭恭謹謹肅立主位，一鞠躬，招手攔截住端著菜滿堂奔跑的小妹，向她要來一隻酒盅，斟滿酒，笑眗奉上柯教授：「老師品品紹興極品元紅。」

「女兒紅嘛！」柯教授伸出鼻子湊到盅口嗅兩下，兩瞳子狐疑，望著滿桌起立含笑舉盅的學生輩：「這個酒，唉，是他們海西大陸浙江人嫁女兒，給小夫妻兩個合巹喝的酒啦，我是海東鄉下老漢，沒福氣不敢喝，喝了會血壓升高心跳加速，哈哈女兒紅嘛！素珠，妳過來見見文學院的老師們。」

一臉蒼涼，柯師母從柯老師身後悄悄閃出來，把兩隻手交疊在膝頭上，溫婉地哈個腰。

霍嬗教授抿住嘴唇，噗哧，掉開頭去。

「不簡單不簡單，呃！」猛一怔，柯教授揉揉心口，兩巴掌叭叭又拍到丁教授背梁上，倏地沉下臉孔瞅住張淵：「小囡仔，妳給我講，他們少壯派菁英今兒個齊集在此，是否密商院務大計？」

「報告柯老師，老師們在這兒討論殺魚。」

「呃？小囡仔講啥？」

「殺魚。」

張淵笑吟吟一鞠躬。

「難怪殺聲震天！喊殺聲之大，連我和師母坐在後邊吃魚頭火鍋都有聽到呢，唉，殺人不見血。」燈下柯三鎮教授鎖起眉頭打量張淵，伸手摸摸她那頭齊耳的短髮，嘆了口氣，冷笑兩聲，朝向同仁們團團哈個腰，扭頭邁出皮鞋，穿梭過滿堂春客，跨向店門口，回頭瞄了瞄那摟住皮包踩著碎步怯生生追隨的柯師母：「素珠，緊走！」

「柯老師好走。」

「師母慢走哦。」

舉座目送，歸席圍爐。

丁教授摟著酒罎一路頷首答禮，直送到簷下。

「柯老師又喝醉了。」何嘉魚教授端起湯碗漱了漱口，清清喉嚨，嘆息兩聲：「這位老教授算來也有六十四五歲了，我剛進大學還是他教的英文呢，柯老師那口日本腔英文，也算文學院一絕，聽說他的英文是在東京帝大英語系學的。」

「教了四十年文學院大一英文！」廖森郎教授磕磕菸斗：「桃李滿美加。」

丁教授抱住罎子，滿面春風，伸手肅客，陪著一個金髮小夥子，穿梭過店堂中叢叢爐火和十來桌酒酣耳熱的大學師生，回到主位上來：「諸公，見過這位美國朋友？說來他也是院裡的同仁，上下課之間在走廊上打過幾次照面，無緣攀識。今兒可巧！剛才送柯老師柯師母出門，看見這位傑夫諾曼兄，攜女來吃火鍋，特爲各位同仁引見引見。呵呵咱們外文系，華洋雜處各色人等各路人馬薈萃，蔚爲本院奇觀。諸公快來見識這位傑夫諾曼教授！浵小姐，妳莫憋住嘴偷笑。」闔座教授呆了呆，紛紛舉起酒盅堆出笑容嗨嗨打招呼。日光燈下，傑夫諾曼挺拔著他那身墨綠汗衫草綠卡其長褲，扠開兩條長腿子，俯瞰十位教授，靦腆嘻嘻，只顧伸手扒搔著他脖子上那顆金亮油鬈的水兵頭。一座停筯以待。丁教授抱著酒罎，逐個引介同仁，回身昂起頭來，腆著肚腩，騰出一隻手往傑夫諾曼肩膊上使勁拍兩巴掌，連珠炮也似吐出五六句英文。傑夫諾曼連連點頭，兩隻瞳子水藍藍只顧瞅住張浵，柔柔眨個眼兒，撇起褲胯子，扠開雙腿，伸出手爪梳攏他那頭濕漉漉的金髮。格格兩笑，張浵甩起耳脖上那篷子短髮，望望教授們，挺起腰肢，緊繃著她那身小白衫和黑皮窄裙，端坐圓凳上噘住嘴，歪起脖子冷起眼瞳，不聲不響打量這位美國老師。傑夫諾曼呆了呆，悄悄伸手搔了搔褲襠。丁教授拍拍酒罎仰天打個呵呵。傑夫回轉過心神來，伸出手爪，隔著桌心那一鍋蒸騰喧囂的湯霧，跟靳五握了握手：「嗨，靳，今晚心情還好嗎？」「傑夫，你一個人來吃火鍋？」靳五隨口問了聲。傑夫嗞嗞他那口小白牙，眼一亮，舉起手臂回頭指指店門口。柯玉關穿著白毛衣黑絲絨長褲，抱著兩本洋裝書，獨自竚立在店門旁，滿臉悲憫，瞅著那趴在櫃台裡流淚打電話的老闆娘。微微一笑，廖森郎教授仰首看燈，叭叭抽了五六口菸，拔下菸斗往桌沿磕兩下，一眼睨住傑夫冷笑三聲，勾起小指頭搔搔耳脖上那兩條紅蚯蚓：「傑夫，最近又找到你的新獵物？」「要不要分你一口？百分之百純潔的中國娃娃！」傑夫勃然扠開褲胯子，搔搔褲襠四下睥睨。廖森郎教授昂然噴口煙。下巴一翹，傑夫伸手同丁旭輪教授緊緊握了握，抬頭望望十位教授，眼一柔，瞅住張氵弗柔聲道了聲晚安。猛一哆嗦，張氵弗闔起兩隻膝頭，摔開臉去。傑夫皺起兩膀子肉筋，綳著他那身汗衫卡其褲走到櫃台，捏住柯玉關的脖子，使勁揉了兩三下，把她整個人摟到肩膊下來，跨步邁進店堂，向跑堂小妹要了一張雙人座。丁教授坐回主位上，摟住酒罎，弓下腰身伸出手來探到桌面下窸窸窣窣摸索半天，終於找到了瓦斯開關，把爐火轉大些。一座禮讓，紛紛操起筷子夾肉往嘴裡送。張氵弗沉下臉，皺起眉頭看看錶。王無故教授笑瞇瞇回頭看看柯玉關，嘖嘖讚出了兩聲：

「好正的馬子！」

「什麼馬子，王老師？」靳五板起臉孔：「這個女孩子是我們系上的助教！」

「五哥，不知不罪嘛！罰小弟三啄。」臉一煞白，王教授慌忙舉起酒盅，拱拱手朝靳五敬了敬，啄啄啄昂起脖子連啜三口酒，摘下眼鏡來，撿起毛巾抹掉額頭上的汗珠，嘆口氣，戴上眼鏡，回頭朝向何嘉魚教授綻開他腮幫上那兩糰子笑渦：「噫嘻！陰人不祥。」

「怪怪，我不懂。」一臉茫然，宋充宗教授咬住牙籤，回眸望著鴛鴦座裡那兩個相依相偎旁若無人的中美情侶，舉盅向靳五一敬：「對不住，五兄，你莫怪我言重，這年頭的高等學府就是有那等自甘犯賤的女子。」

「那個傑夫諾曼是美國浪人嘛！周遊列國，到處播種。」笑呵呵，丁旭輪教授摟抱著懷裡的元紅酒罎，瞅住張洲，撐起臂子伸出筷子涮了兩片羊肉送到她碗裡：「五兄還記得嗎？今天下午我同你站在文學院走廊窗口看杜鵑花，看著看著，就看見一個官太太，或者是哪個土財主老兒的小星，徐娘半老，才剛起床模樣，懶慵慵開著一輛簇新的五六〇賓士，親自送這個美國教授來上課，委實太過招搖了。」

「美國白皮豬哥，占了便宜還賣乖呢。」廖森郎教授望著天花板只顧吞吐著煙。

紅暈滿面，霍嬗教授沉下臉來瞪住廖教授嘴裡那隻菸斗，猛一嗆，慌忙伸手撥掉煙霧，縮住鼻尖，絞起眉心：「這個美國小夥子老愛穿草綠卡其褲，褲襠上繡著兩隻粉紅小蝴蝶！常看見他行走在校園中，闖過群群女生，他那條軀幹的每一根筋、每一片肌肉都緊繃繃，直要破襠而出似的——他叫什麼來著？傑夫諾曼！」吃吃吃，霍嬗教授摀住嘴巴笑起來。

「嬗公，你怎的盡往他那話兒瞧？」謝香鏡教授笑了笑，昂然聳起他那六英尺之軀。

「這牙疼！折磨死人。」田終術教授央求丁教授幫他舀一碗肉湯，接過來一連囁了五六口，熱呼呼漱漱嘴，嘶嚕嘶嚕吸起牙洞：「閒來沒課，下午在家，我打開電視看看家庭烹飪節目，看見這傑夫演的廣告片，推銷男用子彈褲，只見他渾身精赤條條，綳著一身筋，只穿一條卵子般大的小三角褲，虎虎生風煞有介事打了一趟少林拳。」

丁教授浩然一嘆：

「這美國騙子到處作怪！我們把他給騙了。」

「鐓了！」

「鏾了！」

「犗了！」

閤座教授撫掌大笑。

爐火舕舕，環繞著圓桌燦綻開十朵紅酡酡的笑靨。

「來，諸公品品元紅。」

「喝喝春酒。」

「浵小姐再喝點兒汽水，嗯？」眼一柔，丁教授瞅了瞅張浵那張緊綳著的姣白臉兒，笑了笑，拈起酒盅拿起筷子滿桌勸起酒菜來。

悶聲不響，張君房教授半天自敬自飲，一睜眼，拉長他那張鐵青臉皮，燈下血絲烱烱瞪住何嘉魚教授，連天價響打起酒嗝：「噁！你們外文系，這個這個女生比男生多？噁噁。」

「九十巴仙！」何教授使勁點個頭。

「女生占百分之九十？」

「不錯。」

「嘿！噁。」張教授回眸打量鄰桌鴛鴦座裡的傑夫諾曼和柯玉關，冷笑兩聲，頭一垂，又自顧自喝起悶酒來。何教授呆呆瞅著王教授，端起碗子吹開表面那一層厚厚的油脂，小心翼翼喝了兩口肉湯：「方才王老師說陰人不祥，對不起，我心裡一直在想，王老師這句話指的到底是什麼意思。」

「嗯？陰人不祥？」王無故教授愣了愣。

滿子亭教授端坐凳上微笑道：「俗謂女人爲陰人，嘉魚兄。」

「哦哦，我有點明白了。」

「女兵爲陰兵！魚公港人，讀過咱們水滸傳？書上說：後陣又是一隊陰兵，簇擁著馬上三箇女頭領——」笑吟吟，霍嬗教授端詳著何嘉魚教授臉龐上泛起的紅潮，噗哧，掩口一笑，伸手搔搔自己腮幫上燦開的兩朵桃花，端起酒盅向何教授敬了敬，忽然打個哆嗦，縮住肩窩回頭望了望店門口，探聳出鼻尖嗅兩下：「陰風陣陣！怎麼這春宵的風兒越吹越冷，愈颳愈急呢？咦？空氣中帶著一股血腥味喲。」

歸州街上，紅霓盪漾春雨，不知從哪裡驀地漩起一濤荒冷的朔風，嘩喇嘩喇迸濺起滿街水花，捲入店門，掃過店門口擺著的一攤菜蔬魚蝦，直撲進了蓬壺海鮮火鍋店。

闔座教授猛一嗆，紛紛打起寒噤來。

四　君為代

鐓。鐓。鐓。

金碧輝煌一輛遊覽車綻響著喇叭，招颻著車身懸掛的一幅白幡，車潮中，潑濺起蕊蕊水星，闖蕩開那雙雙對對依偎花傘下滿街遊逛的大學生，直駛到店簷口，門開處，蹦蹬出一位導遊小姐，十七八歲，紮著根麻花粗油大辮子，侍立車門下，把兩隻手交握羅裙前，瞇笑笑哈著腰，春雨中，迎接出了四五十個西裝革履白頭蒼蒼的觀光客。對街樓上，佛燈幽紅。彌馨月子中心臨街窗口，一排兒，站出二十來個披頭散髮穿著睡袍哺著娃娃的大小媽媽，悄沒聲俯瞰著大街。「嗨！伊拉夏伊媽謝——」火鍋店廚房裡竄出了老闆來，繫起圍裙，整肅起儀容，率領老闆娘和四個跑堂小妹，三步併著兩步搶到遊覽車門口，搓著雙手一個勁哈起腰來。「看板娃！」啁啁啾啾一群白頭翁，拂著西裝上的雨珠，邁出尖頭高跟各色皮鞋，互相禮讓著挨擠進店門來。滿堂吃客停下筷子，回眸觀看這群不速之客。「米鴉摩多桑薩薩基桑媽子西打桑多喲達桑——」門口，紅霓淋漓燈影搖紅下，導遊姑娘噘住嘴兒捧著花名冊，朗聲唸誦姓氏，一顱一顱清點過了人頭，這才噓口氣，拍拍心窩綻開笑靨來，哈著腰，柔聲催促逗哄，導引這群日本老觀光客按花名冊入座。席開三桌，一窩兒正襟危坐。老闆哈著腰陪著笑，團團轉，敬菸送火噓寒問暖，半天招呼停當，板起臉孔入據櫃台，指揮老闆娘和跑堂小妹以及廚下歐巴桑，裡裡外外張羅了起來。

哂然一笑，滿堂大學師生重新操起筷子吃火鍋。

「八個野鸚跌死囁——」

張浵嘆息一聲，打開膝頭上擱著的小黑皮包，掏出小紅梳，歪起臉兒，睨瞅著座中十位教授，似笑不笑，陷入了沉思似的，只管梳起她那頭俏麗的短髮絲。日光燈下，她那張臉兒水樣姣白，漾亮著兩渦子笑靨和鼻梁上那七八顆小小雀斑，眼瞳子森冷冷。舉座教授擱下筷子望著張浵。丁旭輪教授滿面漲紅摟住酒罏垂拱主位，絞著雙手，咬住牙根，發起連環瘧子似的渾身打起擺子。「旭公想是不勝酒力了！」謝香鏡教授冷笑兩聲，拈起牙籤睥睨著滿桌同仁，自管剔起門牙縫：「醉態可掬！小妹子莫笑他哦。」丁教授瞅著張浵格格笑。張浵不瞅不睬，揚起臉來打量店堂中央那三桌東洋觀光客，自管篦梳著頭髮，猛一甩，掠掠髮梢，噘起嘴唇吹吹小紅梳上纏繞著的五六根烏黑髮絲，把梳子收回皮包裡，隨即捲起白襯衫袖口，剝露出兩筒子皎白小臂，撿起毛巾抹拭著臂上的汗珠，忽然蹙起眉心，看看腕子上戴著的白金小手錶，颼地沉下臉來，挺起腰肢，伸手撥開靳五耳鬢上的亂髮，把嘴湊到他耳朵：

「我要走啦。」

「坐好。」

「我實在坐不住了啦。」

「等小舞來再走。」

「行！」張浵噘起嘴唇，往靳五耳洞裡噓呵兩口熱氣。猛哆嗦，丁教授拱起腰身來，攬住酒罈，把脖子舒伸到桌心那一鍋嬝嬝蒸騰的湯火上，堆出滿臉笑容，睨睇住張浵，拿起筷子涮了三片豬肉送到她碗裡：「大庭廣眾，嗳喲，浵小姐又跟靳哥哥咬耳朵講什麼悄悄話兒來著？嗯？浵小姐？靳五哥哥是教授，我們也是教授，什麼悄悄話兒靳五教授可以聽，我們幾位教授卻不可以聽？嗯？呵呵，再講悄悄話我們可都要撚酸啦，浵小姐！」

張浵眼一睜，滿臉迷惑瞪住丁教授。

滿子亭教授微笑道：「小妹子，撚酸就是吃醋。」

「梭——跌死嘎囁——」張浵哈個腰。

宗伯鳳教授抖顫顫叼住牙籤，擎起酒盅：「喝酒喝酒，諸公。」

「伯公，你請吧。」大夥拈著牙籤只管剔牙。

「嘉魚公，維虺維蛇，女子之祥！」王無故教授扔掉牙籤，仰天嘆息。

何嘉魚教授眱了眱王無故教授，端起酒盅敬了敬滿子亭教授：「滿老師，王老師方才引的髣髴是詩經，對不起，第二個字我沒聽清楚，請問是——」

「詩小雅斯干之辭！虺，普通字書都解作毒蛇。」微微一哂，滿教授睄了王教授兩眼，回眸笑了笑拈起酒盅回敬何教授：「鄭玄註云，虺，蛇穴處，陰之祥也——這個字一般古書上挺常見的，如虺蜮，毒蟲，喻肆毒之小人。」

「維虺維蛇，女子之祥！」王教授嘆息三聲，撮起酒盅敬敬廖教授：「於戲！魚公港人也，有聽沒有懂。」

丁教授格格兩聲清笑，四下顧盼，抬起臀子，伸出手來摸到桌底下窸窣半天把瓦斯爐火給調小了，笑呵呵，回頭往那三桌日本老人窩裡搜尋著，招呼老闆娘給再添清湯：「快哦！我們的湯快燒乾了囉。」

「高一仁班蘇婉玲在學校嗎？」滿頭大汗，老闆娘抓著電話筒佝僂著身子躲在櫃台裡，撈起圍裙拭著眼淚。靳五擺擺手，朝丁教授使個眼色，探手把爐火關了。謝香鏡教授望望大夥，撐起胳膀往兩旁一推，聳出了他那六英尺之軀，把小不點兒宗伯鳳教授擠撞到白胖胖宋充宗教授腋窩下，拈起調羹，舀起鍋底殘湯，一口一口呵吹著送進嘴裡。霍嬗教授搔著肥幫吃吃笑：「精華精華！不喝可惜得緊，海峽對岸的同胞想這鍋底，想都想死了呢。」朔風中那三桌日本西裝客板起小腰桿子繃住蒼黃臉孔，悄沒聲，團團恭坐圓凳上，酒過三巡，驀地起鬨，三三兩兩躥到地面上來，孩兒樣爭著吵著糾纏住那面泛桃花的導遊小姐，哄一哄求兩求，使盡水磨功夫，車輪戰，不由分說把一盅盅冰啤酒灌下她的喉嚨。老闆娘堆著笑容給丁教授送來了湯，加進鍋裡，隨手打開瓦斯爐開關。何嘉魚教授清清喉嚨，望住老闆娘：「妳女兒蘇婉玲還沒到學校嗎？」

「還沒呢，老師。」眼圈一紅，老闆娘哈個腰。

碧燐燐爐火中，十位教授默然操起筷子。

張浵怔怔望著簷外春雨中那輛遊覽車身上張掛的白幡，一字一字，讀出上面九個斗大的紅漆漢字：「三八式步兵銃同好會。」

「哦？浵小姐到底是小孩子，眼兒尖！」丁教授扶住眼鏡瞇起眼睛凝望簷外，一笑，伸手拍拍懷中的罎子。

「三八式步兵銃嗎？」廖森郎教授磕磕菸斗，望了望店堂中那群日本觀光客：「這玩藝兒又借屍還魂來了！直到二次世界大戰結束，三八式步槍是日本陸軍主要武器，明治三十八年出廠，故名三八式，聽家父說，它的象徵意義相當於武士刀之於傳統武士——這個三八式步兵銃同好會，顧名思義，應是專門收集三八式步槍的日本人組織的同樂會，或者聯誼會之類。順便一提，家父當年被拉伕到南洋，當過台籍日本兵呢。」

舉座回眸，望望門口停著的遊覽車。

靳五拿起張浵的腕子，看看錶。

「差五分十點，小舞應該來接我啦！」張浵豎起耳朵聽了聽，猛然摔脫靳五的手，撈起膝蓋上擱著的黑皮夾克，披到身上，把小黑皮包兜掛上肩膀，躥下凳來，肅立，朝滿桌教授團團鞠個躬，蹬起高跟鞋，一溜風，頭也不回穿梭過店堂中那三桌日本白頭翁，直往店門口飆闖出去了。

水簷下可不站著小舞！

靳五踱到門口：

「準時！」

「謝謝你照顧小洲，靳老師。」

小舞愣聳著他那粒小平頭，渾身濕漉漉把兩隻手插進夾克口袋，回頭呶了呶嘴。對街，彌馨月子中心樓下，紅霓淋漓春雨中泊著一輛銀紅保時捷，水光瀲灩。駕駛座裡，姚素秋穿著黑皮夾克，打開車窗伸出鼻尖上那副金絲框小眼鏡，探了探頭，斯斯文文綻開嘴裡那兩排刮洗得發光的菸垢牙，伸出手爪，隔著大街朝靳五招了招。他臉頰上那刀削般一雙小酒渦，笑吟吟漾亮在滿街水霓虹中。靳五怔了怔，揪住小舞身上那件藍布學生夾克襟口，狠狠推兩把：「你那輛山葉追風呢？」「當了！」小舞站在簷下那片水花中，繃著臉抿住嘴冷冷望著靳五，一咬牙，回頭朝對街招招手。迸地，保時捷車門彈開了，亞星一身白衣黑裙肩上掛著青布書包，鑽出後座來，冒雨穿過街心。小舞攫住張洲的手腕子，拔起腳雙雙躥過街去。靳五隔著大街呼喚：「素秋兄！令尊令堂兩老帶著嫂夫人和兩位令嬡移民美國去了，素秋兄還獨個兒留守在國內，玩弄小女孩嗎？」「再留守一陣子搞點股票看看！教授。」嘴一咧，姚素秋亮了亮他上齶兩枚鑲銀大齙牙，探出他那張狹長臉龐，朝靳五揚揚手，搖上車窗，載著小舞和張洲小兩口子闖開白茫茫漫城雨氣，飆駛出歸州街口，轉進大馬路車潮中去了。

靳五看看亞星。

「亞星！妳怎麼來了？」

「我也奇怪啊！」亞星仰起臉望著靳五，伸手掠掠耳脖後的那束濕髮梢：「那姚素秋向我哥小舞逼問張浵的下落，押著小舞到補習班接我——」

「拿妳交換張浵！」

「是啊。」

靳五心頭一抖，一時不知如何是好。歸州街上滿騎樓小吃攤炊煙繚繞燈火搖曳，朔風裡人頭鑽動，一窩窩男女大學生蹲坐在矮板凳上吃消夜。街口，隔著十線大馬路，煙雨淒迷草木蔥蘢，偌大的校園只見幾盞溟濛的水銀燈，三兩窗人影。靳五眺望半天，回頭瞅瞅亞星，伸出食指撥了撥她額頭上雨珠晶瑩的髮絲，嘆口氣，拿下她肩胛上沉甸甸掛著的書包。火鍋店裡走出八個日本觀光客，邁著尖頭高跟皮鞋跨過門檻，四下望望，朝靳五哈個腰，門燈下一閃，鑽進了店旁那條尿溞撲鼻的防火巷，背對著滿街男女吃客，痀瘻到牆根底下，一字排開，咭咭聒聒談笑風生解開西裝褲襠。靳五看傻了。亞星掉開頭去。嘘嘘嘘，八個白頭老翁捏住腹子，半天才撒完尿，抖兩抖，扣上褲襠整整西裝，轉身朝向對街樓上憑窗看街的坐月子媽媽們深深一鞠躬，腥風中鑽出防火巷，駐足火鍋店門口觀覽起海東夜雨來。靳五啐出兩泡口水，牽起亞星的腕子正待走進店門，眼一亮，踮起腳眺望過大馬路。歸州街對面荊門街巷中，朱鴒家水簷外，打著雨傘探頭探腦圍聚起一群街坊男女，閣樓燈火高燒，雨中一輛計程車燦亮起車頭燈，停在舖子門口灑出的一灘燈光裡。靳五呆了呆：

「朱鴒家來了客人？」

「日本人。」

「又是那個花井芳雄？」

「今天來的這個日本人叫做木持秀雄。」

「妳怎知道？」

「他一個人偷偷來過朱家兩次！」臉一紅，亞星扯扯靳五的衣袖，指了指火鍋店簷下停著的遊覽車：「這個日本老頭鬼鬼祟祟！剛才那姓姚的開車載我哥和我，來火鍋店找你和張浵的時候，在路上我看見木持秀雄，一個人在荊門街口從這輛遊覽車下來，叫部計程車偷偷去朱鴒家。」

「朱鴒！」靳五心中一痛。

那八個東洋客聚首店簷下指指點點，眺賞了半天街景，冷風一吹，打個哆嗦，慌忙伸手摀住西裝褲胯，瘃癃起背脊來，一隊兒魚貫鑽進店門。靳五躥到水簷下，嘔出兩口酒，抬頭望見對街樓上那一排哺著娃娃的媽媽們，呆了呆，握住亞星的腕子，牽著她穿梭過滿堂熊熊爐火，回到座上來。

宋充宗教授嘴角啣著牙籤，齜了齜滿口銀牙：「交換人質，五兄？」

「嗯？」靳五看看亞星。

「五兄致力於開拓尚未開發的小國家，呵呵呵，阿尼基有夠高竿！」丁旭輪教授撫鬚大笑，腮綻春花，渾身打起擺子，拱起腰臀揮著手東張西望，招呼老闆娘快快換過一副乾淨的碗筷來，回眸堆出滿臉笑容瞅住亞星，托起鼻梁上的玳瑁眼鏡：「五兒，這位新來的妹妹可是浵小姐的小姊姊？」

「您看她們兩個長得像不像一對姊妹花？」靳五笑嘻嘻牽著亞星，叫她坐到張浵的位子上：「伊的芳名叫做星小姐！亞星，快來見過丁老師。」

「好。」細高挑兒，亞星只管站在桌旁望著十位教授，笑了笑，猶豫好一會才把書包掛上肩膀，拂拂她那身濕湫湫的白上衣黑布學生裙，頂著一頭齊耳的髮絲，睜亮眼瞳子，朝主位鞠個躬：「老師好。」

「呵呵呵星小姐星小姐，老朽不敢當哪！」一樂，丁教授拍拍懷中酒罈，顧盼四座，伸手攫過老闆娘送來的碗筷，撮起瓢子往鍋裡打撈半天挑撿出一碗菜肉來，端送到亞星手裡：「呵呵，兩箇肉圓子夾著一條花筋滾子肉，西門家這道名菜，小妹子妳趁熱嘗嘗看！諸公，瞧，星小姐同浵小姐這對小姊妹粉揑人兒樣，可不似西王母座前那雙玉女？可兒可兒，星小姐芳齡幾何？嗯嗯？」眼角勾乜住亞星，丁教授抄起筷子又往鍋裡夾了一顆卵子般大的豬肉丸，送到亞星鼻尖下，拈起酒盅朝靳五敬了敬。

靳五一拍桌沿：「星小姐才十五歲呢！丁老師。」

手一抖，丁教授睜住亞星，手裡那半盅元紅酒血光瀲灩燈下晃了晃，濺潑到謝教授頭臉上來。「噯喲，旭公不勝酒力啦！」霍嬙教授縮起肩窩抱住膀子，格格笑：「醉態畢露。」磔磔一咬牙，謝香鏡教授瞇起醉眼，低頭覷了覷繾綣在他腋窩下的宗伯鳳教授，冷笑兩聲，挺拔起他那六英尺之軀，甩掉滿頭臉沾著的酒，抓起毛巾抖兩下，臉紅脖子粗瞪著丁教授，只管抹起頭面來。丁教授咬住下唇憋著笑，獨自個摟住酒罎竚立滿店堂日光燈下，半天，瞅著端坐凳上的同仁們，吃吃笑了起來。

「醉態紛陳！」猛一昂首，張君房教授霍地擱下酒盅，血絲烱烱睜開睡眼，滿桌睥睨過去，怔了怔，揉揉眼皮端詳亞星：「嘿嘿，十條壯漢吃一罎老酒，每人分個三五盅兒就把持不定了。怪怪！這元紅酒喝下兩盅就叫人心頭一蕩，小妹子妳莫偷笑哦。」

「唉，酒戶年年減——」外文系廖森郎教授咬著菸斗抬頭看燈，煙嬝嬝，一笑，摘下菸斗，回眸瞟了瞟身畔的本系同仁何嘉魚教授，挺起肚膛拍兩下：「這個戶字，嘉魚兄，是酒量的意思。」

「魚公，貴系廖博士唸了一句元稹詩呢。」中文系滿子亭教授微笑道。

何教授笑不笑：「哦？是嗎？」

「老靳這一向進出第七天國，可還快活嗎？」嘿嘿一笑，廖教授睞了滿子亭教授兩眼，把菸斗咬回嘴裡，舉起酒盅朝靳五敬了敬，歪起脖子打量亞星，燈下，只管搔著他耳脖上那兩條鮮紅蚯蚓。霍嬗教授摀住嘴，噗哧。眉心一蹙，何嘉魚教授舀了半碗熱湯，啜兩口，清清喉嚨，端整起臉容開言道：「可蘭經記載，天父阿賴嘉許那有善行、勤勉、節慾的人，死後可以進入第七天國享受無上極樂。」

舉座教授豎起耳朵傾聽。

「第七天國中——」何教授頓了頓，慢吞吞喝三口湯：「有數以萬計、不知淫穢爲何物的清純少女，個個擁有一雙宛如藏在貝殼中的珍珠似的烏黑眼睛，她們的職司，是專門服侍那生前有善行、勤勉、節慾的男人。這些好男人死後進入第七天國，只要躺在黃金寢台上，少女們自會替他們斟酒。可蘭經記載，這種美酒乃天上甘露釀成，喝得再多也不會頭痛，醉了也不會迷亂心性。在第七天國，可以隨意淋浴，盡情享用豐盛的水果，而且，興之所至，無論晝夜都可以和天上任何一位少女隨意——嘸，嘸。」嘴一抿，何嘉魚教授端起湯碗，慢條斯理啜了起來，不吭聲了。

「可以怎樣？談心？討論莎翁悲劇？」霍嬗教授只顧追問。

張君房教授猛抬頭一聲暴喝：「可以交歡！」

「死了算了。」王無故教授幽幽嘆口氣。

腮顫顫，丁旭輪教授捧罈垂拱主位上，憋住一嘴笑，托起玳瑁眼鏡，淚眼婆娑瞅著亞星，抱起酒罈蹁躚打了個踉蹌，滿桌添起元紅酒來，一怔，擎起酒罈搖晃兩下，瞇起一隻瞳子把眼鏡湊到罈口瞧了瞧：「噫，樽中酒已空！老闆娘啊——」

「我是高一仁班蘇婉玲的媽媽！」老闆娘又趴到櫃台上打電話，人聲鼎沸中，只見她撈起圍裙揢住一隻耳朵，挑高嗓門：「蘇——婉——玲，貴校高一仁班的學生，今晚老師叫她去學校參加補習，請問您，她現在有在嗎？她是我的女孩子，對不起對不起麻煩您再去她班上看看，拜託哦！千萬別讓她出事情哦！」

廢然一嘆，丁教授摟住空酒罈端坐回主位。

闔座教授拈起牙籤，翹首看雨，悵望久之。

五　香江花月夜

精瘦瘦一個男子披掛著一身冬裝，外面裹著一件米黃色長襬子風衣，把個什麼東西窩藏在懷裡，雨中走了過來，探頭探腦，肩胛一聳嗞嗞牙縮起頸脖，蹦蹬蹦穿過簷下那片水花，躥上門檻：「好凜！」進得店門，他使勁抖了抖風衣，眨巴著眼睛四下望了望，趑趄半晌才蹬起腳上那雙尖頭高跟乳黃皮鞋，蹁跹走過來，游走過店堂中叢叢燎燒的二十桌瓦斯爐火，把一隻手爪從胳肢窩中抽出，招兩下：「幹兄，心會心會。」

「黃城兄！」靳五站起身來招招手。

老廣黃城摟住懷裡的東西，穿梭過堂心三桌日本觀光客，咯咯打著牙戰，縮起肩窩，踅到教授們這一桌來，往鍋裡探探頭，回眸瞟瞟丁教授懷中的酒罈。

「幹兄，你們在吸火鍋？」

「教授吃迎春酒。」

「嘢？教授？你們都係大學教授？」

「文學院老師！」靳五繞著圓桌指點，逐位介紹：「主人，歷史系丁旭輪教授，他左手邊是圖書管理學系張君房教授，哲學系田終術教授，外文系廖森郎博士和何嘉魚博士，歷史系霍嬗教授，哲學系陳步樂教授，接下來，擠在一起的三位是，歷史系謝香鏡教授、藝術史研究所宗伯鳳博士、考古系宋充宗教授，咦？王公和滿公上哪兒去啦？黃城兄，中文系王無故教授和滿子亭教授兩位，雙雙消失，想是結伴洗手去了，待會兒再給你引見吧。」

「這位小迷迷她係——」

「她不是教授，她是我鄰居小妹亞星。」

黃城瞋了瞋亞星，撣撣身上的風衣，朝向座上十位教授鞠個躬：「老西們，你們好。」靳五指指何嘉魚教授：「黃城兄，這位是你的鄉親！外文系何老師也是從僑居地香港回到自由祖國來服務的。」

「何老西心會！」

「幸會。」

何教授伸出嘴巴嘬兩口火鍋湯，清清喉嚨，抿起了嘴。

「這位黃兄身體不適？」宋充宗教授咧開嘴，一籤籤剔著銀牙縫：「怎麼老打哆嗦？」

「嘢？哦哦，我好怕凜的。」

「黃城兄怕什麼？」

「怕冷！」何教授沉下臉，蹙起眉心。

黃城拍拍心窩：「祖國春天好凜，我好怕！」喉核子骨碌骨碌一竄動，吞下兩泡口水。

「黃城兄莫怕！」丁教授拍拍懷中的酒罎：「你懷裡脹鼓鼓的，藏得什麼物事？」

「老西，一甕人心酒。」黃城咧開兩排乳白假牙，勾了亞星兩眼，瞅著滿桌教授，小心翼翼剝開他身上那件風衣的襟口，往心窩裡掏捧出一甕泡著人參的高粱酒：「老西，你們瞧甕裡呢條人心。」

「人參酒，及時酒！」丁教授摟住酒罎笑呵呵撐起膝頭。黃城捧住甕子，蹬起他腳上那雙尖頭高跟皮鞋，往後退出兩小步，乜斜起眼睛。眼瞄眼，兩個人隔著桌心那一爐熊熊蒸騰的湯火，打量著對方懷裡的物事，半天，婉然相視一笑。霍嬗教授拍手嚷道：「上帝的安排自有美意！城兄啊，你這甕人參酒今晚可走不掉啦。」

骨碌碌，黃城臌了臌脖子上那顆喉結，嚥嚥口水，睨睇住丁教授，捋起風衣袖口，把斗大的一個玻璃甕高高舉到日光燈下。舉座翹望，只見那一甕高粱老酒中，精赤條條，舒手伸腳鬚眉畢現，浸泡著一枝粗大的老參。「嘩！老西們幾細瞧瞧，做呢甕人心酒，總共喜用了二嘻二種中藥材，各有各的效用嘅！」黃城捧著玻璃甕顫巍巍送到火鍋上，往教授們眼前晃兩下，單掌托住甕底，豎起食指往甕中指點了起來：「瞧，鹿茸大蛤蚧菟絲子淫羊藿補骨脂巴戟天何首烏，壯陽用嘅！人心當歸地黃牛膝杜仲肉桂，給老西們補血補氣用嘅！沈香遠志，老西們心經衰弱失眠用嘅！梅鹿鞭海狗鞭黑狗鞭桑螵蛸，性虧遺精小便頻數，用嘅！黃芪山藥茯苓，虛汗自汗面色蒼白，未老先衰用嘅！瞧，呢甕人心酒總共喜用二嘻二種中藥材，西全大補酒，千年老心呢，冬天喝一小牛盅賽過吸他一鑊黑皮香肉。」瞇笑笑，兩腮蒼冷，黃城瑟縮著他身上那層層疊疊穿著的冬裝，鞠個躬，扒開風衣襟口，把那甕十全人參大補酒給窩藏回了懷抱裡。

「皇帝酒嘛！」謝香鏡教授拈起牙籤剔剔門牙。

「我說，黃城老哥，能不能呵呵同你打個商量——」丁旭輪教授伸出舌頭舔起嘴皮，笑眗眗拍著懷中的酒罎，踏上兩步，挨到黃城身畔：「不瞞你說，我們這罎陳年元紅酒偏巧喝光了，酒興未盡，教授們心裡難過得緊。黃城老哥啊！你這甕子皇帝酒能不能呵呵讓些兒，借我們喝半盅，嗯嗯？城兄？」

黃城呆了半晌：「老西們想吸我的人心酒？」

「老哥！」丁教授幽幽一喚。「咱們交個朋友嘛。」

黃城望望靳五，嘆口氣：「好，就和老西們交個朋友吧！」喉核子骨碌一竄，黃城吞下兩泡口水，依依不捨從胸窩裡捧出了甕子來。

丁教授噓口氣，蹁躚回主位上，扭轉腰身堆出笑容，向鄰桌那群小平頭工學院大一男生，借張圓凳，搬到身畔，拿起瓢子熱油油舀了一大碗牛羊豬肉火鍋湯，遞給黃城：「城兄小坐，喝下這碗熱湯，暖暖身子吧。」

「我不飲，鍋裡邊都是老西們的口水！對不起，我不能陪老西們坐，我和一個朋友約好在賊裡飲人心酒，乞火鍋。」黃城捧住甕子伸出脖子，往桌心那鍋肉湯中瞧了瞧，猛然打個哆嗦，回頭一呶嘴，指指櫃台前那個怯生生捏住小錢包獨自竚立的女孩兒：「老西們瞧，呢個就係我的朋友！貴校老西餐廳的小迷，老西們見過她？」闔座教授從凳上抬起臀子，拈起酒盅敬了敬，送客。一鞠躬，黃城把玻璃甕塞回胳肢窩裡，扣上衣襟，勒緊腰帶，勾過一眼來朝靳五嗞嗞牙：「好凜！幹兒心體筋好，不怕凜。」回身蹭蹬起高跟尖頭皮鞋，一路徜徉蹓躂，穿梭過店堂中那一群鬮酒起鬨正在熱頭上的東洋白頭阿公，向櫃台漫步走去，一爪子攫住那女孩兒的小腕子，把她牽進店堂，回眸朝十位教授招招手：「人心酒好厲害嘅！老西們一定要慢慢地飲、慢慢地吸，這樣對心體才好。」

「是的是的，我是她的媽媽！喂？蘇婉玲今晚有去上學嗎？」膝頭一軟，老闆娘趴伏到櫃台上，捏住圍裙愣愣望著天花板，半晌打出了個冷哆嗦，擱下電話筒，汗涔涔，臉煞白。

「溺得膫兒疼！嗳。」王無故教授扣起西裝褲襠的鈕釦，掀開門簾，踅轉出廁所來，回頭望著身後跟隨的滿子亭教授，一嘆，伸手搔搔脖子，端坐回圓凳上，撿起毛巾抹手，眼一亮看見了滿桌同仁手裡拈著的一盅人參酒：「怎麼？才一些兒沒在眼前，你們就弄下[illegible]兒來了。我剛才還尿得膫兒發疼呢！」

何嘉魚教授清清喉嚨：「滿老師，對不起請問什麼是膫兒？」

「俗謂男陰爲膫兒或膫子，元曲有之。」噗哧，滿子亭教授忍俊不禁。

謝香鏡教授乜起眼睛：「膫子就是臊根嘛！何老師。」

「臊根？哦？」

「魚公港人讀過西遊記？」霍嬗教授臉燦春花：「將手去掐他的臊根！」

「唉，說穿了，腺子就是咱們男子漢都有的那個命根兼煩惱根嘛，港人不是也有嗎？瞧，我們嘉魚公臉紅得像豬肝喔！」丁旭輪教授呵呵兩笑，敲了敲懷中酒罎，端起酒盅：「飲皇帝酒，諸公。」

闔座教授回眸舉盅，遙敬坐在鴛鴦座裡的黃城。

「媽媽咪呀，喲！」霍嬗教授兩口酒才下肚，眼睛一閉就迸出淚水來。王無故教授呆了呆，趕忙繞過居中而坐的滿子亭教授，右手握住霍嬗教授的手腕子，拍兩下，接過酒盅擱到桌上，左手輕輕揉搓起霍嬗教授的背脊來：「酒是穿腸藥，嬗公不急不急慢慢喝哦。」

「浵！」丁教授摟住酒罎端坐主位，瀏覽滿桌嗞牙咧嘴的同仁，半天搖著頭，忽然柔聲一喚，支撐起膝頭顫抖抖伸手舀了兩瓢粉絲肉圓，送到亞星碗裡：「浵，妳莫睬他們哦，趁熱吃了嗯？」

「謝謝老師。」亞星站起來一鞠躬。

「嗳嗳，浵小姐，不客氣。」丁教授趕忙叫她坐下。

「黃某這是哪門子的皇帝藥人參酒嘛！作怪。」吃吃笑，霍教授搔了搔腮幫上綻漾起的兩蕊春癬，嚷著熱，抖著衣領子拍起心口來：「這酒才嘬了兩小口呢，乖乖，就燥得人滿身又是火燒又是火燎的。」

一座嫣然。

謝香鏡教授挺拔起他那六英尺之軀，虎視眈眈滿桌睥睨兩回，忽然仰天縱聲一笑，拈起筷子敲起桌心那口火鍋，捏尖嗓子哼哼唧唧，好半天只管愴然眺望著店簷外漫城春雨紅霓，放開喉嚨，唱起了黃梅戲：

扮皇帝

我在行！

我扮皇帝比人強

做皇帝

你在行？

這話說得太荒唐

霍嬗教授縮起肩窩咬著牙打個哆嗦：

「香公啊。」

「呃？」

「我不敢講喲。」

「說！」

「香公您這條嗓子是扮不成皇帝的。」

「扮什麼成？嬗公？」

「扮公公，準成！」

霍嬗教授睨著謝香鏡教授，掩口一笑。

「是以有識掩口——」王無故教授仰天太息：「天下嗟嘆！語出後漢書，嘉魚兄。」

「無公，毒！」謝香鏡教授咬咬牙，伸出胳臂，一筷子指住王教授的酒紅鼻尖：「罵人不帶髒字哦。」

鄰桌鴛鴦座裡白髮紅顏的一對男女，互相咬脖子正咬到忘我之境，老頭兒猛昂首，挺挺腰，一臉茫然，渾身抖簌簌發出了兩波痙攣，一睜眼望住教授們，虛脫了似的癱坐回凳上，好半晌才扠開手爪，扒扒頭頂那汗湫湫幾十莖花髮，抬起胳膀，覷覷腕上那隻卵子般大的滿天星鑲碎鑽金錶，拎起堆疊在大腿上的西裝外套，抖了兩抖穿上了，正襟危坐。「你泥中有我啊——」王無故教授拈著酒盅喟然長嘆：「唉唻，我泥中有你。」小舞姐沉下臉孔瞪了瞪王教授，把手兒從老頭子褲胯間抽出來，甩甩手，併攏起雙膝，仰頭望著日光燈自管揉搓她咽喉上兩窟窿子血紅齒痕，忽然，臉飛紅，嗤！笑出一聲來，勾過兩隻小鳳眼，似瞅非瞅，瞟乜住鄰桌教授們，兩瓣小嘴唇紅辣辣一咧，燈下綻亮出上齶那兩枚皎白的小虎牙。

謝香鏡教授啄了兩口人參酒：「可惜！櫻桃小嘴偏生出兩隻小虎牙。」

王無故教授嘆道：「詠嘆之淫液之，香公。」

「語出《禮記》。」滿子亭教授微微一笑。

「嘶嚕嚕嘶嚕嚕對不起我得上一號去了！」田終術教授捧住腮幫，咬牙切齒嘶吸了半天牙洞，這會兒實在忍不住了，趕緊舀一瓢熱湯，慌慌嗽了兩口，拍拍廖教授的肩膀，擠出座位。舉座目送。霍嬗教授如坐針氈，只顧扭腰擺臀，把一條毛巾捏在手裡絞著，纏著，兩眼勾勾只管瞟向亞星，瞅一眼，笑兩笑：「田老師鬧牙疼，可是牙醫並不在那一號裡開業呀，他到底去幹什麼呢？終術公呀快去快回啊，罔淫於樂！張浵小妹子，妳可莫見笑哦，黃某這十全人參大補酒，港人玩藝兒，還挺邪門的呢。」

靳五猛一拍桌子：「霍老師，你眼睛喝花了是嗎？張浵妹子早已經走了啦。」

「是嗎？咦？」霍嬗教授滿臉迷惑，睜眼又看看亞星。

「浵小姐浵小姐妳莫睬他！」丁教授抱起酒罎，拿起筷子涮了兩片羊肉蘸上蒜泥，夾到亞星碗裡。亞星道聲謝謝，挨坐到靳五身旁。何教授望著亞星，慢條斯理啜三口湯，清清喉嚨：「我在想，也不曉得是否由於數千年的民族遺傳，世人都公認，而我也覺得，小虎牙是日本婦女獨具一格之美，當然，在座這位亞星小妹，牙齒長得很整齊也很潔白，不過——」

「嘉魚兄莫非又有獨見之明嘍？」似笑不笑，廖森郎教授吃了兩片涮豬肉，擱下筷子，咬住小菸斗，微微一哂，望著頂頭日光燈噓呵出一嬝嬝清煙來：「請申論之！」

何教授沉下臉，抿住嘴不吭聲了。

「魚公方才所言也沒不對！」陳步樂教授抽完菸，把菸蒂彈到鄰桌白髮紅顏那對男女腳下，擠坐回霍嬗和亞星之間，開言道：「小虎牙的確是日本女性形體舉世獨具的特色。日本男人，諸公想必聽說，有戀童之癖。日本合法的成人電影，有百分之九十是以那看似未成年的女孩爲女主角。我擔保諸公在家裡都看過日本錄影帶。沒看過？笑話！滿街都有租售，何必不好意思，看過就看過！眞沒看過？那總該讀過日本文學作品。森郎兄搖頭？謂予不信？吃過飯我陪你到書店走走，隨便找一本漢譯日本小說翻翻，準可以看到這樣的描寫：一個歐吉桑用手指頭去挖一個小姑娘的祕處——嘉魚兄？你問祕處是什麼？這個嘛——反正糟老頭兒和小處女媾合，乃是日本文學與電影的普遍描寫，用個文學批評術語，即是一再出現的母題，而根據我的觀察，日本男人崇拜小女生的虎牙，確實已到了如醉如癡的地步——」

「步樂兄，慢著！」柔聲一喚，霍嫱教授拈起毛巾往陳教授眼前抖兩下，笑問道：「你是哪裡人呀？聽您那口音——」

「在下海南島人。」

「難怪一席話說得詰屈聱牙，令人毛骨悚然。」

笑呵呵，丁教授抄起筷子勸起菜來。

舉座囁噓。

王教授太息：「孟子有言——」

「噫，蠅蚋姑嘬之！」滿教授微笑接口。

哥兒倆相視一笑。

「你們哥倆又指桑罵槐！」謝教授瞪個眼，一筷子指住中文系王滿兩位教授。

靳五忽然想到一件事，回頭看看亞星：「朱鴒呢？好幾天沒見到她了。」

「那兩個日本老伯花井芳雄和木持秀雄，最近常來她家——」

「帶她出去玩？」

「輪流帶朱鴒出去玩！還教她唱軍歌。」

「日本軍歌？」

「嗯，他們老哥倆都在中國打過仗。」

「我知道！花井芳雄是磯谷師團。」

「也就是第十師團，木持秀雄是第六師團。」

「亞星，妳怎麼都知道？」

「朱媽媽到處在講啊。」

「朱鴒！」靳五心頭一疼。

丁旭輪教授拱起臀子捧起酒罈豎起耳朵，傾聽了半天，淒涼一笑，燈下醉眼矇矓臉綻春花，瞅望住亞星：「嗳——浵小姐！妳又跟靳哥哥在大庭廣眾之間咬耳朵，講什麼悄悄話兒來著？嗯？浵小姐？我們可要撚酸囉，什麼悄悄話兒我們十位教授不能聽呀？嗯嗯？好！不動聲色，五兄這一頓春酒吃下來，盡在冷眼旁觀，不吭氣，笑瞇瞇看咱們出醜鬧笑話喔。」

「得罪得罪，旭公，罰小弟三啄！」靳五趕緊站起身來，擎起酒盅滿桌團團一敬，一連啜了三口皇帝酒。

眼一柔，丁教授伸手往亞星杯裡添滿汽水，摟住酒罎垂拱回主位。

「喲！田哥仔兄臉青青，回來啦！」廖森郎教授咬住小菸斗，歪坐著，挨靠到本系何嘉魚教授膀子上，滿臉漲紅，齜著牙噴著煙，只顧打量那穿梭過店堂悠悠漫步而回的田教授：「終術公上便所放尿，足久啊，唔，有十五分鐘囉——放得爽不爽啊？」

「爽個屁！」田終術教授板起臉孔，汗涔涔鐵青著腮幫，一屁股坐回凳上又吸起牙洞：「伊娘，牙齒夭壽疼咧！」

猛一掙，悄沒聲，宗伯鳳教授把他那顆小頭顱從謝宋兩位教授胳膊之間聳出來：「怪道，我看日本電影，女明星美則美矣，可滿嘴牙齒生得橫七豎八，原來，據嘉魚兄所言這乃是民族遺傳，這就難怪了。」

「此乃日本女人獨傳之祕！諸公，當年二次大戰結束，若不是日本小女人兩隻虎牙咬住美國大兵的臊根，麥克阿瑟，嘿，會輕易饒過日本男人嗎？」謝香鏡教授挺拔起他那六英尺之軀，滿堂睥睨，瞪了瞪店堂中央那群東洋老翁。

「事實上只要一個女人勤於刷牙，早晚保持潔白芬芳——」何嘉魚教授端起碗子呷兩口熱湯，抬頭望望座上同仁：「天生不整齊的牙齒，嘸，倒也另有引人入勝之處。」

「譬如日本女星吉永小百合。」

「畸形美。」

「異味。」

「他日我如此，必嘗異味。」王無故教授浩然一嘆。

滿子亭教授笑笑：「左氏傳。」

宗伯鳳教授眼瞳子轉兩轉，又探了探頭望望亞星，脖子一縮，兩腮飄紅又退隱回謝教授肩膀底下。

「魚公！兩枚小虎牙倘若生在清秀少女或清純少婦口裡，只要洗刷乾淨保持清香，的確也能引人入勝，牡丹綠葉——」廖森郎教授啣住小菸斗，望著店堂中花髮蕭蕭一窩東洋觀光客，若有所思，沉吟半晌，回眸拍拍何嘉魚教授的肩膀：「牡丹綠葉，唔，兩枚又尖又白小虎牙兒，還須配上一襲典雅的和服，庶幾可謂——日本之美。」

「滿有見地！森郎兄特別提及和服。」陳步樂教授翻起眼眸，冷白白朝霍嬗教授潑掃兩眼，挪出鐵凳，坐到亞星身後，掏出一支樂富門香菸點上火叼到嘴上，抱起膝頭搖起腿：「每個國家都有國服，對不對？它不僅顯現民族性，也表達這個國家國民體型的優點和特色。以旗袍爲例。中國婦女的細腰，西方婦女無法比擬，旗袍這種合乎平胸、細腰、小臀身材的設計，著實表現了中國婦女特有的秀麗、溫婉、纖細之美，若讓豪乳巨臀的美國婦女來穿旗袍，我陳步樂敢用人頭擔保，那股乳波臀浪濤濤洶湧的勁兒，任誰看了也會倒胃。同理，和服最性感的設計乃在於大帶包臀，上寬下窄，上則裸露出後頸和背脊，下則用小碎步走路，上下之間，充分流露出溫柔玲瓏的東瀛女子特有的淫蕩味道。」

霍嬗教授絞著眉心，抿住嘴，勾起小指尖挑起一指甲蒜泥，送到舌尖上舔了兩舔，嘖嘖，諦聽完陳教授一席話，回頭指住謝香鏡教授，格格笑個不住：「你聽你聽，旭公，海南島學者陳步樂教授這篇論文〈論旗袍與和服設計之性感〉，眞逗！」

「你指著我幹什麼？我不是你的旭公！」謝教授板起臉孔。

「指錯了人，喲。」霍教授怔了怔，吐吐舌頭挺起腰桿子舉手敬個軍禮：「對不起，頑皮一下嘛。」

「嬞公，我在這兒哪！你莫再指錯人了。」丁旭輪教授捧罏呵呵一笑。闔座嘔噱。宗伯鳳教授掙扎了半天，終於鑽出宋充宗教授胳肢窩，燈下睜睜眼探探頭：「步樂兄所言極是！和服之美端在背部的設計，刻意裸露出婦人兩片香肩一株脖子，此一留白，頗令人神馳。」

「不過，背部是全身油脂分泌最旺盛的部位，尤其女人，平常不注意衛生會叢生皰子，甚且粉刺——」何嘉魚教授停頓半晌清清喉嚨。一座停筯，側目以待。嘿嘿，陳步樂教授冷哂兩聲，彈掉半截香菸，拍拍亞星的肩膀，挪回鐵凳，一屁股坐回霍嬞教授身畔來，勾過眸子睨他兩眼：「的確，穿和服得有一個瘦不露骨兼且平滑光潔的背部，譬如——對不住，嬞公，借你爲例——我們這位上海相公霍嬞霍七爺那光滑白膩令人垂涎的背脊，穿上日本貴族女子的十二單衣，才不會蹧蹋和服之美。」

王教授嘆道：「也是一天到晚長在相公堂子裡的！」

「語出《官場現形記》。」滿教授遮口笑。

粲然一笑，闔座教授擱下筷子，拈起牙籤紛紛剔起牙來，一口一聲評論道：

「兩枚小虎牙兒！」

「配一襲和服。」

「怪道麥克阿瑟麾下那幫如狼似虎的美國大兵——」

「喲！一軍袒裎。」

「爭向東瀛小女子輸誠。」

「枉我們打了八年抗戰了。」

春火撩人，闔座師尊遮住嘴洞只顧剔牙。

覷笑笑，丁旭輪教授拿起筷子涮了兩片羊肉夾給亞星：「趁熱吃嗯，浵小姐。」

「汗邪了你？旭公！浵小姐跟隨一個小癟三早就溜掉了啦。」張君房教授猛昂首，喝住丁教授，回頭瞅著亞星，淒涼一笑：「小妹子別見怪！今晚我們十位老師聚在這裡吃春酒，大家都喝醉了。」

六　蝴蝶夫人

春雨潸潸，一陣陣腥風挾著漫城雰霏的霓虹燈火，直撲進店門來。

簷外，遊覽車招飄起白幡。

三八式步兵銃同好會。

對街樓上月子中心，排排站，悄沒聲，佛燈幽紅映照下，二十來個大小媽媽抱著娃兒憑窗俯瞰街景。

店堂中央三桌日本白頭觀光客，西裝革履一窩子蝦腰恭坐圓鐵凳上，五六打啤酒落了肚，臉青脖子紅，緊繃住腮幫嘬嘬唼喋正在興頭上，忽然放下筷子，全部沒了聲息，一個個挺直起腰桿子端肅起臉容來。堂心日光燈下，碧燐燐三爐瓦斯火，蒸騰著三口魚蝦火鍋，風中蕭聳起四五十顱花髮。老闆哈著腰，吆喝老闆娘，雙手搓絞著腰上繫著的圍裙，鑽進鑽出指揮四個跑堂小妹，斟酒敬菸。笑盈盈，導遊小姐娉婷著高跟鞋踱到堂心，往那群白頭翁窩中一站，俏生生，撈起胸口垂著的那縈子麻花辮梢，繞兩繞，盤到頸脖間，隨即把兩隻手兒交疊到膝頭上，朝向那三桌小老頭兒團團鞠個躬，拍拍手。湯霧迷漫中，只見堂心竄伸出四五十條胳臂，捏著枯黃拳頭，一拳一拳揮舞著擂向心口，泣聲大起，四五十條蒼老嗓子哽咽著嘎啞著，倏地引吭高歌起皇軍戰歌：君爲代呢，千代呢，八千代呢——老闆佝僂起腰桿，牽住老闆娘的手竚立堂心，兩眼淚汪汪。四個跑堂小妹愛笑不笑的站在店門檻上，揮著手，趕開那一群群齜咬著牙籤跑來看熱鬧的滿街大學生。歌聲中淚眼婆娑，三個日本老人打開旅行袋，拿出一卷泛黃的白絹布，捧在手裡，邁出皮鞋，輪呢媽先輪呢媽先，一路鞠躬致歉，穿梭過店堂中十來桌圍爐夜談的大學師生，來到後牆下，噙住淚水，擦擦眼皮，向旁邊一桌工學院男生借一張鐵凳，顫巍巍攀爬到凳上，把白絹布攤開來掛到牆頭，然後整整身上那套藏青色法式雙排釦春西裝，三個人一字排開，立正，敬禮，舉起雙手拍兩拍，合十頂禮，朝向那塊白絹布淚盈盈拜了三拜。

日光燈下，血跡斑斕。

祈　支那派遣軍第六師團

武運久長

「豕！」王無故教授啐道：「人立而啼。」

「左傳有之。」滿子亭教授冷冷一哂。

謝香鏡教授啣住牙籤，舉起兩隻胳臂仰天伸個大懶腰。「嘿嘿嘿！」他冷笑三聲，汗津津解開白襯衫襟口，燈下顯露出黑毿毿兩小叢胸毛來，眼瞳一轉，瞅住後牆下那啜泣瞻仰白絹布的三個日本老人：「諸公，瞧，白布上十四個字寫得張牙舞爪，充滿戾氣！」

「關於東瀛和服——」何嘉魚教授端起碗子呷兩口熱湯，潤潤喉嚨：「我想略略作補充。今天日本婦女穿的和服乃是經過改良的，頗失去了傳統和服的一些特色與部分風情。例如背上綁著的枕頭，現今已演化成純粹的裝飾品，並無實際用途。」

「魚公觀察，嘶，入微，但演化的結果，好的東西終究會保留下來。」田終術教授拍拍肥幫哀吟兩聲，嘶嚕嘶嚕吸兩泡口水：「東洋女子腰間紮著的那片十尺長、繡著花鳥、包住臀子的布帶，就是好東西！看日本電影常常看到這麼個場景：男人用手抓住女人和服腰帶，猛一扯！女人整個身子就如同陀螺似的一圈一圈滴溜溜，滴溜溜兜轉了開來，嘶，嘶，亮出那臀那臀——要命！牙疼又犯得兇了，得再趕趟廁所。」

「終術公，可莫溺疼了臏兒！咱們回到正題上吧。日本女人之媚，端在那條尺把寬的腰帶——」宗教授探頭說。

陳教授頷首：「確實！可也莫忘了她們櫻桃小嘴中的兩枚潔白清香的小虎牙。」

「吁！玲瓏小臀。」謝教授臌起胸腔，一肘子把宗教授撞回宋教授胳肢窩裡，抬望眼，呆呆出起神來，自管覷眺著店簷外那風瀟瀟漫城紅霓春雨，半天噓出了兩口氣，伸手搔搔心窩那兩小叢胸毛：「前天陪女兒逛小紅町，華燈初上，在鬧街看見一隊子八個日本小婦人，花花鳥鳥，穿著和服，緊緗緗包裹著兩顆文旦樣的玲瓏小臀，踩著花木屐，硌磴硌磴，一面走路一面哈腰道歉，緊緊跟住前面那八個西裝革履昂首闊步的矮個子日本男人。那股淫味兒！怪道日本電影老喜歡脫小婦人的和服，原來有這條腰帶可以讓男人抓著，如此這般，猛一扯，榻榻米上滴溜溜滴溜溜獻身於觀眾眼前，淒絕！燭影搖紅，只見花蕾般櫻桃小嘴微微張開來，星眸半睜嬌喘顫顫，齜著兩枚小虎牙湊到男人鼻頭上，一小口一小口呵起氣來——呵，呵呵呵——」日光燈下謝香鏡教授巍巍聳起了他那六英尺之軀，張開嘴巴，呵著呵著，忽然把他那顆斗大的頭顱伸到桌心那爐湯火上，目光烱烱，睨瞅住亞星，眨一眨笑兩笑。

「香公，你眼睛瞎了？」靳五一拍桌子：「她不是日本小女人！」

「顫聲嬌，香公借酒賣俏！」丁教授垂拱主位，瞅著亞星笑了笑：「浵小姐莫睬他。」

霍教授怔怔瞟著謝教授，猛地縮起肩窩打個哆嗦：「香鏡公，對不起，日本女人會不會有口臭？她們那一嘴歪七橫八的牙齒，湊到人家鼻頭上喘氣，呵——呵——呵——鏡公！」

「汗邪了你！我怎知曉日本女人有無口臭？」謝教授向霍教授白了個眼，拿起牙籤，燈下伸手遮住嘴洞自管剔起門牙來。

霍教授慌忙縮起鼻尖，別開臉去。

「霍老師怎麼那麼在乎一個女人有沒有口臭呢？我方才提過，只要勤於刷牙，早晚保持清潔，牙齒生得再不整齊也另有引人入勝之處——嗯？王老師？老虎牙有異味？對不起我沒聞過日本女人的嘴，我不知道！」臉一沉，何嘉魚教授背過身子伸手遮住腮幫慢慢剔完了牙，回眸睇了亞星兩眼，悄悄把牙籤扔到地上，伸出鞋跟，踩兩下，端起碗子啜兩口湯，不動聲色又再開腔：「至於日本導演愛脫女星的和服，事實上這跟腰帶並沒有必然的關係。嚴格說，它是日本藝能傳統的一環。例如，映畫理論家羽生雞二寫過一本書《映畫與情慾》，對女演員爲藝術獻身有這樣的讚美：在銀幕上女星是維納斯的再生，亦是愛與美的女神，她們用豐美潔白的肉體來演奏生命，創造情慾。這番話，顯然關鍵在於演奏生命四字，各位不妨仔細咀嚼思索箇中涵意！另兩位日本藝能評論家，豬侯哲也和龜長有義，觀點大同小異：女星的工作是以自己的血肉之軀來表現作品，而這血肉之軀不應僅包括臉部，更應該包括胸部、臀部，乃至於——嗯？霍老師你說什麼？當然當然，自然也應該包括她們嘴裡那兩枚小虎牙，自明之理何必說呢——由此可見，對於女星在銀幕上獻出身體甚至初夜權，日本男人普遍抱持客觀而肯定的態度，至於口臭，對不起，霍老師很在意女人有無口臭！至於口臭，即便有些日本女星有口臭，只要不是惡臭，我認爲，在講求敬業的日本藝能傳統之下，跟她們演對手戲的男演員也，嘸，也只好屛氣凝神，而不好太過介意。」

闔座教授啣住牙籤呆呆聽了半天。

「魚公！」霍嬗教授噗哧笑：「你可眞逗。」

「經魚公方才如此一解釋，我就釋然了！」冷不防，猛一掙，宗伯鳳教授伸出兩隻手肘子，使勁掰開謝宋兩位教授的胳膀，面紅耳赤汗湫湫探出頭來望著大夥，掐指一算：「近來日本影壇的清純處子，小室亞季子、新妻津子、日下部禧代子、石川眞理繪、井上馨、寺村千草、早坂明記、鈴木久江、中西水子、早川美穗、宮內初子、井上由香利——十二位日本影壇眾所矚目的處子，近來紛紛寬衣解帶，獻出初夜，灑下初紅，在七十厘米特藝七彩大銀幕之上，勇敢地拋開衣物的牽絆——」

「以血肉之軀向演技挑戰！」陳步樂教授頷首。

滿子亭教授微笑：「維虺維蛇，女子之祥。」

「唔！目前日本碩果僅存的約莫十三四位銀幕處子們——」脖子倏地一縮，掙扎半天，宗伯鳳教授又被身畔謝宋兩位同仁挾持回膀子底下。他呆了半晌，瞟瞟亞星，猛一肘子撞到，謝香鏡教授肋窩上，推推眼鏡，又鑽出他那顆小頭顱：「到底脫或不脫，究竟獻不獻身呢？諸公，目前日本影壇碩果僅存的銀幕處子們，已經成爲全亞洲男人最感興趣的話題了。」

「嬙公！唉，我在呼喚你啊，小嬙！諸公，你們看小嬙，只顧睜大眼睛打量那三桌日本歐吉桑！有啥好看？四五十個二次世界大戰老兵，結夥組團來咱們寶島買春，沿著中山高速公路從北殺到南，又一路從南部殺回北部，嫖得臉青青，死人樣，如今竟然在我們這群大學教授面前，目中無人，唱歌鬧酒，一把鼻涕一把眼淚，丟盡大和民族的臉！喂喂，小嬙，別再看他們嘛。」丁旭輪教授勾起食指敲著懷中酒罎，呼喚半天，回頭瞅瞅亞星，幽幽嘆出兩口氣來，撐起膝頭，把一隻手爪伸過桌心那爐熊熊燎燒的春火，揪住霍嬙教授的耳朵，捏兩下：「我在呼喚你呀，小嬙！你心裡想脫哪一位日本影壇處子的和服？莫害臊，說著玩的，在座諸公都喝了三盅元紅，外加半盅黃某私釀的皇帝酒，心裡螞癢螞癢，怎會笑話你呢？嗯嗯？浵小姐只顧悶著頭吃她的火鍋喝她的汽水，怎會有工夫笑話你！小嬙，沒關係說說看，你心裡終究想脫哪位日本女星？池永明美、小岸衣子、山內香津代、小野千卷、速水明子、奧村八千代？井上馨？麻生濤？宮條優子、小塚一枝、雨宮津子、五月夏江？青木麻衣子？嗯？淒風苦雨喝春酒，嬙公你就鼓起勇氣說說看，當個談助嘛！」

霍嬙教授垂下了頭，靦腆一笑：

「宮條優子。」

「哦？嬙公想脫宮條優子？諸公想脫誰呢？」

「宮條。」

「宮條優子桑！」

「英雄所見略同呵呵呵，噁！」丁教授猛然打個酒嗝，手一甩，鬆開霍教授的耳朵，抄起筷子涮了三片羊肉蘸上蒜泥，眼一柔，笑瞇瞇夾送到亞星碗裡，抱起酒罈呆了呆，茫然四顧：「香公躲到哪裡去了？」

「香鏡他呀？鬼趕的樣兒，忙忙跑到一號去報到了啦。」臉飛紅，霍教授摀住嘴巴噗哧笑，縮起肩窩嗞著牙，淚汪汪，揉搓著那隻給丁教授捏得燙紅的耳根子：「痛哦，旭公下手好重！香公他呀口口聲聲說，要命要命，我得趕趟一號，誰知他到底猴急什麼呢？那個老廣黃某沒安好心，說什麼跟老西們交個朋友哦，請每位老西喝半盅西全人心大補酒哦，什麼鬼酒嘛！你們看看這個黃某，這會兒，握著我們教員餐廳那個工讀女生的小手兒，坐在那邊鴛鴦座裡吃火鍋，咬耳朵談心喔！他那一對青光眼，賊忒忒，勾啊勾，鬼笑鬼笑只管朝咱們這兒瞧，存心要看國立大學教授喝了皇帝酒出洋相呢。」

「嗯？渺小姐？」丁教授跂起鞋跟站在人窩中狩望半天，回頭瞅住亞星：「妳喜歡哪位日本女星啊？老師們都喜歡宮條優子！妳呢？渺小姐不喜歡女星？渺小姐喜歡日本男明星，尾形十郎、嵯野三根夫或是小針一男？」

「丁老師！」靳五啐道：「星小姐不看日本電影，要脫日本明星您自個去脫吧。」

丁教授愣了愣，燈下乜斜起眼睛打量半天：「星？星小姐？對不起，醉眼昏花呵呵呵荳蔻梢頭二月初！我看錯人了。」

「丁老師方才所引的是杜牧的詩，上句是，娉娉嫋嫋十三餘，這首詩裡頭的荳蔻是用來比喻處女，各位老師，我這樣解釋妥貼嗎？」臉孔一板，何嘉魚教授瞅了瞅身畔那嬝嬝噴煙昂首觀燈的廖森郎教授，隨即滿臉堆出笑容，望望對面凳上那肩併肩、排排坐、一逕微笑頷首的王無故教授與滿子亭教授，歉然道：「嘸，對不起，在中文系王老師和滿老師兩位面前一時失態，班門弄斧了！不過，回到剛才的話題，宮條優子確實是當今清純派女星的佼佼者，全日本男人最期待脫的，便是這位小女生。而事實上，優子所主演的晨間連續劇《令孃物語》接連九個月收視率高踞日本首席。嗯？王教授你問宮條在戲裡演啥角色？她演一個高校女生，日本高校相當於我國的高中。宮條優子今年只不過十六、七歲，長得嬌小玲瓏——小不點兒？田老師，優子的個頭雖小，卻比在座的宗伯鳳教授還稍微高大些——皮膚嫩白卻滿有肉哦。藝能評論家馬飼良男，對宮條優子的體態下過這樣的評語：冰清玉潔、骨肉勻亭——凹凸有致？嘸嘸這個我不知道。優子的體型雖然屬於比較容易激起男性色慾的那型，然而，內在的清純與稚氣，卻又散發出獨具的吸引力，令人油然而生一股憐愛感。陳老師，你說什麼？你說日本老男人有戀女童之癖？嘸，髣髴是有。我在美國念書的時候，看過美國傳教士馬約翰當年親手拍攝的南京大屠殺紀錄片，裡面就有一群日本兵，姦淫七歲的中國女孩，我想這就是日本男人戀童之癖最具體、最露骨、最血腥的表現吧！回到剛才的主題——宮條優子今年十六、七歲了，但看起來只有十二、三歲的模樣兒，可是她又具有男性永遠在追求的母性愛……有位日本導演叫小龜英明，他說宮條優子外表似纖柔，實則剛強，大難臨頭時，敢爲愛情挺身承擔人間一切苦痛，捍衛她的男人，至死無悔。這種母性型的少女明星向來是日本男性觀眾的最愛——王老師你說什麼?對不起，旁邊那三桌日本觀光客很吵，聽不清楚!你說，日本挨了兩顆原子彈之後，舉國男人氣概都給摧毀殆盡，留下爛攤子由女人出面收拾?嘸，王老師這麼說也未嘗沒有道理。你說，裕仁宣布投降後，全日本女人不分老小都出來安撫麥克阿瑟的占領軍，忍辱負重，用她們兩隻小虎牙——對不起，那群日本人喝酒唱歌，實在太吵!王老師請你大聲說——用她們兩隻小虎牙咬住美國大兵的腰子?膫子?臊根?消弭美軍的報復慾望，重建日本國族的生機?也許是吧。反正，回到方才的主題，宮條優子這種外表纖弱、內裡堅強的母性型少女明星，向來廣受觀眾喜愛，因此，最近全日本的男人都在猜測，這位當今碩果僅存的八、九位銀幕處子中的佼佼者，何時才會在觀眾眼前輕解羅帶，獻出初夜呢——宮條優子的櫻桃小口有沒有小虎牙?田老師你想知道?根據我的觀察，她的小虎牙好像不太顯著哦。」

「嘻!優子她會不會有口臭呢?」霍嫚教授打個哆嗦。猛一睜，宗伯鳳教授鑽出頭來:「你才有口臭!小霍。」闔座掩口。

「天下嗟嘆!」王無故教授嘆息。滿子亭教授微笑:「是以，有識掩口。」

丁旭輪教授縱聲呵呵長笑兩聲，一筷子戳住霍教授眉心:「小嫚，你惹人嫌了!諸公聽聽，咱們鄰桌這群日本老嫖各喝了兩瓶啤酒，淫啼浪哭，大庭廣眾間扯起嗓子高唱什麼『君爲代』，吵得人心裡發毛!」眉頭一皺，丁教授敲敲懷中酒罎，伸出一隻胳臂，指住堂中那群捶胸奮臂高唱軍歌的三桌觀光客。

「目無餘子，日本老兵！」田終術教授捧住腮幫啜兩口熱湯，嘶嚕嘶嚕吸起牙洞，猛一啐，把牙籤吐到堂心，嘆口氣，抓起酒盅嘬了兩口人參酒，回頭不聲不響打量何教授：「我還道嘉魚兒不食人間煙火！原來，對日本影壇處子明星鑽研如此之——嘶嘶，入微，平日深藏不露嗯？自個兒閉門放錄影帶鑽研嗯？」

「三寫徧鑽研，佩服！」王無故教授慨然嘆道。

滿子亭教授擎起酒盅一哈腰，敬敬何教授：「莫怪，嘉魚兒，無故兒引的乃是南朝第一狎客江總的詩。」

「仰之彌高，噗哧！鑽之彌堅也。」霍教授掩口吃吃笑，一眼瞅乜住何教授。

「吃，浵小姐妳趁熱吃嗯，莫理睬老師們借酒裝瘋！」腮綻桃花，丁教授笑盈盈摟起酒罎撐起腰臀拿起瓢子，探首爐火湯霧中，打撈半天，舀出四顆卵大的豬肉丸，抖簌簌送進亞星碗裡，悄悄向她眨個眼兒：「浵，妳瞧瞧外文系這位愛德華·何博士，瘦長瘦長斯文斯文香港聖公會牧師樣，一身高等華人味兒，戴副銀絲邊眼鏡，滿臉正經，挺矜持的，模樣兒可不像一本拉長的英文書？嗯？浵？」

「不知道。」

「嗯？浵小姐？」

「丁老師，你認錯人了！張浵是我哥的女朋友，早走了。」亞星沉下臉來。

「我若是導演——」廖森郎教授托住菸斗呆呆端詳著身畔的何教授，忽然，從嘴裡拔出菸斗，往火鍋上鐓的一敲：「身爲導演，我倒有個好主意！喏，我要讓宮條優子演一個物質生活雖然匱乏，精神卻挺高尚的蓬門碧玉，故事背景是幕府時代的江戶，天保四年暮春三月，唔，我絕不准她串演衣衫被撕爛、飲泣於老男人腿胯之下的角色，那會褻瀆她，玷辱她——不不不！」廖教授啣上菸斗沉吟半晌，滿桌顧盼兩回：「不，我看，就這麼安排，叫她串演對愛情執著因而傷害到雙親的小閨女，爲忘年之愛獻身，坦蕩蕩展露胴體。」

宋教授剔剔牙：「呸！誰來串演她的姘頭啊？」

「君房公。」花枝亂顫，霍嬗教授一筷子指住張教授。

「她她她，她是誰啊？」張君房教授低頭喝了這半天悶酒，慘然擱下酒盅抬起頭來，拉長他那張鐵青臉皮，四顧倉皇，眼神一黯怔怔瞅住了亞星，滿瞳子哀憐：「大夥兒都喝醉了酒是吧？小妹子，妳怎會在這兒？咱們的社會最不人道的地方，就是不讓小女孩好好長大，小妹子妳知不知道？」

「這年頭的社會，亂酷一把的！」笑吟吟，宋充宗教授啐出嘴洞裡的牙籤：「剛才不是跟各位講過我內人表親家那個十四歲、性情挺文靜乖巧的小女兒的故事嗎？青天白日，出門參加同學會，莫名其妙失蹤兩個月，帶一屁股針孔回家來！到現在她母親還不曉得究竟發生什麼事呢。」

靳五掉頭望望簷外漫城淒迷的春雨，猛一嗆。白幡招飆，街上捲起濤濤陰冷的腥風，一陣一陣旋繞過簷口泊著的遊覽車，嘩喇嘩喇直颳進蓬壺海鮮火鍋店門裡來。對街，月子中心樓上，二三十個大小媽媽披著頭髮穿著睡袍，把娃娃裹在小被褥裡，抱在懷中，這會兒還在憑窗看街。靳五拿起亞星的腕子看看錶，呆了呆：「十點多了！」他嘆口氣，看看亞星那身白衣黑布學生裙和她耳脖上濕湫湫一篷短髮，心一疼，握住她的手，暖暖搓兩下，拿過她膝蓋上擱著的青布書包，安頓到自己膝頭上：「雨停了我們就回去，亞星。」

「避秦鯤島！唉。」幽幽一嘆，張君房教授仰天打個酒嗝，抓起酒盅，又垂下了頭來自個喝起悶酒。

何嘉魚教授望著他面前那碗熱油油的牛豬羊肉火鍋湯，皺起眉頭，沉吟半晌才開腔：「事實上，宮條優子個頭嬌小卻豐腴適度，雖然——借用日本導演三丸尻進的話——她的體態和氣質是那般的迷人，令人禁不住油然而生把臉埋藏在她懷裡的慾望，但是，半點也不下流，而是一種非常健康正派的女性吸引力。健康正派，不下流，各位老師！」猛抬頭，何教授冷冷掃視座上同仁兩眼，端起湯碗，吹開表面那層厚厚的油膘，啜了五六口，扭頭眺望起簷外漫城風雨中那一閣樓坐月子的母親，不再吭聲了。

「童稚與嬌柔、冶蕩與羞怯——」廖森郎教授叼著小菸斗，揉著他耳脖上那兩蚯子鮮血痕，仰臉瞅住頂頭那盞日光燈，一蕊一蕊吐弄出煙圈來：「兩者溶於一身！令人不禁要將小娃娃的搖籃和成熟婦人的席夢思床，聯想在一塊兒。」

「這可是《產經新聞》藝能評論家望月貓八的名言，半字不差！對不起，森郎公。」陳步樂教授歉然笑笑，背對滿桌同仁抽了十來口菸，悄悄彈掉菸蒂，坐回霍教授身旁：「森郎兄生氣了？看來，在全日本男人矚目之下，宮條優子究竟如何滿足觀眾的期待，既輕解了羅帶，獻出初夜，同時卻又能保持住清純形象，這應該是她今後面臨的最大課題了。」

「香公，您老可回來了！還好嗎？」眼一亮，霍嬗教授發出了歡呼。謝香鏡教授只管陰森著臉孔，步履沉沉，穿過堂心那四五十瘻子團團恭坐凳上喝酒唱歌的日本老頭，悶聲不響歸座。霍嬗教授笑嘻嘻，眼上眼下只管端詳謝教授：「噫！怎麼香公上了一趟洗手間，人就變了個樣呢？恍恍惚惚眼神閃爍不定，臉色青得像死人，噯喲，我們那昂藏六英尺的河南大漢變成了病號啦，香鏡香鏡，莫不是你適才在一號面壁——」

「咈哉，小嬗不准胡說！」謝教授瞪了瞪霍教授，回頭指住鴛鴦座裡握著小妞的手只管哄她喝酒的老廣黃城，磔磔一咬牙：「這黃某心眼兒壞！他這皇帝酒存心要人出醜露乖。」

「淘淥壞了？香鏡！」張君房教授霍地擱下酒盅，揉揉血絲醉眼，怔怔打量起謝教授。

「在外沒脊骨鑽狗洞，淘淥壞了身子！」王教授嘆息。何教授拈起酒盅啜一口人參酒清清喉嚨。滿教授微笑：「嘉魚兄，中原俚語有謂女陰爲狗洞的，這個譬喻儒林外史常用。」

滿身大汗，老闆娘擱下電話筒鑽出櫃台，給教授們端來一盤滷蹄膀：「這是我親手做給老公和女兒吃的，給老師們下酒吧！我女兒蘇婉玲最愛吃蹄膀。」

靳五拿起亞星的腕子看看錶：「女兒找到了？」

「還沒。」老闆娘嘆口氣笑了笑，眼一柔，撈起圍裙搓搓手，撮起亞星脖子後那束濕髮梢，揪了揪，絞下兩把雨水來。眼圈一紅，她又撈起圍裙拭拭臉上淚痕，朝滿桌教授哈個腰，慌慌趕回堂心，跟著她家男人鞠躬陪笑，安撫那三桌喝醉酒只管撒嬌起鬨的東洋歐吉桑。

「小嬞，你們剛才談啥？」謝香鏡教授問道。

「脫，香鏡兒。」

「脫個啥？」

「我們脫日本女明星嘢！」眼波流轉，霍嬞教授瞟瞟亞星，顫啊顫撐起膝頭，隔著桌心那口熱烘烘的火鍋，伸出手爪子攫住謝香鏡教授的衣領，一把揪扯過來，湊上嘴巴，附耳說了一番話。謝教授皺起眉頭輕輕推開霍教授，勾起小指尖，搔搔耳洞：「你的口水噴進了我耳朵裡，小嬞！日本電影我看得不多，不過有個丫頭兒叫野野垣武子還是叫小林香？我記起來了，叫奧村八千代！小不點，玲瓏剔透可憐見兒，她的錄影帶我倒看過六捲，挺記得有部片子叫《美亂狂人形》。」

「奧村這小妮子惹人疼！」靦然一笑，滿教授拈起酒盅，敬謝教授。

「諸公，奧村八千代活脫脫就像顆還沒成熟的日本小水蜜桃，骨盤構造猶未成型，可她有股天生的高貴氣質，凜凜然，叫男人們不敢意淫她！子亭兄，請。」謝香鏡教授舉起酒盅回敬滿子亭教授，一轉頭，睜起眼睛，瞪住堂心那群孩兒樣糾纏著老闆娘交臂喝雙杯的日本老翁，嘿嘿嘿嘿冷笑出五六聲來。熊熊瓦斯爐火中，宗伯鳳教授揉揉眼皮，掙扎著鑽出頭來。不聲不響，謝教授勾起手肘子，把宗教授給攮回了宋充宗教授胳膀下：「熱啊？擦擦汗嘛。我要幹導演的話，諸公，就拿綺麗的平安皇朝作背景拍部片子，出身高貴的奧村，入宮承恩，穿著一身色彩絢爛氣度高華的十二單——亞星妹子，妳知不知道？這十二單是日本皇族大婚時王妃穿的正式禮服，挺華貴的。出嫁那天，裡裡外外整個身子，總共包裹十二件各色衣服，一件一件得花個把鐘頭來穿，一套禮服重達二十公斤喔，一股腦兒全掛上新娘的肩頭，象徵王妃在日本皇室的地位聖潔尊貴！燭火搖紅，荳蔻年華的新婚王妃，穿著瑰麗絢爛的十二單，玲瓏，嬌弱，匍匐在皇居吳竹寮洞房那六蓆榻榻米之上，抖簌簌等待著，讓身上那十二件衣服一件件給剝掉！諸公，我要幹導演，這場寬衣解帶的戲得慢慢兒的來，花個二十分鐘，不可猴急，這才叫性感而不失高貴。亞星妹子，妳明白嗎？」

「謝老師方才構思的十二單場景——」何嘉魚教授端起酒盅，一笑，放下酒盅，抿住嘴不吭聲，直等到謝香鏡教授拿起筷子涮了兩片羊肉蘸上蒜泥夾進嘴裡，他才清清喉嚨，舉盅朝他敬了兩敬：「是很古典、浪漫，而十二單這種層層疊疊密不通風重達二十公斤的宮廷禮服，穿在嬌小稚氣、容貌清豔的奧村八千代身上，髣髴頗能具現平安皇朝的綺麗氣氛。日活映畫會社的監督龜山功、東映首席攝影師鷹司貴美男、東京放送藝能評論家九條雞太，這三位日本影壇重鎮，前些時不約而同指出：奧村八千代現今年紀還小，骨盤構造尚未定型，但是，若要談目前碩果僅存的幾位銀幕處子將如何度過，嘸，借用森郎兄特異的用詞，入門儀式——嗯？謝教授你說什麼？如何度過脫關？反正，唉，如何度過日本演藝界必經的儀式，運用成熟的女體，來演奏生命和表現作品，從而蟬蛻為眞正的女演員，那麼，無疑的，氣質高貴的奧村八千代，肯定是這幾位銀幕處子中最具話題的一位了。」

「魚公講得好辛苦！」謝香鏡教授勾起小指尖，搔搔耳洞：「咱們聽得也挺辛苦。」

滿子亭教授微微一笑道：「奧村這小妮子即便要脫也會脫得高貴，凜然，不可意淫。」

「盎盎春溪——」王無故教授喟然一嘆：「帶雨渾！」

橐。橐。橐。店堂中綻響起清脆的皮鞋聲。

「博士廖！您終於回來啦，爽否？」霍嬗教授悶了半天，一聲歡呼揚起手來，燈下托起銀絲眼鏡，愛笑不笑，端詳著那臉色蒼白咬住菸斗如廁歸來的廖森郎教授：「噫？聽森郎公走起路來步履挺沉重的，再瞧森郎公的臉色，喲——」

「瞧森郎兄的臉色好像解得不甚爽！這回該輪到我面壁去了。」宋充宗教授咬住牙籤，齜笑笑，伸手往繾綣在他腋窩下的宗伯鳳教授肩膀上，猛一拍，把他推開，撐起膝頭，迎著那一隊魚貫跨進店門、扣上褲襠、鞠躬回座的日本老翁，擦身而過互瞄兩眼，頭也不回，抓開後堂門簾一頭鑽進廁所。滿臉漲紅，宗伯鳳教授從人窩中聳出脖子，揉揉眼睛望望同仁們：「麻生澪，諸公？」

「你說啥？伯鳳公。」

「日本歌謠界新偶像麻生澪，可脫否？」

田終術教授嘶嚕嘶嚕一吸牙洞：

「小豐滿！」

「大水庫！」

陳步樂教授拊掌大笑。

「子之丰兮——」王無故教授吟哦著回眸睨睨何教授：「詩云，嘉魚兄。」

「鄭風！嘉魚公莫聽淫色害德之音！」滿子亭教授伸出手來，隔著爐火笑瞇瞇拍了拍何教授的肩膀。

「小豐滿？不小不小喔！」猛一掙，宗伯鳳教授昂出脖子，把他那顆斗大的腦勺搖得博浪鼓也似：「五英尺六英寸的個頭，挺高挑的，比旭公高出半個頭！麻生澪雖然還在發育，但以目前觀之，其骨盤規模已經足以匹敵成熟的歐美婦人，諸公，在東瀛女子中，麻生澪稱得上稀有動物了。」

「妳快趁熱吃嗯，淞小姐？」丁旭輪教授攬住酒罈，起身舀了一瓢粉絲送到亞星碗裡。他托起臉上那副玳瑁眼鏡，燈下冷烱烱掃潑了宗伯鳳教授兩眼，隨即端坐回主位那張圓鐵凳上，呵呵長笑兩聲，摘下眼鏡，鐓鐓，往懷中那隻空酒罈敲兩敲，瞅住亞星淒涼一笑：「淞，妳知道嗎？我們這夥文學院老同學當年同住第七宿舍，輪流穿一套西裝，到女生宿舍門口站崗，唉，少日春風滿眼，而今秋葉辭柯！今天陰曆二月十二日相傳爲百花誕辰，俗稱花朝，我忽然想起舊唐書說，有個大官羅威每逢花朝月夕邀集賓佐賦詩吟詠，甚有情致，於是千方百計，弄了這罈窖藏四十年的紹興極品元紅，把這幾個老同學糾集在一起，喝三盅春酒，向百花祝賀！滮小姐莫在心裡頭納悶哦！藝術史研究所的這位宗伯鳳老師，美國普林斯頓大學博士，滮，莫瞧他個頭小，當年在女生宿舍門口小不點穿著大兩號的西裝，探頭探腦站崗，可是他站得最勤呢！滮小姐，妳莫老瞪著宗伯鳳老師瞧，吃，趁熱吃，嗯滮？」

何嘉魚教授扶住眼鏡瞅了瞅丁旭輪教授，悄悄搖了搖頭，別開臉去，端起湯碗熱呼呼啄啜兩口，望著堂心那一窩子糾纏住導遊小姐爭著跟她交臂喝雙杯的日本老翁，蹙起眉心來：「丁老師提到的麻生澪，嘸，平日演唱身上總是罩著寬大的衣袍，半點看不出身段，但是，松竹攝影師下條進一郎、相模女子大學歌謠史學者大和田猩，兩位都認爲，澪雖然還只有十六歲，骨盤乃至於整個體態，卻有異於尋常日本女人的單薄窄小，顯得格外豐盈，質感好，凹凸有致，角度夠，在鏡頭下可以構成非常繁複非常幽深的畫面，性感卻又不失純潔，因爲澪——嗯？霍老師問，骨盤的構造會不會影響到口腔的氣味？霍老師，你啊怎麼那麼在意女星的口臭呢！每個人或多或少都會有口臭的！一個女人長得再怎麼漂亮，牙齒生得再怎麼整齊潔白，事實是，根據醫學報告，只要吃東西，舌頭上總會留存一層硫化物，這是生爲人最無可奈何的事，美女自也不例外，無關乎骨盤大小——硫化物是什麼味道？就如同雞蛋腐敗後的味道——瑪莉蓮夢露、費雯麗、珍哈露乃至於漂亮寶貝布魯克雪德絲，都是如此，而我猜，對不起，國內女星鍾楚紅林青霞張曼玉陳德容之流，也自不必說，或多或少，舌頭上都會積存一層除之不去的硫化物。霍老師，你不要哀嘆！只要勤於洗刷舌頭，減少硫化物陳年累月的蓄積，嘸，味道就不至於太過刺鼻，我想，兩情相悅親個小嘴甚至來個法國式深吻，也就髣髴可以接受——不要難過，霍老師，在座各位同仁也不必失望，這是醫學事實，無可忌諱——回到正題，麻生濡異於尋常日本女人的骨盤規模，是否影響她口腔裡的氣味，姑且不論，而我要說的是，麻生濡性感而不失純潔，因爲濡天生便具備詩般的少女情懷，而這份情懷不論演什麼角色都無從掩蓋，正如日本歌謠史專家大和田猑所說，麻生濡，米歐阿索，乃是日本現今少數眞正有能力在歌壇上表現情慾的少女歌星之一。對不起，森郎兄，我只顧自己說話，並沒有注意到你髣髴也有話要說，請說吧！」何嘉魚教授沉下臉，扭頭望向堂心鬧哄哄鬭酒調戲跑堂小妹的三桌歐吉桑，撮起領口搧著汗，抿住嘴不吭聲了。

「我幹導演——」廖森郎教授摘下嘴角啣著的小菸斗，往桌沿磕了老半天才慢吞吞開言道：「我幹導演的話，唔，就籌畫一齣歌舞劇讓麻生濡——對不起，嘉魚兄，你剛說她的名字麻生濡的日文讀音是？米歐．阿索？謝謝！我就讓阿索桑飾演一名慘遭流氓結夥輪番蹂躪，而後流落牛肉場的日本高校一年級女生！絕對寫實，這種事打開報紙無日無之。嘉魚兄不識牛肉場？嘉魚兄不食人間煙火！趕明兒，我同靳五兄帶你去小紅町快活林觀光歌劇院，見識見識牛肉場。說著玩的，亞星小妹莫介意。諸公不妨設想這樣的場景：黑鴉鴉人頭鑽動，只見滿堂觀眾男男女女扶老攜幼乾瞪著舞台，台上節目主持人喝問觀眾一聲：斬否？斬！台下鬨然答應。聚光燈照處，舞台上步出了一位十五六歲的小舞孃，娃娃臉，身上披著紅緞子披風，繞著台子跳起天鵝湖舞曲來，舞著舞著她忽地掀開披風，諸公，瞧，聚光圈裡當場就展露出了一隻成熟的、滾圓的、臉盆般大的骨盤來！各位鄉親父老，舞國玉女紅星、日本高校女生米歐·阿索麻生澪小姐，隆重登台。」

「聚光圈裡，米歐·阿索胯下展現出了——」霍嬗教授睨睨亞星，機伶伶打個哆嗦：「黑毶毶一蒩熱帶叢林。」

王無故教授幽幽嘆息兩聲：「衒女不貞！」

「越絕書之辭。」莞爾一笑，滿子亭教授望著何嘉魚教授，解釋道：「衒女謂自炫其美的女子，何兄，清平山堂話本說的『門首拋聲衒俏』，這衒俏，就是賣俏的意思。」

「衒士，則謂自矜博學之士，典出越絕書。」丁旭輪教授敲敲酒罏，呵呵冷笑三聲。

「鳳公方才說——」嘶嚕嘶嚕，田終術教授只顧吸著牙洞：「這麻生澪身高好幾？」

「澪？五英尺六英寸！」陳步樂教授彈掉手裡的菸蒂，挪動鐵凳坐回亞星身畔：「角川製作所剛推出一部豬俣公男執導、飯尾精掌鏡的新片，叫《乳輪火山》，其中有一幕，澪渾身赤條條只穿一件紗質白襯裙，背向鏡頭，側著臉龐，若隱若現的佇立在晨暉普照的一排落地玻璃窗前。」

「步樂公講清楚嘛！」宋充宗教授吮吮牙籤：「到底是什麼東西若隱若現啊？」

「骨盤！咦？充宗公你是什麼時候從一號回來的？」霍教授端詳宋教授：「還好吧？」

「你們又何必脫澪呢？」猛一掙，宗伯鳳教授又鑽出頭來，面紅耳赤仰望著滿桌同仁，哀哀嘆出兩聲：「諸公，咱們就利用攝影角度和燈光，如烘雲托月般的襯顯出澪的性感就可以啦，何必非脫她的襯裙不可呢！她是那麼的清純天眞，就像我們家裡的小么妹——」

甫如廁歸來的宋教授呆了呆，低頭看了看戰慄在他肩膀下的宗教授：

「澪？脫襯裙？你們在脫誰？」

「麻生澪。」

「米歐．阿索！十六歲的日本歌壇新偶像。」

「伯鳳老弟傾心於阿索小姐喔！」手一戳，丁教授指住宗教授的額頭，咯咯咯笑得兩膀子脂肪亂顫：「涕！涕！妳瞧宗老師在害單相思啊！妾思常懸懸啊！」笑了半天，丁教授摘下眼鏡擦擦眼睛，抱住酒罎撐起膝頭來，站在人窩裡四下張望，眼一睜，招招手，攔截住了那滿頭大汗穿梭在店堂中央安撫三桌日本阿翁的老闆娘：「借張白紙！另外，麻煩再給添點湯。」老闆娘嘆口氣，嗨嗨答應兩聲，從導遊小姐手裡接過酒盅，闔上眼睛一口氣乾掉了整盅啤酒，然後擎起酒盅，燈下朝歐吉桑們亮了亮盅底，撈起圍裙絞絞手，哈著腰，擺脫了四個西裝革履捧著酒盅猱身而上的歐吉桑，一頭鑽進櫃台，望著櫃台上那隻電話，踟躕半晌，咬住下唇擦擦眼角的淚痕，滿臉堆笑，給丁教授送來兩張十行紙。

「謝謝老闆娘，麻煩給再添點兒湯，另外豬牛羊肉各再來兩盤，妳女兒婉玲到學校了沒？沒？哦——」丁教授看看錶，接過十行紙，沉吟半晌才把紙張鋪到酒罎上，抹平了，往襯衫口袋拔出鋼筆，臉容一端顧盼滿桌同仁：「逐一報來，諸公，你們打心眼兒裡欣賞哪個日本明星，有虛僞不實或隱匿不報者，罰飲皇帝酒三啄，放逐到一號自裁。」

舉座躑躅。霍嬗教授噗哧一笑。

丁旭輪教授拈起鋼筆，喝口熱湯清清喉嚨，一面朗聲唱起在座教授的姓名，一面將他們提報的女明星登錄在紙上：

宗伯鳳　麻生澪

陳步樂　井上馨

謝香鏡　奥村八千代

田終術　崛妙子　井上馨　速水明子

宋充宗　赤木千鳥　野野垣武子

滿子亭　根本千枝古

王無故　小塚一枝

何嘉魚　白木麻彌

廖森郎　小林香　寺村千草　野間彩

霍　嬗　山内香津代

張君房　清少納言

靳　五　浵

「奸！靳五兄和君房公兩個都奸詐！」丁旭輪教授冷笑兩聲，把鋼筆插回襯衫口袋，幽幽一嘆，雙手拈起兩張十行紙，照著日光燈，滿桌子團團招展了開來：「呵呵呵，諸公，趕明兒謄寫一張紅榜貼在文學院布告欄上，周咨全院師生，揀個吉日送做堆！渺，渺，妳也來瞧瞧這份鴛鴦譜兒。」

亞星端坐凳上，一臉清柔，只管睜著眼睛，呆呆瞅望著店堂中那泫然欲淚趴在櫃台上打電話的老闆娘。

堂心那三桌日本老翁又拍手鼓譟起來。

舉座教授引領看榜。

「旭輪旭輪，你賴皮！」霍嬙教授齜咬著牙籤，早已笑出了兩眼淚花。猛一啐，他吐出牙籤，伸出筍白尖尖兩根手指頭，隔著爐火戳向丁教授：「你，你！旭輪你自己到底看中哪個日本女明星，你招呀，你，老滑頭老鯽鰍滑不溜手，想溜出老娘手掌心不成！」

丁教授瞟了亞星兩眼，淒然一笑：「我招我招！小嬙。」

「你到底看上誰？說嘛！」

「青木由香。」

「哎喲，那個小男生呀？」霍教授猛一愣。

何嘉魚教授端起酒盅啄了兩口人參酒，清清喉嚨，抬起臂子舉盅敬敬丁教授：「丁老師眼光獨具！嘸，日本人公認，青木由香的魅力在於她那有如小男孩般的健康美，是以，她的歌迷和影迷以中學生居多，由香自己髣髴也體察到這一點，因此經常大方地表現她健康性感的特質，譬如，穿著緊身韻律服，打著赤腳在演唱會上又跳又唱。由香個子不高，髣髴五呎兩吋，但她手腳修長矯健有力，卻異於一般日本女孩的——圓冬冬？田老師，你形容得頗貼切——尋常日本女孩圓冬冬的模樣兒，譬如謝老師喜愛的奧村八千代，就不是丁老師屬意的那一型。嗯？充宗公？由香這小妮子嘴裡生不生小虎牙？髣髴生三顆，不大顯著。至於由香的骨盤，年紀還小現今還不太看得出構造和規模——對不起，我們鄰桌那群日本觀光客太吵，我聽不清楚你們的問題。霍老師問，由香有無口臭？對不起我沒聞過！讀賣新聞漫畫家筒井廣大，對青木由香和池永明美這一型女孩特別感興趣。記得他說過，青木由香個性活潑明朗，在銀幕上輕解羅帶的鏡頭必定很俏皮、有趣，但是倘若攝影角度選擇得當，所呈現出來的畫面仍然引人入勝，而不致引人綺思——唉，吵死人，這群日本老先生鬧酒鬧得太過分，不成體統！」何教授抿嘴不吭聲了。他舀了碗熱湯，蹙起眉心，睨了睨堂心那一窩子包圍住四個跑堂小妹交臂喝雙杯的日本老兵，搖搖頭，自管望向簷外春雨，小口小口啜起湯來。

「咦？」霍教授睜起眼瞳，訝然四顧：「一轉眼，旭輪就上哪兒去呢？主位空空。」

「旭公抱著酒罈——」眼一眨，謝教授齜咬住牙籤，朝霍教授悄悄潑了個眼色：「面壁自反去了。」

「反求諸己？」霍教授格格笑：「死鬼老廣黃某這十全人參大補酒，忒是作怪。」

「作怪！」張君房教授低頭喝著悶酒，猛昂首瞋住霍嬗教授，拉長臉皮，抄起筷子，夾起老闆娘送來給老師們下酒的滷蹄膀，一股腦兒塞進嘴裡：「脫！什麼人玩什麼鳥子。」

王教授勸道：「毋嘬炙，君房公。」

「唔。」張教授只顧咀嚼著豬蹄筋。

「嘬炙是什麼意思？滿老師。」何教授問。

「一舉盡臠，《禮記》之辭。」滿教授答。

「就是一口吃下整塊肉，古人說那是貪食，食相不雅！」王無故教授冷哂兩聲，掉頭望向堂心那群白髮蕭颯熱淚盈眶振臂宣誓的日本老兵：「淫啼浪哭！瞧，這幾十隻在熱鐵皮上跳躍的老豬公，支那之夜，悼念刀下芳魂哪！」眼一亮，王教授高高擎起酒盅，隔著滿店堂爐火鍋鍋一鍋鍋蒸騰的湯霧，抬起臀子，折了折腰，朝向那繾綣在鴛鴦座裡握住小女生手兒的老廣黃城，舉盅一敬，回頭望望座上同仁：「嗤，這個老港仔愛看日本錄影帶！昨天晚上撞見他在校門口那家租售店，找一捲新出的日本電影，叫《千人針》，講中日戰爭期間一個軍人出征前，和他的新婚妻子如膠似漆繾綣三夜的故事。」

「五月夏江演的！」宗伯鳳教授汗矇矇聳出脖子，猛搖頭：「沒啥看頭，沒啥看頭。」

「怎麼？」謝香鏡教授板起臉孔，回頭瞪住老廣黃城：「黃某親口告訴我，《千人針》這捲片子保證有嘢睇，有看頭喔！」

闔座呆了呆，紛紛擱下筷子放下酒盅，七嘴八舌爭相追問：

——第三點呢？

——全給遮住了？

——像積木那樣的方格子遮住第三點？

——死日本人！遮遮掩掩。

——唉，日本政府厲行第三點不露的政策。

——每每看到緊要關頭，倏地，方格子冒出來！

——吊人胃口。

——螢幕上出現一堆要命的積木。

——噗哧！大殺風景。

——霧裡看花。

——各位，安啦安啦。

——步樂公？你又有破解之道？

——本地錄影帶業者已經研究出一種解碼片，專門破解日片遮掩女星祕處的方格。

——哦？這可是天大的喜訊。

——能見度幾何？

——夜間觀賞，能見度高達百分之百。

——毫髮畢現？

——唔唔，毫髮畢現否則退款。

——白天觀賞呢？步樂兄。

——能見度則在百分之八十到八十五。

——嘸，這髣髴也還可以接受。

——樂公，這玩意兒要多少錢啊？

——解碼片一組三千八百元。

——還算公道。

——不得了，我國業者。

——研發出解碼片。

——突破日本人的第三點防線。

——國人從此得以大吃日本女人的冰淇淋。

——可嘆！日本男人反倒無福消受。

——香鏡公。

——嗯？小嬗。

——黃某推薦的那部片子名字叫啥來著？

——《千人針》，五月夏江主演的。

——這下攏有看頭了！

闔座莞爾一笑，齊齊回過頭去，瞄瞄堂心三桌恭坐凳上鬬酒唱歌的白髮老翁，搖頭一嘆，紛紛拈起酒盅撮起筷子，伸進鍋中涮著豬羊牛肉片，重新吃起火鍋來。

「怪！怎麼榜子上沒有五月夏江的名字？遺其玄珠了！」幽幽一嘆，宗伯鳳教授鑽出頭來望望同仁，又自管低頭檢視那份鴛鴦譜芳名錄。爐火熊熊，滿桌教授停下筷子面面相覷。燈下廖森郎教授昂起頸脖，呆呆揉撫著耳窩下的兩條紅蚯蚓，悠悠噴吐出兩嫋子煙圈來，半晌一頷首，摘下嘴角叼著的小菸斗，沉吟著，掏出白手絹抹掉眉宇間冒出的十來顆汗珠：「安詳內斂、雅潔成熟、風信年華，這正是五月夏江留給我的最深刻印象。夏江穿著和服，爲日本清酒『澤之鶴』拍的廣告，極美且極雅，妾人竊自悲，日本古典風月盡在其中了。自詡識女甚深的『日本全國經濟人連合會會長團』團長下部進，在床笫之上賞鑑過夏江，說她的感性優於一般女星。大家也許記得，下部進這位老先生，對時下當紅的日本女星曾作過一番公開的品評：小塚一枝與根本千枝古，唔——這兩位資深日本女優，恰恰是中文系兩位同仁無故兄和子亭兄圈中的對象——就如同高嶺之花，可望而不可即，相形之下五月夏江就親和多了，唉，每每一看到她，就讓人油然而生這應該是我的女人的感覺。」

田終術教授嘶嘶吸著牙洞，點點頭：「的確，五月夏江就是那種在酒席上風姿娟然、隨你吃豆腐的女人。」

「這種女人怎麼脫嘛？」霍嬗教授伸手遮住嘴洞，嫣然睨了睨亞星。

「容易！」齜笑笑，宋充宗教授從門牙縫裡拔出牙籤，舔了舔，啣到嘴角上：「諸公聽著，我幹導演就讓她光溜著身子，披一襲血樣鮮紅的和服，頭上梳著個東洋女人的大圓髻，露出整株脖子，羊脂樣的白膩！隆冬天，夏江慘遭她男人遺棄，獨自匍匐在闃無人跡的深山中那白皚皚的雪地之上，她身上的腰帶子，不知怎麼一扯，瞧，和服就從香肩上滑落下來！這個場景，想著就夠讓人怦然心動的。」

「雖然——對不起廖兄！我想補充兩句。」何嘉魚教授挑起眉梢，睨了身畔的廖森郎教授兩眼，舉起酒盅向他略敬了敬：「雖然，誠如廖兄方才所言，下部進固然對夏江賞鑑有加，稱讚夏江具備了男性心中夢寐以求的一切女性原點——原點，用中文來說就是特質——但是，同樣以識女多矣自豪的『財團法人日本自動車工業會』會長兵頭勝代，則另有看法，他認爲五月夏江親和則親和，卻髣髴欠缺了那麼點兒個性，不如早川美穗——」

「唔唔唔。」廖森郎教授昂首看燈，沉吟著，忽然拔下嘴裡的菸斗，往火鍋上鐓鐓鐓猛敲三下，伸出手來一筷子指住了宋充宗教授：「或許，夏江經過充宗公的導演筒一番洗禮，氣質會有所蟬蛻。」

宋教授咬住牙籤，靦腆一笑，朝廖教授高高擎起酒盅。

七　短歌終，春雨歇

人聲鼎沸中張君房教授倏地抬頭，伸手撥開眉心上兩箒子亂髮，揉開睡眼，打量起那併肩而坐竊竊私語的王滿兩位教授，撮起酒盅一敬斬五，冷笑兩聲往陳教授手裡捉過一根菸，湊上嘴，接上火，把兩隻手肘子撐到桌面上自管呑吐起來：「靳五兄，這位妹妹——」日光燈下兩瞳子血絲熒熒，滿臉迷惑，張教授綻開嘴裡兩枚大龘牙笑吟吟端詳亞星：「這位妹妹好文靜，好文靜！春宵何事惱芳叢，嘉魚兄，這可是宋朝曾公亮曾兩府的名句哦！咱們這群大學老師喝春酒，酒足飯飽叫了一晚上的這個這個——春！妹妹她就坐在一旁，睜著清亮亮一雙眼眸子只管想自個的心事，只當咱們不存在，無動於衷！」張教授睜起眼睛掃瞄座上同仁兩遍，擎起酒盅敬敬何教授：「嘉魚兄，瞧，這個妹妹自成一個天地，不忮不求，海天寥廓，外界的吵吵鬧鬧在她心頭好像就激不起一絲漣漪。」

「髣髴與世無尤。」藹然一笑，何教授瞅瞅亞星，端起酒盅回敬張教授。

闔座停筯，拈起牙籤一邊剔牙縫一邊追問何嘉魚教授：

「哦？羽西無憂？」

「魚公，羽西無憂是哪一位日本女星啊？」

「新近竄起的？咱們好像都沒見過哦。」

「嘉魚兄發現的？」

「這無憂她演過啥好片子？」

「嗤！羽西無憂長不長小虎牙兒啊？」

「我是說『與世無尤』，唉。」何嘉魚教授環顧座上同仁，嘆了口氣，望著滿子亭教授發起愣來，好半晌才托起鼻梁上的銀絲框眼鏡瞟了瞟亞星，顫抖著手端起湯碗，呷三口熱湯清清喉嚨：「我是說，唉，這位亞星小妹坐在那裡，對大家的吵鬧全都不理睬，安安靜靜想自己的心事，髣髴——與世無尤。」

「髣髴是誰？」

「呃！嘉魚兄港人——」

「莫怪！說中國話髣髴五音不全。」

「列子有言——」

「讜恆！魚公說話說得太急了。」

「無故兄、子亭兄，你們中文系哥倆莫再唱雙簧消遣外文系何老師了罷！旁導那三桌日本人喝酒實在太吵，何老師講的那四個字咱們沒聽清楚，對不起，就麻煩嘉魚兄寫下一觀如何？」齜笑笑，謝香鏡教授咬住牙籤，往宗伯鳳教授手裡攫過那兩張十行紙，拔出鋼筆，抬起臀子隔著桌心嬝嬝爐火，雙手捧送給何嘉魚教授：「您請寫下那四個字吧！好讓不諳港語的國人，也能知曉港人的意思。」

臉煞白，何嘉魚教授呆了半天，燈下兩腮子汗漬漬，一點一點火辣辣臊紅上來，霍地，抖簌簌站起身，繞著圓桌，打量那十張燦綻著桃花齜咬著牙籤的臉孔，狠狠啐兩口：「港人！國人！港人怎麼樣？王無故老師說港人股——股——股慄在英女皇裙襬子裡頭，是又怎麼樣？你們以為香港只有蘇絲黃，只有洋行大班買辦，可我告訴諸公哦，港人也愛國，港人比你們這些國人更愛國更有民族氣節，有骨頭，有膽！每年十二月十三號，南京大屠殺紀念日，香港同胞都舉行哀悼遊行，跑到日本領事館門口燒天皇像抗議！國人？你們國人呢？你們在這個三民主義的模範省、中華文化的復興基地，四十年來，每年十二月十三日，請問，你們這些國人酒足飯飽大脫日本女星衣服之餘，紀念過南京大屠殺三十萬死難同胞嗎？以德報怨？丟！丟你媽！冚家鏟！哈哈哈哈哈哈哈哈哈，丟——」

堂心三桌東洋歐吉桑齊齊回過頭來，滿瞳子狐疑。

闔座教授呆了呆，吐掉牙籤，紛紛舉盅向何嘉魚教授勸酒：

——來來來喝春酒。

——罰我等三啄。

——嘉魚公息怒！

——唉，咱們窩在這小島上。

——對不起，吃了幾年好飯。

——噗哧！忘掉自己是誰了。

——今天陰曆二月十二日，百花誕辰，老同學聚聚只適合談風月，不談學問和政治。

——嘉魚公，請歸座，請歸座了罷。

——拜託！莫在店堂中走來走去，指指點點，仰天狂笑，用廣東話罵人。

——來！嘉魚公坐下來喝口皇帝酒。

——咱們敬百花。

——呵呵，邯鄲躧步！

——瞧，誰回來了？丁公，丁公，我們還以爲你這個主人開溜了呢。

莞爾一笑，闔座教授睜起眼睛望向堂心，一片聲招喚起來。

丁旭輪教授褊褶著西裝褲腳，蹭蹬著高跟皮鞋，摟住酒罈鑽出後堂，迎著又一隊痀僂著腰桿子、魚貫跨出店門、鑽進防火巷撒尿的東洋老翁，擦身而過，徜徉逡巡，一路不停打著招呼，穿梭過店堂中那十來桌圍爐清談的本校師生，笑酡酡覷嘻嘻躑躅了回來：「喝！才一會兒沒在跟前，你們又弄下碴兒來了？」

「嘉魚兒，北方土話有謂穢褻之事爲碴兒的，金瓶梅裡常見。」滿子亭教授藹然解釋。

霍嬗教授仰起臉龐只管呆呆端詳丁教授：「旭輪，你覺得還好嗎？」

「好，好，小嬗。」格格兩笑，丁教授看了看亞星，摟著酒罈垂拱回主位。

「她已經三十九歲啦，步樂兄啊！」宗伯鳳教授蜷縮在謝宋兩位教授胳膀之間，低著頭，一雙一雙只管核對著十行紙上那份鴛鴦譜兒，忽然伸手敲敲自己的額頭，絞起眉心，掙扎著鑽出頭來，訝然望著陳步樂教授。闔座同仁啣住牙籤，愣了愣。蒼涼一笑，陳教授彈掉菸蒂站起身來往後堂拔腳就走：「諸公，輪到我面壁去！」

謝教授瞪著宗教授：「誰？誰三十九歲了？」

「井上馨，步樂公不假思索就點中的日本女明星，咦？步樂公轉眼溜掉啦？」宗教授四下覷望，把手裡兩張十行紙遞送到謝教授鼻頭下。

「唔，唔，井上馨！」眼一柔，廖教授嘴洞裡縹緲出兩縷青煙，笑吟吟吮啄著小菸斗：「馨子雖然今年三十有九了，但由於形象清芬，感覺上，還挺像個天眞未鑿的黃花女兒似的。前陣子，日本有家攝影周刊——日文名稱叫死哥依——獨家登載了井上馨四年前遭前夫田尻龍太偷拍的七張裸照，看得出她表情錯愕，不過，寶袜楚宮腰的纖瘦身材，仍然流露出一股青澀的性感，許多男人看了只覺得馨子滿惹人疼憐的，令人爲之情往。」

「可是，森郎兄，井上馨也有她另一面哦，就如同她在《人妻日記》和《妖寫姦》兩部片子裡迥然不同的表現。」宗教授滿頭大汗，瑟縮在謝教授腋窩下，只管囁弄著嘴裡的牙籤：「各位想必知道，推理小說名家花柳系之很欣賞井上馨，認爲——容我引述花柳的話——她是兼具聰明伶俐與楚楚可憐這兩項女性原點的少有女人，因此，適合演賢妻良母，譬如在《人妻日記》這部三年前之作，但是她也演活了《妖寫姦》裡那個蛇蠍美人，夫有尤物，足以移人，嘉魚兄！此外井上馨最近那部從影二十周年紀念作《地獄七丁目》——」

「伯鳳公，謝謝提醒！至於如何脫井上馨這個少有的日本女人——」眼角眉梢只一瞟，廖教授摘下菸斗，撮起酒盅敬敬何嘉魚教授，隨即拈根牙籤只管剔起門牙來，好半晌望著燈沉吟著：「我幹導演的話，就請馨子飾演東京高級住宅區世田谷區一位家庭主婦，有天早晨九點，丈夫上班兒女上學去了，馨子獨自帶著剛滿月的么兒在家，突然遭受六個破門而入、獐頭鼠目、剃著小平頭、滿身刺青的日本流氓挾持，於是，順理成章，在小娃娃注視之下，馨子被剝掉一身素雅的家常和服。光天化日，六個流氓把她按倒在榻榻米上，水到渠成，如此這般，當更能引起全日本男性觀眾的共鳴、憐愛、感傷。」

猛哆嗦，闔座教授紛紛啐吐出嘴裡的牙籤：

「這太過分了！在戲裡，馨子剛剛生產，身體還沒復元呢。」

「井上馨這場戲，可萬萬不能用短鏡頭表現。」

「否則，國人花個三千八百元——」

「買一組解碼片——」

「破解日本人的第三點禁忌——」

「於戲！」王無故教授仰天浩然長嘆：「窺翫其出入之勢。」

何嘉魚教授滿臉迷惑：「王老師引的這句話出自何典？聽起來滿熟悉的。」

滿子亭教授含笑搖頭：「嘉魚兄，佛云不可說不可說。」

「呵呵，子曰如其仁如其仁。」丁旭輪教授幽幽嘆息出兩聲來，摟住酒罎擎起酒盅，朝滿子亭教授一敬。兩人隔著爐火相對拊掌一笑。

「無故兄你你你——壞透！」霍嬞教授喝醉了，滿頭滿臉汗水淋漓，腮幫上早已冒出了蕊蕊春癬來。他把毛巾揑在手裡，絞著纏著，倏地伸出一根指頭，筍白尖尖，隔著爐火狠狠戳到王教授眉心上，吃吃笑了半天，忽然伸手搗住心窩，俯下腰身啐出兩口酒來。猛一怔，他睜起眼睛，望著滿店堂十來桌圍爐夜談的師生腳下那零落一地的牙籤，驚嘆起來：「喲！這麼多的牙籤，掃出來可有兩籮筐呢。」

丁旭輪教授抱著元紅酒罏呵呵笑，抖擻起精神，滿桌勸起酒來：

「來來，喝春酒。」

「敬百花！」

鬨然，環繞著圓桌竄伸出十株春筍般的蒼白胳臂，高高擎起酒盅。

老闆娘滿頭大汗把兩隻手兒交疊到膝蓋上，哈著腰，陪著笑，擺脫那三桌白髮蒼蒼孩子樣央求交臂喝雙杯的日本老兵，躥到門口，扶著門框，朝向街頭街尾眺望。雨，停歇了。對街樓上月子中心那二三十個哺著娃娃的大小媽媽，兀自倚窗看街。猛回身，老闆娘走進店堂，鑽進櫃台抓起電話撥了幾個數字，遲疑半晌，嘆口氣擱下了話筒，撈起圍裙擦掉眼角的淚珠，端起兩盤柳橙，堆出滿臉笑容送到教授們這一桌來，順手關上瓦斯爐火：

「老師們吃飽啦？請用水果吧。」

（一九九二年初版，二〇〇三年修訂）

原收入《海東青：台北的一則寓言》（台北：聯合文學，一九九二）

第四輯　永恆的朱鴒

一九九三年攝於台北市東吳大學教室

《朱鴒漫遊仙境》

七蓬飛颺的髮絲

一　朱鴒和她的六位同學

朱鴒揹著沉甸甸的書包，甩著脖子上那篷齊耳的短髮絲，一步一步遊逛進了台北市滿城乍亮的水銀路燈中。

鏜。鏜。鏜。「放學囉！」滿校園黃帽兒一朵朵漂蕩了起來。夕陽西下，建業國民小學大門口驀地一聲呱噪，嘰嘰喳喳，漩起漫天黃沙，校園中飛撲出一窩窩小麻雀。小男生小女生馱著五彩繽紛的書囊，蹦蹬蹦蹬鑽出教室穿過操場躥上大街，猛回頭，煞住腳，整肅起儀容，朝向那滿臉慈祥坐鎮校門凝視落日的國父銅像，脫下黃帽兒，匆匆一鞠躬，飛身跑下圍牆外那條紅磚人行道，停駐十字路口，紅燈下煙塵中瞇攏起眼睛，蒼茫四顧。喇叭大響，滿街轎車卡車公共汽車摩托車追逐流竄。綠燈濛濛亮，斑馬線上白衫子小藍裙一陣飛颺，女生們提起裙腳，鬼趕似地奔逃過十字路口兩排咆哮對峙的車陣，尖叫一聲，四下飛散，分頭跑回各自的窩巢去了。轉眼間，一群群小學生闖進了大街，消失在城心瀰漫起的炊煙夕照中。東一朵西一簇，黃帽兒漂盪在黃昏浩瀚的車海。

朱鴒回頭望了望。偌大的校園忽然沉黯了下來，日暮風起，只聽得鐺鋃鋃鐺鋃鋃，操場上那幾十架鞦韆抖簌著一根根鐵鍊子，張牙舞爪影影幢幢，風沙中不住搖盪。暮春天，滿園花蕊飛落。校門口鐵蒺藜水泥圍牆上，十二個朱紅標語大字漆得亮晶晶，向晚時分，迎著淡水河口潑進的霞光，嬌豔得有如一朵朵盛開的牡丹：民治民有民享、民族民權民生。國父穿著中山裝獨個兒端坐花壇上，一臉蒼涼，靜靜眺望著漫天彤雲籠罩下的落日海峽。滿園落紅一蕊一蕊，繚繞著他老人家隨風飛舞。朱鴒望了半晌，伸出手來拂拂自己那滿頭滿臉飛撩的髮絲，揹起書包，撣撣身上的小藍裙，掉頭走下紅磚人行道。她聳出鼻子，邊嗅著街上家家門口飄送出的熱騰騰飯菜香，邊嚥著口水，獨個兒蹓躂進了華燈四起的大街。

「朱鴒，等等我們啊！」六個落單的小女生戰抖著身子，低頭縮起脖子鑽出黑魆魆的教室大樓，跑過操場，衝出校門，轉身朝向國父銅像一鞠躬，拔起腳跟，伸手按住頭上的小黃帽兒，揹著書包踢躂著鞋子一頭闖入大街：「我們放學囉，朱鴒，等我們一塊走呀！洪幸雄老師處罰完我們，放我們回家啦——」

朱鴒停下腳步，水銀路燈下回轉過脖子來，覷起眼睛望著這六個落荒而逃的女同學，等候著。夕陽下，行色匆匆一街歸人，男男女女挾著公事包，邁開大步繃著臉孔木然走過建業國民小學大門口，乜起眼睛瞄瞄門內的國父，頭也不回，自顧自走下紅磚人行道。

黃昏號角此起彼落。嗚呦嗚呦，全城各級學校降旗號一片迴響聲中，夜幕緩緩垂落了，城心燈火大亮，一盞盞霓虹花燈映照著落霞，睞啊睞眨啊眨，有如成群豔婦盛裝走出家門，結伴上街顧盼睥睨。轉眼間，城內城外彷彿放起一蓬一蓬煙火，只見叢叢霓虹次第綻亮，走馬燈也似漫天兜旋，映照著河口海峽那輪載浮載沉的落日，笑盈盈只顧爭奇鬥豔起來。燈火高燒下，大街小巷家家店鋪競相妝扮起門面，宛如一群等待開鑼的戲子，紛紛搽上臙脂抹上粉彩，倚門招徠。天就要黑囉！街上開始湧現人潮。一街霓虹招牌，滿騎樓水晶花燈櫥窗，盪漾在天際一環初升的水月下，好似千萬張絢爛迷離的戲台臉譜，光影裡，瞬息變幻，蠱惑著那成群揹起書包眼睜睜遊走街頭的小學生。

矗立在東海之中的台北城，夜幕低垂時分，幻化成了一座粉雕玉琢百戲紛陳的大舞台，月下街上萬頭鑽動，人人翹首企盼鑼聲響起，好戲登場。

「朱鴒！等等我們，今天晚上一塊兒逛街去啊。」

那六個臉色蒼白逃出校門的小女生，笑嘻嘻蓬頭垢面，奔跑在紅磚人行道上，鑽過成群放學後遊逛街頭的男女學生，扯起嗓門呼喚朱鴒，遙遙追趕上來。水銀街燈下朱鴒回頭招招手。六個小女生一擁而上，團團圍攏住了她。喘吁吁，六張小嘴巴上氣不接下氣，一片聲嘰嘰聒聒爭相詢問起朱鴒來：

「放學囉！朱鴒，妳怎麼還不回家呢？」

「一個人站在街上發什麼呆？」

「在看什麼呀？」

「山！妳們看到了沒有？那座山的山頂我前幾天爬上去過。」朱鴒把一隻手遮到眉心上，煙塵中瞇起眼睛，踮著腳，昂起脖子，隔著滿城華燈四起的高樓大廈眺望著。城北，天際水湄，陽明山巔只見煙嵐瀰漫，縞素般月下縹緲起一山白紗。山下滿坑滿谷金光燦爛，嘩喇嘩喇流竄著一城大小汽車。朱鴒眺望了一會，揉揉眼皮，回頭瞅著身邊那六張豔羨的小臉龐，伸出胳臂指了指陽明山：「告訴妳們吧！月亮升上來的時候，山下千盞萬盞七彩花燈一下子全亮了起來，哇，熱鬧得就像正月十五鬧元宵！那時從陽明山山頂高高望下去，做夢似的，忽然看到了大人們講的蓬萊仙島、水晶燈宮！那樣美麗的風景，只有在迪士尼卡通電影裡才看得到。下回有機會，我帶妳們上去逛一逛。咦？妳們六個怎麼到現在才放學呀？」路燈下，同學們那六雙燦亮的黑眼瞳只管盯住朱鴒，烏溜溜一轉，眼神忽然沉黯了下來。滿臉委屈，小女生們回頭望著騎樓下的小吃攤，嚥了嚥口水，咬住下唇收縮起肚皮，好半晌綳著臉不吭聲。「妳們到底怎麼啦？誰欺侮妳們啦？怎麼一個個拉長著臉兒不說話呢？」朱鴒催問了幾句，感到不耐煩起來。女孩兒們回頭望望校門口，聳了聳肩膀上揹著的書囊，伸手抹掉頭臉上沾著的一瓣瓣落花，欲言又止，噘著嘴又支吾了老半天，驀地一聲呱噪，六隻麻雀似的一齊張開嘴巴，圍住朱鴒七嘴八舌爭相訴說個不停：

——洪幸雄老師處罰我們！

——洪幸雄，就是那個教高年級體育的男老師呀。

——一嘴假牙，兇巴巴。

——兼訓導處生活衛生組組長。

——這位洪老師，處罰我們六個……

——唉，一個接著一個在他面前脫掉裙子。

——趴到講台上面。

——羞死人哦！做五十次伏地挺身。

——因爲我們做錯事。

——隨便跟校外偷跑進來的一個老伯伯講話。

——正巧！在女生廁所門口……

——被洪幸雄老師發現！

——這次他罰我們做伏地挺身。

——下次，嘻嘻……

——洪老師說，下次我們再犯錯就要罰……

訴說到這兒，六個小女生颼地漲紅了臉皮，閉上嘴巴，回頭望望校門口，縮起肩膀打個寒噤，垂下頭來咬住嘴唇瞅著腳上的鞋子，不吭聲了，半天只管拂弄著腰下那條沾滿粉筆灰的小藍裙，吃吃笑個不住。朱鴒傾聽著同學們的訴說，打量著那六張羞紅的臉兒，猛一哆嗦，只覺得中午吃的飯菜在肚子裡攪動了起來，翻翻滾滾直想嘔吐。校門口，空盪盪兩盞水銀燈下只見人影一晃，又有三個落單的小女生揹著書包，神色倉皇，迎著夕陽晚風奔跑出落紅紛飛的校園。鐺鋃一聲，兩扇鐵柵門給闔上了。那三個女生停下腳步，回身朝校門內深深一鞠躬，兩手抓住裙腰，鬼趕似的拔起腳跟直躥進大街去了。校園一片寧靜。國父他老人家滿面風霜，默不作聲坐在校門口。

「天黑啦！我們到底要不要回家呀？」小女生們聚成一窩，竚立街燈下，眺望著滿街春花般四下怒放的燈火，好久好久捨不得挪動腳步。街頭巷尾紛紛亮起了三色燈，家家理髮廳生意興隆，黯沉沉，門口那兩扇黑水晶玻璃門不斷開著闔著，人影出沒。理髮小姐吃過晚飯，拈著牙籤剔著金牙縫，渾身大汗，三三兩兩站出門口來，倚到花燈門下，乜起陰藍眼眸似笑非笑睨住過路的老少男人，不時伸手招一招。騎樓外大馬路上，滿街公共汽車顛顛盪盪嘔吐出一叢叢黑煙，奔馳過建業國民小學大門口，轟然一聲，停到站牌下，載上那成群挨挨擠擠蜂擁而上的下班士女，一溜煙開走了。朱鴒站在街頭，踮著腳昂起脖子，只管眺望城心那漫天花蛇似的游嬉在落霞中的霓虹。她身邊的六個同學披頭散髮，瑟縮在傍晚洶湧起的車潮中，只管睜著眼睛，盯住朱鴒那張水樣潔白的小臉龐。街燈下，只見小女生們眼皮上一篷篷黑嫩睫毛，汗濛濛不停眨啊眨。一個滿臉秀氣的小女生拖著兩根小辮子揹著一隻紅書囊，望著騎樓下的小吃攤，悄悄吞下兩泡口水，趑趄了半天才伸出手來扯住朱鴒的衣襟，細聲細氣問道：「朱鴒，天黑了，我們現在不回家，站在街上發呆幹什麼呀？」

「朱鴒，我們就知道妳講義氣。」

「放學後沒回家，一個人站在學校對面馬路上——」

「等我們放學，結伴去逛街！」

六張小嘴巴包圍住朱鴒，嘰嘰喳喳一片聲鼓譟起來。

「我們投票！誰現在還不想回家？贊成上街去遊逛的同學，請舉手吧。」朱鴒跺了跺腳上那雙細小的白球鞋，喝止六個噪鬧不休的同學。她板起臉孔睜住眼睛，路燈下，從同學們那一張張皎白臉龐上的一雙雙烏亮眼瞳望了過去，伸出手指一個個點起名來：「林香津、連明心、柯麗雙、張澴、水薇、葉桑子。」

春筍般六隻細嫩的小胳臂，霓虹叢中哄然高舉起來。

——贊成！我不想回家聞菲傭身上的咖哩味，噁心死了。

——我阿公阿嬤去美國，看望我媽和我哥去了！今晚沒人管我。

——我爸媽天天晚上逼我去中山北路九條通的酒店賣花賺錢，我心裡害怕，不太想去，今晚就跟妳們逛街好了。

——我媽媽呀，碰！一筒。

——我爸和我媽今晚都各有飯局。

——我媽帶我小弟氣沖沖回高雄我外公家去了，丟下兩把鑰匙給我！爲什麼呢？因爲我媽又跟我爸冷戰呀。

六個小女生逐一舉手，說明了今晚不想回家的緣由。

「好！六票全體無異議通過了。」朱鴒點完名字唱完票，雙手一拍，睜起眼睛，打量同學們臉上那六朵興奮地綻放在落霞中的笑靨，抬頭望望滿城大亮的華燈，眼瞳子轉兩轉，大聲吆喝道：「同學們，我們七姊妹今天晚上結伴上街看戲去吧！」

林香津甩了甩她那滿頭烏黑的小髮鬈，笑覽覽，伸出手來，摸摸腮幫上蘋果樣紅撲撲綻出的兩隻酒窩，問道：「哪裡有戲看呀？」

「又去看電影嗎？多沒意思啊！」臉一沉，連明心皺起眉頭，抓住胸前那兩根不停飄蕩在風塵中的小花辮，一把摔到肩膀後面去。

水薇幽幽嘆出一口氣：「家裡看錄影帶都看膩了啦。」

「唉呀，誰說去戲院看電影啊？妳們瞧，街上到處不都是戲嗎？不必花錢買票。」朱鴒一面說一面爬上路邊停放著的一輛摩托車，高高站在座墊上游目四顧。大街上下，滿眼繁燈似錦，望不盡的霓虹櫥窗睞啊睞不斷閃爍變幻，光影中，宛如千萬張蠱惑人的面具，彷彿一幅幅五彩斑斕變化莫測的戲台臉譜，煞是好看！朱鴒扠著腰觀覽半天，回頭朝同學們招手，指著城心火燒火燎一叢乍亮的七彩燈火：「瞧！那不就是戲嗎？一條街一條街看下去，看到天亮都看不完呢！走，我們七姊妹搭公共汽車到西門町去，逛一個晚上，保證好戲連台。」

六個小女生嘩然拍起手叫起好來：

——我們上街去看木偶戲布袋戲歌仔戲皮影戲！

——還有西洋哈哈鏡！

——山東快書四川變臉，讚！

——武打戲苦情戲西洋片東洋片國片，一晚看不完！

——還要趕一場三級港片，嘻嘻！

——西門町街上到處都是戲哦！

——同學們，我們現在去搭公共汽車，到西門町看戲去吧。

——七姊妹結伴𨑨迌，遊逛。

——爸爸媽媽阿公阿嬤呀，我們今天不回家吃晚飯囉。

七個女娃兒蹦蹦跳跳一窩子躥上大街，迎著西天一抹殘霞，拍著手，甩著滿頭隨風飛舞的髮絲，格格笑樂不可支。

悄沒聲，一輪皎潔的月光浮上了城頭。小女生們揹著書包搖曳著小藍裙，拔起腳來，追逐著奔跑下長長的大街，七隻脫離樊籠的麻雀兒似的，一窩子吱吱喳喳張開兩隻細嫩膀子，夜幕下，漫天水月清光中，飛撲進了紅塵都市那百戲雜陳人頭鑽動的燈火人間。

二 車上驚魂

朱鴒率領六位同學，蹦蹦跳跳走向開往西門町的公車站牌。

月下，一街理髮廳門洞咿咿呀呀開闔不停，人進人出。

理髮小姐們吃過晚飯，拈著牙籤倚在門洞旁，透透氣剔剔牙，一個個咧開猩紅嘴唇，勾起眼睛，睞啊睞打量那成群提著公事包匆匆路過的男人，不時撩起披散在肩上的鬈髮絲，汗蓬蓬搧起涼來。滿街屋簷下三色燈流轉。門洞裡家家理髮廳燈火幽紅，人頭飄忽。咿呀一聲門開了，有個理髮小姐喘著氣滿身大汗送出客人來，把公事包塞進他懷裡，目送他消失在街頭，回身正要鑽進門洞，一眼看見七個小女生結隊從騎樓下走過，眼睛一亮，笑嘻嘻綻開兩排沾著口紅的大白牙，伸出五根血亮的手指尖，躥前兩步，往連明心脖子後那兩根小花辮攫了過去。一股汗酸味羼雜著脂粉香，向娃兒們撲了過來。猛一嗆，娃兒們跳起腳，兩手抓住裙腰鬼趕似地逃竄開去。朱鴒帶領同學們，迎著春末夜晚吹起的燥風，飄盪起腰下的小藍裙來，一溜煙追逐在大馬路上一盞盞水銀路燈下，跑到了建業國民小學後門公車站牌前。

披頭散髮，這七個小女生馱著五顏六色的書包鑽進了人堆中。等車的大人們拎著公事包，男男女女不聲不響只管伸長頸脖，瞇望著街口。

喘一喘，顛兩顛，三輛公共汽車嘔吐出滾滾黑煙，互相追逐著糾纏著奔馳到站牌下來。剎那間，滿街裙衩飛颺，步履雜沓，男士女士互不相讓蜂擁而上。司機笑吟吟從駕駛座探出頭來，校閱部隊似的，打量那一個個氣喘吁吁汗水淋漓鑽進車門的男女乘客。

七個小女生陷身大人堆中，動彈不得，呆若木雞，愣瞪了半晌忽然覺得眼前一黑，小小的身子給淹沒在汗酸狐臭交織成的大漩渦中。連明心抖簌著兩隻小手，捏住胸前兩根散亂的小花辮，哇的一聲哭了出來。林香津伸手摀住嘴巴，扯起嗓門只管呼喚她的阿公和阿嬤。朱鴿甩甩她脖子上那一叢亂草般四下怒張的髮絲，狠狠嗆出兩把鼻水來，大叫一聲，抓住林香津的手腕，撈起連明心的花辮，呼喚水薇張澴柯麗雙葉桑子：「姊妹們，衝啊！」七個女娃兒團結一致，左衝右突，撥開婦人們那異香撲鼻的花裙，縮起鼻子躲開男人們那異味飄漾的西裝褲襠，掙扎了老半天，才從大人們腿胯之間鑽出頭來，奮力爬上車門，闖進車廂裡。驚魂甫定，車窗外兩滾黑煙驀地捲起。滿車廂男女老少驚呼聲中，司機驟然踩動油門，抓狂似的，奔馳進了南京東路燈火輝煌的六線大馬路，流竄在浩瀚的車海中，顛顛撞撞，追逐前面那兩輛敵對公司的巴士去了。

滿車廂站著的女士們紛紛跂起高跟鞋，伸出胳臂，緊緊抓住頭頂上的手環。她們的身子隨著車身的搖盪，滴溜溜滴溜溜只管旋舞不停。

「哼哼！莫名奇妙嘛！」西裝革履端坐後座的一位中年男士忽然沉下了臉，打鼻孔裡哼出兩聲來。他拎起腳跟前擱著的公事包，叭叭拍兩下，安放在膝頭上，睜起眼睛望望一車子東歪西倒的婦女，清了清喉嚨抬高嗓門說：「總算見識到了！全世界一百七十多個國家，就只有咱們寶島國的司機先生是這樣子開巴士的哦，也不顧太太小姐們的體面，直搞得人家滿車子雞飛狗跳衣衫不整，成個什麼體統哪！哼哼哼。」

「你講啥？」司機猛回頭，抓著方向盤，嚼著紅檳榔笑嘻嘻綻露出兩支尖血牙，冷冷瞄了瞄後座那位中年男士：「先生，請你從頭再講一遍給我聽好嗎？謝謝！」

一排排穿著西裝的男客正襟危坐，默不作聲。蹭蹭蹬蹬，滿車廂站著的女客們跂起高跟鞋，伸手緊緊抓住手環，咬著下唇忍住笑。

大眼瞪小眼，司機和那位中年男士隔著一車乘客對峙了十秒鐘。

「呸哪！」司機咬咬牙朝車窗外啐出了兩泡檳榔汁，回頭踩起油門，轟隆一聲，顛顛狂狂飛馳進六線車流中去了。

那位中年西裝客倏地挺起腰桿子，拍拍胸膛，板起臉孔又哼出兩聲來，幽幽嘆口氣：「唉，咱們寶島的國民開車就像行房似的，那股莽撞顛狂勁兒，就如同在汽車上幹那床笫之事——」嘴一抿，他扶起眼鏡伸出脖子望望車中的婦女們，摟住公事包不再吭聲了。

七個小女生手牽著手，睜起七雙大眼睛，望望後座的中年男士又瞄瞄前座的司機大哥，面面相覷呆了半天，驀地縮起肩膀打出了個哆嗦來，心裡感到又是害怕又是興奮，一窩子挨擠在大人堆裡，拍著心房咭咭咯咯傻笑成一團。

林香津回頭瞅住那位中年男士，打量了好一會，忽然伸手攬住朱鴒的脖子，把嘴唇湊到她耳朵上說：「這個穿西裝戴眼鏡抱著公事包的先生，沒膽！」

「虎——頭——蛇——尾！」朱鴒抬高嗓門厲聲說。

噗哧噗哧，滿車女客紛紛發出笑聲。

眾男客紛紛垂下頭來，悄悄望出車窗外。

「童言無忌！」中年男士瞪了瞪朱鴒，挺起腰桿子摟住公事包只管端坐人叢中，一張臉孔拉得老長，鼻尖上架著玳瑁框眼鏡，兩隻鏡片閃映著車窗口潑灑進來的滿街霓虹燈光，青一陣紅一陣，變幻了老半天。七個小女生睜著七雙烏亮的眼瞳，靜靜端詳著他。不聲不響，那位先生望著車窗外南京東路上一波波洶湧澎湃的車潮，忽然，清了清喉嚨，石破天驚般嘿嘿嘿冷笑出三聲，猛一回頭，睨住了這七個揹著書包滿臉好奇的女娃兒：「小妹妹，我來考妳們一個問題，好嗎？咱們寶島國交通亂成這個樣子，聽說連美國的布希總統都知道喔！妳們告訴我，這到底是什麼緣故呢？小妹妹啊，因爲咱們寶島國國民有個舉世罕見的特性哪。那是什麼特性呢？那就是人人一開車上路，那股勁兒就像吃了春藥，滿身發火，忍不住衝呀闖呀撞呀，看見洞隙就像豬哥看見母豬的屄屄，不管三七二十一就一頭往裡鑽、插、脣！把寶島國的交通搞得大亂。小妹妹，這年頭的男人手上有了幾個錢，心頭就螞癢癢燒起一團慾火囉，沒處發洩，就發洩到馬路上來囉。小妹妹妳們不相信，現就瞧瞧窗外吧。看哪，這座城市這會兒有多少大汽車小轎車摩托車，還有嗚哇嗚哇夾在中間進退不得的救護車，在大街小巷橫衝直闖，鬼哭神號攪成一團。這是哪門子的開車呢？這是寶島國國民在大馬路上集體發洩性慾！聽伯伯的話，妳們這七個小國民長大後，千萬莫學大國民的榜樣，光天化日之下在大馬路上宣淫哦，讓外國人看了笑話，實在有辱國體，知不知道啊？小妹妹。」

七個小女生聽得傻了，咭咭咯咯只管笑個不住。

面面相覷，滿車婦女漲紅起臉皮。

「幹！」司機豎起耳朵傾聽完這一番議論，磔磔咬起牙來，揸起拳頭猛捶喇叭，回頭乜起眼睛，瞅住後座那個發完牢騷兀自嘿嘿嘿冷笑不停的中年西裝客，狠狠啐出兩泡檳榔汁：

「駛你娘咧！你這個老芋仔敢罵我開車像打炮！伊娘祖媽，你愛看打炮，我現在就在馬路上打炮給你看吧，包你看得爽歪歪，下次不敢再罵我們寶島國國民開車像打炮了。」

猛一踩油門，司機撳著喇叭開始在馬路上蛇行穿梭，只見他拱起兩隻大屁股，整個人趴到駕駛盤上，氣咻咻滿身大汗拚命衝刺起來。

車子猛一陣痙攣，呻吟著奔竄在南京東路金光燦爛的車海中。

七個小女生站在車廂中，摟抱在一塊，嚇白了臉兒，一窩子瑟縮在大人們那叢林般密不通風的幾十條腿胯下，只覺得身子漂漂盪盪搖搖晃晃，耳邊風聲陣陣，彷彿置身在汪洋中一艘破鐵船上，豬仔似的給囚禁在甲板下船艙裡，好久好久暗無天日，也不知飄流到了何鄉。

「哈啾！」朱鴒挨擠在大人堆裡只覺得鼻孔一陣搔癢，忍著忍著，驀地打出了個大噴嚏，滿頭滿臉嗆出了鼻水來。愣了一會，她掙扎著舉起手臂揉揉眼睛，昂起脖子抬頭望去，只見頭頂上春筍樣光溜溜豎立起幾十隻雪白的手膀子，指甲尖尖，塗著鮮紅的蔻丹。滿車廂站著的女客高舉手臂，踮著高跟鞋，牢牢抓住車頂的吊環，胳肢窩裡一叢叢幽黑的腋毛冒出一顆顆晶瑩的汗珠，繁星般閃爍在日光燈下。朱鴒小小一個身子蜷縮著，被擠壓到大人們腰胯間，動彈不得，只好捏住鼻尖忍住噴嚏，仰起臉兒瞇起眼睛，望著頭頂上那一窩一窩汗水萋萋的腋毛，呆了老半天，倏地縮起肩膀打出了個寒噤來：「哈——啾！」

滿車廂大腿林立，縷縷異香游絲般不斷飄漾在一條條裙衩之間。女人們身上的脂粉香水月經，在這春末夏初的夜晚，羼雜著男人們身上的汗酸菸臭古龍水，交糅成一團，濃得像肉市場的血腥味，瀰漫在顛啊搖啊一隻密封的鐵籠子裡。駕駛座上，司機氣鼓鼓拱起屁股，拚命撳著喇叭踩著油門，闖蕩在市中心燈火輝煌的車海中。搖搖盪盪暈頭轉向，七個小學二年級女生瑟縮成一窩，依偎在大人們臀胯下，馱著書包，搧著手上抓著的小黃帽，喘一喘嗆兩嗆，仰起臉龐張開嘴巴大口大口呵著氣。

「什麼時候才到西門町呢？悶死人哦！我快斷氣了。」林香津鼓起蘋果樣兩隻紅撲撲的腮幫，拍著心窩吐著氣，忽然伸出舌頭，一手攬住張澴的脖子，湊上嘴巴，往她耳朵裡呵出五六口熱氣。張澴吃吃笑，伸出手爪往林香津腋窩下搔了過去。林香津倏地跳起腳。於是，一個追一個逃，這兩個小女生穿梭在車廂中一條條裙衩之間，鑽進鑽出團團兜轉，格格笑互相追逐起來。驚呼四起，滿車廂站立的女客漲紅起臉皮，紛紛攏住裙襬夾住雙腿。一車人給兩個女娃兒鬧得雞飛狗跳。司機驟然回頭，瞪起兩粒血絲眼珠厲聲叱喝：「兩個小笑查某！鬧夠了沒有？再鬧，我現在就開車把妳們載到華西街寶斗里，賣給綠燈戶的媽媽桑，叫兩個老芋仔來開妳們的苞！」兩個小女生颼地嚇青了臉兒，縮起脖子躡手躡腳鑽回同學們身邊。司機咒罵了半天，恨恨打開車窗啐出兩泡檳榔汁，越想越氣，索性擂起喇叭，猛踩油門，在大馬路車潮中左衝右突，表演起鬧市飛車來。怒海中一艘隨波逐流的小舟似的，車身顛狂搖盪。蹦蹦蹬蹬，站立的女客們措手不及，一個個踩著高跟鞋滿場子飛舞旋轉。

七個小女生抿起嘴唇，吃吃笑成一團。

似笑非笑，坐著的男客們紛紛摟住公事包，轉頭望向窗外，一個個閉起嘴巴拉長臉孔，不吭聲。

「噗哧！」林香津鼓著腮幫噘著嘴唇，憋了老半天，忍不住把嘴一咧，格格笑出聲來。她伸手捏捏水薇的耳朵，指著婦人堆裡一位西裝革履鼻子尖尖的男士，悄聲說：「阿薇，妳看那個人好詭異哦！鼻子像獵狗一樣到處亂嗅。」

「那個男的鬼鬼祟祟，我早就看到了。」水薇揹著書囊，挨靠在車門口那根鐵柱上，只顧垂著臉兒，玩弄著掛在胸前的一顆綠玉墜子，這時睫毛一挑，她睜開眼睛，望了望車中那一籠被司機搞得衣衫不整東歪西倒的女客，冷冷說：「那個人趁著司機發脾氣亂開車，逮到機會，伸出鼻子到處亂鑽亂嗅，還以為沒人注意到他呢。」

「一定是個變態的！」朱鴒順著水薇的眼光望過去，只見一個相貌清俊的男子，三十模樣，西裝腋下挾著公事包，挨擠在女人堆中探頭探腦鑽來鑽去，窸窸窣窣不斷抽搐著鼻尖，獵狗般四下狩嗅。司機發了狂似的只顧猛踩油門。車子一路顛簸飛馳。滿車女客裙衩飛飀，一片驚呼。朱鴒緊緊摟住水薇的肩膀，姐兒倆挨靠在車門鐵柱上，目瞪口呆，望著那位兀自嗅嗅尋尋渾然忘我的男士。水薇忽然縮起脖子打個哆嗦，伸出手來指了指那位男士的胯下。朱鴒朝他那兒望去，但見他那條西裝褲的褲襠子鼓啊鼓的，不知什麼東西在蠢動著。姊兒倆漲紅起臉皮，一時看得傻了。

「不要臉，混水摸魚趁火打劫！」一股血氣驀地上湧，朱鴒大喝一聲，睜圓兩隻眼瞳，伸出食指直直指住了那位男士：「你你你，這位戴銀邊眼鏡穿灰色西裝的先生，心理變態，趁著車上亂成一團，伸出鼻子到處鑽，像獵狗一樣亂嗅女乘客的胳肢窩——」

朱鴒話猶未了，她身邊六位同學早就伸出六隻細嫩的小胳臂，齊齊指住那位戴銀邊眼鏡的先生，一片聲叱責：「不要臉！羞！羞！羞！在公共汽車上偷嗅女生的胳肢窩！」

滿車乘客紛紛昂起脖子伸過頭來，探望究竟。

呆若木雞，那位先生拎著公事包喘著氣竚立在婦女堆中，一動不敢一動，任由額頭上的汗水潸潸流淌下臉頰來。

「噯，聞到女人身上的胳肢騷味，就像蒼蠅嗅到血！毛茸茸汗腥腥的胳肢窩，到底有什麼好聞的呢？」林香津乜斜起兩隻眼睛睨著他，噗哧一笑，豎起食指往自己腮幫上刮兩下。

張澴一臉鄙夷，只管睥睨著她那兩隻清亮的黑瞳子，冷冷打量著那位男士。葉桑子滿臉漲紅，鼓起腮幫憋了半天，忽然把腳一跺，格格格忍不住笑得花枝亂顫起來。她伸出一隻手指，抖簌簌指住那位男士的西裝褲襠。連明心呆了呆，捏住胸前兩根蓬亂的小花辮，伸出脖子往他那兒瞄兩眼，猛一怔，縮起肩膀閉上眼睛倏地打出了個寒噤。車中女客紛紛探過頭來張望，臉一紅，紛紛摔開臉去，見了鬼似的咬著牙低聲詛咒起來。七個小女生手牽手，瑟縮成一團，躲藏在大人們一墩墩大腿之間，伸出脖子睜大眼睛，觀察那位男士褲襠中鑽出的一隻烏黑泥鰍，又是好奇又是懼怕，吃吃笑，咬著耳朵指指點點議論個不停。

一陣橫衝直闖雞飛狗跳之後，司機放慢車速，打開車窗往大馬路車潮中吐出滿嘴檳榔渣，回頭瞪了瞪那位男士，笑著咒罵出兩句三字經，叫他趕快把褲子穿好，扣上褲襠。「伊娘啊，孔子公放屁咧，假斯文！」司機一逕搖頭嘆息詛咒。闔座男客一個個板起臉孔，咬住嘴唇忍住笑，正襟危坐。那位男士垂下了肩膀，整個人宛如一隻洩了氣的皮球似的，低著頭軟綿綿收縮起褲襠，把四顆鈕釦全都扣上了，好半天只管望著自己的腳尖，不吭聲。

水薇揹著書包倚在車門鐵杜上，滿臉悲憫，望著他又幽幽嘆息了兩聲。張澴繃著臉，只管乜斜著她那兩隻冰冷的黑瞳子，不聲不響瞅住他。

車窗外，暮靄深沉，漫城霓虹一盞盞飛濺進車廂裡來，閃照著乘客們一張張睏倦的臉孔。車子載著滿滿一鐵籠子老少男女，汪洋中一艘破船似的，漂盪在滿城車潮中，沿著濟南路朝向城心緩緩前進。司機發了半天脾氣亂亂開車，這會兒嚼完兩顆檳榔，心情爽了，也不使性子了，安安靜靜規規矩矩掌起方向盤來，鬆開油門放慢車速穩住車身。霎時間，風平浪靜。車中站立的女客們早被整得七葷八素暈頭轉向，這時總算站穩了腳跟鬆了口氣，滿臉羞紅，紛紛掖起衣衫的袖口，搔搔汗珠晶瑩的胳肢窩，彎下腰身整理裙子，眼一瞪，狠狠賞了那位男士兩個白眼。車子停到中山南路口站牌下。那位男士瑟縮在車廂中，抽搐著臉皮，使勁擠出笑容來，伸手推了推尖挺的鼻梁上戴著的銀絲邊眼鏡，拂了拂身上的灰藍西裝，挾住公事包，躡手躡腳弓著腰低著頭鑽過重重人堆，車子一停，慌慌跳下車，回頭瞪了瞪七個女娃兒，轉眼隱沒在那一街熙來攘往的人群中。

滿車婦女竊竊私語，目送他消失在街頭。

「看不出來！年紀輕輕三十多歲，長得還挺白淨斯文，一表人材的。」

「這是哪門子的怪癖呀?喜歡嗅女人身上的胳肢騷!」

「妳給他嗅著沒有?」

「喲!車上哪個婦女沒給他嗅到呢?」

「我那好朋友今天來了,被他嗅到了可眞害臊。」

眾女客噗哧噗哧紛紛笑罵起來。

車子停在路邊,司機下車買檳榔去了。

如逢大赦,七個小女生推著擠著,從車上那一叢叢汗酸瀰漫的大腿中鑽了出來,站在車門口踏板上,抖著衣領拍著心窩透透氣。「擠在公車裡,都快被那些大人給悶死了!」朱鴿把頭探出車門外,伸手扒了扒脖子上那一蓬野草般四下怒張的短髮絲,瞇起眼睛,眺望西門町,只見市中心火燒火燎一片燈火喧嘩燦爛,十分熱鬧。娃兒們紛紛趴到車頭玻璃窗上,睜大眼睛張望著,指指點點七嘴八舌爭嚷不休,興奮得有如一窩離巢出遊的小麻雀兒。

「我們快要到西門町了!過了中正紀念堂——」

「市立女師附小——」

「總統府——」

「國防部——」

「就到中華路西門町了囉!同學們,揹好書包戴好帽子準備下車。」

朱鴿揉揉眼睛,抹掉睫毛上綴著的汗珠,把頭縮回車門內。

司機買了一盒檳榔，悠哉遊哉漫步踱回車上來，爬進駕駛座發動引擎準備開車。鐺鋃，鐵門闔上。笑瞇瞇，司機吩咐七個小女生退回車廂內，叮嚀再三，看著她們站好了，這才踩動油門，運載一鐵籠子下班紳士上班淑女，緩緩駛入市中心。夜幕初降，中山南路介壽路通衢大道浩浩瀚瀚，洶湧起一片輝煌壯麗的車海。落日殘霞中，火車站前幾十條街巷霓虹招牌林立，七彩叢林般早已高燒起燈火。一輪水月悄悄漂浮上城頭。鬧市大街人頭鑽動，燈下人影迷離飄忽。公共汽車上七個小女生揹著書包挨擠在大人堆裡，只管仰起臉龐抹著汗，睜起眼睛，凝望車窗外那走馬燈也似一蕊蕊變幻不停的花燈、一叢叢勾魂攝魄的霓虹。中了蠱般，娃兒們張開嘴巴看得出神了。

車子停到介壽路重慶南路口。鏘、鏘、鏘，一陣皮靴聲驀地綻響在路心。娃兒們豎起耳朵聽了聽，眼睛一亮，紛紛鑽出人堆，爭相趴到駕駛座前玻璃大窗上，往車海中狩望起來，只見十六頂雪白軍盔燦爛地閃爍在街燈下。一縱隊十六個憲兵，翹起臀子挺起胸膛，穿著粉綠上衣墨綠長褲美式憲兵制服，蹬著鐵釘皮靴，車海中只顧凝住眼睛，沉下臉孔，一步鏗鏘一步，穿踱過總統府正門前那片銀燈似雪的閱兵廣場。漫城霓虹映照下，十六支銀白步槍高高托在憲兵肩膀上，彷彿閃漾著血光。鏘。鏘。鏘。鐵靴聲不斷迴盪。七個小女生趴著車窗看得癡了。司機把車子停到路口，等候憲兵穿越馬路，閒極無聊，就瞇起眼睛四下瀏覽起城心這座莊嚴肅穆的廣場來，忽然看到了什麼，猛一拍膝蓋，伸手捏了捏林香津肥幫上那隻小酒渦，笑吟吟指了指窗外：「小妹妹，我考考妳們，那邊標語牌上八個大紅字是什麼字？」

娃兒們瞇起眼睛，望望廣場邊那八個浮泛在一灘水銀燈光中的朱紅大字，拍著手一片聲叫嚷起來：「誰不知道那八個是什麼字呢！三——民——主——義——統——一——中——國！這八個字到處都有，每間小學和中學圍牆上也有，我們天天看到。」司機呵呵大笑，伸手擰擰林香津的腮幫，沒口子稱讚這七個小小女生聰明愛國又用功。娃兒們咭咭咯咯笑成一團。鏘。鏘。鏘。十六個憲兵一縱隊抬頭挺胸穿過了馬路。司機噘起嘴唇，往車窗外吐出兩泡檳榔汁，猛然踩動油門，闖過閱兵廣場十字路口，追隨介壽路上的十線車潮，浩浩蕩蕩，駛過了那座堡壘似的矗立在一輪水月下的中華民國總統府。娃兒們眼睛驀地一亮，只見漫街燈花盛開，如夢如幻。西門町到了。

三　七女娃闖蕩西門町

車子停到中華路，平平安安，把七個小女生送到了華燈初上一片人頭洶湧的西門町。鐓。鐓。鐓。中華路圓環的大鐘敲了七響。

娃兒們趕忙揹起書包戴上帽兒，回頭向司機叔叔鞠個躬，說聲謝謝，然後使出吃奶的力氣，鑽過那堆挨擠在車門口的大人們，蹦蹬蹦蹬躥下了公共汽車來。一窩小麻雀被拘禁在鐵籠子裡，悶了半天，終於重見天日，嘰嘰喳喳飛撲到台北市鬧市街頭上。大汗淋漓，渾身濕湫湫，娃兒們使勁抖了抖衣領子，深深吸了口氣，扠起腰來昂起脖子竚立人潮中，仰望那漫町高燒的樓台燈火，忽然覺得鼻子搔癢，哈啾哈啾，忍不住紛紛打起噴嚏，把剛才在公共汽車上吸嗅進的滿肚子脂粉汗酸狐臭，一股腦兒全都嗆了出來。

朱鴒命令同學們集合在一起。

心頭撲撲跳，娃兒們瑟縮在中華路霓虹叢裡，圍聚到朱鴒身邊，又是興奮又是害怕，好一會兒只顧揉著汗濛濛的眼睛，四下張望，指指點點驚嘆起來：

——哇！西門町到處點著七彩花燈，鬧元宵一樣。

——蓬萊仙島開燈會，演百戲。

——水晶宮，大放煙火。

——我們去迌迌。

——逛到半夜才回家！

——我肚子餓扁了。朱鴒，我想先到美國走走。

——去吃麥當勞漢堡肯德雞呀？傻連明心，那是毛茸茸美國人吃的東西哦。

——哦！那我們先去看場電影好了，可以吃爆米花。

滿臉子委屈，連明心絞起眉心，玩弄著胸前那兩根小花辮，遲疑了好半晌，跂起腳上那雙雪白的小球鞋來，伸出手臂，指了指大馬路對面圓環邊那家燈火輝煌的大戲院，眼圈一紅，悄悄嚥下兩泡口水，伸手揪住朱鴒的衣袖：「我們就去看那間戲院演的電影吧，買爆米花進去吃，塡塡肚子也好。」飢腸轆轆，同學們仰起臉龐望著朱鴒，一個個跟著嚥起了口水來。月下，西門町滿町瓊樓玉宇火樹銀花，水晶宮般盪漾在一灘灘水銀街燈中，燈影迷離，擾亂了七個小女生的眼睛，蠱惑著她們小小的七顆心。娃兒們踮著腳，呆呆站在那一波波洶湧過來又流瀉過去的人潮中，手勾住手，一動也不敢一動，隔著中華路上滿城匯集的大小汽車，只管睜住眼睛，眺望對面高樓上樹立著的一幅幅巨大的電影廣告。嘩喇喇轟隆隆，各路公共汽車四面八方奔流入城心，喇叭震天價響，司機吆吆喝喝，停到中華路長長一排站牌下，砰然一聲，車門開了，送出一鐵籠一鐵籠來逛西門町的男女老少。朱鴿揉揉眼睛，凝神望去。馬路對面圓環邊，新世界大戲院天台上矗立著一幅電影廣告，十來盞水銀燈照射下，俯瞰著滿街遊人。那部電影的男主角，藍眼珠大鼻子金黃鬍鬚，模樣像個外國教授，懷裡卻摟著個妖嬌的西洋大美人。黃鬍子教授身邊，如影隨形，笑齜齜追隨著一個齜牙咧嘴蹦來跳去的小惡鬼。天火熊熊燃燒，男主角騰雲駕霧，挾著美人兒遨遊地獄人間。七個小女生戴著黃帽兒揹著書囊，手牽手一排站在馬路邊，昂起脖子，眺望著這幅巨型電影廣告，又是好奇又有點兒畏懼，一時都看得出神了。

「浮士德博士！」朱鴿定睛看了看片名，滿臉疑惑，回頭詢問身邊圍聚的同學們：「妳們六個，有誰知道浮士德博士是什麼電影？講的是什麼故事？誰主演的？」

「我認得那個男主角！他演的電影我媽最愛看了。」林香津吃吃一笑，霓虹燈下紅蕊蕊綻開兩朵小酒渦：「那位藍眼珠黃鬍子教授，就是李察波頓呀。」

「那個女主角是伊莉莎白泰勒。」葉桑子脫下黃帽兒，伸手扒了扒她那頭男生樣削薄了的短髮絲，揉揉汗水迷濛的眼睛，隔著滿街車潮，端詳李察波頓懷裡的美人兒：「就是她，沒錯！我看過她主演的小婦人、撒克遜劫後英雄傳、朱門巧婦和埃及艷后。」

「唔，眞的是伊莉莎白泰勒和李察波頓主演的電影！黃鬍子教授身邊那個蹦蹦跳跳的小惡鬼，又是誰呢？」朱鴒縱身一跳，攀爬上了馬路邊停放的一輛摩托車，站在座墊上，伸手往眼前掃了五六下，撥開滿街公共汽車吐出的黑煙，凝起兩隻眼睛，又望了望對街新世界戲院天台上的電影廣告：「浮士德博士？好奇怪的片名！大概是科學怪人那種電影吧。」

「朱鴒，拜託拜託，我們去看李察波頓主演的科學怪人。」同學們紛紛伸出手來扯住朱鴒的裙子，哭喪著臉兒一片聲央求起來：「順便買兩隻烤雞腿進去吃，好不好？放學到現在還沒吃東西，我們都餓得頭昏腦脹了！拜託拜託，朱鴒，好朱鴒。」

「嘿嘿嘿！」

娃兒們身後有人發出三聲冷笑。

心一寒，娃兒們縮起脖子慢慢轉過頭去，瞧了瞧。

騎樓下花燈叢裡，笑齤齤齜著兩排尖紅牙，倏地伸出一顆枯黃的小平頭，兩粒眼珠血絲斑爛，只管冷冷打量著娃兒們：「小孩子沒有大人帶，不准買票進場看電影哦。」

七個小女生渾身一顫，登時愣住了，如見鬼魅一般呆呆站立在街頭熙來攘往的人群中，揹著書包垂著手，一動不敢一動。七張小臉兒映照著滿街霓虹燈光，颼地變得雪樣蒼白。

「七個小囡仔放學不回家，在街上亂逛！」那小平頭倚在騎樓廊柱上睨著娃兒們，把兩隻枯瘦的胳臂抱在胸前，抖啊抖，瘧疾病發作似的，不住搖盪著他腰下那條黑色喇叭長褲，忽然噘起嘴唇，噗的一聲，朝騎樓外人行道上飛吐出一團檳榔渣。兩排尖牙血跡斑斑，燈下朝娃兒們燦綻開來。連明心感到一陣噁心，猛然跳起腳，回身跑到馬路邊蹲下來，抓起胸前兩根小花辮往肩後一撩，雙手摀住心窩，咬著牙開始嘔吐。朱鴿躡手躡腳走到連明心身旁，捉住她的辮子悄悄扯了兩下，回頭向同學們擠擠眼睛使個眼色，拔腳準備開溜。猛一聲暴喝，那小平頭瞪起兩粒眼珠斜斜瞅住了朱鴿：「這位小妹妹，我認識妳哦。妳名字叫朱鴿，朱元璋的朱，鳥字旁的鴿，今年八歲念建業國民小學二年級，現在跟爸爸媽媽和兩個姊姊住在紀南街，對不對？我跟住妳已經好久好久了哦！嘿嘿妳放學後不喜歡回家，喜歡到街上亂逛，對不對？這六個小笑查某是妳的同班同學，對不對？剛剛放學，搭公共汽車來逛西門町看電影，伊莉莎白泰勒李察波頓主演的科學怪人浮士德博士，對不對？走，安樂新請客，買票帶妳們進場去。看在朱小妹妹面上，七個囡仔我安樂新統統請！看完電影，嘿嘿，帶妳們七個去逛西門町八條大街三十條小巷四十五條弄子，爽一爽迌迌迌迌，妳們就知道好玩哦。逛完西門町，安樂新請妳們去華西街吃火雞腰子炒麻油薑絲，又香又脆又滋補，女生吃了就會快快長大哦，男生吃了呢——嘻嘻。」

娃兒們聽了，忍不住抿起嘴唇悄悄嚥起口水來。

安樂新眼勾勾睨住七個小女生，嘿嘿笑著，伸出右手五根手爪插進左臂胳肢窩裡，使勁搔了七八下，颼地抽出手來伸到鼻頭上，嗅了嗅。

林香津打個哆嗦，忽然眼瞳一轉，望望安樂新脖子上那顆又細又尖的小平頭，然後轉過身子，跂起腳尖，瞧瞧電影廣告看板上浮士德博士身邊跟著的那個小鬼，研究了半天，終於咬住嘴唇噗哧笑出聲來：「安樂新叔叔，你長得好像那個惡鬼哦。」

「死小囡仔貞會講笑！」安樂新狠狠瞪了瞪林香津，沉下臉來，抬頭望望對街電影廣告看板，臉一紅，伸手摸摸自己那顆刺蝟也似根根短髮倒豎的頭顱，悶聲不響又搔起胳肢窩，瞟著娃兒們一連吞下五六泡口水，忽然拔起腳跟，飛撲出騎樓，伸出兩隻枯黃手爪子，一手攫住林香津身上揹著的書包，一手揪起朱鴿的衣領，老鷹抓小雞般把她們兩個押上大街：「走，看電影去吧！伊拉夏伊媽謝，我安樂新請妳們七個小笑查某的客，今天晚上保證讓妳們一個個爽得唉唉叫。」

朱鴿慘叫一聲：「救命啊。」

「糟糕！朱鴿和林香津給壞人拐帶走了，怎麼辦呢？」五個小女生眼睜睜看著兩位同學被抓走，登時嚇青了臉兒，一窩子哆嗦在騎樓簷口下，望著安樂新的背影愣愣發起了呆，好一會才如夢初醒，倏地拔起腳跟，鬼趕似的追竄進馬路人潮中，伸出五隻小爪子，一齊攫住安樂新的褲腰，死也不肯鬆手，只顧拉著拖著，哀哀悽悽一片聲當街懇求起來：「對不起，好叔叔，安樂新叔叔，拜託你放開我們兩位同學吧，我們七個人就讓你請客，乖乖跟你去看電影科學怪人浮士德博士，看完電影，跟你去逛西門町三十條小巷四十五條弄子，逛完了西門町，就跟你去吃火雞腰子炒麻油薑絲，好不好嘛？拜託拜託，叔叔，請你大發慈悲，饒了我們兩位同學吧——」

安樂新並不理睬，只顧一頭闖進車潮中，左鑽右閃吆吆喝喝蹦來跳去，呸呸呸，不斷啐吐出檳榔汁，大模大樣穿梭過中華路八線大馬路上川流不息的汽車，一手一個，押住朱鴒和林香津兩個小女生，昂揚起他那顆小平頭，月下，邁步踱過十字路口西門大圓環上一灘灘水銀燈光，朝向對街新世界大戲院揚長而去了。

五個小女生手牽手一排竚立馬路邊，扯起嗓門大放悲聲，遙望著安樂新的背影一個勁的鞠躬哈腰，苦苦央求：

「叔叔，叔叔，對不起對不起。」

「我們知道你不是壞人。」

「請求你，放過我們兩位同學好不好？」

「拜託拜託。」

「好叔叔，安樂新叔叔，我們願意跟你走。」

「你要我們做什麼我們就做什麼，要我們吃什麼我們就吃什麼——」

淚流滿面，五個小女生睜著眼睛癡癡守望了半天，哇的一聲終於哭出來，跳起腳，按住頭上戴著的小黃帽兒，抖盪起肩上揹著的各色書包，蹦蹬蹦蹬，氣喘吁吁，一窩蜂追進了那滿街洶湧的車潮人潮中。

中華路交通登時大亂。汽車喇叭大響，詛咒聲叱喝聲不絕於耳：

「幹！五個小笑囡仔跑出瘋人院。」

「小ㄚ頭找死啊？」

「猴死囡仔不愛命哦，亂闖紅燈亂過馬路。」

滿街轎車窗口紛紛伸出人頭，一雙雙眼睛瞪著娃兒們，破口大罵。

娃兒們不瞅不睬，只顧奔竄在車潮中追逐安樂新。

安樂新揪住朱鴿和林香津，連拖帶拽，早就將她們倆押到新世界戲院門廳上。燈下，他回轉過脖子，瞇起眼睛伸出舌尖，舔了舔嘴唇上紅蕊蕊沾著的檳榔渣，望著大馬路上亂哄哄雞飛狗跳的景象，樂不可支，咯咯咯笑得直流下兩串淚珠來。

花旗飄飄，戲院樓下麥當勞西門町分店人頭鑽動，滿堂水晶燈雪樣皎潔，灑照著座中那一個個金紙紮成似的男女人兒。顧客們老老少少，只顧埋頭啃著牛肉漢堡，啜著百事可樂，這會兒，紛紛扭轉過脖子抬起眼皮，隔著水晶玻璃大窗望向鬧鬧嚷嚷的大街。

中華路八線快車道上髮絲飛颺，五個小女生闖過了洶湧咆哮的車潮，喘著大氣，追到了新世界戲院門廳上。安樂新押住兩個小女生，昂然矗立人堆中，睥睨著他那顆蒼莽的小平頭，圓睜著他那兩粒血絲斑爛的眼珠，望著娃兒們嘿嘿冷笑。小雞般，朱鴿蜷縮在安樂新的爪子下，忽然齜起兩排小白牙，不聲不響往安樂新胳臂上狠狠咬了五六口，猛一踹，踩住他的腳，握起拳頭，兩三拳搗中他褲襠裡的兩粒卵子。「同學們，逃呀！」朱鴿噘起嘴唇發出一聲呼哨，牽起林香津的手兒，拔起腳跟來。姊兒倆緊緊依偎著，一溜煙，逃遁進滿街放學後徘徊遊蕩的小學生堆中。

七個小女生好似一窩逃命的麻雀，慌慌急急，揹著書包提起裙腳，飛撲進西門町那迷宮樣的一座霓虹叢林。

入夜時分，西門町湧起了逛街人潮。

「擺脫壞人了！」奔跑中，水薇煞住腳步，把小小一個身子倚到溫娣漢堡店大門柱子上，彎著腰拍著心窩，喘回了氣，低頭整理起衣裙來，好一會才挺起腰身，眨了眨她那兩篷汗濛濛的眼睫毛，望了望新世界戲院門口那一粒高高聳起的小平頭，悄聲說：「這個壞人早就盯梢上了我們這七個小女生。」

汗流浹背蓬頭垢面，娃兒們圍聚在溫娣漢堡店門口，喘著大氣，妳一言我一語咭咭咯咯議論個不停起來。

——想起來了，我在車上看到他縮著脖子坐在後面。

——唔！兩粒眼珠骨碌骨碌轉，像隻搜山狗。

——也不知道他是什麼時候上車的！

——齜牙咧嘴賊頭賊腦，活像黃鬍子博士身邊那個惡鬼。

——喔，我最受不了他的狐臭！他老喜歡把他的手伸進胳肢窩裡去搔，搔得過癮了，就用鼻子嗅嗅他的手指。

——他說要請我們吃火雞腰子炒麻油薑絲。

——又香又脆又滋補，女生吃了會快快長大哦。

——男生吃了……嘻嘻。

——朱鴒，火雞腰子是什麼？

——這個都不知道，林香津好傻哦！腰子就是睪丸。

——睪丸就是男生那兩粒小蛋蛋。

——死葉桑子，妳有看見過？

——有一次洪幸雄老師跑到女生廁所小便，我偷偷瞄了一眼，毛毵毵的醜死了。

——媽媽呀，我不要吃睪丸炒麻油薑絲！噁心。

林香津猛地打了個哆嗦，大叫一聲媽媽，漲紅起臉皮來，把兩隻手按住心窩一連嘔吐出五六泡口水。同學們紛紛伸出手摀住心窩，三腳兩步跑到騎樓外簷口下，一排蹲在馬路邊嘔吐起來，嘴裡卻只管吃吃笑個不住。

朱鴒獨自站在溜娣漢堡店門口，扠著腰，甩著脖子上那一叢汗蓬蓬的短髮絲，等同學們嘔吐完畢，她才把手一拍，示意大夥兒集合到她身邊來，壓低嗓門說：「同學們，我們出來夜遊可要小心哦！這年頭到處都有怪叔叔壞伯伯，鬼頭鬼腦躲藏在每個角落，找機會拐騙小女生。我在街上遊蕩慣了，看多了，不會故意嚇唬妳們的。大家聽好，今天晚上我們結伴闖蕩西門町，我們七個同班同學，就像七姊妹一樣要團結在一起，對付壞男人，千萬別走散。誰落單誰就悽慘嘍，如果讓那個小平頭安樂新遇上了——」

娃兒們手挽著手，圍聚在溫娣漢堡店燈光明亮花木扶疏的門廊下，聆聽朱鴒的叮囑，忽然，一個個煞白了臉兒，見了鬼似的紛紛轉過身子垂下頭來，背向大街，悄悄把臉兒埋藏在自己胸口，好一會兒不敢睜開眼睛。

朱鴒一席話還沒講完，看見身邊六個同學嚇成這副模樣，愣了愣，回頭朝街上望去。

「那不就是！」水薇掠掠腮幫上一綹散亂的髮絲，絞起眉心，頭也不回反手一指：「陰魂不散，那粒小平頭不知什麼時候又跟蹤上我們了，躲都躲他不開。」

對街，熙來攘往人群裡，一顆小平頭齜著兩排尖紅牙，東張西望，笑嘻嘻躲藏在一家少女服飾店門口。兩粒血絲眼珠骨碌骨碌滾動著，鬼火般閃爍在漫街花燈叢中。

林香津抓住裙腰跳起身來：「媽！我不要在街上遊蕩了，我要回家吃晚飯做功課了。」

「噯喲，他跑過街來捉我們了。慘！」連明心嚇青了臉兒，慌忙彎下腰，雙手緊緊握住胸前那兩根蓬亂的小花辮，縮起肩膀回頭望了望。

朱鴒扯起嗓門大喝一聲：「同學們，跑啊。」

如逢鬼魅，猛一蹦，七個小女生紛紛拔起腳跟，揹起書包提起裙襬，哇的一聲慘叫起來。一群受到驚嚇的小鷺鷥似的，娃兒們張開兩隻膀子哇哇叫著，一窩子飛撲進大街，鑽過重重人堆，四下穿梭流竄，逃入西門町成都路鬧區那滿街電影院理髮廳服飾店銀樓之中。

人頭洶湧人聲鼎沸，西門町入夜後人潮更盛。

滿城吃過了晚飯的民眾，闔家老小蜂擁進城心這座百戲紛陳的夜市來，逛逛百貨公司，看一場成龍電影，邊嘗南北小吃邊觀賞漫町高懸的霓虹花燈。好一派物阜民豐城開不夜。騎樓下紅磚人行道上，肉香四溢油花飛濺，一攤一攤小販滿頭大汗吆吆喝喝，不停炒著煎著烤著炸著，招引來滿街剛吃過晚飯嘴裡還叼著牙籤的民眾。男女老少紛紛掏出鈔票，熱烘烘圍聚在各式小吃攤前。街頭巷尾小學生們四處遊蕩，放了學，三五成群揹著書包，嘴裡啃咬著烤小鳥烤香腸，吮吸著滷雞爪子滷鴨脖頭，吃得津津有味。小小的身影一群群出沒在霓虹叢中，不住徘徊逡巡，探頭探腦東張西望。

飢腸轆轆，朱鴒嚥著口水，率領六個同學穿街過巷，四下奔逃，闖過一攤又一攤小吃，鑽過一波又一波人潮車潮，不時回轉過脖子，望望安樂新那顆陰魂不散緊追不捨的小平頭。「同學們，那粒小平頭追上來了，快跑啊！」朱鴒扯起嗓門厲聲呼喝。連明心拍著心窩，甩著她那兩根散亂的小花辮，邊跑邊揉著眼睛偷偷哭泣起來。林香津尖著嗓子呼喚她的媽媽。七個小女生急急慌慌，逃命似的使出吃奶的力氣，不停蹦蹬著兩條細嫩的腿兒，奔竄在西門町那片鬧烘烘的人潮燈海裡。

七蓬飛颺的亂髮絲，引領著七朵飛舞的小藍裙，風蕭蕭，飄蕩在一輪明月下台北市滿城瀰漫起的紅塵煙火中。

安樂新咯咯笑，樂不可支，望著娃兒們的背影，擠眉弄眼咧嘴齜牙扮起了鬼臉來，一面追，一面伸張起兩隻枯黃的手爪，吞吐著嘴洞中紅涎涎的一根舌頭，逗弄著娃兒們：「幹妳七個小雞歪，快快給我回來！安樂新叔叔請妳們客，帶妳們七個小囡仔去新世界大戲院，看電影科學怪人浮士德博士，看完電影，請妳們吃火雞腰子炒麻油薑絲，又香又脆又滋補！幹妳小雞歪，好吃哦，小囡仔吃了就會快快長大哦——」安樂新那招魂般的呼喚，一聲淒厲一聲，不斷迴響在西門町漫町燈火人潮中。娃兒們嚇得背脊上冒出冷汗來，慌忙伸出兩隻手指塞住耳朵。一個追，七個逃，大小八個人穿梭在逛街的人群裡，鑽進來躥出去，團團追逐奔逃閃躲呼叫個不停。武昌街騎樓下，滿街鐘錶珠寶香水精品店門口，觀賞櫥窗的士女們紛紛轉過頭來，望望安樂新又瞧瞧七個小女生，一時都愣住了。安樂新不瞅不睬，只顧喘著大氣厲聲呼喚著，衝闖在人堆中捉拿娃兒們。長長一條騎樓雞飛狗跳，噗哧，噗哧，滿坑滿谷看熱鬧的男女老少忍俊不禁，四下跳躥躲閃，一個個笑彎了腰。

月下一顆蒼莽的小平頭，圓睜著兩粒血絲斑斕的眼珠，閃爍在霓虹花燈叢中，四處飄忽出沒，只管追捕攔截七個落荒而逃的小女生。朱鴒回頭望了望，嚇得蹦起了腳來：「同學們加緊腳步趕快逃命啊！這個惡鬼追趕不上我們，老羞成怒了，兩隻眼睛紅撲撲，馬上就要噴出兩團火來了囉。」

娃兒們一邊奔跑一邊回頭瞄望安樂新那雙兩團鬼火般的眼珠，腳一軟，哇的叫出聲來，齊齊縮起脖子打出了個哆嗦。

連明心捏住她那兩根小花辮，跑著跑著又哭泣出來。朱鴒牽起連明心的手，噘起嘴唇連聲呼哨，召喚其他同學緊緊跟隨在她身邊，大夥兒團結一致，左衝右突，殺出了重圍，鑽出了一堆堆看熱鬧的男女老少，車潮人潮中闖進了燈紅酒綠笙歌處處的峨嵋街。街上，成群豔妝女子走動。娃兒們鑽著跑著，馬不停蹄，穿梭在女郎們一條條皎白的大腿下，流竄在那一襲襲異香撲鼻的花裙間，只覺得鼻子搔癢難當，忍不住哈啾哈啾打出噴嚏來。朱鴒率領同學們奔逃在峨嵋街長長騎樓下，邊跑邊嗆，伸手抹抹汗水模糊的眼睛，睜開眼皮四下望了望。朵朵霓虹花燈妖嬌閃爍，家家門洞口人影出沒，飄送出一嬝嬝脂粉香。汗酸酒氣瀰漫一整條街。鶯鶯燕燕，滿街理髮廳小姐咖啡店女郎料理店媽媽桑，舞姐歌姬女茶孃，三三兩兩陪客出場，只見一對對男女手勾著手肩挨著肩，在這春末夏初的夜晚，汗流浹背，漫步徜徉在鬧市大街上，旁若無人只顧打情罵俏。巷弄中燈光幽紅賓館林立，家家門庭若市儷影成雙。探頭探腦，滿街小學生揹著書包徘徊窺望。峨嵋街附近西門國民小學早就放學，偌大校園悄沒人聲，黯沉沉蹲伏在西門町燈火高燒的夜空下。奔跑中，朱鴒煞住了腳步，率領同學們排排站，朝向那坐在校門口睜著眼睛凝視大街的國父銅像，匆匆一鞠躬。娃兒們正要跑下大街，猛然撞見幽靈似的，哇地發出一聲慘叫，縮起脖子，閃躲著安樂新突然攫探過來的兩隻手爪子，逃離西門國民小學大門，拐個彎，穿過國賓戲院門口的人潮，繞過昆明街峨嵋街口的市立性病防治所，見路就鑽，兜了老大一個圈子，又逃回到燈光通明的成都路鬧區。鐓，鐓，鐓……中華路圓環的大鐘敲了八響。西門町的燈火燒得越發旺盛了。七個小女生逃竄了半天，滿臉風塵披頭散髮，汗湫湫只顧抓住腰下那條飛蕩在街頭風中的小藍裙，蹦蹬蹦蹬奔跑不停，這會兒已經闖蕩過大半個西門町，心裡頭又是害怕又是得意，一面跑一面轉過頭來，勾起手指招啊招，格格笑，不斷逗弄著那氣喘如牛愈追愈慢的安樂新。滿街男女噗哧笑，指指點點，觀看一個大流氓在大街上追逐七個小女生，覺得好不新奇。猛一咬牙，安樂新停下腳步，把拎在手裡的兩隻塑膠紅拖鞋穿回腳上，跺跺腳，抹掉腮幫上冒出的豆大汗珠，恨恨詛咒了五六句，往人堆中啐出兩泡檳榔渣，膝頭一軟，整個人就癱倒在花馬理髮廳門洞口，嗬嗬嗬不斷喘起大氣來。霓虹燈映照下，他那兩粒小眼珠閃爍著斑斑血絲，只管盯住娃兒們骨碌骨碌翻滾著。

娃兒們呆了呆一擁而上，團團包圍住安樂新的身子，一片聲鼓起掌來，咭咭咯咯笑得花枝亂顫樂不可支。

七條細嫩的小胳臂齊齊伸了出來，指住安樂新那顆汗濟濟的小平頭：

「追呀！快來追呀，快來捉拿我們七個小女孩呀。」

「不玩了？躺在理髮廳門口裝死啊？」

「安樂新叔叔，怎麼啦？我們去看電影嘛。」

「我餓死了，叔叔，放學到現在還沒吃東西呢。」

「帶我們去吃火雞腰子炒麻油薑絲，叔叔，又香又脆又滋補哦。」

安樂新趴在水泥地上，只顧瞪著白眼珠流著紅口水，好半天吭不出一聲來。

西門町中心成都路大街，少女服飾店櫛比鱗次，櫥窗前流連著一群群放學後結伴逛街的中學女生，這時，她們紛紛聞聲趕來，圍攏住朱鴿和六個女娃兒，爭相詢問發生什麼事情。娃兒們滿肚子辛酸委屈，看見大女生如見親人，紛紛伸手扯住她們的裙腰，眼眶一紅，嗚嗚咽咽爭相投訴起來。大姊姊們一面傾聽七個小女生的訴說，一面躡手躡腳上前，滿臉訝異，彎下腰身瞧瞧追逐娃兒們的「惡鬼」。安樂新蜷縮在地上早就喘得死去活來，猛抬頭，睜開兩粒血絲眼珠，從女學生們裙襬下昂起脖子，鼓脹起鼻孔，伸到她們腿胯間嗬嗬嗬只管吸嗅起來，眼瞳裡竄出兩團紅火。那群女學生漲紅了臉龐，紛紛合攏起裙襬夾住兩條腿兒，往安樂新臉上啐出兩泡口水，一哄四散。人堆中七個高中女生，白衣黑裙肩上掛著青布書包，文文靜靜站在理髮廳簷外人行道上，手裡拈著一串炭烤公雞膠子，一面吃一面斜斜睨起眼睛，皺著眉頭似笑非笑，冷冷打量安樂新脖子上那顆刺蝟般蔌蔌抖動的小平頭。

「這種人渣，西門町多得很！」一個大女生噘起嘴唇，往安樂新臉上啐出一根雞骨頭，冷笑了兩聲，回頭伸出手來捏住林香津的腮幫：「小妹，妳們別在街上遊蕩了，趁著這個惡鬼趴在地上起不來，快快逃回家去吧。」

「我今天晚上還沒吃飯，又被這個小平頭惡鬼追了老半天，肚子餓死了，腳也瘦死了，不想逛街了。」林香津揉了揉眼皮，望著大女生們嘴裡啃著的油香炭烤公雞膠子，忍不住流下口水來，眼眶裡兩顆淚珠晶瑩瑩滾動著：「我想我媽媽，我要回家吃晚飯做功課。」

「林香津，莫哭！」朱鴒摟住林香津的肩膀，輕輕拍了五六下，拂拂她那頭汗蓬蓬亂草般四下翹起的髮絲，柔聲說：「我們七個不是投過票，決定今天晚上大夥兒結伴上街夜遊的嗎？現在時間還早呢，才八點鐘呢，西門町越到深夜越好玩哦！水薇、葉桑子、柯麗雙、連明心、張澴，妳們五個的意見到底是怎樣呢？想逛下去呢還是想回家吃晚飯做功課？」

同學們飢腸轆轆只顧嚥著口水，悶聲不響，一個個悄悄垂下了頭來，兩隻眼睛呆呆盯住自己的腳尖。

「妳們上街前還說要逛到天亮呢，現在就嚷肚子餓，想打退堂鼓了，唉！」朱鴒嘆口氣搖了搖頭，猛一怔，忽然聽到自己肚子裡咕嚕咕嚕地也響了起來，連忙閉上嘴巴，悄悄吞下五六泡口水，跂起腳尖四面望望，眼一亮，看到街口那家擺在路邊的炭烤小吃攤：「有了！妳們都別垂頭喪氣了，我請客，請妳們嘗嘗炭烤七里香，西門町鼎鼎有名的小吃哦。」

「七里香是什麼東西？我沒吃過。」林香津依偎在柯麗雙懷裡，揉揉淚眼，伸出鼻子嗅了嗅街口飄送過來的油香肉香，登時破涕爲笑，回頭仰起臉龐望著朱鴒，滿瞳子疑惑：「七里香眞的那麼好吃嗎？」

「吃吃就知道！又香又肥又脆又嫩又油，保證吃了一串還想再吃兩串！喏，妳瞧，那些大姊姊不是吃得滋滋有味嗎？她們手裡那一串串熱騰騰油滴滴的東西，就是七里香。」朱鴒指了指理髮廳簷外站著的那群高中女生，格格一笑，閉上嘴巴又吞下好幾泡口水，眼瞳子轉兩轉，望著理髮廳門口鑽進鑽出的女郎們，忍著笑對同學們說：「妳們看，理髮小姐也愛吃炭烤七里香，有空就上街去買兩串，自己吃一串，客人吃一串，兩個人躺在理髮椅上嘴對嘴吃得滋滋有味呢！傻林香津，我不會騙妳的。我大姐朱鸝的兩個日本乾爹，花井芳雄叔叔和木持秀雄伯伯，前天晚上帶我去華西街逛夜市，請我吃了六串七里香。妳們瞧，木持伯伯還賞我五百元紅包呢！今晚我請客。」

街燈下，朱鴿從小藍裙口袋裡掏出一個紅信封，抽出一張嶄新的五百元大鈔來，笑嘻嘻伸到同學們眼睛前，晃了兩晃。

六個娃兒眼一燦，嘩然跳起腳拍起手來：

「我們都還不想回家！」

「好朱鴿，帶我們去吃七里香吧。」

「哇！又香又肥又脆又嫩，吃了一串還想吃兩串。」

蓬頭垢面口水橫流，七個小女生揹著書包蹦蹦跳跳跑上了大街，忽然停下腳步回過頭來，滿臉悲憫，瞅了瞅那躺在地上一面抽筋一面喘息的安樂新，嘆口氣，揮揮手，道聲珍重再見，一溜煙跑下成都路繽繽紛紛好長的一條少女服飾街，來到西門町最熱鬧的西寧南路。在朱鴿率領下，娃兒們鑽過路口成堆徘徊張望的中老年男人，興沖沖，駐足到路邊那家炭烤小吃攤前。

四　七里香喲

油花飛濺！火光搖曳下滿攤子瀰漫起一片油脂香。

老闆娘忙得滿頭大汗，嘴裡不斷吆喝著：

「一串六粒，三十元哦。」

攤前圍聚著幾十個高中女生，白衣黑裙，一個個肩膀上掛著帆布書包，脖子上頂著一頭齊耳的短髮絲，眼勾勾，瞅著火紅木炭上烤著的肥嫩七里香，只管抿起嘴唇猛嚥口水。一串六粒，好幾十串七里香排列在長長的烤架上，油滋滋煎烤著，迸綻起朵朵火星，劈劈啪啪滿街爆響了開來。女生們手裡捏著鈔票守候在攤前，不時轉開臉去，閃躲著那一蕊蕊照面濺潑過來的油花。香聞七里，招引來那些個成天在西門町閒逛的中老年男子，三三兩兩挨擠到攤前，背著手探出脖子，把鼻尖伸入女生堆中吸吸嗅嗅。

東一聲咿呀，西一聲咿呀，巷弄中家家理髮廳門口兩扇黑水晶玻璃門不斷開著，闔著，人影飄忽出沒。理髮小姐們汗流浹背送出客人，整整衣裳，拍著心窩喘回了氣，撩起滿肩披散的亂髮絲，水銀街燈下慘白著一張張濃妝豔抹的臉孔，聞香趕了過來，從腋下乳罩裡掏出鈔票，擠進人堆中。擺攤的歐巴桑不停翻轉著火炭上的烤串，百忙中騰出一隻手來，撈起衣襟抹掉額頭上冒出的汗珠，聲聲嘶啞只管吆喝：「七里香一串六粒，只賣妳們女生三十元，別家要賣三十六元哦！看哪，一粒粒又肥又大又新鮮又滋補，保證今天早上才從菜市場挑選回來的。」理髮小姐們撩著髮梢搧著涼，鑽過成群圍聚在攤前的高中女生，擠到烤架前面來，手裡汗黏黏抓著鈔票，把兩條雪白的手膀子環抱在胸脯前，叉開五根血紅的指甲尖，刮刮刮只管搔著腋窩。猛一嗆，女學生們皺起眉頭捏住鼻子，紛紛從理髮小姐身旁逃竄開去。油花飛濺火星迸爆中，攤口糾集起了十幾個打情罵俏送客出門的理髮小姐，一個個噘起猩紅的嘴唇，嚥著口水，瞪著眼睛，盯住了烤架上那一串串一顆顆卵子般大的肉球。

「七里香一串六粒，賣妳三十元哦！」老闆娘歐巴桑聲嘶力竭吶喊著。

朱鴒踮著腳站在人堆外，早就呑下幾十泡口水，終於等得不耐煩了，狠狠一咬牙，抓著那張五百元大鈔一頭鑽進了人堆。同學們嚥著口水跂起腳尖伸長脖子，探頭探腦守候在人堆外。約莫過了十分鐘，朱鴒滿頭大汗一臉油煙，笑嘻嘻鑽出人堆，望著六位站在街上翹首等待的同學，揮了揮手裡七枝竹籤串著的四十二顆炭烤七里香，熱騰騰油滴滴，一枝一枝分派到六隻爭相伸出的小手裡：「慢慢吃哦！小口小口的咬，一點一點的呑，才不會糟蹋這樣的好東西！一串六粒要賣三十元呢。」

六月底，暮春天，城開不夜西門小紅町遊人如織。士女們吃過晚飯結伴出門逛街看燈，人手一枝七里香。

七個小女生揹著書包搖甩著滿頭亂髮絲，追隨著人潮，漂逐在月下一城紅塵燈火中。一縱隊，在朱鴒率領下，同學們手裡拈著一串熱呼呼的炭烤七里香，齜起兩排小白牙，啄著咬著，快活得有如一窩離巢出遊的小麻雀，嘰嘰喳喳，蹦一蹦跳兩跳，蹓躂下那花燈紛陳的西寧南路，火光熊熊，鑽過一家又一家油炸炭烤小吃攤，拐個彎，逛進了戲院林立滿街學生遊蕩的武昌街。

人潮一波波迎面推湧而來。娃兒們手勾著手肩挨著肩，七個小盲人似的互相牽引，緊緊追隨朱鴒，穿梭在騎樓下成群徘徊遊逛的大小女生之間，邊走，邊跂起腳尖，瀏覽著滿騎樓少女服飾店櫥窗，不時伸出脖子來，一臉疑惑，窺望那燈光幽紅人影閃忽的理髮廳門洞。門洞口，老少男子搔著褲胯子忙忙鑽進鑽出，滿眼血絲，鬼影般飄竄在東一盞西一筒四處旋轉的三色燈下，縮頭縮腦生怕遇見熟人。理髮小姐香汗淋漓，喘著氣，不斷開門迎送客人。朱鴒縮起鼻子打出兩個大噴嚏，趁著那兩扇黑水晶玻璃門開啓時，一眼望進理髮廳門洞，只見店堂上擺著兩排理髮椅子，黑魆魆伸手不見五指，只有三兩盞小紅燈泡鬼火般矇矇眨亮著。十幾個理髮小姐披頭散髮，叼著香菸，盛裝坐在門廳沙發上候客。「黑漆漆的怎麼幫客人理頭髮呢？」朱鴒呆了呆，跑到騎樓外面人行道上，仰起臉龐，眺望理髮廳屋頂上閃爍的霓虹招牌：金帥賓館，豪華客房旋轉水床，休息四百五十元。滿街賓館招牌燦爛在夜空中，爭相招徠顧客。春神賓館。敘心園賓館。夢十七賓館。福島祇園觀光大旅社。家家賓館樓下裝設兩扇黑水晶自動門，咿呀咿呀不斷開著闔著，窈窕人影裙衩搖曳飄進飄出。新東帝觀光理髮廳隔壁，玉女池賓館底樓，秋田婦產科小兒科泌尿科診所燈火通明，滿堂雪亮，入夜後門庭若市。對街福山西藥房顧客盈門，士女成雙出入。街頭巷尾，成堆中老年男子叼著香菸徘徊在少女服飾店櫥窗前，穿梭在群群女學生之間，背著手來回踱步逡巡，不時伸出手爪子搔搔汗濕的腋窩，睜起血絲眼睛四下狩望。月下西門町一片車潮燈海，滾滾人頭四處漂盪。朱鴒扠著腰，風中只顧聳著滿頭蓬飛的亂髮絲，站在騎樓外人行道上瞭望，一時看得癡了。

武昌街口一輪明月下，金碧輝煌停泊著四輛雙層豪華遊覽車。悄沒聲，遊覽車上層坐滿觀光客，一個個西裝筆挺白髮蒼蒼，目光炯炯，居高臨下只顧俯瞰著西門町的人潮。

「朱鴒，妳看！」林香津打個哆嗦，腮幫上那蘋果樣兩隻小酒渦突然凍結住了。好一會她才伸出手來，扯了扯朱鴒脖子後的髮根，悄聲說：「妳看，那些人坐在遊覽車上一動不動，眼睜睜愣瞪瞪，沒聲沒息就像殭屍一樣。」

朱鴒揉揉眼睛仔細瞧了瞧：

「日本老頭子！在中國打過仗殺過成千上萬人的。」

「朱鴒，妳怎麼知道？」

「傻林香津，看看他們的年紀就知道了。」

「哦！妳又怎麼知道他們是日本人呢？」

「咦？妳沒看見他們的脖子和兩隻腳特別短嗎？那是日本男人的特徵呀。」

格格一笑，朱鴒甩起脖子上那一篷短髮絲，招招手，率領六位同學繼續走下熱鬧的武昌街，往町心霓虹深處遊逛了過去。

娃兒們一面逛一面品嘗炭烤七里香，亦步亦趨跟住朱鴒，東張西望，走過武昌街一家家服飾店戲院賓館診所理髮廳，小小的身子漂盪在人潮中，挨擠在那花叢般一簇簇搖曳而過的裙衩下，一時間不知漂流到了何方，只聽得耳際車潮喧囂，眼前燈影迷離，心裡又是害怕又是好奇又是快樂！月亮高掛東海上空，漫城華燈仙境一般，奼紫嫣紅早已開得一片醉，盞盞霓虹火燒火燎閃爍在星空下，煙花似的灑照著大街小巷滿坑滿谷洶湧澎湃的人頭。朱鴒帶領六個小女娃，遊走在西門町鬧市大街上，徜徉，迌迌，追逐著天際那一輪水濛濛的月亮，髮絲飛颺，衣裙飄蕩，迎向河口海峽一濤濤呼嘯而進的晚風，終於來到了西門町中心那繁燈如蕊的霓虹深處。

武昌街昆明街交岔口，人潮匯集，燈火輝煌廣場上矗立著一家十層樓大百貨公司。

連明心使勁跺了跺腳上那雙白色小皮鞋，停下腳步，不肯走了，咬著牙根嘶嚕嘶嚕一連吸了五六口氣：

「朱鴒，我的腳痛死了，走不動了啦。」

「好，我們歇歇吧。」

披頭散髮，七個小小女生一排坐在來來百貨公司廣場花壇上，如釋重負般，把背上馱著的書囊卸落下來，一把扔到腳跟前，然後紛紛甩起胳臂伸個大懶腰，長長噓出兩口氣，伸出手來，狠狠抹了抹滿頭滿臉灰撲撲的風塵，擦掉腮幫上沾著的油煙，脫下鞋子，咬著牙忍著痛，低頭只顧揉搓著兩隻紅腫起泡的腳掌子。朱鴒瞧瞧身邊挨坐著的連明心，嘆口氣：「可憐的小明心，出生到現在還沒走過那麼多的路呢！」說著，她伸出一隻手，捉住連明心那飛蓬般飄舞在風中的兩根小辮子，解下辮梢紮著的紅頭繩，咬在自己嘴裡，不聲不響替她整理起頭臉來，重新編織出兩根美麗的小花辮。同學們呆呆瞅著朱鴒，又望望連明心那張皎潔的小瓜子臉兒，紛紛站起身來，圍攏到連明心身邊，七手八腳幫她整理身上那件小白衣小藍裙小學女生制服。連明心瑟縮著小小一個身子，依偎在朱鴒身邊，仰起臉望著同學們，忽然眼眶紅了，淚光中她臉龐上綻開出一朵感激的笑靨。柯麗雙揉揉眼睛，從裙袋裡掏出手絹，輕輕擦掉連明心臉頰上流淌著的兩行淚水。娃兒們坐回花壇上，啃著手裡那串炭烤七里香，靜靜望著大街。朱鴒替連明心編好了辮子，又嘆口氣，托起連明心的下巴，照著街燈左看看右瞧瞧，掏出手絹抹掉她腮幫上的煙塵，把兩根小花辮整整齊齊安置在她胸前，笑了笑，拍拍她的肩膀。連明心眨了眨淚汪汪的眼睛，悄聲說：「謝謝妳，朱鴒。」兩個小女生手挽著手，靜靜坐在廣場上街燈下一灘水銀清光中，品嘗著七里香。

夜黑風高台北市燈火高燒，西門町人影迷亂。一窩兒，七個小女娃排排坐，依偎在來來百貨公司門口花壇上，手裡拈著七里香，伸出嘴巴啄著咬著，好半天只管昂起脖子瞇起眼睛，中了蠱般，迎著漫城流竄的風沙，呆呆眺望那叢叢高樓上，睞啊睞，美目流盼一簇簇爭妍鬥麗旋轉不停的霓虹。喘吁吁，七朵蓬頭垢面的小笑靨燦綻在華燈下，風塵僕僕，活像七個流浪街頭伸手要飯的小乞丐。廣場上閒逛的那群中老年男子看見了，紛紛轉過頭來，眼上眼下打量著這七個小小女生，抽搐著臉皮似笑非笑。

朱鴒站在花壇上甩著髮梢四下睥睨，好不得意。她低下頭來，左看右看，瞧瞧身邊六個同學那六張髒兮兮的小臉龐，忍不住噗哧一笑，伸手捏了捏林香津腮幫上那兩隻嬌紅的小酒渦，人潮中扯起嗓門問道：「吃了七里香，妳肚子還餓不餓啊？今天晚上妳們六個跟我上街遊逛，開不開心啊？」

「開心！」同學們齜牙咧嘴轟然答應一聲。

「今晚好不好玩啊？」朱鴒又問。

「好玩死了。」

「說，怎麼個好玩法呢？」

「從沒這樣瘋過！」連明心撩了撩胸前那兩根新編的小花辮，伸出脖子，望望廣場外的滿町燈火遊人，細聲細氣回答朱鴒：「我一輩子從沒跑過那麼多條熱鬧的大街，也從沒看見過那麼多理髮廳、那麼多理髮小姐和媽媽桑、那麼多拎著書包逛街的女生。」

「一個晚上我們東跑西跑，就逛過了大半個西門町！」汗湫湫，柯麗雙那張黝黑的小瓜子臉兒泛起了紅霞，街燈下綻露出兩排皎潔的小白牙：「那麼多燈高高掛在天空，各種顏色各種形狀，看得人眼花撩亂，比元宵節的花燈還要好看呢。」

水薇伸出手來掠掠耳鬢上那兩叢凌亂的髮絲，皺起眉頭：「倒楣，在新世界戲院門口遇到一個惡鬼。」

「媽媽咪呀，我們跟一個惡鬼在西門町大街上追來追去捉迷藏！」葉桑子攏起裙襬高高蹲在花壇上，吃吃笑，拍著手，搖晃著她那一頭男生樣削薄了的短髮，樂不可支。

「眞衰哦！半路上遇到一群日本老男人。」張澴睨起她那雙冰冷的黑瞳子，滿臉嫌惡，望望武昌街口靜悄悄停泊著的四輛豪華雙層遊覽車：「一兩百個老頭子陰魂一樣，沒聲沒息坐在車上，睜著兩隻死魚眼睛，鬼氣森森的不曉得在看什麼，看得人心裡發毛。」

「人手一枝七里香。」林香津低下頭來，瞧瞧手裡那一串卵子般大的四顆炭烤七里香，湊上嘴巴狠狠咬兩口，吃吃笑個不住：「味道很特別，油滋滋肥嫩嫩香脆脆的。」

「同學們，逛得累不累啊？」朱鴒問道。

六個娃兒異口同聲扯起嗓門嚷道：「累斃了，兩隻腳跑了一個晚上，起了好幾十顆水泡，滿身腰痠背痛難受死啦。」

「下次放學，還想不想跟我上街遊逛呢？」

「想！」

「上街看花燈，品嘗七里香，跟壞人捉迷藏？」

「好呀，我們跟著妳走，朱鴒。」

「下次我帶妳們六個去逛華西街夜市，保證比今天晚上更刺激更好玩。」眼瞳一轉，朱鴒睨住同學們格格笑了兩聲：「看華西街蛇店的歐吉桑殺毒蛇、斬鼈頭、宰烏龜，嚇唬那些膽小如鼠的美國觀光客。」

「哇，一定精彩！朱鴒，我們勾勾手一言爲定。」娃兒們輪番跟朱鴒勾過了手，一片聲鼓起掌喝起采來，風中搖甩著她們那滿頭蓬飛的黑嫩髮絲，一群小瘋婦似的只管當街喧嚷：「媽媽咪呀，我們不回家吃晚飯，我們要跟朱鴒去華西街看歐吉桑殺蛇宰龜，活斬鼈頭！」

風塵滿面，七個小女生蹲坐在西門町中心花壇上，快活得什麼似的，一邊瀏覽廣場上的花燈遊人，一邊齜著牙，熱呼呼品嘗著手裡那串炭烤七里香。七張小嘴巴不停地嘓著吹著，啄一啄，咬兩咬，滿頭大汗吃得不亦樂乎。林香津低著頭絞著眉心，左瞧右瞧好半天只顧端詳手裡拈著的那串東西，滿臉狐疑，伸出嘴巴使勁一咬，油滴滴咬下了兩團肥膩的油脂來，只覺得一陣噁心，死命咬住牙根才吞下那兩團味道怪怪的肥肉。她摀住嘴巴，睜大眼睛，瞪著那串東西發了好半天的愣，臉一沉，伸出手來扯住朱鴒的衣袖，問道：

「朱鴒，七里香到底是什麼東西？我吃不出來。」

「公雞膠子。」

「膠子又是什麼呢？」

「屁股嘛！連膠子是什麼東西都不知道，傻林香津呀，妳眞有夠遜喲。」

「哦！我們在吃公雞屁股。」渾身猛然一顫，林香津瞧了瞧手上那串又香又肥又大的炭烤公雞屁股，只管發起了呆，臉上那副神情說不出的古怪，彷彿突然給壞人灌下兩盅高粱酒似的，一時嗆在喉嚨裡說不出話來。好久，她才嘆口氣，哭喪著臉兒又湊上嘴巴，委委屈屈的往那顆肥油油肉團子上輕輕咬兩口，一邊咀嚼，一邊望著廣場上成群兜著書包咬著七里香的高中女生，滿臉迷惑：「朱鴒，我不懂，爲什麼大女生都喜歡吃公雞的屁股？」

「香呀，所以才叫七里香呀。」

「公雞屁股怎麼會香呢？」

「我告訴妳吧。」眼瞳子轉兩轉，朱鴒伸手攬住林香津的脖子，撥開她肥幫上一毬一毬燙鬈的細嫩髮絲，把自己的嘴巴湊到她耳朵上，悄聲說：「妳不要跟別人講哦！我大姊朱鸝不是有個日本乾爹花井芳雄嗎？花井叔叔告訴我，小公雞長成大公雞後，屁股會放射出一股香精，那種——那種——唉，那種挺特別挺刺激的香味，能勾引遠在七里外的母雞來相好，所以大公雞的屁股生得又圓又大又翹，油滋滋肥嫩嫩，人們才管它叫七里香呀。」

林香津聽得一臉茫然。

「傻小林香津，妳還不明白嗎？瞧妳懵懵懂懂的，怎麼敢上街來遊蕩呢？安樂新把妳拐帶到華西街寶斗里賣掉，妳還喜孜孜幫他數鈔票呢！唉，將來可悽慘哦——」朱鴒長長嘆口氣，抬起林香津的下巴，瞅瞅她臉龐上那兩隻奶油般吹彈得破的小酒渦，忍不住又幽幽嘆息了兩聲，低下頭來自顧自吃起手上那串炭烤七里香，不再答理林香津。

「噯呀，傻香津，妳管它是七里香還是臭屁股，好東西就是好東西嘛。」頭也不抬，葉桑子打赤腳蹲在花壇上，三兩口早就將一串六顆公雞屁股啃個精光，滿手油膩，撈起小藍裙抹抹嘴，伸手撥了撥頭上那一篷男生樣的短髮絲，眼瞳子轉動著，笑瞇瞇，睨住林香津手上那三顆原封未動的好東西，喉嚨裡骨碌骨碌只管嚥著口水：「一串六顆三十元哦！林香津，千萬莫糟蹋了好東西。」

「雞屁股香香脆脆滿好吃。」柯麗雙從竹籤上拔下一顆雞屁股，放在葉桑子伸過來的手心上。在西門町奔跑了一圈，這會兒柯麗雙那張黝黑的小瓜子臉兒綴滿汗珠，泛起一片紅霞。霓虹燈照射下，她那兩隻漆黑的眼瞳子亮晶晶，孤寂地閃爍著深山小澗般幽冷的光彩：「我是鄉下來的小孩。兩年前，我們家還住在南投縣名間鄉，在山上種鳳梨。每到禮拜四晚上，全家人就會結伴到南崗工業區逛流動夜市，買東西，吃小吃，我姑姑阿姨她們每次都會買兩串烤雞屁股，邊逛邊吃。鄉下的阿嬤們都說，女人常吃美國公雞屁股，皮膚會滋養得又白又嫩，兩隻奶子香噴噴鮮嫩嫩，就像拔光了毛的大公雞屁股，男人看見了都會猛搔褲襠，猛吞口水呢——」忽然，悲從中來，柯麗雙緊緊抓住連明心的手，臉龐上撲簌簌滾下了兩行淚珠：「唉，明心啊，我實在好想念我在鄉下的阿嬤哦。」

「柯麗雙柯麗雙，不要常常想妳老家的親人，我們六個同學現在都是妳的親人呀！」連明心掏出小手帕，抹掉柯麗雙腮幫上的淚水。她伸出自己的臉兒，湊到柯麗雙那張憔悴的臉龐上，看看柯麗雙那兩隻深沉幽冷的眼瞳，忍不住嘆息起來。眼神一黯，連明心撈起自己胸前那兩根小花辮，一把摔到肩膀後面，牽過柯麗雙那隻沁涼的手兒，放進自己心窩裡，不斷地拍著揉著。兩個小小女生依偎著坐在一盞水銀街燈下，眺望漫城燈火，靜靜品嘗手裡那枝七里香，想著各自的心事。

「公雞屁股咬在嘴裡滋味挺特別，肥，可又不太膩，滿有咬勁，難怪那些理髮小姐進進出出吃個不停。」水薇眨著眼睫毛，沉沉靜靜地說。她拈著一枝七里香細細咀嚼著，獨個兒端坐一旁自言自語。一臉清素，滿頭風塵。風中水薇伸著手，不停拂掠著臉頰上一蓬蓬飛蕩的黑嫩髮絲，兩隻眼瞳靜靜眨著，只管眺望來來百貨廣場外面滿巷滿弄閃爍旋轉的三色燈：「整個西門町，到底有幾家理髮廳呀？怎麼那麼多男人提著公事包，穿著西裝上理髮廳啊？他們從理髮廳出來，怎麼一個個都披頭散髮的呢？理髮廳不是理髮的地方嗎？怎麼會理得滿身大汗、氣喘吁吁的呢？」

「我知道他們和理髮小姐在理髮椅上幹什麼事！這種事只可做不可說哦。」葉桑子啐出嘴裡一團油脂，吃吃笑道。

「兩個人嘴對嘴，啄啄啄，躺在理髮椅上品嘗美國公雞屁股！」張澴板起她那張姣白的小圓臉，乜起她那雙森冷的黑眼眸，瞅著滿街理髮廳，冷笑兩聲。

「公雞屁股好吃是好吃——」笑嘻嘻，林香津咀嚼著嘴裡那顆油滋滋的肉球，嚼著嚼著忽然打了個嗝，彷彿吃到什麼奇怪東西，險些嘔吐出來。她急忙咬住牙根吞下那團油脂，愣了半晌，望望手上那串炭烤香脆大公雞屁股，皺起眉頭伸出鼻子嗅了嗅：「好吃是好吃，就可惜帶著點兒尿騷味。」

晴天裡猛一聲霹靂，六個女孩兒嘩然跳起了腳，指住林香津叫嚷起來：

「死林香津，妳爲什麼要講出來！」

「我們早就發現公雞屁股帶著怪怪的尿騷味！」

「心裡頭嘀咕，裝作不知道。」

「呸！妳現在講出來——」

「害我們噁心得直想吐！找死的林香津，看我們不把妳給捶扁了才怪。」

餓虎擒羊般，六個女孩兒揮舞著手裡那枝七里香，咬牙切齒，揑起小拳頭紛紛撲到林香津身上。

來來百貨公司門口那幅巨大的電視牆下，徘徊遊逛的大女生們兜盪著書包，啃咬著公雞屁股，這時紛紛回過頭來，望望花壇上一窩子打鬧起來的七個小女生。廣場中，東一叢花髮西一顆白頭，四處飄蕩出沒。形單影隻的中老年男子們目光炯炯，背著手踱著步，觀賞那漫町高掛的花燈，不斷來回逡巡張望，踢踢躂踢踢躂邁動著腳上那雙尖頭皮鞋，穿梭在女學生堆中，不時伸出手爪搔搔西裝褲襠。這會兒，他們一個個聞聲尋覓了過來，駐足花壇下，堆出滿臉慈藹的笑容，打量花壇上七個扭打成一窩的小女生。水銀街燈下，一雙雙眼珠閃爍著斑斕血絲，只管盯住娃兒們。一團混戰中朱鴒殺出重圍，跳下花壇來，望望那幾十顆笑瞇瞇圍攏上前的花白頭顱，倏地打個寒噤，連滾帶爬逃回花壇上，大喝一聲，命令同學們停手：「不要打了！老頭子都跑來看我們小女孩打架了！一個個嘻皮笑臉，看得口水都快流出來了啦！」娃兒們放開林香津，喘著氣坐回花壇上各自整理衣裙，噗哧噗哧笑個不住，一會兒瞪瞪林香津，一會兒瞧瞧手裡剩下的那幾顆炭烤公雞屁股，皺起眉頭縮住鼻子嗅了嗅，齜牙咧嘴，忍不住又湊上嘴巴，重新咀嚼品嘗起來。

「誰不知道公雞屁股有尿騷味！」

「欠打的林香津，害我們現在噁心得想吐。」

「好東西，又捨不得丟掉。」

白衣藍裙七個小學女生，蓬頭散髮，只顧啃咬手裡那串肥油油香脆脆的七里香，嬉笑在來來百貨公司廣場那一簇一簇變幻不停的霓虹光影中。

五　女生們，暑假就要開始囉！

夜幕下短髮飛蕩，西門町四處流逛著一群群身穿白衣素裙的中學女生。人手一串炭烤小吃。火星飛濺油花迸爆，大街小巷飄漫起芬芳撲鼻的焦肉香。家家炭烤小吃攤生意興隆。

町心廣場上閒蕩的中老年男子們堆著笑容，三三兩兩圍攏在花壇前，徘徊不去，半天才依依不捨，望了望這七個放學後結伴上街夜遊的小女娃兒，嚥著口水慢慢踱了開去，一個個整肅起儀容來，背著手踢躂著皮鞋，又鑽進女生堆中逡巡張望，沿著廣場兜了五六圈，百無聊賴，紛紛聚集到來來百貨公司電視牆前，打著哈欠看看錶，昂起脖子準備看晚間新聞。

「各位同學不要吵了！我要聽新聞。」朱鴒豎起食指噓了兩聲，瞪了瞪那兀自笑鬧不休的六位同學，側耳傾聽。

鬧市街頭七個小女生手裡拈著七里香，滿臉油煙一身風塵，一排端坐花壇上，望著百貨公司門口那幅十呎見方的巨大電視牆，安安靜靜看起新聞來。

「各位觀眾，晚安！今天是意義十分重大的一個日子。」笑盈盈，主播小姐臉頰上綻出兩朵酒渦，水蜜桃般燦爛在七彩繽紛的螢光幕上。廣場上的民眾，男女老少紛紛豎起耳朵。主播小姐停頓了半晌，端整起臉容來，凝起兩隻眸子注視著全國男女老少同胞們，字正腔圓一字一字朗讀起新聞稿：「今天是六月二十八號！這一天，是我們中華民國奮鬥史上一個挺重要的日子。各位同胞想必都還記得，四十二年前的今天，也就是民國三十六年的六月二十八號，中華民國最高法院下令通緝毛匪澤東——」

「通緝毛匪澤東？他呀——」林香津鼓起她腮幫上兩隻汗湫湫的小酒渦，噗哧一笑：「早就死翹翹了啦！」

「老師說，毛匪死的那天發生大地震。」連明心捏住胸前那雙小花辮，仰起臉龐，望著電視螢幕上幽然浮現的一幅肥頭油腮巨大肖像，身子猛一顫，見了鬼似的慌忙縮起脖子轉開臉去：「那次地震死了五百多萬人喲！老師說，毛匪不甘心一個人去死，所以才找五百多萬人來陪葬，男女老少五百多萬老百姓哦。五百多萬！老師說，切莫記錯這個數字哦，他考試要考的。」

「人都死了，還通什麼緝呢？」風中水薇只顧掠著臉頰上的髮絲，望著螢幕上展示的那一具龐大無比的屍體，斯斯文文問道：「抓又抓他不到，通緝他有什麼用呢？」

陰風陣陣，日月無光，螢幕上出現了唐山大地震後滿目瘡痍的景象。

「如果我是男生，我早就學荊軻，一劍把這個現代秦始皇刺殺。」張澴冷哼一聲，瞪了瞪電視牆前圍聚的一夥木無表情盯著螢幕呆看的中年男子。她攏起裙襬，高高坐在花壇上，滿臉鄙夷，人堆中睥睨著她那兩隻桀驁的黑眼瞳，甩著一頭濃密的黑髮絲，不住的冷笑。

柯麗雙獨個兒坐在一旁，睜著兩隻孤寂的眼睛，昂起脖子望著螢幕，忽然眼圈一紅，垂下了頭來，黝黑的小瓜子臉兒亮晶晶掛起了兩串淚珠：「瞧，那些在地震中死掉的小孩子，有的斷手有的斷腳，有的頭顱不見了——」

娃兒們不吭聲了，一個個眨著淚汪汪的眼睛，滿臉悲憤，咬著牙，瞅望著電視牆上滿坑滿谷輾轉哀號的小男孩小女孩，撲簌簌掉下兩行眼淚來。

劫後唐山，呻吟在毛澤東巨大頭顱陰影下，哀鴻遍野。

「管他毛匪澤東死了沒！最高法院對他發出的通緝令還沒撤銷，現在還有效。」人聲鼎沸中，朱鴒豎起耳朵聽著新聞，眉頭一皺，伸出一根手指來，指住身邊那幾個西裝革履高談闊論的中年男士，喝道：「拜託各位先生不要吵鬧，我們在聽電視新聞。」

漫町風塵飛揚。廣場上流逛的中學女生們短髮蓬飛，三三五成群，兜盪起肩上掛著的帆布書包，品嘗著各種炭烤小吃，漫步徜徉，圍聚到了來來百貨公司電視牆前。一濤一濤晚風起自海峽，呼嘯著闖進淡水河口，登陸城心西門町，嘩喇嘩喇掃蕩起女學生們的白衣，飄撩起她們的素色裙子。水月迷濛，一城燈火蒼茫。廣場周遭武昌街漢口街昆明街西寧南路四條大街，人頭滾滾，各家舖子亮起彩燈，水晶宮般大放光明，騎樓下人潮鼎盛。儷影雙雙，一對對少年情侶手牽手飯後逛街賞燈。霓虹深處人影飄忽，幽魂般，男人們鑽出理髮廳燈影幽紅的門洞，一臉憔悴，渾身虛脫了似的，睜開眼皮茫然望了望大街，回頭跟送客的理髮小姐們摸摸摟摟打情罵俏一番，然後搔搔西裝褲襠，拂拂滿頭亂髮，一頭鑽進人潮中，拎著公事包漫步遊蹓到町心廣場電視牆前，睡眼惺忪也看起新聞來。

主播小姐忽然板起臉孔，抬高聲調：

「過兩天，就是七月一號了，全國各級學校開始放暑假，這段期間正是風月場所招兵買馬補充新血的時機。入夏以來，業者紛紛在各大報紙刊登廣告，以『學生兼差，暑假工讀，保證月入二十萬』爲釣餌，企圖引誘未成年女學生從事不正當行業，並以『新貨上市，保證鮮嫩』爲號召，招徠嗜好此道的男士。各位同胞，每年七月鳳凰花開時節，寶島數千所中小學校，多少在學女生、多少豆蔻年華的純潔少女墮入風塵，從此沉淪火坑萬劫不復！她們都是我們的姊妹，中華民國的女兒啊。有鑑於此，行政院內政部警政署秉承總統指示，今天向全國民眾發出最嚴正的宣告：爲了防止暑假期間不肖業者利用廣告，以徵求工讀生爲名義，誘騙中、小學校女學生從事色情交易，自七月一日起，全國憲警將採取行動，在全島二十三縣市，同步展開色情廣告及色情場所的查察取締工作。爲了貫徹這項任務，警政署即日成立專責打擊色情、保護少女的機動小組，定名『雛菊專案』。據了解，這項爲期三個月的全面掃黃行動，將動員全國警力，在各縣市憲兵隊支援下，對全島數萬家舞廳、舞場、酒家、酒吧、視聽歌唱、特種咖啡茶室、三溫暖和理髮廳等八大行業，以及俱樂部酒店酒廊指壓油壓粉壓按摩等場所，進行地毯式的威力大掃蕩。全國同胞們，鳳凰花開，號角響起，我國有史以來規模最浩大的全面掃黃，剋日展開！全國憲警訂於七月一日凌晨誓師：『三個月之內，將色情趕出寶島！還我少女們一個安全的生存空間，還我寶島人間最後一塊淨土！莫讓萬惡共黨譏笑我們淫亂！三民主義統一中國！中華民國七十八年七月一日，全國憲兵與警察謹向國父及總統竭誠宣誓。』」

主播小姐李艷秋琅琅讀完新聞稿，眉梢一挑，凍結住了臉上那蘋果樣兩隻燦爛的酒渦，凝起一雙眼瞳，端坐播報台上，冷森森俯視著觀眾，繃著臉不吭聲。

花壇上，拈著七里香一排坐著的七個小女生瞪住螢幕，呆了好半晌，肩膀子猛一縮，忍不住打出了個寒噤來。

滿場子聚集看電視新聞的民眾，男女老幼鴉雀無聲。

花裙紛飛，夜風中銀鈴般綻響起一長串嬌笑聲。七個少小歌舞女郎蹭蹬著三寸高跟鞋，搖曳著圓翹的臀子，談談笑笑，結伴走出廣場邊的獅子林觀光大歌廳，穿過成群徘徊在街燈下的女學生，步向廣場後面那一排小吃店。香風過處，滿場子閒蹓的男人們搔了搔西裝褲襠，紛紛回頭注目。那七個小舞孃不瞅不睬，只顧格格笑著抖盪起腰下的花短裙。娃娃臉，婦人臀。街燈下那七張稚嫩的姣白臉兒，豬血似的塗抹著兩大片猩紅的臙脂。廣場上的民眾看得呆了。月下迎風，一群小舞孃睥睨著招搖過市，浩浩蕩蕩。男人們深深吸了好幾口氣，一個個乜斜起眼睛，窺望那朵朵花裙下若隱若現的幽祕風光。花壇上，七個小女生愣瞪著眼珠，望著小舞孃們那一顛一盪的碩大屁股，好久好久，中了蠱般只管出起神來。朱鴒坐在同學們中間，一手攬住柯麗雙的肩膀，一手揪住連明心胸前不住飄蕩的兩根小花辮，眼睜睜打量著那群小舞孃的身影，忽然噘起嘴唇，湊到柯麗雙耳邊悄聲說：「她們的屁股是打針打大的！天天注射雌素酮，被催熟的呢。」

「雌素酮？那是什麼藥？」柯麗雙肩膀一顫，黝黑的小瓜子臉兒煞白了。朱鴒格格笑：「促進女孩子發育的荷爾蒙呀。」

「妳怎麼知道？」娃兒們紛紛追問。

「誰不知道？電視上這幾天不是天天有報導嗎？」朱鴒望了望小舞孃們的背影，回頭瞇起眼睛，眼上眼下端詳著圍坐在她身旁的六個同學，一臉漾亮著古怪的笑意：「這年頭，賺了幾個錢的老男人都喜歡找——年紀小小的——娃娃臉婦人身的小女孩玩，聽說滋味很特別哦！昨天我看華視新聞雜誌，記者小姐這樣說的。」

「天呀，才十三四歲屁股就脹大成兩顆大肉球！」連明心皺起眉頭，抓起胸前兩根小花辮往肩後一撩，站起身來，人堆中跂起腳尖伸出脖子，望著那七個蹭蹬著三寸高跟鞋抖盪著臀子招搖過市的少小歌舞女郎，幽幽嘆息了一聲：「唉——小小年紀身材凹凸有致，腰是腰腿是腿，奶子是奶子屁股是屁股，注射雌素酮荷爾蒙長大的呢——」

「連明心，拜託別再說了！」柯麗雙打了個哆嗦，滿眼恐懼，伸手扯住連明心的辮梢，央求她趕快坐下來。

娃兒們一個個垂下頭來，悄悄打量自己的身子。

遊逛了半個晚上，風塵滿面，七個小女生一排坐在來來百貨廣場花壇上，聳著一頭蓬亂的髮絲，睜大眼睛瞅望著那十幾隻搖盪在街上的大屁股，愣愣發起了呆。

「看新聞吧。」水薇伸手扯了扯朱鴒的衣領子。

電視牆前人頭洶湧，幾百雙眼珠瞪著那幅十呎見方的巨大螢幕。主播小姐居高臨下，一臉凜然，俯瞰著觀眾。螢幕上雷霆萬鈞出現了壯盛的場面，只見全島軍警荷槍實彈展開部署，待命出動，島上家家理髮廳三溫暖舞廳酒店酒廊咖啡茶室，紛紛拉下鐵門，熄滅燈火。八大行業偃旗息鼓躲避風頭。警政署長在成群高階警官簇擁下，背著手，顧盼睥睨，漫步在冷冷清清漆黑一片的中山北路巷弄之間，觀賞那一盞盞死滅的霓虹。鎂光燈四下閃爍，全城記者蜂擁而至。螢幕上轟然響起一片恭喜聲，祝賀署長演習成功。

「各位同胞，過兩天就是七月一日，中小學校開始放暑假，全國憲警就要展開爲期三個月的『雛菊專案』行動，向八大特種行業正式宣戰，發動無情的威力大掃蕩了！我們預祝行動成功。」主播小姐李艷秋報完新聞，嫣然一笑，冰冷的腮幫上綻露出了兩朵甜美的酒渦：「奉勸全國的男士們，這段期間敬請耐心待在家中，切勿涉足色情場所，免得受到波及，以致影響夫妻感情家庭和樂，追悔莫及！晚安。」

哈欠四起，廣場上閒逛的男人們三三兩兩背著手，睡眼惺忪看完新聞，嘆口氣，鑽出了圍聚在電視牆前的成群女學生，堆出一臉慈藹的笑容，眼上眼下打量著坐在花壇上的七個小小女生，然後邁起皮鞋踱起方步，又四處張望起來，慢吞吞踅到獅子林歌廳售票窗口，望望海報上乳波臀浪一群群小舞孃的照片，忍不住搔搔西裝褲襠，掏出皮夾買票進場。獅子林觀光大歌廳春色撩人，晚間第二場節目即將開演了，電視牆前的人潮看完新聞，議論紛紛一哄而散。廣場外，城心大動脈中華路上，西門町六條大街，洛陽街開封街漢口街武昌街昆明街成都路，十字路口車流不息，嘩喇嘩喇潮起潮落，夜幕下一濤一濤迴響著汽車喇叭聲。一陣腥風驀地颳進淡水河口，登陸西門町，掃下中華路，撩蕩起廣場上女學生們腰間繫著的素色裙子，撥弄著她們耳脖上一蓬蓬短髮絲，呼嘯著，往城中霓虹深處的總統府席捲過去了。風起雲湧，海峽上空蹦出一輪明月。

月色皎皎，灑照著蓬萊仙島上一城金雕玉琢的燈火樓台。

連明心忽然伸出手來揪住朱鴒的耳朵：

「聽！有人唱歌。」

朱鴒豎起耳朵，聽了聽。

西門町鬧市大街上，男女老幼幾十條嗓子合唱起了生日頌，隔著滿街人潮車潮，清亮地傳到廣場上來：

祝妳生日快樂
祝妳生日快樂
祝妳生——日——快——樂
祝我們的小乖女兒小娟
祝我們的小乖孫女小娟
祝我們的小妹子小娟
祝我們的同學陳娟娟
生日快樂！

不知誰家在替小女兒慶生。

「哇！這個女孩是誰？好幸福哦，一家人和全班同學在西門町慶祝她的生日。」廣場上七個小女生跳起腳，爬到花壇頂端，伸出一隻手遮到眉眼上，追蹤著歌聲四下搜望起來。十幾間店鋪外，福島大飯店隔鄰，溫娣漢堡店矗立在叢叢紅霓中，水晶宮般五層樓宇，滿屋子日光燈雪似皎潔，灑照著玻璃大窗內滿堂歡聚的老少客人。一群小女孩圍聚在一隻美麗的大蛋糕前，拍著手唱著歌，衣衫繽紛燦笑如花。溫娣漢堡店門口，一波一波不斷飄送出生日快樂歌。那一聲聲讚頌、一句句祝福，好久好久迴盪在西門町漫町人潮燈海中，天籟般飄響在七個小女生耳朵旁。娃兒們跂起腳尖，高高站在町心廣場花壇上，伸長脖子睜大眼睛，聳著頭頂上那一蓬蓬野草般四下飛蕩的髮絲，風中聽得癡了。

「我希望我爸媽也給我做生日！」眼圈一紅，柯麗雙轉過身子，背著同學們悄悄伸手擦掉腮幫上滾落的兩串淚珠：「我也希望我爸媽不要再強逼我，天天晚上去中山北路酒店賣花，賣到凌晨三點鐘，我一個人好害怕。」

「麗雙，別害怕別害怕！下回我陪伴妳去中山北路酒店賣花，陪妳賣花賣到天矇矇亮，再陪妳走路回家。」心一酸，朱鴒咬了咬牙，強忍住奪眶而出的淚水，伸出手來捉住柯麗雙肩膀後面拖著的一束乾枯的小黑髮，從裙袋裡掏出梳子，迎著滿街流竄的夜風，幫柯麗雙梳理她那一頭沾滿煙塵的髮絲：「麗雙，妳肚子餓了嗎？我聽見妳肚子裡咕嚕咕嚕叫個不停，我們不再逛街了，我們回家去好不好？」

「我還不想回家。」柯麗雙揉揉眼睛，水銀街燈下滿瞳子閃爍著血絲，一臉憔悴，望著朱鴿，忽然笑嘻嘻綻開了兩排皎潔的小白牙：「我不餓，剛才吃過了六顆炭烤公雞屁股，到現在還覺得心裡膩膩的呢。」

「放假後，每天晚上我們六個同學都偷偷從家裡溜出來，陪伴妳去中山北路酒店賣花，一言爲定！」林香津一把摟過柯麗雙的肩膀，輕輕拍了兩下，忽然轉開臉去悄悄擦了擦眼睛，淚光中粲然一笑：「麗雙，我爸爸媽媽下次在希爾頓飯店包下西餐廳，給我做生日，我一定邀請妳來參加。」

同學們紛紛圍攏住柯麗雙，拍拍她的手，抹抹她腮幫上的兩行淚痕，爭相安慰起她來：

「麗雙，以後我們六個過生日都邀請妳來參加。」

「直到我們都老了——」

「嘻嘻！子孫滿堂，給我們做八十大壽——」

「妳還是要來參加我們的生日宴會哦。」

「因爲我們七個人是生死之交。」

「今晚訂的約，是生死約。」

「來，我們七姊妹勾勾手。」

「別難過了，麗雙，妳有六個好朋友好姊妹哦。」

同學們輪流伸出手來跟柯麗雙勾手。

柯麗雙揉揉眼睛，街燈下仰起她那張黝黑的小瓜子臉兒，靜靜望著身邊圍繞的六位同班同學，破涕爲笑。

風飛塵，七個小女生伸手拂著一頭一臉飄舞的髮絲，坐回花壇上，眺望著溫娣漢堡店那滿堂雪亮的日光燈，傾聽著那一聲聲生日快樂，半天沒吭聲，只顧呆呆想起各自的心事來。

七個小舞孃吃完消夜，搖曳著臀子，又回到獅子林觀光大歌廳上班。

六　祝妳生日快樂

生日頌餘音嬝嬝，久久洄漩在車潮人潮中。溫娣漢堡店門口，水晶玻璃大窗外，圍觀小女孩陳娟娟過生日的一堆中學女生張望半天，四下散了開來，三五成群，兜著書包嚼著各種零食，徜徉著，又逛進武昌街那滿街的少女化妝品專賣店。

家家店簷下霓虹招牌爭妍鬥麗，整個店面彷彿搽上臙脂，擦上口紅，妝扮得無比嬌豔，小美人兒般臨街賣笑招徠，眨啊眨只管閃爍著一蕾蕾彩燈，展示著一家家風情萬種的店名：舞鶴、仙台、滿濃、愛媛、姬路。十幾家少女化妝品專賣店綻開笑靨迎人。舖子裡亮著水晶花燈，照得整個店堂影影綽綽，花塢似的。瓶瓶罐罐琳瑯滿目，睫毛膏指甲油潤膚霜，各款少女專用香水，蘭蔻蜜絲佛陀佳麗寶詩格格，口紅眼影粉底腮紅，奇士美媚比琳資生堂封面女郎，萬紫千紅，羅列一堂，宛如初春時節滿園子含苞待放的蓓蕾，月光下，漫城華燈中，綻放在街頭那成群遊逛的少女們眼前，散發出好一派豆蔻年華的氣息。家家舖子店堂裡鮮花開得一片醉紅。笑盈盈，駐店美容師端坐櫃台後，燈下眉目如畫。

女學生們白衣素裙一臉清淨，怯生生，頂著一頭齊耳的短髮絲，結伴走進化妝品專賣店，放輕腳步壓低嗓門，彷彿誤闖入一座幽祕的花園，目眩神迷，一步踩探著一步，好半天流連在那滿舖子繽紛旖旎的光色之中，捨不得離開。店門外玻璃櫥窗前，探頭探腦，閒逛的中老年男子們叼著香菸，搔著西裝褲襠，來來回回逡巡不停，不時乜斜起兩隻血絲斑斑的眼珠，朝向化妝品舖子裡窺望。

朱鴒坐在廣場花壇上，眺望著町中櫛比鱗次一排排淑女精品店，忽然幽幽嘆息了一聲：

「大女生們選購化妝品，準備過暑假了。」

「瞧，理髮廳準備招兵買馬！」張澴抿起嘴唇，吃吃笑。

同學們睜起眼睛，順著張澴所指的方向望了過去。

廣場外，武昌街昆明街口，熱海觀光理髮廳門洞中鑽出一個中年男人，老闆模樣，天藍西裝筆挺光鮮，滿嘴血淋淋咀嚼著檳榔，手裡抓著一張紅紙，貼到門口那扇黑水晶玻璃門扉上，叭叭，使勁拍了五六下，貼牢了，回身又鑽進理髮廳門洞。娃兒們伸長脖子睜大眼睛，望著那張報紙般大的紅招貼，滿臉疑惑。葉桑子揉揉眼皮，晃了晃她那一頭男生樣的短髮，跳下花壇，打赤腳蹦蹬蹦蹬穿過大街，跑到熱海理髮廳門口，爬上門邊那張板凳，把紅招紙揭下來，鬼趕似的鑽過街上的人潮又躥回廣場花壇上。娃兒們湊前一看，只見紅招紙上鬼畫符般，張牙舞爪寫著四五十個鵝卵大的毛筆字：

月入二十萬
全國最高待遇
急徵理容小姐
不需經驗，工作輕鬆
歡迎女同學暑假工讀
加入賺錢行列
體驗富裕生活

「這是幹什麼的？」林香津捧著那張大紅紙，左唸一遍右唸兩遍，一臉茫然：「除了五六個字，差不多每個字我都認得，就是不知道它說什麼。」

「妳平常都不看電視新聞？傻香津！」張澴揚起她那張姣白的小圓臉，昂聳著一頭又濃又黑的短髮絲，高高蹲在花壇上，四下睥睨，望了望腳下那滿場子徘徊遊逛的中學女生，嗤的一聲冷笑出來：「這是求才廣告！理髮廳徵求理容小姐，保證一個月收入二十萬元。瞧，街上家家理髮廳理容院、卡拉歐開店、酒店酒廊俱樂部舞廳歌廳，門口都貼出求才廣告，同樣的紅紙黑字，像春聯一樣，這幾天大街小巷到處貼著，連我們學校對面那條大馬路也貼了好幾張！妳們都沒看見嗎？」

「理髮小姐月入二十萬！」葉桑子慘叫一聲，瞪起眼睛望著滿街旋轉閃爍的理髮廳三色燈，只管愣愣發起呆來：「我爸爸是留日碩士，今年四十二歲了，在行政院公平交易委員會稽查科當科長，每個月薪水才五萬多呢。」

「二十萬！」柯麗雙睜大了眼睛：「我在中山北路酒店賣花，玫瑰一枝賣一百元，一家一家酒店走進去賣，請求喝酒的客人買枝花送給坐枱小姐。我走到腳痛，整個晚上還賣不到五十朵玫瑰花呢，幸好常常碰到年紀比較老的客人，出手比較大方，小費給得多，只要讓他抱一抱，只要讓他在那個地方——在那個地方，讓他摳兩下——」結結巴巴，柯麗雙說不下去了。臉一紅，她縮起脖子垂下頭來，忽然咬緊牙關一連打了五六個寒噤，伸出雙手攏起小藍裙的下襬，緊緊夾住兩條腿兒，怔怔坐在花壇上不吭聲，只管仰起臉龐睜著兩隻漆黑的眼瞳，眺望滿城高燒的七彩燈火，好半天才哽咽說：「有時候我實在受不了，就哀求向我買花的酒店客人：『伯伯，我今年才八歲，請你不要用手指摳我那個地方，我長大後還要結婚生孩子。』我每天晚上賣花，從十點賣到半夜兩點，從中山北路一段賣到三段，又從林森北路尾走回林森北路頭，一個人走遍九條通的酒店酒廊，被客人不知抱了多少次，抱得我肩膀都麻痺了，腳也起水泡了，才賣完一籃玫瑰花，賣花錢加上客人賞的小費，扣除掉本錢，哦，還要扣掉送給管區警察叔叔的紅包，每個月收入有七萬多塊，都交給媽媽存起來，當做本錢給爸爸做小生意。」

娃兒們團團圍坐在花壇上，環繞著柯麗雙，傾聽她的訴說，一時都聽得癡了，好久好久才悲悲沉沉發出嘆息聲來：

「難怪呀，每天早晨妳來學校上課——」

「眼睛紅紅腫腫的好像沒睡夠。」

「上體育課，跑也跑不動，跳也跳不起來。」

「我們還以爲妳生病呢。」

「麗雙，放假後我們大夥兒六個——」

「陪妳去中山北路酒店賣花，妳就不必擔心那些壞伯伯壞叔叔摳妳了。」

「唉，麗雙，妳又流眼淚了。」

「拜託別難過！看妳難過，我們心也酸酸的。」

「麗雙！」

「好麗雙！」

「別忘記妳有六個好朋友哦。」

「我們發誓，這一輩子都把妳當做自己的姊妹，要死就死在一起，被賣也賣在一起。」

六個小女生紛紛站起身來圍攏住柯麗雙。林香津和張澴摟住她的肩膀，水薇和葉桑子握住她的手兒，連明心和朱鴿伸出手來，撈起她脖子後面拖著的一束乾枯的黑嫩髮絲，不停地拂拭著，梳攏著，柔聲安慰她莫再難過。

悲從中來，柯麗雙仰起臉龐望著六位同學，眼淚亮晶晶只顧流個不停。水銀街燈下一臉憔悴，風塵斑斑。

七　血花一蕊

鐓。鐓。鐓。中華路圓環的大鐘驀地綻響城心，一聲催送一聲。水月下鐘聲一波一波盪漾過西門町條條大街，傳到七個小女生耳際來。十點鐘了。娃兒們豎起耳朵，靜靜傾聽著鐘聲，緊緊依偎著坐在町心廣場花壇上，久久一動不動。來來百貨公司廣場四周巷弄中，滿坑滿谷霓虹招牌睞睞眨眨，人影飄忽出沒。鐘聲飄送處，家家理髮廳理容院三溫暖、賓館、男士美容護膚中心，門洞口鑽出衣衫不整的男客，臉色蒼黃，渾身軟綿綿虛脫一般，睜開眼睛眺望滿城綻放得正熱鬧的華燈，眼一花，踉踉蹌蹌在簷下站住了，鐘聲裡茫然看了看手錶，揉揉眼皮，回頭瞧了瞧門上貼出的紅紙黑字求才廣告，似笑非笑搖起頭來，整整西裝，把公事包挾在腋下，低頭走進大街，消失在滿街成群結夥深夜遊蕩的小學生堆中。大女生們肩上兜著書包，三三兩兩，結伴逛進少女服飾精品店。年輕的父母們拖著兒子牽著女兒，吃過消夜逛上街來，一家子散步看燈。整個西門町洋溢著好一片物阜民豐太平盛世的景象。

鬧市街頭忽然起了一陣騷動，鎂光燈閃爍不停，雪花般一蓬蓬綻亮在街心。笑語聲中，五六十個記者擎起照相機，咔嚓咔嚓，追隨著一群衣履光鮮笑容滿面的外賓，漫步踱進人潮最盛的武昌街來。滿街男女老幼乍見這副陣仗，呆了呆，嘩喇嘩喇海潮般往兩旁退了開去，給外賓讓出一條通路。那四五十個外賓一邊點頭微笑，一邊瀏覽街上風光，在成群記者簇擁下，徜徉到町心來來百貨廣場上，駐足電視牆前，昂起脖子游目四顧，觀賞一城夢境似的盛開的花燈，伸出胳臂，指點著叢叢高樓上那走馬燈也似千百盞瞬息萬變的霓虹。三台電視記者聞風趕來，扛起攝影機爬上花壇，四下掃瞄。街上遊蕩的小男生小女生們看得呆了，彷彿突然撞見外星人，一個個睜大眼睛張開嘴巴，揹著書包趑趑趄趄挨擠過來，圍聚到那群外來怪客身邊，仰起臉兒，滿瞳子狐疑，不聲不響打量他們。家家理髮廳門洞口三色燈旁鑽出成群理髮女郎，大大小小倚在門上，站在簷下，汗蓬蓬撩起滿肩披散的油鬆髮絲，乜起一雙雙陰藍眼眸，只顧睨望著廣場上的貴賓。

咔嚓咔嚓，大批記者男男女女舉著照相機四處穿梭跳躥，推推擠擠爭相獵取鏡頭。滿場子鎂光燈不斷閃爍，照亮了一街聳動的人頭。

「這群人好像在哪裡見過。」朱鴒坐在廣場花壇上凝神眺望了半天，搔搔頭皮，忽然伸手猛一拍膝蓋：「大陸留美學人！利用暑假前來寶島參觀學習。」

「唉，鬼靈精的朱鴒，妳怎麼又知道了？」同學們站起身來，前後左右包夾住朱鴒，瞅著她紛紛追問。

「妳們都不看電視？昨天晚上電視新聞不是有報導嗎？而且還是頭條新聞呢！民國七十八年六月二十八號大日子，第一批大陸人造訪寶島——」朱鴒跳起身來，爬到花壇頂端，高高佇立在滿場子洶湧澎湃的人頭上，迎向河口颳進的海風，聳起耳脖上一蓬飛舞的亂髮絲，揉了揉眼睛，仔細端詳那四五十個渡過太平洋遠道來訪的男女，忽然驚嘆道：「每個人都換了一身新衣新鞋，跟剛下飛機穿的不同喔！哇噻，差點兒認不出他們是大陸人了。」

廣場四周霓虹叢中，那群大陸留美學人目眩神迷，指指點點觀賞了好半天，在領隊一聲號令下，集合到來來百貨公司電視牆前，整起隊伍，漫步踱出廣場。滿坑滿谷圍觀的民眾，海潮般嘩喇嘩喇又往兩旁退開，讓出一條通路。鎂光燈一朵朵燦綻開來，灑照得那整座廣場白晝也似一片明亮。小學生們揹起書包拔起腳跟，呼朋引伴追跟上去。記者們團團拱衛下，那群訪客南腔北調男女老少四五十人，一路指點著街上花燈，步行到了廣場外面武昌街西寧南路口，忽然停下腳步，交頭接耳，駐足到一家耳環店櫥窗前，紛紛伸出脖子，朝店門內張望，彷彿發現了什麼新奇事似的。

朱鴒站在廣場花壇上凝起眼睛一看：「哦，千葉耳環專賣店！女生在店裡穿耳洞，到底有什麼好看的呢？」

「阿鴒，他們那家店的耳洞槍，有夠稀奇的哦！」朱鴒身後有個人磔磔一笑，接口說。

七個女娃兒猛一怔，齊齊轉過脖子回過頭去。花叢中，笑齾齾聳出了安樂新那顆刺蝟樣的小平頭。如見鬼魅，娃兒們蹦的一跳，站起身來紛紛伸出細嫩的小胳臂，指住安樂新：

「咦？那不是科學怪人浮士德博士身邊那個——」

「討人厭的小惡鬼嗎？」

「陰魂不散，又跟上我們來了。」

「也不知從哪裡冒出來，嚇人一跳！」

「七個小囡仔，免驚免驚！安大哥不會把妳們拐去華西街賣掉。」安樂新躥出花叢來，齜著一嘴爛紅牙蹲到娃兒們跟前，街燈下，骨碌骨碌只管轉動兩粒血絲眼珠，打量娃兒們那七張蒼白的小臉兒，忽然咯咯笑了五六聲，伸出手爪子狠狠搔著褲襠，回頭指了指街口那家耳環店：「妳們感到奇怪，那些大陸人爲什麼像鄉巴佬一樣圍在耳環店門口，看女孩子穿耳洞，對不對？好，安大哥就跟妳們講：那家店的耳洞槍是從日本進口的產品，最新發明，除了日本，全世界就只我們這裡有一支這樣的耳洞槍，他們大陸人沒看見過，覺得有夠稀奇。嘻嘻，安大哥告訴妳們，那支耳洞槍看起來就像眞的手槍，摸起來就像男人的那一支。」

「男人的哪一支？」娃兒們一片聲追問。

「嗳，憨囡仔連這個都不懂！全世界男子漢大丈夫都有的那一支呀。」安樂新嘆口氣，伸手搔了搔頭頂上那一小撮豬鬃似的短髮絲，風中縮起肩膀打起哆嗦，蹲在地上昂著頭顱，只顧打量花壇上白衣藍裙一排坐著的七個小學女生，忽然噗哧笑出聲來，噘起嘴巴往花叢中吐出兩泡檳榔汁：「那一支，妳們的爸爸也有哦，不然的話，呵呵，這個世界就不會有妳們這七個漂亮的小囡仔囉。」

娃兒們聽了面面相覷，好一會兒不敢吭聲。

「你這人邪門！」張澴板起臉孔，圓睜著她那雙清亮的大眼瞳，伸出胳臂，指住安樂新臉上那隻猩紅的酒糟鼻子：「滿嘴鬼話，不三不四。」

「請問安大哥安叔叔——」連明心低頭玩弄著垂在胸前的兩根小花辮，悄悄抬起眼皮，打個寒噤，望了望安樂新那雙血絲斑斕不住滾動的小眼珠，細聲細氣問道：「安大哥安叔叔，女孩子爲什麼要穿耳洞呢？」

「小囡仔，妳們想不想長大呢？」

「想！哪個女孩子不想呀？」

「女孩子想長大，就要被男人打一槍，穿個洞，流一滴紅紅的血。」安樂新伸出手爪，扯了扯連明心辮梢上繫著的紅絲線，柔聲說。

「你又吹牛了！」葉桑子甩甩她那頭男生樣的短髮，齜起兩排乳白的小門牙，吐出舌頭倏地向安樂新扮個鬼臉：「請問安大哥，女孩子想長大就要被人打一槍，是誰規定的？」

「桑子——妳的名字叫葉桑子對不對？大哥告訴妳，這款規矩是我們祖宗古早時候規定下來的！妳莫再對我做鬼臉，不信，妳看——」安樂新噘起嘴巴，朝廣場外的大街呶了呶，叫娃兒們看那一群群手上拎著購物袋的中學女生：「妳們看，那些大女生都在忙著幹什麼？不是忙著去耳環店給老闆打一槍，穿耳洞，買耳環，然後去百貨公司買奶罩香水化妝品和高跟鞋，準備快快樂樂過暑假，打工賺錢麼？暑假就要到囉，又有一群女孩子長大囉。」

「女孩子想長大就要給人家打一槍，那男孩子呢？」林香津憋了半天，忍不住綻開腮幫上那雙小酒渦吃吃笑起來：「男孩子長大，爲什麼不必被打一槍，流一滴血？」

同學們一聽，紛紛鼓譟起來，向安樂新提出抗議：

「不公平！不公平！」

「女孩子想長大就要挨上一槍——」

「流一滴紅紅的鮮血。」

「爲什麼？爲什麼？爲什麼這樣不公平呢？」

七個小女生一齊伸出七隻白嫩的小胳臂，指住安樂新的紅鼻子，一疊聲質問起來。

「這個嘛——」安樂新支支吾吾，摸耳搔腮思考了半天，倏地伸出手爪，捏住林香津那奶油似的吹彈得破的鮮嫩腮幫，死勁擰了兩下，撥開她耳鬢上一毬毬髮鬈，噘起嘴巴湊到她耳洞中悄聲說：「妹妹，妳的名字叫林香津對不對？讀建業國民小學二年級對不對？今年八歲，對不對？這六個小笑囡仔是妳的同班同學，對不對？我都知道哦！過兩天放暑假，妳們七個打算結伴去遊逛，華西街保安街林森北路九條通，板橋北投艋舺三重埔大龍峒，到處去逛逛走走看看玩玩，晚上還要陪伴小麗雙去中山北路酒店賣花，快快樂樂過一個暑假，對不對？我都聽到了哦！噯，妳們會遇到稀奇古怪的人哦，發生很多又可怕又好玩的事情哦！妳們一輩子都忘不了哦！妳們這七個小囡仔在街上迌迌一個暑假，短短兩個月，小女生就會變成大查某囉，人生所有事情都了解囉。噯，八歲的小囡仔就想長大，眞不知死，咯咯咯還一直在笑呢，有一天妳們會笑不出來的！香津妹妹，妳剛問我什麼？男孩子長大爲什麼不必像女孩子那樣被打一槍，流一滴紅紅的血？這個問題簡單！小香津小豐滿，大哥就跟妳偷偷的講，不要被妳那六個同學聽到哦。男孩子長大雖不必被打一槍，可是要被割一刀，莫笑莫笑，香津妹妹就愛咯咯笑！妳不相信？小津津，妳看那邊『千葉耳環專賣店』樓上的診所，招牌上寫的是什麼字？」

娃兒們遵照安樂新的指示，伸出脖子瞇起眼睛望了過去。

廣場外，武昌街口那家耳環店樓上，一塊白底紅字壓克力大招牌高懸簷口，燈光雪亮，炯炯俯瞰著鬧市大街：

神田診所
皮花科泌尿科
婦產科小兒科
一般外科
留日醫學博士
精割包皮
矯治短小
促進發育

診所樓梯口，三兩條細瘦的人影飄忽出沒。穿著校服揹著書包的少年學生們，雙手摀住褲襠，三三兩兩結伴兒，躡手躡腳鑽進鑽出，滿臉又是驚惶又是興奮。燈下只見那一張張稚嫩的臉孔，雪似蒼白，只管濟濟流淌著豆大的汗珠。

「噯噯小香津，男孩想長大就要被割一刀，流一滴紅紅的血哦——」安樂新幽幽嘆口氣，悄悄伸出兩根手指，捏住林香津的耳朵，好久好久只顧揉搓著她那隻白嫩的耳垂子，不住搖頭嘆息道：「男孩子被割一刀就像女孩子被打一槍，都要流一滴血，這樣才會長大！這就是人生囉。妳們這七個漂亮的小囡仔想長大，也要流一滴紅紅的血哦。」

七個小女生聽了，忍不住齊齊打個哆嗦。她們互相依偎著坐在廣場花壇上，面對著蹲在地上笑瞇瞇瞅住她們的安樂新，好久只顧瑟縮成一團，不敢吭聲。月下，河風吹拂中，娃兒們凝起眼睛望著「神田診所」招牌上那三十八個大紅字，背誦國語課文似的，一字一字反覆唸過來唸過去，滿臉又是疑惑又是好奇。

「安大哥安叔叔！」連明心怯生生喚了安樂新兩聲，伸出手來，扯了扯他頭頂上那一叢刺蝟般倒豎的短毛，悄聲問道：「請問你，什麼是精割包皮？」

「明心，妳現在莫問。」眼一柔，安樂新瞅了瞅連明心那雙清澈的眼瞳，臉上堆出慈祥的笑容來。他伸出兩隻枯黃的手爪，捉住她那雙飛蕩在風塵中的小花辮，放在鼻頭上嗅了嗅，然後捏捏她那兩隻粉白柔脆的小耳朵，低聲道：「現在不要問什麼是割包皮，好不好？明心，妳被男人打過槍穿過洞，長大了就知道包皮是啥麼東西，哦？」

「叔叔，打槍穿耳洞會不會痛呢？」

「一點點痛，就像被一隻蚊子咬到那樣。」

「那——會不會出血呢？」

「一小滴，打槍就像打針那樣，會出一小滴血哦。」

「你不會騙我們吧？」連明心睜著眼睛，好半晌一眨不眨瞅住安樂新，忽然握起他的手，指了指天上那一輪飄浮在漫城紅塵燈火中的明月：「安叔叔，請你對著月亮發個誓，保證你不會欺騙我們這七個小女生，我們就跟你去耳環店，給老闆打一槍，穿個洞。」

「我安樂新若是欺騙這七個小囡仔，全家人今晚都死翹翹，包括我老母在內！」安樂新發完誓，瞪著天上的月亮咬咬牙打個哆嗦，倏地跳起身來，一手抓起連明心的小花辮，一手揪住朱鴒的耳朵，踢躂踢躂邁出腳上那雙日本浪人鞋，嚼著檳榔，吐著紅汁，闖開廣場上成群兜著書包徘徊遊逛的中學女生，往街口那家耳環店大步走去，一面走，一面回頭瞪起眼睛吆喝娃兒們：「香津、桑子、阿薇、阿澴、麗雙，妳們五個也跟我來！安叔叔帶妳們七個去給老闆打一槍，流一滴紅紅的血。幹咧！妳們這七個小囡仔打過槍穿過洞，馬上就長大啦，懂得怎樣做女人啦，就可以像大女生大姊姊們那樣，買耳環買香水買化妝品買高跟鞋買奶罩三角褲，打扮得妖妖嬌嬌，快快樂樂過暑假啦。」

安樂新一聲號令下，娃兒們揹著書包手牽手連成一縱隊，有如七個互相牽引的小盲人，街燈下愣睜著眼睛，茫茫然，心裡又是害怕又是興奮，中了蠱般，只管亦步亦趨緊緊跟隨在安樂新屁股後頭。

嘩喇嘩喇，滿坑滿谷看熱鬧的男女潮水般往兩旁退開，讓出一條通路。

「嗨，失禮失禮，借過借過！」安樂新一路哈腰致歉行禮，引領七個小女生穿過重重人堆，來到武昌街口那間燈火通明的店舖。他張開兩隻手爪，叱喝著，推擠開店門口那群參觀日本新式耳洞槍的大陸學人，一頭鑽進人堆中，押住七個女娃兒，笑嗨嗨站到「千葉耳環專賣店」門下來。

整個舖子四處陳列著各色各樣大小耳環，燈下，宛如漫天星斗爭相閃爍一般。老闆腰間斜斜插著一支槍，笑容滿面，叼根菸，挺著個大肚膛站在門下哈腰迎客。

白衣黑裙，十來個中學女生圍聚店堂中，個個肩上掛著青布書包，脖子上頂著一篷齊耳的短髮絲，嘰嘰喳喳，簇擁住一個瓜子臉眉清目秀的女孩子，哄了好半天，才把她推進老闆懷中，嘴裡不停慫恿著鼓譟著：

「小蓉，穿個耳洞過暑假嘛。」

「打一槍不會痛的，看妳臉都嚇白了！」

「流一滴血，過兩天就結疤了嘛。」

「妳瞧，我們都被打過一槍，現在不都是好好的嗎？」

「我們是妳的同學，不會騙妳！小蓉，妳看。」

同學們紛紛伸手撥開臉頰上的髮絲，向小蓉展示自己耳垂上的小洞。

小蓉趴伏在老闆懷抱裡，羞紅了臉皮，只管捏住兩隻拳頭打哆嗦，猶豫了好一會兒，終於認命似的長長嘆了口氣，閉上眼睛，歪起脖子露出一隻鮮嫩的耳朵來。眯笑眯笑，老闆只顧低頭端詳小蓉那張蒼白的臉龐，慢吞吞抽完一根菸，摔掉菸蒂，扯了扯肚腩下鬆鬆垮垮繫著的褲腰，搔了搔褲胯子，猛然撅起屁股挺起腰桿，颼地，從腰間拔出那一支酷似左輪手槍的日本新式穿耳機。剎那間，店裡店外一片凝靜。店門口一大堆觀看女學生穿耳洞的男人登時停止呼吸，呆呆伸出脖子，跂起腳尖，朝店門內不住轉動著眼珠。朱鴒的耳朵被安樂新揪住，動彈不得，人堆中只聽見店門口幾百顆心噗噗跳動。安樂新咯咯笑不停。朱鴒背脊上冒出冷汗來，回頭望望同學們。六個小女生縮起肩膀，抖簌在大人們腿胯下，不時從安樂新屁股後面探出臉兒來，瞄瞄老闆手裡的槍。老闆捋起汗衫袖口，伸出一隻肥大膀子攬住懷裡那個女生的腰肢，抬起她的下巴，左看看右瞧瞧，好一會才慢慢撥開她耳鬢上一叢幽黑的細嫩髮絲，剝露出她的耳洞，狠狠捏了捏那隻雪似皎白的耳垂子。女生瑟縮在老闆懷裡，渾身一顫，接連打出五六個哆嗦來。門口圍觀的男人紛紛昂起脖子瞪起眼珠，爭相觀賞女生的鮮嫩耳洞。老闆眯起眼睛，湊到女生的耳朵上，往洞中窺望了半天，忽然豎起食指，猛一戳，把長長尖尖的一根指甲插進女生的耳洞，掏弄十來下，把洞中蓄積的污垢一股腦兒挖掘出來，然後揉了揉她耳朵旁的髮絲，搔搔自己的褲襠。朱鴒看得傻了，悄悄打個寒噤，一張小臉子火辣辣漲紅上來。老闆噘起兩片肥厚的嘴唇，往那女生的臉頰吐出兩口熱氣，吹掉了耳垢。如醉如癡，那女生趴伏在老闆的胸脯上，睜開汗濛濛的兩隻眼睛，夢囈般呻吟了五六聲，望望老闆手上握著的日本耳洞槍，猛一哆嗦，又闔起眼皮退縮回老闆的懷抱裡，把兩條腿兒緊緊夾住。老闆笑瞇瞇望了望店門口窺探的一堆男人，擎起日本槍，慢吞吞擦拭著槍身，把那銀樣燦爛的槍頭擦亮了，腰桿子一挺，舉槍瞄準懷中女生那蓓蕾般嬌嫩的耳朵。砰！槍聲驟響。白雪雪滿堂日光燈下，女生耳垂上綻放出了小小一蕊子晶瑩的血花，嬌滴滴紅豔豔。

腰下猛一痙攣，老闆咬牙切齒長長噓出了兩口氣，好半晌才抽回日本槍，低下頭來瞧瞧槍尖上的血跡。那女生只管喘著氣趴在老闆懷裡，一動不動。老闆彎下腰身，嘟起嘴巴湊到女生耳朵綻開的血花上，接連吹了十來口氣。燈下，他那張肥頭大耳的油黑臉膛笑嘻嘻，綻開兩朵肥大的酒渦。

大功告成。女孩耳朵開了花，落了紅。老闆滿意地點點頭，伸出五根粗大的手指來，溫柔地梳攏著懷中女生那一頭柔嫩的髮絲。

「小蓉，小蓉，妳還好嗎？」店堂裡那十幾個中學女生紛紛圍攏上前，漲紅著臉皮，睜大眼睛，爭相觀賞小蓉耳朵上剛穿出的一個小洞：「哇，這一槍打得好漂亮！小蓉耳朵上那滴血，美得像一朵初開的薔薇花，會迷死男人哦。」

朱鴿和六個同學揹著書包，給安樂新押著站在店堂中央，臉色慘白，一面望著那個名叫小蓉的中學女生，一面摸著自己的耳垂子，越看越害怕，小小的身子瘧疾病發作似的只顧戰慄個不停。店門外，滿坑滿谷挨擠著看女學生穿耳洞的男人，呆呆窺望了好半天，哄然一聲拍著手紛紛喝起采來：「恭喜這位女同學，妳長大了！」小蓉蜷縮在老闆胸懷裡，慢吞吞睜開眼睛望了望同學們，伸手捏捏自己的耳朵，忽然摸到鮮血，膝頭一軟，兩隻手猛然攫住老闆的腰身，整個人癱倒在他胸口那窩肥肉堆中，一動不動，昏厥了過去，只管昂起脖子翻起白眼，愣瞪著那滿舖子繁星樣眨啊眨的耳環。同學們一聲驚呼，紛紛打開書包掏出風油精，七手八腳往小蓉頭臉上塗抹起來。約莫過了十分鐘，小蓉才悠悠醒轉，燈下她那一張清秀的瓜子臉兒雪似蒼白，眼眶裡滾動著兩顆晶瑩的淚珠。

笑吟吟，老闆只顧低頭擦拭著手裡那支槍，把玩了半天才依依不捨插回腰間，抬頭瞅了瞅七個女娃兒，伸手悄悄搔了搔褲襠。

耳環店門口，參觀日本新式穿耳機的那群大陸學人面面相覷，滿臉迷惑，紛紛從襯衫口袋拔出鋼筆，掏出筆記本子，交頭接耳一邊討論一邊記錄起來。

老闆撈起汗衫下襬，抹掉滿額頭流淌著的汗珠，挺起大肚膛，繫上褲腰帶又站到店門下笑迎客人。

「老闆，嗨！失禮失禮！」安樂新緊緊揪住朱鴒的一隻耳朵，押著六個娃兒，陪著笑臉趨前向老闆哈個腰：「麻煩老闆給這七個小囡仔也打一槍。」

「好，好！打一槍五十元，打七槍算你三百元就好。」春風滿面，老闆弓下腰身來，朝安樂新鞠躬回禮，瞇起眼睛笑嘻嘻打量娃兒們，倏地挺起腰桿子，又從腰間拔出那支擦得雪亮的日本槍：「七個漂亮的小囡仔，一個一個過來給阿伯打槍，流一滴紅紅的血，馬上就會長大了哦！阿伯不會騙妳們這些七八歲大的小囡仔。來，排好隊一個個走過來，輪流給阿伯打一槍穿個洞，呵呵！」

朱鴒給安樂新扭住一隻耳朵，動彈不得，嚇得只好齜著牙打哆嗦。跟隨她遊蕩一整個晚上的六位同學，蓬頭垢面，颼地嚇青了臉兒。「媽媽，我不要打槍不要穿洞，不要長大！」驀地一聲尖叫，六個娃兒紛紛伸手摀住兩隻耳朵，拔起腳跟，揹著書包躥出耳環店，回頭望了望孤零零站在店堂中央的同學朱鴒，眼圈一紅，躊躇了好一會兒，咬咬牙嘆口氣，低頭從店門口大人們幾百條大腿之間鑽了出去，呼喚著媽媽，鬼趕似的跑上西門町大街。飛蓬般，六個小女生甩著滿頭又髒又亂的髮絲，逃竄進車潮人潮裡，轉眼間，一窩小麻雀似的飄失在台北市那一城浩瀚洶湧的紅塵中，全都給吞沒了，再也看不見。將近午夜，滿城燈火春花般綻放得正熱鬧。

安樂新緊緊揪住朱鴒，吆喝著，一步一步將她推向老闆伸出的兩條肥白的膀子中，把她硬生生塞進老闆的懷抱裡。

朱鴒回頭望望。耳環店門外，漫街霓虹下只見好幾百雙眼睛密密麻麻一片，鬼火般靜靜瞪著她。「完了！」心一沉，朱鴒伸手摸了摸自己兩隻耳垂子，嘆口氣，緊緊闔上了眼皮。

砰然一聲，槍聲響起。

朱鴒淒厲地慘叫出一聲，血光中，彷彿聽見門口看熱鬧的大人們轟然喝出一聲采來。

「痛——啊！」

「恭喜小女孩長大了！」

（一九九四年）

原收入《朱鴒漫遊仙境》（台北：聯合文學，一九九八）

追憶婆羅洲童年往事，說給一位台北小姑娘聽。
這是第九個、也就是最後一個故事。

謹將《雨雪霏霏》獻給
朱鴒丫頭，不管如今妳人在哪裡，無論妳是真是幻……

第五輯　那一輪火紅的婆羅洲落日

一九九七年攝於台北西門町（王永泰攝）

《雨雪霏霏：婆羅洲童年記事》

望鄉

……丫頭，妳怎不吭聲呢？聽我講完司徒瑪麗的故事，妳就一直繃著臉垂著頭怔怔瞅住自己的腳尖，踢躂，踢踢躂，拖著妳那雙破球鞋球自管走自己的路，好久好久，正眼也懶得看我一眼。妳心裡一定責怪我怎麼可以對司徒瑪麗那樣殘忍？她是我死心塌地愛慕的對象呀。丫頭哇，我自己也迷惑了，搞不清楚事情爲什麼會弄成這樣子。莫非又是我心中那個東西在作祟？記得第一顆石頭的故事嗎？朱鴿，我現在向妳招認：那顆血腥的鵝卵石是我扔出去的——是我，帶頭幹這個殘酷的勾當，誘導我的七兄弟姊妹（天哪，包括我那出生沒多久的小么弟）玩那場恐怖的遊戲，害我一家人遭受天譴，後來瘋的瘋，生怪病的生怪病，夭折的夭折，弄得原本雖清寒但還算和樂的家終年籠罩在愁雲慘霧中。我不是人，我是個魔。丫頭終於仰起臉龐看我啦，可只睨我兩眼，舉起手狠狠擦掉腮幫上的淚珠，又趕忙垂下頭去，依舊望著自己的腳尖走自己的路。月光下，朱鴿，妳那張小臉子霎時間變得好蒼白。妳知道嗎？這就是爲什麼這些年來我一直逃亡在外，漂泊沮洳，不敢回婆羅洲老家看望我的親人，面對我母親，面對我小妹子翠堤——更沒勇氣探視聖瑪嘉烈的司徒瑪麗，儘管我壓根不曉得如今她流落何鄉，也不知道她那個皮膚黝黑的孩子，唉，現在到底怎麼了。此外，還有一個名字叫月鸞的女人和她的兩個姊妹，我也沒臉回去見她們。如果，到今天，這三姊妹還活著，她們應該還居住在古晉城外廢鐵道旁荒地上那間台灣寮……ㄚ頭，待會妳心情好些了，我再講三姊妹的歷史給妳聽。拜託妳吭吭氣，跟我講講話好不好？別只顧悶著頭綳著臉踢躂踢躂走路，活像個受委屈的小媳婦兒。過來，把書包揹好，不要挨著堤邊行走，一不留神從幾十公尺高的河堤上摔下去，掉落進河畔芒草叢中，會扎死妳這個小女孩的。喂，抬起頭來看哪，觀音山頭一瓢月光下那滿江綻放迎風搖曳的芒花，映著城中高燒的霓虹燈火，蕭蕭瑟瑟多麼動人！不知怎的，ㄚ頭，每次看見台灣芒花，我就會想到婆羅洲台灣寮的故事，心中一酸，思念起那三個一身飄零、流寓南島的奇女子。記得當初剛來台灣，有一回我獨自搭火車遊玩，十月天，沿著西部縱貫鐵路南下，穿越那秋收時節一穹藍天下遍地金穗翻滾浩瀚無際的雲嘉南平原，跫窿跫窿，列車奔馳過西螺大鐵橋，我倚著車窗口，驀一看，只見石頭纍纍砂礫滿布的河床上，突然洶湧出萬千株芒草，一簇簇一蓬蓬頂著大太陽，嘩喇嘩喇搖甩起滿頭白花，迎風奔騰呼嘯。那一霎，我看呆啦，忽然想起在古晉中學讀漢朝歷史時我常做的夢（那陣子我迷上霍去病喔）：麗日中天，黃沙飛颺，一群白髮毿毿的老匈奴光著屁股，策馬馳騁在戈壁灘上，倉皇逃避嫖姚將軍霍去病的追擊……喲，朱鴒，妳終於噘起嘴唇噗哧一笑，吭聲囉！我這個夢是不是有點怪異，害妳忍不住笑出聲來？

——你的夢聽起來是怪怪的，但想想也有點道理。芒草專門生長在荒野，越是荒涼貧瘠鳥不生蛋的地方，它越長得茂密旺盛，可不就像居住在沙漠的匈奴人嗎？

——我明白了，芒草是台灣生命力的象徵！不管怎樣講，當初剛來台灣，最讓我感動的不是日月潭的湖光山色，不是阿里山的日出，而是那一大片一大片叢生在荒原上亂石河邊的芒草，太陽下月光中，不住迎風搖蕩，窸窸窣窣嘩喇嘩喇嗚呦呦，那聲調聽起來多荒古、蕭瑟，可又是那樣的桀驁活潑！我在北部大屯山巔荒草坡，黑天半夜看見台灣芒張牙舞爪迎向海峽的風濤，厲聲呼嘯；向晚時分，搭火車穿渡中南部平原的濁水溪、北港溪和曾文溪，河口海平線一丸子瘀血般的落日下，我聽見台灣芒的嗚咽；浪遊花東縱谷，在秀姑巒溪畔三家村小旅社投宿，一覺醒來探頭簷外，發現它們——

——光著身子迎著朝霞在溪中洗澡，一個追逐著一個，濺濺潑潑，甩起腰肢上那一把長長的金亮髮絲，只顧玩水，嬉笑打鬧，活像一群快樂的山林仙子。

——唔，希臘神話中的寧芙！妳這個譬喻有意思，比我夢見的那群光著屁股騎馬奔馳的白頭老匈奴可愛多了。我早就說過嘛，朱鴒妳這個小姑娘天生冰雪聰明，人家的心都只有一個竅，而丫頭妳啊，胸窩裡那顆鵪鶉蛋一般大的心，卻生了七八個竅，心思可眞多……

——你又來了！別只顧拍馬屁！我現在還沒原諒你呢。

——拜託妳別再提司徒瑪麗了，好不好？這會兒咱們倆肩並肩行走在台北市水源路堤防頂端，舉起手來遮住眉心，放眼瞭望，瞧！偌大的河床雰雰霏霏滿眼盡是迎風飛蕩的芒花。月光下黑水白芒，美不美？我問妳，這條河叫什麼名字？

——新店溪。小學生都知道。

——那我再考妳：新店溪中有一項特產，那是台灣野生純種的原生魚，叫什麼名字？這下可考倒我們這位小才女啦。妳肯定不知道答案，因為這種魚早就被捕殺光了。記住！它名叫庵仔魚，在地人管它叫憨魚，學名叫圓吻鯝魚。以前每年六月春夏之交西北雨季，新店溪水暴漲，庵仔魚就會成群結隊溯流而上。幹嘛那麼辛苦？為了繁殖下一代呀。月色茫茫，成千上萬隻魚兒浩浩蕩蕩出發，鼓著她們那裝滿卵子圓嘟嘟的大肚腩，趁著大雨初歇，迎向奔流而下的溪水，逆游而上，一路翻翻騰騰劈劈啵啵，破浪前進。母魚們邊游水邊產卵，那一粒粒卵子乍看就像一顆顆珍珠，亮晶晶漂盪在溪上，映照著河口觀音山上那位披著白頭紗悄悄探出臉龐來觀看的月娘……

——我想到了！這條溪好比女人的輸卵管，那群庵仔魚就像男人的精蟲，奮勇爭先溯游而上進入子宮。當精子碰到卵子……對不起，嘻嘻，這個譬喻有點不對勁。我本來想說，這條溪就像牛郎和織女一年一度相會的鵲橋，可是，前天晚上偷偷看了台視侯麗芳主持的《人之初》節目，心裡老想著精子和輸卵管。

——牛郎織女相會新店溪，好譬喻！虧妳這丫頭兒想像得出來。

——產完卵後，這些庵仔魚回到哪裡？

——回到溪上的深水潭。平日它們就成群躲藏在潭底，靜靜過它們的日子，像人類的男女一樣生活、交配，等待明年春夏之交西北雨季來臨，結伴出發，乘著暴漲的溪水再度溯流而上……

——它們躲在深水潭中交配，妳看見過？

——丫頭，好好給我聽著！現在我要講一樁在台灣生活那麼多年最令我難忘的經驗。當初來台北讀大學，我住在基隆路台大第七宿舍，有個室友名叫孫萬國——他現在呀？早就移民澳洲，在墨爾本一所國立大學教中國近代史——有天晚上他半夜忽然把我從睡夢中叫醒：李老三醒來醒來，跟我去新店溪看台灣郎捕捉庵仔魚，討幾尾回來煮湯下酒！我揉開眼皮，看見孫萬國聳著他那張北方漢子特有的國字臉膛，賊笑嘻嘻，竚立一窗月光中只顧瞅著我。鏜！教官室的掛鐘敲了一響。我跳下舖，跟隨這位學長摸黑翻出後牆，拎著鞋子跋涉走過宿舍圍牆外那畦水稻田，穿越羅斯福路，滿城鼾聲中，朝向水源路河堤下衖堂裡家家戶戶神龕中終年點著的兩盞幽紅佛燈，蹬蹬奔跑過去，一路來到巷底，躲過巡邏的憲兵，爬上國防醫學院後牆的亂石坡，登上那座新築的水泥堤防。明月當頭。水聲嘩喇嘩喇嚀嚀叮叮。晌午下過一場驟雨，六月時節，觀音山下一江芒草迎著城中那簇煙火似的霓虹燈光，亮晶晶紅灩灩搖蕩起滿身雨珠。哥倆打赤腳，行走在河床上，躡手躡腳踩著一灘灘沙洲泥坑，鑽過叢叢水芒，往河上游一路尋尋覓覓穿渡了過去。雨後的新店溪，月光下驀然一看，好似萬千條水蛇一窩子從群山中游竄出來，銀鱗閃閃，爭相湧向台北市南郊景美鎮，倏地轉個彎，迸濺起蕊蕊水花，潑喇一聲，繞過福和橋頭那座雄踞河畔的石崖，喘口氣，歇會兒繼續往城中奔游。河床上沙洲中央高高凸隆起一畦芒草地。一群漁郎打著赤膊，渾身烏鰍鰍，弓起背脊抱住膝頭蹲在水邊，只管伸出脖子睜起幾十隻血絲眼瞳，咂咂咂猛呑口水，愣瞪著石崖下那一窟幽黑的深水潭。鬼氣森森，水光閃爍中只見十幾張黧黑臉孔漾亮著酒氣，腮幫子酡紅酡紅。帶頭的老漁郎抖簌著頭脖上一顱子花髮，猛回頭，瞪住我們哥兩個，呸地啐吐出兩團檳榔汁，眼皮一翻，綻開嘴洞中那兩支猩紅門牙，低聲叱喝：「噓，禁聲！」孫萬國趕緊伸手摀住我的嘴巴，拖著我一路哈腰鞠躬，跂著腳涉渡過黑水潭邊那灘淺瀨，悄悄踏上沙洲中的芒草壟子。「喂，來飲酒啦。」十五六歲的小漁郎笑嗨嗨，反手撈起搭掛在肩胛上的汗衫，抹掉胸口的汗珠，噗哧一笑，咧開上顎那五六顆血滴似的小齙牙，翹起屁股朝向我們哈個腰，遞來半瓶紅標米酒。我接過酒瓶，湊著瓶嘴嘬吸兩口，猛一嗆，慌忙閉上眼睛憋住氣，好半晌才撐開眼皮，抬頭望望河口，雨過天青只見水月一瓢，笑吟吟盪漾在台灣海峽上空，灑照著觀音山下那水晶宮般燈火皎潔半夜笙歌處處的台北城。滿城水光瀲灩，燈影搖紅。新店溪上游秀朗橋頭，堤岸上兩排四層樓公寓房子燈光瞑矇，人影晃閃，娃兒啼哭聲中，只聽得家家客廳窗口傳出麻將聲，一波波潑水般，嘩喇嘩喇街頭巷尾此起彼落。空窿，空窿，福和橋上盞盞水銀路燈下兩輛卡車疾馳而過，四更天，運載兩窩哀號不停的黑毛豬，慌慌急急趕往屠場去了。河上，月色沉沉。河口湧起了滾滾彤雲。河中沙洲草地上影影綽綽聚集著一群漁郎，人頭堆裡只見幾十隻眼眸子，鬼火樣碧熒熒閃爍著血絲，好久一眨不眨，只顧盯住石崖下那窟黑水潭。悄沒聲，潭上的水澴子映照著崖上街燈，一圈盪漾開一圈……也不知過了多少時候，萬籟俱寂，天地間彷彿只剩下琤琤琮琮一溪流水，驀地，月亮破雲而出，當頭灑照下來，黑水潭上潑喇喇一聲響，噴泉也似突然迸濺出了兩蓬子白燦燦的水星。渾身一哆嗦，帶頭的老漁郎丟掉手裡的米酒瓶，朝向潭心，抖簌簌伸出兩隻枯黃的手指頭，嘶啞著嗓子嚷道：「來嘍！來嘍！」月色皎皎。黑魆魆一潭死水，霎時間劈啵劈啵洶湧起了簇簇水花，彷彿有人在潭底升火，燒起一大鍋沸水，月下只見百尾千尾萬尾庵仔魚，銀鱗閃閃，互相追逐著竄出水面，迎向月光，喝醉酒般癲癲狂狂蹦蹦濺濺衝著撞著，滿潭子捉對兒交配起來。丫頭哇，這是我生平第一次觀看魚兒交尾喔，而且是幾千隻魚兒聚集在一起狂歡，當場就看傻啦，好久才回過神來，咬緊牙根機伶伶打出兩個寒噤。我的學長孫萬國雙手抱住膝頭，瘧疾發作似地渾身打起擺子，兩隻眼睛瞪住潭面，竟然流下淚來啦。沙洲上那群漁郎早就扔掉酒瓶，跳起身，合力提起一張十坪大的漁網，跑進淺水灘，朝向那霹靂啪啦沸沸騰騰的水潭，沒頭沒腦一把撒過去。網子登時罩住整個潭面。月光滿潭，只見十幾條烏鰍鰍瘦痀痀的人影，宛如一群夜叉，笑齤齤咧開兩排紅牙，呸呸，啐吐出一蕾蕾血花似的檳榔汁，跳跳躍躍嘿咻嘿咻，四面包抄，折騰了半天終於將一大網子活蹦亂跳的庵仔魚拖上岸來。丫頭妳看，那十幾張黝黑臉孔迎向月光，汗湫湫如醉如癡，驀地綻放出朵朵笑靨，春花般酡紅酡紅。漁郎們齊心協力，哼嗨哼嗨，將那沉甸甸脹鼓鼓的漁網抬上沙洲，不停搖著晃著，抖著盪著，興奮得好似一窩子集體發情的豬哥：「咿啊喂，夠裝他四大米籮嘍！」可憐那幾千尾庵仔魚，全都發了狂了，被困在網子裡還兀自蹦蹦跳跳交配個不停呢！怎麼啦？丫頭聽呆了啦？好久沒吭聲哦。瞧妳只顧睜大眼睛伸長脖子，怔怔眺望新店溪上游那條月光粼粼的流水，嗞著牙，渾身抖簌簌打起哆嗦……

——好……狠啊！

——咱們中國不是有一句成語嗎？

——一網打盡。

——對！丫頭聰明。

——可是，為什麼那些捕魚的人要這樣狠呢？

——因為交配中的母魚滋味特別鮮美呀！每年一到春季，庵仔魚的肚皮就會變粉紅，漁郎們管這種顏色叫婚姻色，唔，就像出嫁的閨女在雪白的肥幫子上塗抹一層鮮紅臙脂，洞房花燭夜，讓新郎看了格外興奮。

——我知道了！交配期的庵仔魚又肥又嫩，肚子紅馥馥，叫男人看到了禁不住滴答滴答直流口水。

——嘿。平日庵仔魚躲藏在深水潭老樹根窟窿裡，怎麼騙都騙不出來，可每年這一晚交配，命都不要了，一窩子鑽出老窟窿，爭先恐後衝上水面……

——給等著的人一網打盡。

——每年，捕庵仔魚的人就只等這一個夜晚。六月天，春夏之交，台灣島上西北雨季來臨囉，新店溪一夜之間暴漲，交配後的庵仔魚聚集潭中，準備溯流而上，成群結隊迎著奔流而下的溪水，浩浩蕩蕩一路逆游到水源頭，產下卵子……

——可沒想到這趟旅程正要開始，就碰上了一群心腸狠毒的漁郎。

——狠？這哪算狠呢！後來有人嫌用網子捕庵仔魚麻煩，既費力又傷神，乾脆到藥房買幾顆氰酸鉀，一等春天來臨，黑天半夜趁著庵仔魚劈啵劈啵鑽出水面來交尾，癲癲狂狂正在興頭上，就偷偷掏出幾顆毒藥，丟進潭中。月光下，瞧！偌大的潭面登時飄浮起成千上萬具桃紅色的魚屍，密密麻麻，乍看，宛如一簇簇迎春花，驀地綻放在台北市新店溪黑水潭上。

——我明白啦，後來這條溪的庵仔魚就絕種了。難怪啊，這會兒行走在水源路堤防上，溪中靜悄悄，聽不到半點聲息，只聽見風吹芒草綷綷綷綷嗚呦嗚呦的聲音，好淒涼喔。

——這庵仔魚可是我們台灣純種原生魚哪！丫頭。

——我問你：那晚，你的學長孫萬國帶你到新店溪上看漁郎捕捉庵仔魚，你們有沒有討幾隻回來，煮湯下酒？就像你開始時所說的。

——有。

——你眞的吃了交配中的婚姻魚？

——吃了。

——滋味挺鮮美？看你咂巴著嘴唇，一副忍不住要流口水的樣子！好吧，你現在就帶領我沿著新店溪一路走上去，探訪傳說中的婚姻魚。說不定，有一群庵仔魚逃過人類的捕殺，如今正躲藏在黑水潭底老樹根窟窿裡呢。

——好！現在正逢十月，枯水期開始了，我們就沿著這條快要乾涸的溪床，跨過一灘灘沙洲，鑽過溪中一叢叢水芒草，趁著月色，往新店溪上游跋涉過去。

——我揹著書包，你揹著我。

——走，朱鴒丫頭，咱倆一塊去尋找那個深水潭。

——觀音山頭一輪明月，水紅紅。

——芒草萋萋，我們這兩個一大一小來自天南地北有緣相識台北街頭的夥伴，子夜時分，在觀音山月娘陪伴下，蹦蹦濺濺一路溯流而上，尋找庵仔魚棲息的那一窟活水源……

——聽！河堤下小屋裡有個女人在唱歌。

——妳的耳朵可眞靈，朱鴒小姑娘。

——噓，禁聲，讓我聽聽她唱什麼歌？月夜愁！那是一首很老的台灣民謠，我聽我媽唱過。可是，咦？爲什麼這個女人三更半夜不睡覺，獨個兒倚在門口唱歌呢？你知道爲什麼嗎？我告訴你原因。女人內心最苦的時候就會忍不住悲從中來，扯起嗓門唱歌，彷彿要把心肝掏挖出來撕碎似的。我怎麼知道？雖然我是個小女生，生平還沒那樣痛苦過，但我從小就常看見我媽一個人悄悄坐在臥室窗前，仰起臉龐，望著城外觀音山頭的月亮，好久，只顧絞起眉心，握住拳頭一拳一拳擂打自己的胸口，邊想心事邊哀哀唱歌。

月色照在三線路
風吹微微

等待的人怎不來
心內眞可疑
想不出彼的人啊
怨嘆月暝

喂，喂，大哥你聽呆啦？瞧你整個人一下子變得癡癡怔怔，好像忽然想起什麼傷心事，月光下臉青青汗涔涔，好難看喔。我明白了！這會兒行走在新店溪上，聽陌生的台灣女人唱歌，你想起你小妹子翠堤在你們婆羅洲老家常唱的那首歌。拜託你別唱！嘻嘻，對不起，先前你站在華江橋上唱〈妹妹揹著洋娃娃〉，聽起來像半夜鬼哭，直聽得我毛骨悚然，滿身冒起雞母皮。唉，還是我幫你唱這首快樂的童謠吧。

妹妹揹著洋娃娃
走進花園來看花
娃娃哭著叫媽媽
樹上鳥兒笑哈哈
笑哈哈——

咦？大哥你怎麼沒反應呢，兀自望著河堤下芒草叢中那間破舊的小鐵皮屋發呆？莫不是我猜錯了啦？這會兒你心裡思念的並不是翠堤小妹子，而是……而是你的母親！我媽傷心時總愛唱月夜愁，那你媽呢？

——我媽呀？我媽喜歡唱天地荒。洗衣燒飯掃地的時候、沒事拿起衣裳縫縫補補的時候、頂著婆羅洲毒日頭蹲在胡椒田裡幹活的時候，她老人家——不，那時她還年輕——她總愛想心事，想著想著就會突然蹙起眉頭，伸手撩起她那枯黃黃披散在肩膀的髮絲，狠狠甩兩甩，睜起眼睛瞅望空中不知什麼東西，磔磔一咬牙，嘆口氣，幽幽唱起天地荒來。這首歌我從小聽到大。我媽唱了幾十年了，翻來覆去唱來唱去咿咿呀呀永遠就是那麼四句歌詞：

小白菜呀
天地荒呀
兩三歲呀
死了爹呀

——好淒涼！感覺上好像孟姜女哭萬喜良，快把長城哭倒了。可是大哥，拜託你別唱下去，因爲聽你捏尖嗓子齜牙咧嘴這麼一唱：「兩三歲呀死了——爹——呀！」我滿身又起雞皮疙瘩啦，背脊上直冒冷汗。嘻嘻對不起。咦？你怎麼停下腳步，豎起耳朵，扭頭望向河堤下那間小屋，愣愣瞪瞪的還在聽那個台灣女人唱歌呀？

——妳聽，丫頭，黑天半夜滿江芒花搖曳嗚咽，風中忽然傳出女人的歌聲，飄飄忽忽悽悽切切，一聲聲如影隨形，只顧跟住我們，月光下有如一個鬼魅，漂甩著她腰肢上那把長長的銀白髮絲，隨著河風，一縷一縷不斷從我們身後追纏過來：月色照在三線路，風吹微微，等待的人怎不來啊，怨嘆月暝……呵呵，我這麼一唱可把妳這丫頭嚇得縮起脖子，咬著牙機伶伶直打寒噤。可妳知道嗎？小時候在婆羅洲，我就曾聽過這首月夜愁，人家說那是日本軍歌呢。妳說什麼？月夜愁是道地的台灣歌，不可能是日本歌？這妳就不懂囉。聽南洋老一輩的華僑說，第二次世界大戰日本進軍南洋群島，好些台灣歌謠被改編成日語來唱，其中幾首變成日本軍歌，除了月夜愁，還有雨夜花。丫頭妳聽過雨夜花嗎？妳媽一個人坐在窗前想心事的時候只唱月夜愁，就像我媽傷心時只唱天地荒，所以妳從不曾聽過雨夜花？好，我唱給妳聽：雨夜花，雨夜花，受風雨吹落地，無人看見，暝日怨切，花謝落地不再回……妳覺得這首歌調子太淒涼怎麼聽都不像軍歌？丫頭，我告訴妳一件事。太平洋戰爭爆發那當口，我那個長年在外飄泊迌迌的父親穿著他那一身白夏布西裝，頭戴白草帽，倉皇逃回家來，帶著我母親和我那剛出生的大哥躲進叢林中，落腳在沙勞越邊城堯灣鎮，不知如何，就跟日本少佐池田攀上關係，合夥開設肥皀廠——咦？先前跟妳講第一顆石頭的故事時，我不是提過這段往事嗎？那三年，我父親就常聽到日本兵行軍、出征、在慰安所尋歡作樂時用日語唱雨夜花和月夜愁，叭叭叭打著節拍，拔尖嗓子唱得還挺悲壯呢。後來日本投降了，日本兵被遣送回扶桑老家了，英國人挺起腰桿子，列隊走出戰俘營，在蘇格蘭風笛隊嗚哇嗚哇引導下，重返沙勞越殖民地，再過幾年，我就出生啦。那時我們家已經從堯灣鎮搬回古晉城，但還沒跟隨我父親到山坳裡種胡椒。六歲那年我入學了，就讀古晉中華小學……

——這跟月夜愁和雨夜花有什麼關係？大哥，你扯太遠了。

——關係可大著呢！別急，耐心聽我講嘛。我頂記得學校附近有一條廢鐵道，鐵軌兩旁是一片荒地，周遭沒幾戶人家，亂墳堆裡不知何時搭蓋起一間白鐵皮屋，矮簷下開著小小的紅門洞，裡面住著三個肌膚皎白、年紀約莫三十、神態舉止看似外鄉人卻操得一口南洋最通行的廈門話的女人，平日足不出戶，偶爾出門也只是挽著菜籃子，沿著鐵路步行到附近雜貨店採買日用品。店家說，她們待人倒還和氣，除了皮色忒白，人看起來跟本地一般華僑婦女沒啥不同，只是說也奇怪，每次採買總要抱回兩大絡草紙，不知是做啥咪用途的。初時，整座古晉城沒有人知曉這三個女子的來歷，只知道打一開始她們就住在一起，廝守在那間鐵皮屋，形影不離，相依爲命，所以人們就管她們叫林家三姊妹（不知誰打聽出來，其中一個女子本姓林），可是三不五時，人們就看到一輛簇新的黑頭仔車出現在日頭下，沿著廢鐵道行駛，靜悄悄來到城外那片荒煙蔓草孤墳虆虆的野地上，倏地轉個彎，進入樹叢中，停泊在鐵皮屋門前籬笆外，車門一開，裡頭爬出一個（有時兩三個）頭戴黑色宋谷帽、身穿夏威夷花襯衫、腰間繫著一條印染布紗籠圍裙的馬來富豪，渾身散發出古龍水味道。只見他倚在車門旁，推起臉上的墨鏡四下望望，遲疑半晌才邁出腳步，蹺起腳上那雙烏晶晶義大利尖頭高跟黑皮鞋，橐躂橐躂走進院落中，頭一低，鑽進矮簷下那一窟水紅門洞。這時屋裡就會走出一個女子，大熱天，身上鬆鬆裹著一條大紅花布和服，只見她……我怎麼知道這些事呢？莫非那當口我躲在一旁偷看？噯呀，丫頭，這座樹林裡從早到晚都有人徘徊逡巡，探頭探腦觀察鐵皮屋的動靜，看看屋裡三個來路不明、皮膚白膩的外鄉女子在幹啥咪勾當。好奇嘛！偷窺的男人可不只我一個。朱鴒，拜託妳別再打岔，我就要講到節骨眼上頭啦。這時三姊妹中的一個走出屋來，往門檻上一站，朝向天頂那顆燦白的南洋大日頭，伸出兩隻雪白的手兒，交疊在膝蓋上，深深一哈腰，笑吟吟將客人迎進屋裡。過了個把鐘頭，窗外草叢中踮著腳豎起耳朵傾聽的閒人，腳都站痠啦，心煩意躁，一個個抓耳搔腮趑趑趄趄準備走人，忽然聽見咿呀兩聲，門打開了，馬來郎客霍然聳出他那粒汗潸潸油光水亮的大頭顱，鑽出紅門洞，弓起腰桿子爬進門口等候的那輛黑頭車，鬼趕似地呼嘯而去。白花花陽光中，丫頭，妳看哪，這傢伙走出鐵皮屋時臉上還帶著一絲詭祕的笑容呢，邊走邊搔褲襠，慢吞吞繫上他那條花布紗籠。林子裡窺望的男人一哄而散——不，悄悄拔腳開溜。平日沒有郎客來訪時，整個院子靜沉沉，只偶爾聽到屋裡有人咳嗽，咯、咯、咯，一陣急似一陣不斷從窗口傳出來，鼻子靈敏的人還聞到一股甜甜的血腥味呢。有時，屋裡那女人邊咳嗽邊扯起嗓門唱歌……

——月色照在三線路，咳咳，風吹微微……

——對，就是這首讓我一世人都忘不了、每次聽到心裡就開始淌血的歌，月夜愁！還有雨夜花：雨夜花，雨夜花，花落土，有誰可看顧，無情風雨誤我前途，花蕊墜地要如何……屋裡的女人用廈門話唱這兩首歌，歌詞我們大都聽得懂，因爲古晉城就像南洋其他城市一樣通行廈門話，可後來有幾個到過外邦、見過世面的鄉親說，她們唱的歌詞不是廈門話，而是台語。兩者之間的差別我們也弄不清楚，反正久而久之，人們就把古晉城外廢鐵道旁樹林中那間白色小鐵皮屋，稱爲「台灣寮」。在我們這個民風淳樸保守的小城，那可是一個頂神祕、頂幽深的所在，時時勾起人們的好奇心和一種甜蜜、美妙的恐懼感。每天黃昏，城裡總有一群老人家吃過晚飯假裝散步，嘴上叼根牙籤、閒閒背著手，昂起花白頭顱，迎向鐵路盡頭地平線上蒼蒼莽莽一輪火紅的婆羅洲落日，鼕、鼕、鼕，踩著鐵軌下橫鋪的一根根枕木，拖著他們那鬼魅般瘦佝佝黑魆魆的身影，一路蹓躂到台灣寮，停下腳步四面望了望，一閃身，倏地鑽入草叢中，跂著腳，伸出脖子隔著籬笆朝門洞內窺瞄。屋頂炊煙嫋嫋，屋裡卻悄沒人聲，守候半天，偶爾你瞥見一條蒼白人影在窗口晃漾，晚風中髮絲飄飂，夕陽斜照下幽靈般一閃即逝……咳、咳、咳……暮色越來越濃，沒多久整間台灣寮就被婆羅洲的黑夜叢林吞沒了，四下一片死寂，除了林中怪鳥淒厲啼鳴，遠處城中三兩聲狗吠，你就只聽見鐵皮屋裡兩盞媒油燈下那一陣急似一陣催魂般的咳嗽了……月色照在三線路，咳咳，風吹微微……有時天氣實在太熱，三姊妹就結伴出屋來納涼，身上只穿著單薄的衣裳，肩並肩坐在門前一條長板凳上，舉起竹扇子，搧啊搧，月光中你看見她們胳肢窩下黑萋萋閃爍著一蕊蕊晶瑩的汗珠……

——對不起，我要打岔了！那時你幾歲啊？怎麼記得那麼清楚，講得活龍活現繪聲繪影跟眞的一樣呢。

——那時我七歲，就讀古晉中華小學第四分校二年級，跟我母親住在學校附近砂督路，那條廢鐵道就經過我們家。

——你這個小蘿蔔頭就常常跟在那群南洋歐吉桑屁股後面，跑到台灣寮窺望嘍！難怪呀，連三姊妹的腋毛你都看見了。

——朱鴒呀，那間小鐵皮屋和住在屋裡的三個肌膚皎白、來歷不明的女子，不知怎的，就像奧德賽史詩中那群美豔的海上女妖，一聲聲召喚，蠱惑七歲的我，誘引我一步一步身不由主抖簌簌進入她們的世界……每天早晨坐在教室裡，我時時扭頭望向窗外，心裡默禱，祈求太陽公公趕快爬到天頂。好不容易捱到中午十二點鐘，鈴聲響啦，我霍地跳起身來，一溜風，奔上校園外那條廢鐵道，打開飯盒掏出筷子，邊吃飯邊行走，朝向太陽下城郊那座鬼氣森森人影飄閃的樹林，一路蹦蹬過去。有時傍晚放學，趁著我媽不在屋裡，我把書包往廚房一丟，就鬼趕似地跑到三姊妹家，站在籬笆外，豎起耳朵，傾聽她們那招魂似的一聲叮嚀伴隨一聲呼喚的歌聲……

——夜路走多了總會遇到鬼！嘻嘻。後來，你這個喜歡偷看女人胳肢窩的小鬼頭終於被三姊妹發現了，逮個正著嘍？

——嘿，嘿。

——別只顧乾笑！講啊。

——我講我講，拜託妳別搔我胳肢窩！那天中午一如往常，我躲在籬笆外草叢中張望，可這回機緣巧合，卻撞見三姊妹中容貌最標致的那個姑娘獨自蹲在後院洗澡。（後來相識了，我才知道她名字叫菊子，是鐵皮屋三個女人中年紀最小、最不愛講話、老是坐在窗口怔怔想自己心事的一個。）丫頭哇，那天中午我給鬼迷了心竅啦，生平第一次偷看女人洗澡！菊子姑娘跂著腳尖，蹲在水桶旁，把她腰間那一束烏黑髮絲高高挽到脖子頂端，鬆鬆打個髻兒，身子剝光了，背對我，翹起屁股舉起手臂來，拿著木杓子往桶裡舀水，好半天一瓢一瓢只顧往乳溝上澆潑。燦爛的陽光，蒼白的肌膚。腋窩裡黑毧毧閃亮著一撮毛髮，滴答滴答綴掛著顆顆晶瑩的水珠……朱鴒，妳又打岔了！我正講到那節骨眼上頭呢。妳到底想說什麼呀？妳說我這個人怎麼搞的，老是注意到女人家的腋毛？哈，我也不知道爲什麼，反正那當口我看傻啦，只覺得自己那顆心跟隨菊子姑娘手上那一杓杓井水，劈啵劈啵跳個不住。麗日中天。整座林子寂悄悄。庭院周遭灌木叢裡，綷綷綷綷，怪聲四起，不時有三五顆花白頭顱突地探聳出來，太陽下目光熒熒，那一雙雙眼瞳子骨溭骨溭只管閃爍著血絲。就這麼樣，丫頭，老老少少一夥男子（包括我這個七歲大的小毛頭喔）光天化日之下糾集在人家屋外，呆呆觀看女人蹲在井旁洗身子，邊看邊搔——搔什麼東西？搔自己的褲襠啊——正在那興頭上，菊子姑娘忽然從地上拿起一罐膏藥，眉頭一皺，閉上眼睛張開雙腿，咬著牙，往她胯下那黑萋萋一窪斑斕的水珠，狠狠塗抹過去。霎時間天旋地轉，我只覺得自己膝頭一軟，撲通一聲整個人坐倒在籬笆旁草叢中，屁股被滿地荊棘扎到，痛得要死，忍不住扯起嗓門厲聲慘叫三下。院子裡的水瓢聲頓時停住了。猛一哆嗦，蹲在日頭下洗澡的女人慌忙合攏起雙腿，悄悄回過頭來，望了望，整個人呆住啦，脖子上鬆鬆挽著的那顆髮髻颼地迸開了，濕漉漉一把髮絲登時垂落下來，披散在胸口，滴答滴答，淅瀝瀝淅瀝瀝……

——嗳呀，這個時候你還只顧看人家的奶子！趕快拔腿開溜啊。

——我沒走。我就像白癡一樣呆呆地杵在那兒，揹著書包張開嘴巴一動不動。也不知道爲了什麼緣故，我心裡只是不想走。

——她們一定很生氣囉，當場把你抓進屋裡痛打一頓，警告你以後不許偷看女人洗澡，然後把你趕出屋去。

——她們沒生氣。朱鴒，有件事我本來不想跟妳講，可是……我還是說了吧！從小我就有一種很奇特的女人緣。我媽說，小時候我皮膚生得忒白，身子粉嫩粉嫩，跟其他在南洋出生長大、渾身皮膚黑不鰡鰍的孩子不一樣，家族中的女人們一看見我，就忍不住伸出雙手把我搶進懷中，二話不說就張開手爪，嘟起嘴唇往我臉上和身上又捏又親，就像揉麵糰那樣。丫頭，妳知道嗎？客家女人聚在一起時總會找出一些麵粉來揉揉捏捏，製作糍粑當點心吃，就像北方女人包餃子。糍粑就是台灣的糰糬。所以我小時候有個綽號叫糍粑，那是姑媽阿姨們取的……上回跟妳講司徒瑪麗的事蹟（唉，聖瑪嘉烈的司徒瑪麗！）記得我提過，我們家在山坳種胡椒時，有一次小阿姨從城裡來訪，大熱天在河裡痛痛快快洗了個澡，晚上就光著身子摟著我睡，讓我躺在她懷中，吮吸她身上的乳香和肥皂香……可上回我沒敢告訴妳，那一整夜，小阿姨那雙柔膩的手爪子不停地探伸過來，搓弄我的身子，嘴裡一聲聲呼喚我的乳名：糍粑、糍粑、糍粑……

——肉麻死了，拜託別說了！繼續講三姊妹的故事吧。

——那個要命的中午，鐵皮屋的菊子姑娘發現我偷看她洗澡，倘若當場便把我臭罵一頓，趕出門外，那也就罷了，後來就不會有事情發生，而我也不必追悔一輩子。不料她非但沒把我轟走，反而招呼我進屋坐坐，還把她那兩個正在房間裡睡午覺的姊妹給叫出來，獻寶似的，讓她們看看這個皮膚生得忒白、嘴唇紅紅的小男生。那當口，朱鴒啊，我清清楚楚聽到內心有個聲音哀哀催促我：走哇，逃哇，這個地方不可以進去！我知道那是我娘的呼喚，可我那雙腳不聽話，著了魔似的一步拖曳一步跟隨菊子姑娘走進鐵皮屋，從此跟三姊妹結下不解之緣。

——哦，緣。

——孽緣，丫頭。那天中午我坐在她們家客廳僅有的一張高背椅上，吃我媽做的便當。那張椅子模樣就像我們在電影中常看到的那種太師椅，我啊就像個小皇帝，高高垂拱在那上頭，而三姊妹就像宮娥環侍一旁，笑吟吟喜孜孜看我吃飯，陪我說話兒，問東問西，不外是家裡有幾個兄弟啦、你排行第幾啦、父親幾時來南洋現在吃啥咪頭路啦、母親今年多大歲數身體可還好嗎？後來她們看我一大口一大口扒著乾飯吃，吃到都快噎住了，就到廚房給我煮一碗味噌湯。丫頭，這是我生平頭一次喝味噌湯呢。我永遠忘不了那第一口的滋味，當時直想嘔吐出來，可是一抬頭，看見三姊妹站在跟前瞇笑瞇笑瞅著我，只好憋住氣，狠狠將它吞下肚，誰知那口怪湯一滑入喉嚨，滋味卻變得美妙無比，於是我咬緊牙根又喝三口。多少年了，我喝味噌湯早已經喝上癮囉，在我心目中那是可惡的日本最偉大、最可愛的發明！就這樣我在三姊妹家吃過了午飯，趕回學校上課啦。三個女人結伴送我，離別依依，直送到樹林外小徑盡頭，目送我沿著鐵路跑回那日頭下早已綻響起琅琅讀書聲的中華小學校園：床前明月光，疑是地上霜，舉頭望明月，低頭思故鄉……以後每天中午我就瞞著我媽，溜到三姊妹家作客，我總是高高坐在屋子中央那張太師椅上，吃飯喝湯，好不愜意，而她們總是環繞我身旁，坐在矮板凳上笑瞇瞇看我吃。看著笑著，三姊妹中的一個就會伸出粉白的臂膀，張開她那血滴般塗著猩紅蔻丹的五根手指尖，梳理我的頭髮，旁邊一個姊妹看在眼中，就會趕緊挪過板凳，挨到我腳跟前伸出手來，整理我身上那件白上衣黃短褲中華小學男生制服。就這樣，三個異鄉女子和一個誤闖入她們世界的小男生，結緣南洋古晉城，日復一日，相聚在城外廢鐵道旁那間小小的、熱烘烘的鐵皮屋，邊吃午飯邊閒話家常，和樂融融就像一家人（我們四個人皮膚都生得忒白，乍看還挺像母子！）有時沒說話，三姊妹就默默坐在凳上，仰起臉龐眺望著窗外樹梢頭那一團白花花的天光，各想各的心事，三不五時回過頭來看看我，眼一柔，咧開嘴唇，綻露出她們那一顆顆讓我永遠懷想的皎潔門牙，對我笑了笑，然後眼神一黯，從喉嚨裡發出沉沉兩聲嘆息。朱鴒，這會兒我揹著妳行走在台北新店溪上，對著觀音山頭的月娘，我發誓：我永遠感念這三個女人！她們疼愛我，可也尊重我，從不把我的身子當做一團粉嫩的糍粑，揉揉捏捏又親又啄（丫頭哇，妳知道從懂事開始，我就多憎恨我這個乳名糍粑嗎？）所以我喜歡待在這三個來路不明、背後遭人指指點點的女人家裡，因爲我覺得安心。她們讓我眞正感受到女人的母愛是那麼的宏偉、那麼的自在安詳。窗外木葉娑娑，矮簷下草叢中影影幢幢總是有人逡巡偷窺。屋裡言笑晏晏，一縷陽光從鐵皮屋頂那口天窗灑照進來，投射在三個女人身上，而這三個女人環坐在一個小男孩身旁，臉上堆滿慈藹笑容，看他吃飯……可是……每次一聽到屋外林中小徑上嘎扎嘎扎響起車輪聲，三姊妹就會霍地跳起身，一腳踢開屁股下的小板凳，急慌慌，打發我回學校上課。揹起書包拎起飯盒鑽出門洞的當兒，心一沉，我就會看到一輛黑頭仔車停泊在屋前，太陽下人影晃閃，鬼魅般從車中爬出一個（有時一夥三四個）頭戴黑色宋谷帽、腰繫印花布紗籠圍裙、胳肢窩下飄散出一股腥辣古龍香水味的馬來男子。蕭蕭蔌蔌，風吹草動，林中徘徊窺望的閒人們悄悄昂聳出頭顱，日影裡目光睒睒，鬼火樣一瞳子一瞳子閃爍著斑斕血絲。（奇怪啊，丫頭，造訪三姊妹的郎客每次都不一樣！我的意思是說，每次我看到的都是新面孔，跟上回的訪客並不是同一個或同一夥人，但這還不打緊，最讓我毛骨悚然的是，每回在屋前擦身而過互瞄兩眼時，馬來郎客總會回過頭來，伸手托起臉上的墨鏡，睨著我，咧嘴一笑，倏地伸出他嘴洞中那根紅涎涎的舌尖，咂咂咂舔了舔自己的腮幫，然後才整理衣帽，邁出皮鞋，回身鑽入三姊妹家那個紅門洞。事隔多年，至今我還參不透，這個怪異的動作究竟代表什麼意義？）不管怎樣，每次被匆匆趕出鐵皮屋，回頭一望，我就發現三姊妹已經脫掉家常衣衫，攏起頭髮，高高挽在頸脖上，整張臉孔搽滿白粉堆滿笑容，一字排開，竚立門洞口，把雙手交疊在膝蓋上，婸婸娜娜朝向訪客一齊哈下腰去：「嗨，伊拉夏伊媽謝！」丫頭妳瞧她們那閨女般圓潤白淨的身子，日頭下顯得格外光潔，連根汗毛也找不著，驀一看，好似三隻被剝光了羽毛的白斬雞，鬆鬆包裹在一襲妖豔的大紅布和服內，風中衣襟飄撩，只見一雙嫩白奶子挺起兩粒緋紅的乳頭，映著晌午的陽光，顫巍巍若隱若現。郎客磔磔怪笑，伸出手爪緊緊摟住菊子姑娘的小腰肢，挾著她，鼓起褲襠昂然進屋去了。不一會，窗口就傳出三個女人的嬌笑，笑聲中夾雜著哀哀唧唧的呻吟，好久好久迴盪在午後寂沉沉的樹林中。我站在門洞外，捏著鼻子豎起耳朵傾聽，心頭猛一抖，回過神來拔腿就溜，沿著鐵路邊跑邊流淚，指著天頂那顆明晃晃的大日頭恨恨發誓：打死我都不再回來啦！可是，隔天中午，我依舊揣著我媽給我準備的飯盒，身不由主，揹著書包踏上鐵路，一步步磨蹭著慢吞吞走向林中小屋。瞧，三姊妹早就站在門洞口，跂著腳，伸長脖子朝樹林外眺望，滿臉焦急，那副神態——天哪——就像母親倚門盼望苦苦等待兒子放學平安回家！一看見我出現在路口，三個女人登時就舒展開深鎖的眉心，笑啦，爭相牽住我的手，團團把我簇擁進屋裡，嘰嘰喳喳問東問西，確定我沒生病也沒生她們的氣，這才長長嘆息兩聲，安下心來。一如往常，我高高坐在屋子中央太師椅上，像個小皇帝伸出嘴巴，左一口，喝三姊妹爲我熬煮的味噌湯，右一口，吃我媽做的飯菜，心裡快活得很哪，而她們依舊坐在我跟前那三張矮板凳上，手裡捧著飯碗拈著湯匙，仰起臉龐瞅住我，噙著眼淚笑瞇瞇餵我吃飯……

——我的媽呀，這三個孤苦伶仃、流落南洋的女人，把你這個皮膚粉嫩粉嫩活像一糰子糠糬的小男生，當成自己的兒子啦。

——嘿，那時我就已經感覺到了，她們把我看作自己的親人，尤其是名字叫「月鸞」的那位阿姨對我特別好。我爲什麼叫她阿姨？因爲她跟我最親，疼惜我就像疼惜自家的子姪或外甥，況且……況且她身上那一股時時飄散出來的淡淡汗酸味和濃濃肥皀香，不知怎麼，總是勾起我的記憶，讓我想到從小常到我們家摟著我睡的小阿姨。所以我就管月鸞叫阿姨，挺順口的。那我又怎麼知道她名字叫月鸞？她親口告訴我呀。我記得頂清楚，有天中午天氣特別悶熱，我在鐵皮屋喝了兩碗味噌湯，飯後她把我牽到水井旁，搖著轆轤打上一桶水，攏起裙腳蹲下來，拿塊肥皀幫我洗身子。擦著搓著，她忽然噘起嘴巴，將她那紅嘟嘟兩片嘴唇湊到我耳朵上說：「我偷偷告訴你，我的眞名叫月鸞，你千萬不要跟別人講！這個祕密全世界我只告訴你一個人喔。」臉一紅，她悄悄回過頭去，望了望籬笆外日頭下鬼眼瞳瞳人影飄忽徘徊的亂草叢，猛然打個哆嗦，咬住嘴唇不再吭聲了，抓起肥皀使勁擦洗我的身子……

——天，這位月鸞小姐還幫你洗澡！說不定，她也幫那些馬來郎客洗澡……

——拜託妳別亂講，朱丫頭！

——喲，我只是開玩笑，瞧你那張臉孔颼地變了顏色，一陣青一陣白，月光下兩隻眼睛紅凸凸只顧瞪住我，好像要噴出火來了……對不起，我不再逗你啦。咦？三姊妹中的另外兩個叫什麼名字呀？

——一個叫林投姐，一個叫菊子姑娘。

——這兩個名字一聽就知道是花名。

——ㄚ頭聰明！她們兩個打死都不讓人家知道她們的眞實姓名，連她們的姊妹月鸞也不告訴，莫說我了。

——那麼這三個女人肯定不是親姊妹囉？

——唉，同是天涯淪落人……

——先前你說，你們古晉在地人把她們住的那間鐵皮屋叫做台灣寮，那麼，她們是從台灣去的囉？

——那時我才七歲，讀小學二年級，哪裡知道台灣到底是個啥咪所在！月鸞告訴我，她的故鄉在大海北邊很遠很遠的一個島嶼上，她家庄腳外有一條河叫濁水溪，溪畔長著芒草，乍看還眞像南洋蘆葦呢，每到中秋時節就會開花，月光下白雪雪一大片。她說，如今孤零零躺在小鐵皮屋一張木板床上，夜夜睏不落眠，兩眼睜睜，眺望屋頂天窗外黑魆魆的婆羅洲天空。唉，無聊月夜！於是她就伸出手指頭，數著天頂那一簇亮晶晶冷冰冰只顧朝她眨眼的星星，一顆、兩顆、三顆……望著數著，她就會思念起在家鄉種田、如今不知仍健在否的阿爸和阿母，還有她的六個弟妹，那晚做夢，她就會夢到她家水田旁那滿溪盛開的芒花，迎著天上的月娘，嘩喇嘩喇隨風起舞，恍惚中好像村裡一群孩童滿頭插著白色的野花，聚集在庄口，笑嗨嗨向她招著手兒……長大後我來台灣讀大學，記得第一次搭火車南遊，向晚時分穿過西螺大橋，抬頭一看，只見河畔村中歸鳥亂飛炊煙四起，遠處，濁水溪口，台灣海峽上空一輪紅日懸吊，金光燦爛濺濺潑潑，照射著河床上那滿眼蕭蕭蔌蔌淚花也似迎風飛灑的水芒花。那當口，心頭猛一牽動，我想起了月鸞──那個流落在南洋婆羅洲我的老家、我小時候疼過我、煮味噌湯給我拌飯吃、幫我洗身子而今卻下落不明、生死不知的月鸞阿姨！倚著車窗口，坐在縱貫鐵路南下列車中，夕陽下的台灣村庄一座接一座飛閃過我眼廉……林內鄉，田頭里，平頂村……月鸞，林投姐，菊子姑娘……車窗外暮靄越沉越紅，台灣海峽一團火球熊熊燃燒，煙波中載浮載沉，幽靈般，我腦海裡浮現起了古晉城外日頭下孤墳蘽蘽的荒地上那間小小的台灣寮……日落嘉南平原，歸鴉呱噪聲中，莒光號金黃列車轟隆轟隆衝開蒼茫月色，一路往南方奔馳，我眼眶紅了，當著滿車廂乘客的面，簌地流下兩行熱淚來啦。朱鴒，妳知道我爲什麼會那樣難過嗎？

──因爲你後來做出一件虧心事，對不起你的月鸞阿姨和她的兩個姊妹。喂，別變臉哦！我先不問你那件事，等你心情好些再講。現在你告訴我，這三姊妹當初爲什麼要離開家鄉到南洋去呢？

──月鸞說了，十六歲那年夏天放暑假，地方上有位紳士忽然帶著兩個身穿白西裝、頭戴黃草帽的日本浪人，搭乘吉普車來到她家庄腳，自稱是什麼「拓植會社」的幹部，替皇軍召募隨軍看護婦到南洋軍醫院上班。在鄉紳見證下，日本人掏出兩千圓紙鈔，交給她阿爸，鞠個躬，要他在一份用日文寫的契約上畫押。阿爸雙手接過鈔票，什麼話也沒說，兩眼望著站在門口只顧低頭玩弄胸前兩根辮子的長女阿鸞，只是流淚。她阿母啊？不知躲藏到哪裡去了。在家鄉父老敲鑼打鼓歡送下，月鸞和村裡六個夢想當護士的姑娘出發囉，興沖沖喜孜孜，搭火車到高雄港，跟兩百多個來自其他鄉村的女孩子會合，搭上兵船，隨同日本陸軍第一百二十四聯隊（月鸞阿姨講的這個番號，我記得清清楚楚，因爲她提過好多次），飄洋過海來到了英屬渤泥島。日本人講的渤泥島就是中國人說的婆羅洲，我出生長大的地方啦。登陸後，十五位姑娘被分派到古晉城皇軍慰安所工作。那是城中一棟巨大的洋樓，上下兩層，底層用木板分隔成幾十個兩坪大的小房間，裡頭啥都沒有，只擺一張挺堅固的雙人木床。每個房間住一個姑娘，日夜接待皇軍，從事慰安工作。丫頭妳問怎麼個慰安法啊？唉，就像台北市華西街寶斗里的姑娘那樣囉！古晉慰安所那群服務生，各色人種的姑娘都有：朝鮮人、荷蘭人、菲律賓人、英國人……

——慢著！英國人和荷蘭人怎麼肯讓他們的老婆和女兒從事這種工作呢？那時在南洋殖民地，白種女人不是挺尊貴，就像皇后和公主一樣嗎？

——月鸞阿姨說，皇軍攻下新加坡，來不及逃到澳洲的英軍眷屬，連同其他戰區被日軍抓到的英國女人，全部被集中在一起，分配到南洋各地慰安所工作，有一批被送到渤泥首府古晉城，住進那棟洋樓，專門服侍皇軍南方派遣軍的高級將佐。丫頭，妳知道嗎？那時新加坡是大英帝國在遠東最巨大、最堅固的軍事堡壘，不料只守了三天，英軍就向日軍投降。這下可就害慘他們的眷屬。這些英國良家婦女被推入火坑，當了三年營妓，成爲日本軍官開洋葷的工具。不瞞妳說，丫頭，我們這些南洋華僑從此對英國男人就不像以前那麼尊敬、那麼畏懼啦。可話說回來，日本兵對慰安所的英國女人倒是滿尊重，並沒怎麼凌虐她們，讓她們住在樓房上層，跟荷蘭營妓聚在一起，彼此有個照應嘛。荷蘭營妓原本也是良家婦女，日軍攻占荷屬東印度群島後，把她們送進慰安所。平日，這些白種女人就在樓上的歐式豪華臥房裡工作，撫慰皇軍高級軍官，偶爾出門散步踏青，也有憲兵護衛，前呼後擁，就像先前她們當殖民地主子那個排場。每隔兩三個禮拜，碰到豔陽天，軍部就用卡車把她們一窩子載到城外沙勞越河濱，從事日光浴。光天化日眾目睽睽，在一群配戴紅十字臂章的日本衛生兵督導下，二三十個藍眼白膚、燕瘦環肥的女人一字排開，戴上墨鏡，脫光衣服，仰天躺在河畔草地上張開雙腿，拱起屁股曬太陽。這個場面，我父親當年還親眼看過哩！上回我不是跟妳提過，我父親和一個日本少佐池田合夥經營肥皂廠嗎？所以……哦，扯遠了。現在我不想再談我父親的事。但根據我父親轉述日本軍醫的說法，在慰安所工作的女人長年不見天日，恥部容易生蟲，定時讓它曬太陽，可以殺蟲喔！皇軍對麾下那群歐洲婦女的照顧和體貼，可說無微不至。月鸞她們可就沒那麼好命嘍。同樣在慰安所工作、卻居住在樓房下層鴿子籠似的小房間、專門伺候日本小兵的黃種姑娘，日子可不好過。怎麼個不好過呢？月鸞阿姨打死不肯講，只告訴我一件事：有個叫柳什麼姬的朝鮮姑娘受不了折磨，跳井死了，從此，樓房裡就常常發生怪事，前來接受慰安的日本兵趴在姑娘身上幹那勾當，嘿咻嘿咻正在興頭上的當兒，莫名其妙會突然抓狂，跳起身來，握著拳頭狠狠擂打自己的子孫袋，嘴裡厲聲高呼：「天皇萬歲！」日本軍部被驚動了，從新加坡派來兩位神道教祭司，誦經唸咒作法，將惡靈鎖鎖在井內。聽月鸞阿姨這麼一說，好奇心起，我就偷偷溜進那棟早已荒廢的洋樓查看，果然在後院八角亭下找到一口上了鎖的水井（數一數，總共七把鎖哦），井蓋上，五彩斑爛妖妖媸媸橫七豎八，黏貼著十幾幅用日文寫畫的符咒。大白天鬼氣森森。我跑回去問月鸞阿姨，日本兵究竟怎樣對待她們這群姊妹，才會讓那個姓柳的朝鮮姑娘死得那樣悽慘、那麼的不甘心？她回答說，小孩子千萬不可以知道這些事情，知道了，以後長大成人，性情就會變得非常粗野怪異，一輩子都不曉得好好疼惜女人的身體。反正這是命哪，她和慰安所其他姊妹一樣，以後不能生孩子了，因爲她們的子宮早就被捅破，爛掉啦。

——難怪她把你當兒子看待。

——嘿！就這樣，月鸞在古晉慰安所工作三年，總共攢了三千日圓。順便告訴妳，後來我聽我父親說，慰安所的台灣姑娘每次接客收費一圓五十錢，朝鮮姑娘一圓，菲律賓姑娘一圓八十錢，金髮碧眼大屁股的荷蘭女郎五十圓，至於英格蘭貴婦和蘇格蘭閨女，她們可是無價的喔，只有派遣軍司令部的高級將佐，得以品味這樣的貨色，一般軍官就連她們的胳肢騷都聞不著，莫說共度春宵一親芳澤啦……一九四五年八月十五日，晴天一聲霹靂，裕仁天皇宣布大東亞聖戰告終，日本帝國無條件投降。英軍挺起腰桿子列隊踢正步走出戰俘營，重返古晉城，接收沙勞越殖民地，立即封閉慰安所，把皇軍和姑娘們一股腦兒遣送回國。月鸞和幾個姊妹淘沒回家鄉，決定留下來，作夥兒，湊錢在古晉城外廢鐵道旁荒地上買下一間很久沒人住的房子，稍微整修，住下來了。從此四姊妹定居在婆羅洲，可是異鄉謀生不易啊，不得已，只好重新幹那舊營生，只是她們的恩客從日本皇軍突然變成了馬來新貴。就這樣，丫頭，姊妹們在鐵皮屋裡相依爲命，廝守了十年了，同是天涯淪落人……

——無家可歸。

——不，有家歸不得。

——這群台灣姑娘爲什麼不回台灣呢？

——我問過月鸞。她說……

——她到底說什麼？別呑呑吐吐，急死人！

——她說，如今的阿鸞，子宮破爛，永遠不會生孩子了，沒臉回家見阿爸阿母和鄉親們。說著她就簌地流下淚來，捋起衣袖露出臂膀子，伸到太陽下讓我看看她膀子上刻的一個黑色的字。丫頭妳猜，那是個什麼字啊？

——我不想猜。

——「慰」。

——安慰的慰？哦，我明白了。

——這個刺青一輩子留存在姑娘們身上，永遠洗刷不掉的！月鸞四姊妹就像中國古代的犯人，臉上黥了個字，無論走到哪裡，人家都知道她們做過……

——慢！你說四姊妹？怎麼突然冒出第四個來呢？你講她們的故事時，不是一直都說三姊妹嗎？月鸞、林投姐和菊子姑娘。

——還有一個姊妹叫素蘭，死了。

——怎麼死掉？什麼時候死的？

——不知道。沒人問，沒人在乎。

——素蘭小姐死後一定化爲美豔的幽靈，披著一頭長髮，穿著她那件漿洗得泛白的大紅花布和服，露出兩筒雪白的臂膀子，不管白天黑夜，日頭下月光中，總是獨個兒漂蕩，遊走在你們古晉城的大街小巷，三不五時，就出現在那棟洋樓後院，來到八角亭下那口上了七把鎖、貼滿日文符咒的水井旁……

——朱鴒，妳的想像力眞豐富！可我告訴妳，古晉城裡從沒有人看見素蘭小姐的幽靈。死就死了，一了百了。記得有一天中午，素蘭忌日，月鸞阿姨揹三枝香和一碗白米飯兩根竹筷子來到墳前，祭拜她這個苦命的小姊妹，順便帶我到鐵皮屋外樹林中走走，透透氣。這個墳啊，只不過是鐵路旁荒地上饅頭樣小小一堆黃土，墳上已經長出野草，灑滿鳥屎啦。

——墓碑肯定朝向北方，素蘭小姐的家鄉。告訴你，我看過一部日本電影《望鄉》，講戰前一群日本女人受騙，被日本浪人拐賣到英屬北婆羅洲山打根當妓女，受盡各種折磨，死後被埋葬在海邊一座山上，墓碑全都朝向北方，表示她們對祖國日本的思念。

——素蘭小姐的那個墳，連一塊墓碑都沒有，還能朝向哪個方向啊？

——是嗎？哦。

——素蘭往生後，小鐵皮屋就只剩下三個姊妹了。年紀最大的林投姐一天到晚咳嗽，咯、咯、咯，幾年後聽說她咳血死了。四姊妹中，年紀最小、容貌生得最秀麗的菊子，個性也最文靜，沒有郎客來訪時就獨自坐在窗洞口，伸出她那隻素白手兒，有一下沒一下，只管拂著她那頭柔柔嫩嫩日漸稀疏的枯黃髮絲，好半天，一眨不眨，眺望窗外林中樹梢間悠悠飄渡過的白雲，癡癡想自己的心事。想著想著，她就會突然扯起嗓門，厲聲唱起歌來。

——月色照在三線路，咳咳，風吹微微……咦？長大後你來台灣讀大學，有沒有跟台灣同學講月鸞四姊妹流落婆羅洲的事呢？

——有。我跟外文系班上一位要好的同學楊正男講過，可以後我就不想跟本地同學談這件事了。爲什麼？因爲那時楊正男一聽，就颼地變臉，回過頭來乜斜起兩隻眼睛，冷冷睨著我，臉上表情很古怪，彷彿責怪我胡說八道，日本人怎麼可能對台灣人做出那種事情呢？

——你這位楊同學現在幹什麼？

——他呀，在一所國立大學當教授。

——謝謝你看得起我，願意跟我講四姊妹的故事。別理這位什麼楊教授了！你還沒告訴我呢，日本投降後，慰安所的朝鮮姑娘，除了跳井的那個柳什麼姬，都到哪裡去了呢？跟月鸞她們一樣流落在南洋嗎？

——沒有人知道高麗妹的下場。沒人關心。

——那些英國女人呢？

——回到英國，繼續當她們的貴夫人。

——天哪！這是個什麼世界？

——丫頭啊，妳騎在我背上可別亂動哦！瞧妳，聽我講述這群異鄉女子在婆羅洲的故事，激動得把身子扭來扭去，搖抖不停，又是拍手又是蹬腳，活像一隻發羊癲瘋的小潑猴。這會兒我揹著妳沿著新店溪溯流而上，小心翼翼跨過一個個臭水坑，戰戰兢兢鑽過一叢叢水芒草，妳可要抓穩我的頸脖，千萬別亂動哦，更拜託妳不要伸出手爪子扒搔我的胳肢窩，惹我笑，否則一不留神，妳從我背樑上摔下來，撲通一聲，掉落進那又黑又髒又臭的溪水中，可莫怪我沒把妳給揹好。妳明白嗎？好，現在請妳抬起頭來伸出脖子，看哪！站在新店溪河床上放眼瞭望，咱們台北市的夜色美不美？萬種風情千樣繁華，今夜薈萃於海中一城啊。四更天，快破曉了，滿城白漫漫縹緲起的晨霧中，東一盞西一簇霓虹繽紛妖嬌，搔首弄姿依舊閃爍不停，轡啊轡，眨啊眨，爭著向觀音山頭皎潔的月娘拋媚眼。月光下的台北市，月鸞四姊妹的故鄉，妳說，看起來像不像傳說中漂浮在東海的一座粉雕玉琢、花燈高掛的水晶宮，半夜凌晨笙歌處處……

——嘩喇嘩喇，月光下滿城公寓人家綻響起一波波痲將聲……

——丫頭耳朵可真尖哪！

——聽！河堤下小屋裡那個女人扯著嗓子一個勁還在唱歌，淒淒涼涼，飄飄蕩蕩，只管一路追隨我們，黑天半夜聽起來好像女鬼哭喚她的情郎……

更深無伴獨相思
秋蟬哀啼
月光所照的樹影
加添阮傷悲
心頭酸，目屎滴
啊，無聊月暝

——丫頭別睬她！不要回頭看哦。我們自管走我們的路。我們不是要沿著新店溪一路走上去，尋找庵仔魚棲息的那個所在嗎？

——對！尋找那個深水潭。

——妳看，觀音山頭水紅紅一輪明月高掛，灑照著那滿江搖曳嗚咽的芒花。

——汗濟濟喘吁吁，我們一路跋涉，穿過叢叢水芒，探尋那一窟活水源。

——我揹著妳，妳揹著洋娃娃。

——不，我揹著書包。

——結伴溯流而上。朱鴒！咱們倆一大一小一男一女來自天南地北，卻有緣結識於台北街頭，相約遊逛𨑨迌，一路走，我一路給妳講故事，向妳訴說我在婆羅洲的成長歷程……

——今晚趁著月色皎皎，來到新店溪找尋庵仔魚的家，捉幾尾回來煮味噌湯，品嘗那紅撲撲甜滋滋、號稱人間美味的庵仔魚卵，噫嘻，想著就流口水。

——快到囉！妳看到沒？秀朗橋頭石崖下芒草窩中那黑晶晶的一潭水……

——老哥，且慢。那件讓你追悔一輩子、跟月鸞三姊妹有關的事情，你到現在還沒告訴我呢！可不許賴掉哦。

——妳說的是哪件事？小妹子。

——瞧你一聽我提起這件陳年舊事，臉色就颼地一變，青得嚇人。你別回頭瞪著我！難道你忘了？你說過，小時候你曾經對月鸞三姊妹做出一件虧心事啊。那件事情害你生生世世受良心責備。

——嘿，現在該告訴妳了。好好聽著！那陣子我不是常常到三姊妹家吃午飯嗎？每天一到中午十二點，聽到下課鈴響，我就揹起書包揣著飯盒鑽出校門，沿著廢鐵道，朝向林中的鐵皮屋，拔腳跑哇，日頭下遠遠就看到月鸞阿姨她們站在門外籬笆前，引頭盼望，滿臉焦急等待我放學回來。丫頭，妳知道嗎？中午那兩個鐘頭是一整天中我最盼望、最快樂的時光！小小一間屋子裡三個女人坐在矮板凳上，團團環繞著一個高坐太師椅上的小男生，仰起臉龐喜孜孜瞅望他，手裡端著飯碗，拈著湯匙，一小口一小口輪流餵他吃味噌湯拌飯。這時倘若有外人走過窗前，驀一看，準會以爲這是一家子團聚呢。就這樣我在三姊妹家度過了一段幸福的日子，漸漸地有人講閒話了，一時間街坊鄰里沸沸揚揚，在三姑六婆們口中，我竟變成了鐵皮屋那幫來路不明的壞女人合養的私生子！最初，我並沒把流言放在心上，每天中午依舊興匆匆，往三姊妹家跑，後來閒話終於傳到我媽耳裡。我那體弱多病的母親聽了，只是流淚，好幾天不跟我講話，可每天大清早她依舊抱病爬下床來，默默爲我準備一個飯盒，額外添加我最愛吃的菜，好讓我中午在學校吃得飽。每天起床，我膽戰心驚，縮頭縮腦躡手躡腳逡巡在我媽身邊，偷偷觀察她的表情。看到我媽悶聲不響、只顧擦淚的樣子，我心就慌啦。爲了向我媽表明心跡，爲了讓全古晉城的人知道我最在意的是我的親生媽媽，於是我就狠起心腸，硬著頭皮，對月鸞阿姨她們做出那件殘酷的事……

——我猜到了！於是你就當著你媽和鄰居的面，邊吐口水，邊拿起石頭，往月鸞三姊妹身上扔過去，就像後來你們家在山裡種胡椒，有一回，你們七兄弟姊妹突然抓狂，爭相撿起石頭，活生生把你們家那隻老狗砸死。

——不，我對月鸞阿姨她們做的那件事，比扔石頭更殘忍。

——世界上還有什麼事比扔石頭、吐口水更殘忍呢？

——我跑到警察局報案，指控她們通姦。

——嗤！通姦？虧你想得出來喔。

——那時我小小年紀，哪知道什麼通姦？只是一時情急，不知怎的就想出了這個罪名。

——於是你帶警察到她們的鐵皮屋，青天白日下公開上演一齣捉姦記囉？

——丫頭，在我們那座民風保守的小城，這可是多年來發生的最駭人聽聞的事件哪！我頂記得那天晌午，天時大熱，我滿頭大汗渾身戰抖，急急忙忙帶領一個英國警官、五個馬來警員和一位華人通譯，分乘三部警車，一路閃爍著紅晶燈，顛顛盪盪沿著廢鐵道奔馳，來到素蘭小姐墳墓前，轉個彎，闖入樹林中，倏地停在鐵皮屋矮簷下，嗚哇嗚哇前後左右包抄，破門而入。我沒跟進屋裡，獨自守候在籬笆外，雙手捧著我媽那天早晨爲我做的飯盒，蜷縮著身子，抖簌簌蹲在日影裡。平日徘徊在林中窺望的那群老人，這當口，一個個從草木間冒出花白頭顱來，滿臉羞澀互相瞄望兩眼，呵呵一笑，轉身蹓躂到鐵皮屋前，踮著腳挨挨擠擠圍觀。廢鐵道旁墳堆中，以往挺冷清的樹林一下子變得熱鬧起來，四處人頭鑽動，目光灼灼。過了約莫半個鐘頭，三姊妹戴著手銬被英國警官押解出屋來，臉煞白，披頭散髮，身上只穿著她們那件漿洗過不知多少次，如今早已褪色的大紅花布和服，太陽下露出一截頸子，白皎皎。三姊妹屁股後面，衣衫不整趑趑趄趄跟著兩個頭戴宋谷帽、手裡拎著紗籠圍裙的男子。我趕緊跳起身來，跑到鐵皮屋門洞口。圍觀的華人群眾一看見三姊妹和馬來郎客，登時睁紅了眼睛，紛紛舉起拳頭，咬牙切齒呸呸呸猛吐口水：「見笑見笑！不要臉不要臉！」被馬來警察使勁推入警車的當兒，月鸞阿姨回頭看看我。她那雙眼神啊……

——別講！我想像得出來。我問你，三姊妹被抓去關了多久呢？

——兩年六個月。長大後我才知道她們被控的罪名是「非法賣淫」。英國人最討厭這種事，所以才會封閉慰安所呀。

——三姊妹在監牢裡有沒有受到什麼折磨？

——我不知道！我不敢問。只是月鸞阿姨出獄後，人就變得有點癡呆，看到人就咧嘴嘻笑，像個傻大姊。

——你那時幾歲啊？

——七歲，讀小學二年級。

——哦，你說過。

——長大後我來台灣讀大學，那年冬天總是下著冷雨，我常常獨自行走在台大對面汀州路上，撐著油紙傘，踩著滿地迸濺的雨珠兒，邊看街景邊想心事，有時突然聽見街邊唱片行播放台灣老歌：月色照在三線路，風吹微微……走著聽著，眼一紅，我心頭那塊舊瘡疤就會突然撕裂，潸潸流下鮮血來，一滴兩滴三滴四滴……

尾聲

丫頭，到啦！我們在台北市新店溪河床上跋涉了一夜，終於抵達目的地。拜託妳從我背樑上爬下來吧。我揹著妳走了好長一段路，腰早就痠囉。喏，前面石崖下芒草叢中亮閃閃的就是庵仔魚棲息的那窟深水潭。丫頭妳聽，潭上月色粼粼，潑喇一聲響，幽黑潭水驀地飛噴起兩蕊子燦白的水星。月下鱗光閃爍。瞧！兩隻緋紅魚兒一前一後濺濺潑潑追逐著嬉戲在水潭中，颼地，竄升到水面上，昂起頭顱搖甩尾巴，朝向河口觀音山頭那位披著白紗笑吟吟俯瞰人間的月娘，雙雙頂禮膜拜。丫頭哇，咱們倆今晚結伴溯流而上，一路尋尋覓覓，終於找到了傳說中絕滅已久的庵仔魚啦。謝謝妳這個小姑娘，朱鴒，一路追隨我，聽我絮絮叨叨講故事，不管聽得懂或聽不懂，或半懂半不懂、似懂非懂，總是按捺住妳那火爆性子，耐心聽我敘述這九個發生在婆羅洲一輪火紅日頭下蒼涼、陰森的童年往事。多少年了，我一直渴望找個人訴說——渴望得直想痛哭可又無淚。是妳，朱鴒，讓我鼓起勇氣檢視我在南洋的成長經驗，是妳幫助我面對心中的魔，是妳要我睜大眼睛，看看自己到底是個怎樣的人。如今在新店溪上走了一夜，天快破曉，晨風習習，觀音山下嘩喇嘩喇一江芒花翻舞中，妳這個不愛回家、喜歡沮迌流浪、與我有緣邂逅台北街頭的小姑娘，終於把我這個自我放逐、多年來逃亡在外四處飄泊的浪子，給帶回家了……

咦？丫頭妳怎麼了啦？

喂喂，別跑，朱鴒快回來喲！

妳怎麼說走就走，頭也不回呢？

謎樣的出現。謎樣的消失。

莫非朱鴒妳只是我心中創造的一個幻影、我意識深處的一個小精靈——噢，寧芙——如今任務已圓滿達成，使命終結，妳就甩甩頭髮打算走人啦？妳答應過我的，將來陪伴我回到婆羅洲沙勞越邦古晉城，見見我母親，認識我妹妹翠堤，跟我遊一遊葉月明老師當年打游擊的馬當山，途中，若還找得著，順便到達雅人的長屋逛逛，探訪小時候我和同班女同學田玉娘（妳肯定還記得她）在叢林中發現的楊氏孺人之墓……朱鴒，丫頭，拜託妳回來好不好？

我請求妳了。

翠堤小妹子，妳看，朱鴒她不再理睬我了，獨個兒揹著書包提著裙腳，一步一步，涉水走進旭日下那一窟亮晶晶魚群飛濺出沒的黑水潭，邊走邊唱歌，忽然回過頭來，搖甩起她脖子上那一蓬迎風飄蕩的亂髮絲，仰起她那張水樣皎潔的小瓜子臉，瞅著我，滿眼睛的笑：

妹妹揹著洋娃娃
走進花園去看花……

（二〇〇二年）

原收入《雨雪霏霏：婆羅洲童年記事》（台北：天下文化，二〇〇二）

李永平——從一個島到另一個島

陳瓊如

妳這個不愛回家、喜歡迌迌流浪、與我有緣邂逅台北街頭的小姑娘，終於把我這個自我放逐、多年來逃亡在外四處飄泊的浪子，給帶回家了……

——李永平，《雨雪霏霏》，頁二六〇。

小說家李永平最新出版的小說《雨雪霏霏》，細數九件發生在婆羅洲的童年憾事：家中七個兄弟姊妹，準備隨父母離開舊居展開新生活時，竟對著多年玩伴、而今病得爛穿肚子的家中老狗，拿起石頭狠狠砸過去；看到迷戀多年的初戀情人墮落，他毫不同情，無情地對她吐了一泡口水……一部童年懺悔錄，眞誠感人卻也令人不忍卒讀。寫完《雨雪霏霏》，對李永平來說就像心理治療般，將心中極悲痛之事說出來後，心靈受到洗滌。

「回憶是探索、整理的過程，試圖找出這些事件的意義，幾個故事絕不是孤立事件，串連起來就可以碰觸到人性最深最陰暗的地方，」李永平說。就如小說結尾，主角「我」溯源而上，找到了傳說中滅絕已久的魚，敘事者也找到了故事的源頭。《雨雪霏霏》雖是小說而非自傳，但所述所寫皆眞有其事，李永平形容本書是他所有作品中情感最眞誠的一部。

李永平每次出手總是引人矚目。入選「亞洲週刊二十世紀中文小說一百強」的《吉陵春秋》，從十二個角度書寫同一主題，余光中以「十二瓣的觀音蓮」給予高度肯定；厚達九百多頁、五十餘萬字的《海東青》，將蔣介石領導國民黨遷台四十年與以色列人出埃及記對比，書中鮮明的「統派意識」引發議論……李永平說《海東青》是個「巨大的失敗」，但「因爲巨大，失敗也很痛快」。他認爲新作在文字上擺脫《海東青》「見山不是山」的階段，而跨入「見山又是山」的境界。

戀童情結

新作中的童年記憶與女性密不可分，做爲小說家，李永平似乎對女性特別感興趣。他表示，這與童年經驗有關，自己與母親、妹妹關係密切，因此寫作時對女性的遭遇特別同情，而對男性則採取批判態度。李永平尤其對小女孩的成長、宿命與墮落感到哀傷。「有人說，我有戀童情結，」李永平毫不避諱，他說：「我並不否認，但任何男人都有戀童情結，只是有人不承認，而我願意面對。」他將「戀童情結化爲文學」，例如新作中的小姑娘朱鴒「一顆心有七、八個竅」，早熟又冰雪聰明，因此作者向朱鴒毫不保留地傾訴心聲，她是小說的敘述工具，並非敘述者情慾的對象，「兩人的關係屬於理念而不牽涉情慾。」

《雨雪霏霏》中的朱鴒丫頭，早在《海東青》與《朱鴒漫遊仙境》中便已出現。這個小說人物是眞有其人，當時李永平在台大擔任助教，看到古亭國小旁，有個小女孩用粉筆在地上寫字，後來她謎樣消失，怎麼找也找不到。十餘年過去了，做爲純潔的象徵，朱鴒永遠長不大，還是七、八歲。李永平說：「身爲小說家，對現實生活感到無奈，因爲你無法改變什麼，但你有權力決定筆下人物的命運，若將長大的朱鴒擺在台北這個環境，她勢必要沉淪的。所以我不讓她長大，讓她在最完美的時候消失。就像曹雪芹寫《紅樓夢》，不讓林黛玉長大一樣。」

南洋的故事，北方的語言

馬華作家已在台灣形成一支浩浩蕩蕩的文學勁旅，李永平可說是早期的馬華作家中，風格獨具的一位。他高中畢業時，原本打算到中國大陸讀大學，剛好文化大革命爆發，於是到了台灣，進入台大外文系就讀。雖然當初是他主動放棄出生地馬來西亞的護照而選擇台灣，但在台灣定居三十年，心底仍存在強烈的漂泊感，婆羅洲的家已將近二十年沒回去，在文壇長輩齊邦媛教授眼中，他是「從一個島到另一個島，從一種邊緣到另一種邊緣」。

他因此只能透過作品尋找鄉土，「我嚮往的是文化的、精神的中國，它是我的原鄉。」但開放大陸探親後，他從未去過大陸，原因是「害怕現實的中國會將心中的中國沖垮」。不僅沒有鄉土，李永平說自己是「沒有母語的人」，「在我家裡，什麼語言都講，華語、馬來語、英語、福建話、客家話都說」。因此他非常羨慕黃春明、王禎和等有母語的作家，而「我必須塑造我自己的母語」，「語言的最高層次是Feeling，這是母親才能給的。內心深處我知道，我一輩子再怎麼努力也達不到這個層次，但至少我努力過。」

雖非中文系出身，但李永平的中國古典文學底蘊深厚，「這是從小耳濡目染的緣故」。他回憶道：「父親是讀書人，在華僑學校教中文，家中沒別的東西，古書特多，章回小說、唐詩宋詞，不管看懂看不懂都看，這是我第一次接觸漢字的文學世界。父親也常朗誦《詩經》，聽多了，《詩經》的意象在寫作時自然浮現。」新書《雨雪霏霏》四字出自《詩經．小雅》的兩句詩「雨雪霏霏，四牡騑騑」：「四匹駿馬並肩奔跑在紛紛飛飛的雨雪中」，多蒼茫的中國北方意象，但書中卻講南洋的故事，沒有雪的地方，對比強烈。這同時是一種象徵，「悲劇的最高境界是純淨，就像《都柏林人》中最後的故事，愛爾蘭下起大雪。」

年輕時就讀台大外文系開啓李永平的小說視野，大一時他偶然讀到白先勇的〈金大班的最後一夜〉，給他的心靈帶來極大衝擊，「原來小說可以寫得那麼美麗！」他才知道白話中文可以達到什麼境界；而老師王文興上課講究細讀，讓他了解小說可以成爲一門藝術。之後赴美取得比較文學碩士、博士學位，整個學習過程受西方文學洗禮，他的寫作形式亦深受古典悲劇影響，例如新作《雨雪霏霏》衝擊力強勁而直接，讓讀者無法迴避，「若當初讀中文系，我可能還是會寫這本書，但寫法可能更婉轉含蓄一些。」

李永平的小說被認爲「既西方又中國」。他認爲，小說在中國是「小道」，一直未受重視，也未發展出小說藝術，尤其表現手法、形式結構較弱，這方面是台灣小說家必須向西方學習的，但文字、內涵和精神可以從中國古典文學汲取。因此他的小說嘗試結合中國與西方文學傳統，「我的形式、技巧是西方的，內涵、文字是中國的」。

方塊字是神聖的圖騰

中、英文俱佳的李永平，近年中譯西方文學作品有成，去年諾貝爾文學獎得主奈波爾的《大河灣》與《幽黯國度》也由他譯成中文。奈波爾讓李永平感觸甚深，他表示，奈波爾與他的出身背景極爲相似，奈波爾出生於中美洲千里達的印度家庭，而李永平生長在婆羅洲，兩人都是在英國的殖民地成長，從小接受英式教育，長大後也都走上寫作之路；不同的是，奈波爾選擇英語寫作，這是他快速打開知名度與國際市場的原因之一，而李永平自己則選擇母語（華語）寫作，比較坎坷。「奈波爾被譽爲二十世紀英文文體的大師之一，但他接觸不到英文的最高境界。相較之下，雖然我必須塑造自己的母語，但至少我使用祖宗的語言，即使無法達到最高境界，也比較接近。」他相信一個民族的深層感受，必需透過特有的語言文字才能完整呈現，否則一定會被扭曲。

「中國的方塊字是很特殊的，對我而言，它不單是語言符號，而是圖騰。」李永平選擇中文寫作，希望透過這個圖騰呈現他對人生的感覺，也由於使用的文字是神聖的民族圖騰，因此寫作格外講究文字。他認爲在今天的台灣，將漢字當成圖騰的作家只有兩位：楊牧與余光中。而且兩人都不是小說家，他希望中文小說家也能發揮漢字的圖騰特質。

李永平喜歡用手寫字，「我討厭電腦打出來的字，冰冷、沒有感覺，所以不論寫作或翻譯我都不用電腦」。他也不寫簡體字，「那破壞了圖騰」，所以他寫稿非常辛苦，一筆一劃寫，對中國文字的迷戀與崇拜可見一斑。

從雨林記憶到中央山脈

以往李永平沒事喜歡在台北的大街小巷迌迌，目前任教於國立東華大學創作與英語文學研究所，在號稱東南亞最大的校園裡，腳踏車成了李永平迌迌的良伴，「騎腳踏車繞東華大學校園一圈要半小時，從校園到城裡要一小時，我不管去哪都騎著腳踏車」。從事教學工作，李永平沒有教授身段，與學生煮酒論文，還一起唱卡拉 OK，學生說他唱台語歌像鬼叫也不以爲意；採訪那個下午，啤酒配香菸，他心滿意足地說：「研究室的窗戶正對著中央山脈，中央山脈ㄟ。」三十年前，初抵台灣那個意氣風發的少年，似乎還藏在李永平內心的某處。

以寫作時間而論，李永平的作品不算多，十幾年來的寫作，說穿了是「雨林記憶」與「台北黯夜」的交雜纏繞，但對他期望甚高的文壇前輩齊邦媛認爲以他的才情、學識，該是走出「雨林記憶」與「台北黯夜」的時候了。他自己則深感受西方小說影響太深，未來也許以中國傳統章回體來寫武俠小說，也許十年後重寫《海東青》，也許寫台九線旁一位賣土雞的小女孩……

——原載《誠品好讀》第二七期（二〇〇二年十一月）

李永平小說評論／訪談索引（一九七六——二〇〇三）

胡金倫、高嘉謙輯

篇名	作者	刊載刊物・時間（依年份次序排列）
淺評〈拉子婦〉	黃比月	《書評書目》第四二期（一九七六年十月）
評〈拉子婦〉	顏元叔	《拉子婦》（台北：華新，一九七六）
天涯喜傳訊——李永平訪問記	丘彥明	《聯合報》，一九七九年九月十七日
我讀〈日頭雨〉	朱炎	《聯合報》，一九七九年九月十八日
重讀拉子婦	李瑞騰	《幼獅文藝》第五一卷第四期（一九八〇年四月）
第六印——我讀〈日頭雨〉	張系國	《聯合報》，一九八一年九月十一日
山在虛無縹緲間——初讀李永平的小說	劉紹銘	《聯合報》，一九八四年一月十一——十二日

篇名	作者	出處
孽與救贖——評李永平的《吉陵春秋》	淡江大學西洋語文研究所研究生	《自立晚報》，一九八六年五月廿九日
一個中國小鎮的塑像	龍應台	《當代》第二期（一九八六年六月）
李永平答編者五問	封德屏	《文訊》第二九期（一九八七年四月）
李永平的抒情世界	蘇其康	《文訊》第二九期（一九八七年四月）
墮落的桃花園——論《吉陵春秋》的倫理秩序與神話意涵	曹淑娟	《文訊》第二九期（一九八七年四月）
李永平象徵手法寫台北	諸葛	《聯合報》，一九八八年三月十日
紅塵內外——李永平與景小佩	楊錦郁	《文訊》第三五期（一九八八年四月）
寫在「海東青」之前——給永平	小佩	《聯合報》，一九八九年八月一—二日
小規模的奇蹟	王德威	《閱讀當代小說：台灣·大陸·香港·海外》（台北：遠流，一九九一）
埋首四年·寫就《海東青》·李永平·以詩的文字撰寫小說	張夢瑞	《民生報》，一九九二年一月十日

篇名	作者	出處
李永平・寓言小說・寓諷喻於象徵・寄象徵於寫實・在輕薄短小年代・寫得厚重又扎實・台灣心事盡在《海東青》	林英	《民生報》，一九九二年二月十九日
小說家重量出發・李永平《海東青》四年五十萬字・世紀末文學風景的里程碑	朱恩伶	《中國時報》，一九九二年三月十三日
抱著字典讀小說	劉紹銘	《聯合報》，一九九二年三月廿日
李永平：我得把自己五花大綁之後才來寫政治	邱妙津	《新新聞週刊》第二六六期（一九九二年四月十二日）
李永平結束隱居回台教書	朱恩伶、張娟芬	《中國時報》，一九九二年十月二日
大有可為的台灣政治小說——東方白、張大春、林燿德、楊照、李永平	王德威	《小說中國：晚清到當代的中文小說》（台北：麥田，一九九三）
原鄉神話的追逐者——沈從文、宋澤萊、莫言、李永平	王德威	《小說中國：晚清到當代的中文小說》（台北：麥田，一九九三）

為什麼馬華文學？	林建國	《中外文學》第二一卷第一〇期（一九九三年三月）
異形	林建國	《中外文學》第二二卷第三期（一九九三年八月）
日頭雨	石新民	《台港小說鑑賞辭典》（北京：中央民族學院，一九九四）
吉陵和東海——墮落世界的合影	朱雙一	《聯合文學》第一一卷第五期（一九九五年三月）
在遺忘的國度——讀李永平《海東青》（上卷）	黃錦樹	《馬華文學：內在中國、語言與文學史》（吉隆坡：華社資料中心，一九九六）
十二瓣的觀音蓮——我讀《吉陵春秋》	余光中	《井然有序：余光中序文集》（台北：九歌，一九九六）
流離的婆羅洲之子和他的母親、父親——論李永平的「文字修行」	黃錦樹	《馬華文學與中國性》（台北：元尊，一九九八）
朱鴒漫遊仙境，李永平顛覆童話	賴素鈴	《民生報》，一九九八年六月廿五日
文學奇兵逐鹿「新中原」	陳雅玲	《光華》第二三卷第七期（一九九八年七月）

台北的「異鄉人」——速寫李永平	陳雅玲	《光華》第二三卷第七期（一九九八年七月）
再見所多瑪	李奭學	《聯合報・讀書人》，一九九八年八月三日
尋找朱鴒——訪小說家李永平	陳維信	《聯合報・讀書人》，一九九八年八月三日
有關婆羅洲森林的兩種說法	林建國	《中外文學》第二七卷第六期（一九九八年十一月）
Paternities and Expatriatisms: Li Yong-ping's *Zhu Ling manyou xianjing* and the Politics of Rupture	羅鵬 (Carlos Rojas)	*Tamkang Review* 29.2 (Winter 1998)
我去過李永平的吉陵	鍾玲	《日月同行》（台北：九歌，二〇〇〇）
祖國與母性——李永平《海東青》之地形魅影	羅鵬 (Carlos Rojas)	《書寫台灣：文學史、後殖民與後現代》（台北：麥田，二〇〇〇）
誰的南洋？誰的中國？——試論《拉子婦》的女性與書寫位置	高嘉謙	《中外文學》第二九卷第四期（二〇〇〇年九月）

境外現代主義——李永平和蔡明亮的個案　林建國　「新世紀華文文學發展國際學術研討會」宣讀論文，元智大學中國語文學系主辦，中壢：元智大學，二〇〇一年五月十八—九日

莎樂美迌迌——評李永平《海東青》　王德威　《眾聲喧嘩以後：點評當代中文小說》（台北：麥田，二〇〇一）

大學教授的幼齒學——評《海東青》　王德威　《眾聲喧嘩以後：點評當代中文小說》（台北：麥田，二〇〇一）

第十一章　來自熱帶的行旅者　王德威　《眾聲喧嘩以後：點評當代中文小說》（台北：麥田，二〇〇一）

嘲蔑中產品味的現代主義美學　張誦聖　《文學場域的變遷：當代台灣小說論》（台北：聯合文學，二〇〇一）

躍入隱喻的雨林——導讀當代馬華文學　陳大為　《誠品好讀》第一三期（二〇〇一年八月）

漫遊——朱鴒在仙境，李永平在台北　張錦忠　「離散美學與現代性：李永平和蔡明亮的個案」微型研討會宣讀論文，國立交通大學語言與文化研究所暨新興文化研究

中心主辦，新竹：國立交通大學，二〇〇一年十一月卅日

〈現代主義美學作品的案例——《吉陵春秋》〉　張誦聖　「離散美學與現代性：李永平和蔡明亮的個案」微型研討會宣讀論文，國立交通大學語言與文化研究所暨新興文化研究中心主辦，新竹：國立交通大學，二〇〇一年十一月卅日

黎紫書與李永平文字花園中的後殖民景觀　黃美儀　《人文雜誌》第一四期（二〇〇二年三月）

蓋一座房子　林建國　《中外文學》第三〇卷第一〇期（二〇〇二年三月）

在那陌生的城市——漫遊李永平的鬼域仙境　張錦忠　《中外文學》第三〇卷第一〇期（二〇〇二年三月）

李永平——從一個島到另一個島　陳瓊如　《誠品好讀》第二七期（二〇〇二年十一月）

芒草與悲憫　林建國　《中國時報・開卷》，二〇〇二年十一月

廿四日

《雨雪霏霏》與馬華文學圖像　齊邦媛口述，潘煊訪問整理　《雨雪霏霏：婆羅洲童年記事》（台北：天下遠見，二〇〇二）

靈肉原罪，寬慰滌清　賴素鈴　《民生報》，二〇〇二年十月八日

雨雪霏霏‧李永平童年懺情錄　李令儀　《聯合報》，二〇〇二年十月八日

在那熟悉的熱帶雨林　張錦忠　《聯合報‧讀書人》，二〇〇二年十一月十日

雨雪霏霏‧新長篇／李永平‧探原鄉真誠看人性　儲筱薇　《經濟日報‧知識書城》，二〇〇二年十一月廿四日

漫遊者、象徵契約與卑賤物——論李永平的「海東春秋」　黃錦樹　《謊言或真理的技藝：當代中文小說論集》（台北：麥田，二〇〇三）

李永平小說中的時空美學　黃美儀　「第三屆全國研究生文學符號學研討會」宣讀論文，南華大學文學研究所主辦，嘉義：南華大學，二〇〇三年四月廿日

國家圖書館出版品預行編目資料

迌迌：李永平自選集 / 李永平著．-- 初版．--
臺北市：麥田出版：城邦文化發行，2003
〔民92〕
面；　　公分．--（想像臺灣；3）

ISBN 986-7691-39-3（平裝）

857.63　　　　　　　　　　　　92010194